MW01611167

Das Buch

Luise umsorgt ihre Tochter Viktoria liebevoll und ist so glücklich wie nie zuvor in ihrem Leben. Nach den ersten Wochen als Mutter zieht es sie allerdings schon wieder ins Kontor. Das Aufeinandertreffen mit ihrem Cousin Richard, der interimsweise die Firma leitet, läuft alles andere als harmonisch ... Waren Luises Anstrengungen vergebens und ein Mann wird am Ende ihren Platz einnehmen?

Hamza kehrt in seine Heimat Kamerun zurück und merkt sehr bald, dass ihn der Aufenthalt in Deutschland verändert hat. Er sieht plötzlich klar und deutlich, dass er als Vermittler zwischen den Welten für mehr Gerechtigkeit und ein besseres Leben seiner Landsleute kämpfen muss. Als ihn diese Erkenntnis ereilt, findet er sich bereits in einem blutigen Aufstand wieder.

Die Autorin

Ellin Carsta ist das Pseudonym der deutschen Autorin Petra Mattfeldt, die zusammen mit ihrem Mann und ihren drei Kindern in der Nähe von Bremen lebt. Alle Fans ihrer Bestsellerreihe um die »heimliche Heilerin« können sich mit der Veröffentlichung der »Hansen-Saga« über neuen Lesestoff freuen. Weitere Informationen zur Autorin finden Sie unter www.petra-mattfeldt.de.

ELLIN CARSTA

Der zerbrechliche Traum

DIE HANSEN-SAGA

ROMAN

TINTE
&
FEDER

Deutsche Erstveröffentlichung bei
Tinte & Feder, Amazon Media EU S.à r.l.
38, avenue John F. Kennedy, L-1855 Luxembourg
Oktober 2019
Copyright © der deutschsprachigen Ausgabe 2019
By Ellin Carsta

Umschlaggestaltung: bürosüd⁰ München, www.buerosued.de
Umschlagmotiv: © Chyrko Olena / Shutterstock; © Color Symphony /
Shutterstock; faestock / Shutterstock; © ALIN SUCEAVA / Shutterstock;
© wojdam / Shutterstock; © pixy_nook / Shutterstock; © InFullDetail /
Shutterstock; © Tjmedia / Shutterstock
1. Lektorat: Silvia Kuttny-Walser
2. Lektorat: Renate Novak
Korrektorat: Gisela Wunderskirchner / Manuela Tiller
Satz: Dr. Rainer Schöttle Verlagsservice
Gedruckt durch:
Amazon Distribution GmbH, Amazonstraße 1, 04347 Leipzig /
Canon Deutschland Business Services GmbH, Ferdinand-Jühlke-Straße 7,
99095 Erfurt /
CPI books GmbH, Birkstraße 10, 25917 Leck

ISBN 978-2-91980-929-5

www.tinte-feder.de

Prolog

Es war kein vertrautes Gefühl für ihn, denn es war das erste Mal in seinem Leben, dass er heimkehrte. Heim zu den Menschen, die ihn liebten und denen er vertrauen konnte. Heim zu denen, die ihn verstanden und deren Herzen im gleichen Rhythmus schlugen wie seines. Heim in ein Land, dem er den Rücken gekehrt hatte, um in einer anderen, fremden Welt sein Glück zu suchen, wo er dann so tief enttäuscht wurde.

Nein – er konnte nicht verstehen, wie Luise ihm das hatte antun können. Er wusste nicht einmal mehr, was für ein Mensch sie wirklich war. Sie war ihm fremd. Fremd wie ihr Land, fremd wie die Menschen, die dort lebten, fremd wie deren Gewohnheiten und deren Wesen.

Luise hatte sich nicht einmal die Mühe gemacht, ihm eine Botschaft zukommen zu lassen, und wäre es nur ein Gruß zum Abschied gewesen. Den hätte sie auch von ihrem Vater übermitteln lassen können, nachdem er diesem mitgeteilt hatte, dass er Hamburg verlassen werde.

Als Hamza erfahren hatte, dass Luises Kind zu früh auf die Welt gekommen und ihr gemeinsamer Plan damit zunichtegemacht war und dass das kleine Mädchen genau wie ihr Vater Hans aussah, hatte er danach Tag für Tag darauf gewartet, etwas von Luise zu hören. Irgendetwas. Natürlich war es ihr nicht möglich gewesen, ihn wie früher in seinem Zimmer zu besuchen. Das verstand er. Doch warum war sie nicht ins Kontor gekommen, vielleicht sogar mit ihrem Kind, damit sie einen versöhnlichen Abschied hätten finden können? Eine Weile hatte er sogar mit dem Gedanken gespielt, ihren Vater zu fragen, ob er Luise in der Villa besuchen und ihr Lebewohl sagen dürfe. Doch er fand, dass ihm dies nicht zustand. Wahrscheinlich war sie dort mit ihrem Ehemann zusammen, dem Vater ihres Kindes, und würde verärgert sein, dass Hamza es wagte, sie zu stören. Nein, das wollte er nicht. Also hatte er sich damit abfinden müssen, die zwei Wochen bis zur Abfahrt des Schiffes der Woermann-Linie abzuwarten und nichts weiter tun zu können.

Bis zum letzten Tag hatte er auf ein Zeichen von Luise gehofft, irgendetwas, das ihm zeigte, dass er ihr nicht gleichgültig war. Doch nichts war geschehen. Warum hatte sie zugelassen, dass er Hamburg verließ, ohne dass sie sich voneinander verabschieden und der Liebe, die sie füreinander empfanden, ein würdiges Ende bereiten konnten? Warum nur?

In den achtundzwanzig Tagen, in denen das Schiff von Hamburg nach Kamerun unterwegs war, waren ihm diese Gedanken immer wieder durch den Kopf gegangen. Tag für Tag hatte er sich gefragt, wie er sich so sehr hatte täuschen können. Und in den Nächten hatte er in seiner Koje wach gelegen, die Arme hinter dem Kopf verschränkt, in die Dunkelheit starrend und darüber nachgrübelnd, was er fortan mit seinem Leben anfangen sollte.

Seit die Deutschen in Kamerun Einzug gehalten und ihm und seinen Stammesbrüdern ihre zukünftigen Aufgaben erklärt und festgelegt hatten, was sie von ihnen erwarteten, hatte Hamza mit großer Begeisterung alles in sich aufgesogen, was mit dem Handel und allem, was das Kakaogeschäft ausmachte, zusammenhing. Er war fasziniert von der Klugheit und Umsicht der weißen Männer, beobachtete ihre Gesten und lernte ihre Sprache, und immer stärker war der Wunsch in ihm gereift, eines Tages in ebenjene Welt der weißen Menschen eintauchen und lernen zu dürfen, was immer er konnte, um zu verstehen, wie sie ihre Geschäfte betrieben.

Er wusste, dass er und seine Stammesbrüder großes Glück gehabt hatten. Johann Meyerdierks, der vor der Familie Hansen die Kakaoplantage betrieben und die Mitglieder des Stammes für sich hatte arbeiten lassen, war ein gütiger und gerechter Mann gewesen. Hamza erinnerte sich noch gut, dass sein Vater Malambuku, nachdem Johann Meyerdierks ihn in Kenntnis gesetzt hatte, dass er die Plantage verkaufen und Kamerun für immer verlassen würde, in großer Sorge gewesen war, dass ein Deutscher nachfolgen könnte, der den Stamm weniger gut behandelte. Als dann jedoch Robert Hansen mit seiner Tochter Luise eingetroffen war, hatten Malambuku und auch Hamza sogleich gewusst, dass diese Familie ihrem Vorgänger im Hinblick auf Freundlichkeit und respektvollen Umgang mit den Einheimischen in nichts nachstand. Ja, mehr noch: Luise und Hamza hatten sich wirklich angefreundet. Am Ende waren sie sogar ein Liebespaar geworden und hatten eine gemeinsame Zukunft geplant.

Zwar war Hamza überzeugt, dass Luise, ebenso wie er selbst, sicher gewesen war, dass das Kind von ihm sei. Weshalb sonst hätte sie sich die Mühe machen sollen, einen Plan zu ersinnen, um ihren Tod vorzutäuschen und dann nach Kamerun zu fliehen, was eben nur durch die verfrühte Geburt des Kindes vereitelt wurde? Auch wenn ihm der Gedanke nicht gefiel, dass sie sich nicht nur ihm, sondern auch ihrem Ehemann hingegeben hatte, hatte er doch stets akzeptiert, dass dies zu ihren Pflichten gehörte – wenngleich er immer vermieden hatte, es sich tatsächlich vorzustellen.

Hamza gelangte zu der bitteren Erkenntnis, dass Luise offenbar von Anfang an nur mit ihm gespielt hatte. Wahrscheinlich hatte sie es niemals wirklich ernst gemeint und nur aus der Verzweiflung heraus, womöglich sein Kind zu erwarten, Gedanken an eine gemeinsame Zukunft gehegt. Vermutlich hatte sie es einfach aufregend gefunden, neben ihrem Leben als angesehene Hamburger Bürgerin eine Liebschaft mit einem Schwarzen zu haben. So wie man Ausflüge in ferne Gegenden unternimmt, um seinem Leben eine interessante Note zu geben.

Wie erleichtert musste sie gewesen sein, ein hübsches weißes Kind zur Welt zu bringen und sich dann ein für alle Mal des lästigen Kameruners entledigen zu können, den sie sich als Zeitvertreib geleistet hatte! Dieser Gedanke stieg in ihm auf wie bittere Galle. So schmerzlich es auch war, alles hätte noch gut werden können, wenn Luise nur gekommen wäre, um sich von ihm zu verabschieden. Doch so hatte sie ihm gezeigt, dass er ihr nichts bedeutete. Er war ihr nur noch lästig, jemand, den man benutzte und dann wegwarf. Dabei hatte er diese Frau geliebt und alles aufgeben wollen, um sein Leben mit ihr zu verbringen. Doch das zählte nun nicht mehr. Er war so gut wie zu Hause, dort lag seine Zukunft.

Das Dampfschiff glitt langsam in die Bucht und warf schließlich den Anker. Sogleich sprangen mehrere Duala in die kleinen bunten Boote, die dazu dienten, die Ladung zu löschen und die Passagiere vom Schiff an Land zu bringen. Hamza blickte in die Gesichter derer, die sich in den kleinen Booten näherten, und hoffte, einen von ihnen zu erkennen. Doch tatsächlich hatte er keinen der jungen Männer je zuvor gesehen. Eine tiefe Verzweiflung machte sich in ihm breit, als er in dem Anzug, den Robert Hansen ihm vor einigen Monaten geschenkt hatte, in eines der Boote kletterte. Fremd. So fühlte es sich an. Er gehörte nicht in diesen Anzug, hätte ihn sich in diesem Augenblick am liebsten vom Körper gerissen. Er sah dem jungen Mann in die Augen, der in dem Boot saß und ihm nun zunickte. Offenbar wusste dieser nicht, was er von einem halten sollte, der zwar die gleiche Hautfarbe hatte, ansonsten jedoch verkleidet wie ein Weißer daherkam.

Ja, genau das war es gewesen: eine Verkleidung. Er hatte sich in die Welt der Weißen begeben und sich verkleidet, um so zu sein wie sie. Doch das war nun vorbei. Er würde zu seinem Stamm zurückkehren und alles tun, um wieder ganz dort anzukommen. Und dann würde er planen, wie er weitermachen wollte. Er hatte im Hamburger Kontor viel über den Handel gelernt, was er für sich und seine Stammesbrüder nutzen konnte. Er wusste noch nicht genau, wie er sein Wissen umsetzen und den Duala zugänglich machen konnte, doch da würde er sich schon etwas einfallen lassen. Vor allem aber war ihm eine Erkenntnis gekommen, die er künftig im Hinterkopf behalten würde, wann immer er eine Entscheidung zu treffen hatte: Den Weißen war nicht zu trauen. Sie hatten nicht die gleichen Werte, nicht die gleichen Vorstellungen. Sie verfolgten ausschließlich ihre eigenen Ziele, und es war ihnen gleich, wer dabei auf der Strecke blieb.

Als sich das Boot vom Schiff löste und mit jedem Ruderschlag dem Strand ein Stück näher kam, waren Hamzas Wut und Enttäuschung über Luises Verhalten einer großen Klarheit gewichen. Er wusste nur noch nicht, wofür er diese einsetzen würde.

1. Kapitel

Hamburg, Mittwoch, 14. November 1894

Sie musste sie einfach immerzu ansehen. Luise hätte sich nie träumen lassen, jemals eine solche Liebe empfinden zu können. Es war wirklich eigenartig, denn sie gehörte gewiss nicht zu den Frauen, die sich nichts sehnlicher wünschten als ein Kind. Ganz im Gegenteil: Bisher hatte ihr nichts so viel bedeutet wie ihre Arbeit und die Aufgaben im Kontor, auch wenn sie wusste, dass dies für eine junge Frau ungewöhnlich war. Als sie sicher gewesen war, in anderen Umständen zu sein, hatten die Zweifel sie fast erdrückt, ja, sie hatte sich sogar gefragt, ob sie überhaupt in der Lage wäre, ein Kind so zu lieben, wie es sich gehörte. Nur insgeheim hatte sie sich darüber Gedanken gemacht. Nun jedoch, als Viktoria so vor ihr lag, frisch angekleidet und in saubere Windeln gehüllt und vergnügt quietschend, sobald Luise sie zärtlich mit den Fingerspitzen berührte, konnte die junge Hamburgerin gar nicht genug vom Anblick ihrer kleinen Tochter bekommen, die gerade mal sechs Wochen auf der Welt war.

Vor einer Woche war sie getauft worden, und Luise würde ihr Bestes tun, um die Tochter im Glauben an Gott zu erziehen und ihr die Werte mit auf den Weg zu geben, die ihrer Meinung nach wichtig waren. Und nicht nur das. Viktoria sollte liebevoll behütet aufwachsen und stets die Sicherheit verspüren, dass es für ihre Eltern nichts Wichtigeres auf dieser Welt gab als sie. Denn genau so war es auch. Hans war ebenso vernarrt in seine Tochter wie Luise. Und durch die Kleine waren die Eheleute noch einmal näher zusammengerückt. Hans ließ sich am Morgen Zeit, um in aller Ruhe mit der Familie zu frühstücken, während die Wiege mit Viktoria darin stets ganz nah neben seinem Platz stand. Am Abend dann versuchte er so zeitig Feierabend zu machen, dass er Viktoria noch wach erlebte, bevor Luise die Tochter ins Bett brachte, wenngleich sich der Schlafrhythmus bisher noch nicht so recht eingestellt hatte. Doch selbst dies genoss Luise.

Während ihre Schwester Martha sich in der Zeit, als ihr Sohn Eduard noch nicht durchgeschlafen hatte, stets bei Luise über die anstrengenden Nächte beschwert hatte, empfand Luise es als Freude, wenn Viktoria wach wurde und sie das Baby zu sich nahm, um es zu stillen. Gewiss war sie manches Mal auch so müde, dass sie gern einfach weitergeschlafen hätte. Doch wenn sie am Bettchen ihrer Tochter stand und sie hochnahm, spürte sie sofort die Liebe zu ihrer Kleinen in sich aufsteigen und das Bedürfnis, sie an sich zu schmiegen und zu beschützen. Ja, sie genoss es, Viktoria mit in ihr eigenes Bett zu nehmen, sie dort zu stillen und wieder einschlafen zu lassen, statt sie in ihr Bettchen zurückzubringen. Kurz darauf war auch Luise selbst immer wieder eingeschlafen und am Morgen mit dem beglückenden Gefühl aufgewacht, ihre Tochter sanft neben sich atmen zu hören.

Einige Male war Hans bereits vor ihr wach geworden, und wenn Luise dann die Augen aufgeschlagen hatte, konnte sie sehen, dass Hans einfach liegen geblieben war und Luise und Viktoria beobachtete, wie sie so friedlich aneinandergekuschelt schlummerten. Dann hatte Luise lächeln müssen, und die beiden hatten sich leise unterhalten und waren damit auf eine so zärtliche Weise in den Tag gestartet, dass das wunderbare Gefühl über Stunden hinweg anhielt. Ja, Luise war glücklich, vielleicht sogar glücklicher als je zuvor in ihrem Leben. Und sie fühlte sich befreit. Auch wenn ihr Gewissen sie plagte, weil sie sich Hamza gegenüber schuldig fühlte, war sie doch froh, dass nun alles so gekommen war.

Dabei konnte sie nur ahnen, wie Hamza sich gefühlt haben musste, als er von Viktorias Geburt erfahren und gehört hatte, dass die Kleine ihrem Vater Hans wie aus dem Gesicht geschnitten war. Ja, Hans war der Vater, daran bestand kein Zweifel. Und alles, was Luise und Hamza sich für eine gemeinsame Zukunft überlegt hatten, war von dem Moment an, als Viktoria das Licht der Welt erblickte, wie eine Seifenblase zerplatzt.

In der ersten Woche nach Viktorias Geburt hatte Luise täglich mit Hamzas Erscheinen in der Villa gerechnet, und ja, sie hatte Angst vor diesem Augenblick gehabt. Immer wieder hatte sie sich in Gedanken ausgemalt, wie Hamza zur Tür hereinstürmen und ihr Vorwürfe machen würde. Die Furcht, dass ihre Affäre ans Licht käme, alle Familienmitglieder davon erführen und ihr Leben damit für immer zerstört wäre, hatte ihr fast den Atem genommen.

Dann hatte ihr Vater beim Abendessen erzählt, dass Hamza seine Lehre in Hamburg nicht fortsetzen wolle und mit dem am 15. Oktober auslaufenden Schiff nach Kamerun zurückkehren werde. Er habe ihn nach den Gründen für den doch recht plötzlichen Abbruch der Lehre befragt. An dieser Stelle hatte Luise die Luft angehalten in der bangen Erwartung, was Hamza womöglich gesagt haben mochte. Doch dieser habe nur zur Antwort gegeben, dass er mit dem nächsten Schiff der Woermann-Linie zurück in seine Heimat und zu seinem Volk wolle, und sich nach den Kosten für die Überfahrt erkundigt.

Robert hatte erwidert, dass die Passage vom Kontor bezahlt werde, worauf Hamza ihm knapp gedankt hatte, um dann wieder an seine Arbeit zu gehen. Luises Vater sagte noch, dass der junge Kameruner ihm in letzter Zeit stiller vorgekommen sei, noch stiller als sonst. Offenbar, so mutmaßte Robert, setzte ihm nun doch das Heimweh zu, sodass er den Wunsch, wieder in sein Land und zu seinem Volk zurückzukehren, nicht länger unterdrücken konnte.

Luise hatte nichts zu alledem gesagt, wollte sich auch nicht an den Spekulationen der Familienmitglieder beteiligen, was der Auslöser für Hamzas Entschluss gewesen sein könnte. Vielmehr hatte sie sich von dem Moment an, da sie wusste, dass Hamza schon in wenigen Tagen Hamburg verlassen und damit vermutlich für immer aus ihrem Leben verschwinden würde, gefragt, ob sie versuchen sollte, noch ein letztes Gespräch mit ihm zu führen. Womöglich könnte sie ihm einiges erklären und ihm versichern, dass sie ehrlich der festen Überzeugung gewesen war, das Kind sei von ihm und nicht von Hans.

Doch würde das irgendetwas ändern? Was dachte Hamza wohl von ihr? Hasste er sie, weil sie mit Viktorias Geburt die Verbindung zu ihm für immer zerschnitten hatte? Fühlte er sich betrogen, weil er davon ausgegangen war, dass sie nur mit ihm das Bett geteilt und sich Hans verweigert hatte? Oder war er vielleicht sogar erleichtert, dass er nun nicht die Verantwortung für sie und das Kind übernehmen und das Leben in seiner Heimat aufgeben müsste, das er früher geliebt hatte, weil niemand – weder Weiße noch Schwarze – die Beziehung zwischen Luise und ihm akzeptiert hätte? Verließ er Hamburg womöglich, um damit endlich einen Schlussstrich zu ziehen unter etwas, das nie recht gewesen war, und mit dem Gefühl, alles wieder in Ordnung zu bringen?

Luise wusste es nicht. Sie hätte gern noch einmal zum Abschied mit ihm gesprochen. Doch wie hätte sie das anstellen sollen? Hätte sie ihr Kind nehmen und zu Hamzas Unterkunft gehen sollen, um dann womöglich ertappt zu werden, sodass im letzten Moment doch noch alles ans Licht käme? Ins Kontor zu gehen und dort mit ihm zu reden, wagte sie nicht. Zu groß war die Angst vor seiner Reaktion, davor, dass er sie möglicherweise beschimpfen und bloßstellen würde. Für ihn hätte es ja keine Folgen, würde jetzt noch jemand dahinterkommen, was sich die ganze Zeit abgespielt hatte. Was hätte Hamza schon zu verlieren? Womöglich würde Robert sich empört an Malambuku, Hamzas Vater, wenden und dessen Anstellung auf der Plantage aufkündigen. Das wäre aber auch schon alles. Für Luise jedoch wäre von dem Moment an, wo die Wahrheit ans Licht käme, alles zerstört. Ihre Ehe, ihr Ruf, gewiss auch ihr Verbleib in der Familie.

Nein, das konnte und wollte sie nicht riskieren, auch wenn nun immer diese Unsicherheit bliebe, mit welchen Gefühlen Hamza in sein Heimatland zurückgekehrt war. Luise konnte nur hoffen, dass er sie nicht hasste. Doch selbst wenn – sie konnte es nicht ändern. Ihr blieb nichts anderes übrig, als zu versuchen, mit diesen Überlegungen abzuschließen. Und wenn sie, wie jetzt gerade, Viktoria vor sich sah, die sie anlachte, und ihr das Herz aufging, dann wusste Luise, dass es ihr eines Tages auch gelingen würde. Die Zeit würde es schon richten, wie ihre Großmutter immer gesagt hatte.

»Da sind ja meine liebsten Hamburger Deerns.« Hans kam gerade aus dem Bad und trat in Viktorias kleine Kammer, die direkt an das Schlafzimmer ihrer Eltern anschloss.

»Guten Morgen.« Luise lächelte ihren Ehemann glücklich an, der sich nun hinter sie stellte und sie umarmte. Gemeinsam betrachteten die beiden ihre auf dem Wickeltisch liegende Tochter, die fröhlich mit den Beinchen strampelte. »Ist sie nicht wunderschön?«

»Das schönste Kind, das ich je gesehen habe«, stimmte Hans zu. »Obwohl ich wirklich hoffe, dass sie mehr nach dir gerät, wenn sie älter wird.« Er gab Luise einen Kuss auf die Wange und drückte sie noch ein bisschen fester. »Ihr beide seid mein ganzes Glück.«

»Ich genieße auch jeden Moment, den wir zusammen sein können«, sagte Luise selig. Sie beugte sich zu Viktoria hinunter und gab ihr einen Kuss auf die Nase. Dann hob sie das Kind hoch, stützte sein Köpfchen und drehte sich zu Hans, der die Umarmung löste und einen Schritt zurücktrat, um ihr Platz zu machen. »Hier ist dein Vater, junge Dame.«

Hans nahm Viktoria liebevoll auf den Arm.

»Komm, gehen wir hinunter zum Frühstücken«, sagte Luise, nahm rasch die schmutzigen Kleidungsstücke, die sie Viktoria ausgezogen hatte, und legte sie in den Wäschekorb.

Kurz nach der Geburt der Kleinen hatten die Hansens ein weiteres Dienstmädchen eingestellt, weil Anna, die Haushälterin, der Wäscheberge, die durch Elsa und Richards Tochter Marie sowie nun auch durch Viktoria verursacht wurden, neben all ihren anderen Aufgaben einfach nicht mehr Herr wurde.

Zusammen gingen die drei nach unten, wo Robert allein am Frühstückstisch saß, die Tageszeitung in der einen und die Kaffeetasse in der anderen Hand.

»Guten Morgen, Vater«, sagte Luise, und auch Hans begrüßte seinen Schwiegervater, der sofort seine Tasse abstellte, die Zeitung beiseitelegte und die Hände ausstreckte, um sein Enkelkind zu nehmen.

»Guten Morgen, ihr Lieben. Gib sie mir bitte, Hans. Das versüßt mir gleich den Tag.«

Hans lächelte, trat an Roberts Stuhl und legte seine Tochter sanft in die Arme ihres Großvaters.

»Guten Morgen, kleine Viktoria.« Er sah zu Luise. »Sieh sie dir nur an. Ich habe noch nie ein Kind erlebt, das so viel lächelt. Sie ist ein echter Sonnenschein.«

»Ja, das ist sie.« Luise nahm ihm gegenüber Platz, Hans setzte sich neben seine Ehefrau.

Anna betrat den Raum mit der Kaffeekanne in der Hand. »Guten Morgen, die Herrschaften«, sagte sie freundlich. »Und da ist ja auch unser Schatz.« Ganz selbstverständlich streichelte sie Viktoria über die Wange, erst dann schenkte sie den Kaffee ein. »Mathilda und ich werden gleich das Frühstück bringen«, sagte sie.

»Danke, Anna.« Luise war nicht entgangen, dass die Haushälterin Viktoria einen fast sehnsüchtigen Blick zuwarf. Sie schmunzelte und kündigte dann an: »Ich werde heute mit Viktoria ins Kontor fahren und sie erstmals allen zeigen.«

»Ach ja?«, fragte Hans überrascht. »Ist sie dafür nicht noch zu klein?«

»Ach was, sie ist ein fröhlicher kleiner Schatz und kerngesund. Es wird ihr nicht schaden.«

»Du weißt gewiss, was das Beste für unsere Kleine ist«, sagte Hans, griff nach Luises Hand und hauchte einen Kuss darauf.

»Endlich«, bemerkte Robert grinsend. »Dann bekomme ich die kleine Maus tagsüber auch mal zu Gesicht.«

Hans schmunzelte. »Sechs Wochen«, stellte er amüsiert fest. »Das war unsere Vereinbarung. Sechs Wochen, die du nur Viktoria widmest und nicht dem Kontor.« Er tätschelte Luises Hand. »Ich hätte nicht gedacht, dass du es überhaupt durchhältst.«

»Ich will wirklich noch nicht wieder arbeiten«, stellte Luise eilig, fast entschuldigend fest. »Ich möchte sie nur mal herzeigen und nachsehen, ob im Kontor alles in Ordnung ist.«

»Ach, Luise, ich liebe dich doch dafür, dass du so bist«, sagte Hans und küsste noch einmal ihre Hand, was Luise mit einem Lächeln quittierte.

»Es war ganz schön schwierig für mich«, gestand sie nun, nachdem sie die liebevolle Reaktion ihres Ehemannes zur Kenntnis genommen hatte, »mich so lange vom Kontor fernzuhalten.«

Robert lachte auf. »Ich hätte keinen Pfennig darauf gesetzt, dass du es schaffst.«

»Wie bitte?«, entrüstete sich Luise. »Wie soll ich denn das bitte verstehen?«

Robert und Hans tauschten einen Blick.

»Nun können wir es dir ja sagen«, erklärte Hans. »Als du und ich die Vereinbarung getroffen haben, dass du sechs Wochen nur für Viktoria da bist und nicht ins Kontor gehst, hatten dein Vater und ich die Idee, eine Wette abzuschließen. Doch wir konnten uns nicht einig werden, weil wir beide sicher waren, du würdest es nicht so lange zu Hause aushalten.«

Hans und Robert lachten, und Viktoria gluckste vergnügt.

»Ihr seid scheußliche Kerle«, schimpfte Luise. »Jawohl, genau das seid ihr«, empörte sie sich.

»Wer ist ein scheußlicher Kerl?«, fragte Richard, der nun zusammen mit Elsa und Marie das Esszimmer betrat.

»Guten Morgen zusammen«, sagte Elsa, half Marie auf den Kinderstuhl und nahm dann selbst Platz.

»Vater und Hans haben auf mich eine Wette abgeschlossen, wusstest du das?«, fragte Luise ihren Cousin.

»Nein.« Er hob abwehrend die Hände. »Ich habe nichts damit zu tun. Worum ging's, wenn man fragen darf?«

»Um die Frage, ob ich mich an unsere Vereinbarung halte und es schaffe, mich sechs Wochen vom Kontor fernzuhalten.«

Richard zuckte die Achseln und sagte: »Ich glaube, das hat dir hier niemand zugetraut.«

Luise öffnete den Mund und wandte sich an Richards Ehefrau. »Elsa, sag bitte, dass wenigstens du an mich geglaubt hast.«

»Ich glaube immer an dich«, erwiderte diese und musste genau wie die anderen schmunzeln. »Vor allem glaube ich, dass du von uns allen die Fleißigste und Ehrgeizigste bist.«

Nun brachen alle in Gelächter aus, und auch Luise konnte sich nicht mehr zurückhalten. »Ach, ihr seid alle schrecklich!«, schimpfte sie in gespielter Empörung.

Anna und Mathilda trugen das Frühstück auf, und die heitere Stimmung durchzog die gesamte Mahlzeit. Luise hatte den Eindruck, dass die Familie in ihrer Entwicklung und ihrem Miteinander immer glücklicher und eingespielter wurde, was wohl auch daran lag, dass Onkel Georg nach dem Tod Onkel Karls dessen Kontor weiterführte und dazu mit seiner Frau Vera und seiner Tochter Frederike nach Wien gezogen war. Wobei nicht Georg oder Frederike für Disharmonie in der Hansen'schen Villa gesorgt hatten, sondern ausschließlich Vera, die mit ihrer negativen, sauertöpfischen Art oft für Missstimmung gesorgt hatte.

Seit die drei nach Wien gegangen waren, war vor allem Elsa, Richards Ehefrau, richtiggehend aufgeblüht. Hatte sie früher die meiste Zeit auf ihrem Zimmer verbracht, so nahm sie nun mit Freude an jeder Familienmahlzeit teil, brachte sich in die Gespräche ein, versuchte zu unterstützen und hatte Luise hilfreiche Ratschläge im Umgang mit der kleinen Viktoria geben können, da ihre eigene Tochter Marie ja selbst gerade mal ein Jahr alt war und die Zeit, da Elsa sie als Neugeborenes im Arm gehalten hatte, noch nicht allzu lange her war.

In den letzten Wochen hatten Luise und Elsa sehr viel Zeit miteinander verbracht, fast konnte man es eine Freundschaft nennen, was da entstanden war. Und Luise hatte feststellen müssen, sich in Elsa getäuscht zu haben. Sie war eine nachdenkliche junge Frau, die sich leichtsinnig auf eine Nacht mit Richard eingelassen hatte, aus der die kleine Marie entsprungen war. Elsa hatte Luise gegenüber eingestanden, an jenem Abend das erste Mal in ihrem Leben Alkohol getrunken zu haben. Nur so könne sie sich selbst erklären, weshalb sie sich so gedankenlos auf Richard eingelassen hatte. Kaum hatte Elsa dies ausgesprochen, schlug sie sich erschrocken die Hand vor den Mund, als hätte sie versehentlich etwas preisgegeben, was sie niemandem hatte eingestehen wollen. Luise hatte es mit einer Geste abgetan und nur gemeint, sie hätte sich schon gewundert, wie Richard eine so nette, vor allem aber kluge Frau hatte gewinnen können. Kurz hatten sie sich angesehen, dann mussten beide loslachen. Danach war das Eis endgültig gebrochen, und sie waren von Tag zu Tag offener und freundlicher miteinander umgegangen.

»Also, mir wirst du sehr fehlen, wenn du ab jetzt wieder deine Tage im Kontor verbringst«, bemerkte Elsa.

»Sie wird ja nicht ihre Tage dort verbringen«, korrigierte Richard. »Sie will nur mal kurz Guten Tag sagen, oder nicht, Cousine? Immerhin habe ich deine Arbeit übernommen, und es gibt absolut nichts, was du tun könntest. Du wolltest Mutter sein. Also überlass das Geschäftemachen künftig den Männern. Das ist für alle besser so.«

Die Bemerkung versetzte Luise einen Stich. Sie hatte es ihrem Vater ohnehin übel genommen, dass er Richard die Gelegenheit geboten hatte, ihre Arbeit im Kontor für die erste Zeit, in der sie sich ihrer Tochter widmen wollte, zu übernehmen. Dies nun von Richard, von dem sie alles andere als eine hohe Meinung hatte, ins Gesicht gesagt zu bekommen, traf sie bis ins Mark.

»Einen Moment«, mischte sich nun Robert ein, bemüht, seine Stimme nicht zu hart klingen zu lassen, um die kleine Viktoria auf seinem Arm nicht zu wecken. »Du weißt ganz genau, dass es Luise ist, die entscheidet, wann sie wieder Aufgaben im Kontor übernehmen möchte. Du solltest lediglich die Gelegenheit bekommen, dich zu bewähren, Richard, das war von Anfang an klar.«

»Und das habe ich getan, oder etwa nicht?«

»Du hast dich nicht schlecht geschlagen, besser sogar, als ich erwartet hatte. Entschuldige, wenn ich es so offen ausspreche, doch deine Leistungen können tatsächlich mit Luises Kompetenz in der Führung der Firma nicht mithalten.«

»Soll das heißen, dass ich nichts als ein Lückenbüßer war und keine Gelegenheit bekommen werde, im Kontor weiter aufzusteigen?« Richard funkelte seinen Onkel wütend an.

»Nein, das heißt es durchaus nicht«, erwiderte Robert. »Für fähige Leute wird es immer einen guten Posten geben. Doch mir hat missfallen, wie du Luise soeben abgekanzelt hast. Ein bisschen weniger Eigennutz und dafür etwas mehr Fingerspitzengefühl würden dir guttun.«

Richard wollte etwas sagen, doch Robert hob die Hand und bedeutete ihm, dass er noch nicht fertig war. »Wenn du nicht stets nur auf deinen Vorteil bedacht wärst und dir einen kleinen Moment zum Nachdenken genommen hättest, wärst du ganz von allein darauf gekommen, dass Luise nun, da sie Viktoria hat, ganz unmöglich wieder mit demselben Arbeitsumfang ins Kontor einsteigen kann wie zuvor. Doch du hast wieder einmal nur dich und deine eigenen Interessen gesehen, hast dich unklug geäußert und damit Luises Gefühle verletzt.« Er sah zu seiner Tochter hinüber. »Oder täusche ich mich?«

Luise erwiderte seinen Blick, antwortete aber nicht. Sie kämpfte verzweifelt gegen die Tränen an, die ihr in die Augen stiegen. Nicht etwa wegen Richards Fehlverhalten, sondern weil ihr Vater offenbar genau gespürt hatte, wie nah ihr die Bemerkung des Cousins gegangen war, und weil sein Eingreifen ihr vermittelte, dass er davon ausging, sie könne sich nicht selbst gegen Richard zur Wehr setzen. Was sie, gepaart mit dem Gefühl, seit Viktorias Geburt ohnehin etwas dünnhäutig zu sein, ungeheuer irritierte. Sie atmete tief durch, und gerade als Robert erneut etwas sagen wollte, konstatierte Luise: »Danke, Vater, doch ich kann für mich selbst sprechen.« Sie wandte sich an Richard und sah ihm direkt in die Augen. »Mein Vater irrt, wenn er denkt, dass deine unpassende Bemerkung mich verletzt hat.

Dafür kenne ich dich zu gut und weiß genau, dass es dir immer schon in erster Linie um dich selbst und deine eigenen Belange ging. Vater hat natürlich recht, ich kann und will nicht die gleiche Stundenzahl arbeiten wie vor der Geburt. Doch sei gewiss, dass ich künftig in regelmäßigen Abständen vorbeikommen und nach dem Rechten sehen werde. Und da du gezeigt hast, dass dir meine Gefühle egal sind, lass dir eines gesagt sein: Wehe dir, wenn ich auf irgendetwas stoßen sollte, das du nicht zu meiner Zufriedenheit erledigt hast.« Noch einmal atmete sie tief durch. »Dann sind mir deine Gefühle nämlich ebenfalls egal, und ich werde dich behandeln wie jeden anderen Angestellten, dessen Leistung den Anforderungen des Kontors nicht entspricht.«

»Du kannst doch gar nicht beurteilen, was ich alles geleistet habe«, empörte sich Richard.

»Ach, das glaubst du doch nicht wirklich«, entgegnete Luise. »Nach nur einer Stunde im Kontor werde ich mir bereits einen Überblick verschafft haben und sehr genau beurteilen können, was du geleistet oder eben auch nicht geleistet hast.«

»Bitte, können wir nicht wieder freundlich miteinander umgehen?«, bat Elsa und deutete auf ihre Tochter. »Wenn ihr euch weiter so angreift, werde ich mit Marie den Raum verlassen.«

»Du hast recht. Bitte entschuldige, Elsa«, bat Luise.

Einen Moment sagte niemand etwas, dann ergriff Richard aber nochmals das Wort. »Robert, hast du nachher Zeit für ein Gespräch?«

»Sicher. Frag Fräulein Schreiber, sie kennt meine Termine besser als ich.«

»Gut«, sagte Richard, stand auf und warf seine Serviette auf den Stuhl. »Mir ist der Appetit vergangen. Einen schönen Tag zusammen.« Damit ging er hinaus, ohne auch nur die Reaktion seiner Ehefrau abzuwarten.

Elsa war anzusehen, wie unwohl sie sich fühlte. »Es tut mir leid«, sagte sie schließlich.

»Dir? So ein Unsinn!«, erwiderte Luise sofort. »Du solltest es auch nicht so ernst nehmen. Richard und ich sind schon immer aneinandergeraten, schon als wir noch Kinder waren.«

»Ich sollte ihm wohl hinterhergehen und ihm Beistand anbieten«, überlegte Elsa laut.

»Der braucht keinen Beistand«, stellte nun Hans fest. »Mach dir keine Gedanken, Elsa. So sind die Hansens nun einmal. Alles kocht von einem Moment auf den anderen hoch und kühlt sich auch ebenso rasch wieder ab. Du und Marie solltet euch nicht euer Frühstück verderben lassen.«

Elsa deutete ein Lächeln an, zögerte noch. Dann jedoch entschied sie sich, sitzen zu bleiben und Richard nicht nachzugehen. Schließlich hatte er sie auch nicht beachtet, als er hinausgestürmt war. Und wenn sie ehrlich war, waren ihr die Menschen hier im Raum wesentlich sympathischer als ihr Ehemann, der ihr von Tag zu Tag mehr den letzten Nerv raubte.

2. Kapitel

»Das ist sie also?« Ganz vorsichtig beugte die Sekretärin sich über das kleine Mädchen.

»In voller Pracht, Fräulein Schreiber. Darf ich Sie mit Viktoria Isabel Petersen bekannt machen?« Luise zog das Mützchen ein klein wenig beiseite, damit die Sekretärin das Gesicht des Babys besser erkennen konnte.

»Ach, Frau Petersen, das ist ja eine reizende kleine Maus.«

»Sie glauben nicht, wie viel Freude sie uns bereitet. Sie ist eben während der Kutschfahrt eingeschlafen. Doch wenn sie später wach ist, können Sie sie sehr gern einmal auf den Arm nehmen.«

»Ach, ich weiß nicht …« Die Sekretärin schüttelte den Kopf und hob zaghaft die Hände. »Sie wissen ja, ich habe selbst nie Kinder bekommen. Womöglich mache ich etwas falsch oder tue der Kleinen am Ende noch weh.«

»Ach was. Glauben Sie mir, ich würde meine Tochter bestimmt nicht vielen Menschen in den Arm legen. Aber Ihnen gebe ich sie gern und in vollem Vertrauen.«

»Es ist reizend von Ihnen, dass Sie das sagen, Frau Petersen.« Der Sekretärin war anzusehen, dass sie sich über die Wertschätzung, die in Luises Worten lag, aufrichtig freute.

Es war eigenartig. Früher hatte Luise stets das Gefühl gehabt, dass die überkorrekte Sekretärin ihres Vaters, die jeden Tag einen bis zu den Knöcheln reichenden Rock mit Bluse und passendem Blazer, zurückgesteckte Haare und eine Brille mit kantigem Gestell trug, sie nicht leiden konnte. Oder fast schlimmer noch: Sie respektierte Luise einfach nicht. Für Fräulein Schreiber, das hatte Luise immer gespürt, war sie nichts weiter als die Tochter des Firmeninhabers, die ihren Posten auch nur aus diesem Grund bekommen hatte. Mit der Zeit jedoch hatte sich eine Veränderung in Fräulein Schreibers Verhalten gezeigt. Offenbar war es die Art und Weise, wie Luise ihre Arbeit erledigte, und welche Führungsqualitäten sie den Mitarbeitern gegenüber an den Tag legte, die der Sekretärin Respekt einflößten. Insbesondere in einer Situation, in der ein einfacher Arbeiter eine Unachtsamkeit begangen hatte, weswegen es im Lager zu einem kleinen Brand gekommen war, der zwar rasch hatte gelöscht werden können, jedoch einigen Schaden hinterließ, bewies Luise Klugheit und Weitsicht. Ihr Vater hatte nichts von dem Vorfall mitbekommen, weil er an dem Tag zusammen mit Wilhelm Petersen in Eckernförde war, um dort eines seiner neuen Kaffeehäuser einzuweihen.

Daher wurde der Vorfall Luise vorgetragen, und der Arbeiter, ein sechsfacher Familienvater, musste ihr gegenüber die Verfehlung eingestehen und war bereits sicher, seine Anstellung zu verlieren.

Luise hörte sich an, was sich ereignet hatte, nahm die Stelle im Lager selbst in Augenschein, ließ sich erklären, wie es dazu gekommen war, und sich dann eine Auflistung erstellen, wie hoch der tatsächliche Schaden für das Kontor war. Dann kehrte sie mit dem Arbeiter in ihr Büro zurück und teilte ihm dort unter vier Augen ihre Entscheidung mit, dass sie ihm für die Dauer von vier Wochen fünf Prozent seines Lohns abziehen würde. Zwar deckte die Summe nicht mal im Ansatz den Schaden, der dem Kontor entstanden war, doch Luise fand, dass der Mann mit dem Schrecken und der finanziellen Einbuße genug gestraft sei und dass es vollkommen unnötig wäre, ihm darüber hinaus auch noch seine Anstellung und damit den Lebensunterhalt für Frau und Kinder zu nehmen.

Der Mann hatte ihr überschwänglich gedankt und am Folgetag einen Kuchen für Luise mitgebracht, den seine Frau für sie gebacken hatte. Damit war die Angelegenheit erledigt, und Luise verlor nie wieder ein Wort über die Sache. Auch Robert nicht, denn natürlich hatte Luise ihm von dem Vorfall berichtet. Er fand es nur richtig, die Entscheidung der Tochter ohne Wenn und Aber zu respektieren und zu unterstützen, um so allen Mitarbeitern des Hansen'schen Kontors zu demonstrieren, dass Luises Entscheidungen genauso bindend waren wie seine eigenen.

Von diesem Zeitpunkt an hatte Luise bemerkt, dass sie von den Mitarbeitern anders wahrgenommen wurde. Es war, als brächte man ihr allgemein mehr Respekt entgegen. Insbesondere Fräulein Schreiber war nach dem Ereignis wie verwandelt, fragte öfter als zuvor, ob Luise noch einen Kaffee oder Tee wolle oder sie sonst etwas für sie tun könne.

Luise hatte ihren Vater während eines gemeinsamen Gesprächs einmal darauf angesprochen. Seiner Meinung nach hatte Luise durch ihr Verhalten nach dem Brandvorfall deutlich gemacht, dass sie die ihr übertragene Führungsposition wirklich ausfüllen konnte. Dass sie weder oberflächlich noch selbstgefällig, weder zu nachsichtig noch übertrieben streng war, sobald es um Entscheidungen ging, die weitreichende Folgen für die bei ihr angestellten Menschen hatten. Luise blieb am Ende das gute Gefühl, sich richtig verhalten zu haben, und die Bestätigung, trotz ihrer jungen Jahre mit schwierigen Situationen umgehen zu können. Und es machte ihr Freude, mit welcher Aufmerksamkeit und welchem Respekt sie seither behandelt wurde und dass fast alle Angestellten ihr freundlich und offen gegenübertraten.

»Ihr Vater hat gar nicht gesagt, dass Sie heute kommen«, sagte nun Fräulein Schreiber. »Ich hätte doch einen Kuchen mitbringen können.«

»Um Himmels willen, nur das nicht! Erst einmal muss ich die überflüssigen Pfunde wieder loswerden, die die Kleine mir beschert hat«, gab Luise zurück.

»Ach, Frau Petersen, Sie haben doch wirklich so eine blendende Figur. Wenn Sie Ihre Viktoria nicht bei sich hätten, würde niemand vermuten, dass Sie vor Kurzem Mutter geworden sind.«

»Glauben Sie mir, Fräulein Schreiber, das ist alles geschummelt.« Luise zwinkerte ihr zu. »Ich muss ganz schön schnüren, um in meine Kleider zu passen.«

Die Tür zu Roberts Büro wurde geöffnet. »Ah, habe ich doch deine Stimme gehört. Ich dachte, du würdest schon früher kommen.«

»Kann ich Ihnen etwas bringen?«, fragte Fräulein Schreiber noch rasch.

»Nein danke, ich möchte nichts«, gab Luise zurück und sagte dann an Robert gewandt: »Du glaubst nicht, wie lange es dauert, bis alles zusammengepackt ist, was man für einen so kleinen Menschen braucht.« Sie sah die Sekretärin noch mal an. »Dann bis später, Fräulein Schreiber. Und wenn sie wach ist, komme ich wieder her.«

»Na gut, ganz wie Sie meinen.« Die Skepsis war noch immer in der Stimme der Sekretärin zu hören, doch eine gewisse Vorfreude schwang ebenso darin.

Luise schenkte ihr noch ein Lächeln und ging dann, den Kinderwagen mit Viktoria darin vor sich herschiebend, zu Robert.

»Weißt du was?«, sagte sie dann zu ihrem Vater. »Ich war gerade so weit, dass ich aufbrechen und in die Kutsche steigen wollte, da stieg mir ein ganz bestimmter Duft in die Nase, und ich musste noch einmal zurück und ihr saubere Windeln anlegen.« Sie seufzte. »Ich werde nie mehr irgendwelche Termine machen können, Vater, nie mehr.«

Robert lachte laut, hielt die Tür auf und ließ Luise in sein Büro treten. Als sie an ihm vorbeikam, warf er einen kurzen Blick in den Kinderwagen. Dann schloss er hinter ihr die Tür.

Luise stellte das Gefährt neben dem Schreibtisch ab, ließ sich von ihrem Vater aus dem Mantel helfen, warf noch einen Blick in den Kinderwagen, um sicher zu sein, dass Viktoria noch schlief, und setzte sich dann auf einen der Besucherstühle.

Robert nahm in seinem Schreibtischsessel Platz, den er sich erst vor wenigen Wochen gekauft hatte. Er war aus braunem Leder gefertigt und hatte ein kleines Vermögen gekostet. Außerdem hatte Robert sich in seinem Büro einen eigenen Telefonapparat zugelegt, während die Telefonate sonst nur über das zentrale Gerät auf dem Korridor geführt worden waren. Luise fand es gut, dass ihr Vater sich endlich einmal dazu durchgerungen hatte, sich etwas zu gönnen und nicht immer wieder jeden Pfennig so lange umzudrehen, bis eine Mark daraus wurde, die er dann sofort wieder ins Kontor investieren konnte. Eine Zeit lang, fand sie, hatte er durch die hohen Schulden, gegen die die Hansens nach dem Tode ihres Großvaters anzukämpfen gehabt hatten, das Gefühl dafür verloren, dass es durchaus legitim war, auch einmal Geld für sich selbst auszugeben. Robert hatte selbst beim Schneider nur die Anzüge in Auftrag gegeben, die zwingend vonnöten waren, um einen seriösen Eindruck in der Geschäftswelt zu hinterlassen. Luise hingegen hatte er immer wieder angeboten, dass sie sich ruhig einmal wieder neue Kleider zulegen könnte, was ihr jedoch ebenso wenig wichtig war wie ihrem Vater die Anzüge. Doch was bei ihr eher einer gewissen Gleichgültigkeit modischer Kleidung gegenüber entsprang, war bei ihrem Vater die nackte Angst davor, zu viel Geld auszugeben und eines Tages womöglich wieder nicht zu wissen, wovon die nächsten Rechnungen bezahlt werden sollten. Ja, bei Robert hatte die plötzliche Erkenntnis nach dem Tod seines Vaters, dass das Kontor aus nichts als einem Schuldenberg bestand, eine tiefe Wunde hinterlassen, über die sich erst nach geraumer Zeit Narbengewebe gebildet hatte. Und selbst jetzt, wo die Hansens sich zu einer der reichsten Familien Hamburgs hochgearbeitet hatten, war Robert noch immer vorsichtig und gönnte sich oft nur dann etwas, wenn es wirklich erforderlich war. Dass er sich zum Kauf des Ledersessels entschlossen hatte, war für Luise eine Überraschung gewesen. Fast entschuldigend hatte Robert von seinem Neuerwerb erzählt und auch gleich die Rechtfertigung hinterhergeschoben, dass er auf dem Sitzmöbel immerhin die meiste Zeit des Tages verbrächte und deshalb die Notwendigkeit sähe, hier etwas Geld zu investieren. Luise hatte nur den Kopf geschüttelt, nicht über die umständliche Erklärung, sondern darüber, dass ihr Vater, der so viel Geld verdiente, glaubte, eine solche überhaupt nötig zu haben.

»Ich habe deinen neuen Sessel noch gar nicht gesehen«, sagte Luise nun. »Er sieht wirklich schön aus.«

Sofort sprang Robert auf. »Ja, richtig. Du hattest ja noch gar keine Gelegenheit.« Er wirkte sichtlich zufrieden. »Ich bin wirklich froh, mich dafür entschieden zu haben. Ich hatte ihn kaum zwei Tage, da waren meine Rückenbeschwerden verschwunden. Fast ärgere ich mich, ihn nicht früher angeschafft zu haben.« Er strich sanft über das Leder.

»Wirklich komfortabel«, urteilte Luise anerkennend, und Robert nahm wieder Platz.

»Vielleicht wäre es ohnehin an der Zeit, dass du dir mal wieder etwas gönnst«, schlug Luise vor.

»Ich? Was meinst du damit? Ich habe doch wirklich alles, was ich brauche.«

»Ach ja? Nun, so wie ich das sehe, sparst du, wo immer du kannst. Und das meine ich nicht nur in finanzieller Hinsicht. Denn dass du ein gesellschaftliches Leben außerhalb deiner geschäftlichen Verpflichtungen hast, kann man nun wirklich nicht behaupten.«

»Kein Wunder. Wenn ich meine Arbeit am Abend getan habe, bin ich froh, nach Hause zu kommen und nicht mehr reden zu müssen«, stellte Robert nüchtern fest.

»Du bist ein geschiedener und damit freier Mann, Vater. Womöglich wäre es an der Zeit, dass du die gesellschaftlichen Anlässe auch mal wieder mit anderen Augen betrachtest, als nur auf das Kontor bezogen.«

»Luise Petersen, willst du etwa deinen Vater mit der nächstbesten Frau verkuppeln?«, scherzte er und zwinkerte Luise zu.

»Nicht mit der nächstbesten sicherlich, aber ich hätte nichts dagegen, wenn es eine gäbe, die dich spüren lässt, dass das Leben mehr zu bieten hat als nur Geschäfte.«

»Na, das sind ja ganz neue Töne«, befand Robert.

»Vielleicht hast du recht«, gab Luise zu. »Ich habe wohl wirklich ein bisschen umgedacht. Vor allem, seit ich Viktoria habe.« Sie lehnte sich weiter vor. »Weißt du, ich bin inzwischen wirklich sehr glücklich mit Hans. Und unsere Kleine macht alles vollkommen. Manchmal überfällt mich eine solche Dankbarkeit für das Leben, das ich führen darf, dass ich vor Freude weinen möchte.«

Robert ließ sich in seinen Sessel zurücksinken und legte den Kopf an die Lehne. »Meine kleine Luise ist erwachsen und zu einer richtigen Frau geworden«, stellte er lächelnd fest. »Wer hätte das gedacht?«

»Ich möchte einfach, dass du auch wieder glücklich bist. Du hättest es wirklich verdient.«

Robert blickte sie nachdenklich an. »Ach ja, findest du?«

»Aber natürlich. Weshalb denn nicht?«

»Ach, weißt du, mir ist nicht wirklich danach. Genau genommen habe ich bisher gar nicht darüber nachgedacht.«

»Aus Furcht, wieder enttäuscht zu werden?«

»Furcht?« Er machte eine wegwerfende Handbewegung. »Furcht kenne ich nicht.«

»Ach bitte, Vater, jeder kennt Furcht.«

»Nein, Furcht würde ich es nicht nennen. Aber ich gebe zu, dass ich nicht wieder enttäuscht werden möchte. Und dabei spreche ich nicht nur von einer Frau.« Er atmete geräuschvoll aus. »Es waren ja nicht nur Elisabeth und Georg«, fuhr er fort. »Gewiss, die beiden haben es auf die Spitze getrieben. Doch ich habe auch andere Wegbegleiter gehabt, die ich für meine Freunde hielt und die sich am Ende als das Gegenteil herausstellten. Ich habe für mich die doch recht bittere Erkenntnis gewonnen, dass den wenigsten Menschen wirklich zu trauen ist. Die meisten sind zu sehr auf ihren Vorteil bedacht, weißt du?«

»Mir kannst du aber vertrauen«, bemerkte Luise.

»Oh ja, das weiß ich. Und das tue ich auch. Und tatsächlich vertraue ich deinem Ehemann und auch deinem Schwiegervater. Sie sind rechtschaffene, ehrliche Männer. Und weißt du, was ihr großer Vorteil ist?«

»Nein, was?«

»Sie brauchen kein Geld.« Er hob die Hand, als erwarte er ihren Widerspruch. »Es ist tatsächlich so, du kannst mir glauben. Sobald es um Geld geht und beispielsweise jemand, den du für deinen Freund hieltest und der durch dich gute Geschäfte gemacht hat, durch einen anderen Geschäftspartner ersetzt wird, ist auch die persönliche Bindung nichts mehr wert. Die meisten Menschen können Geschäft und Privatleben nicht voneinander trennen. Oder aber sie sind einfach verlogen und gierig, wie meine frühere Frau. Entschuldige, wenn ich so über deine Mutter spreche.«

»Kannst du es denn?«

»Was?«

»Na, das Geschäftliche vom Privaten trennen?«, fragte Luise und ging damit gar nicht erst auf die Bemerkung zu ihrer Mutter ein.

»Oh ja, das kann ich. Und ich tue es. Nimm zum Beispiel Ludwig, den Mann deiner Schwester, er bestellt gelegentlich bei uns, nicht wahr?«

»Ja, ich weiß.«

»Nun, er hat einen neuen Lieferanten, der bessere Preise bieten kann. Zwar entspricht die Qualität der Ware nicht der unseren, doch Ludwig und sein Bruder sehen vor allem auf den Preis. Und zürne ich ihm deshalb? Nein, das tue ich nicht. Ich halte Ludwig für einen feinen Menschen und habe ihn gern zum Schwiegersohn. Er ist als Mensch ein Gewinn. Sein Geld brauche ich nicht.«

»Also stehst du diesbezüglich auf einer Stufe mit Hans und Wilhelm?«

»Ja, das kann man so sagen. Es ist ein gutes Gefühl, nicht auf das Geld angewiesen zu sein und sich deshalb von Menschen abhängig machen zu müssen. Man ist freier auf diese Weise.«

»Das ist wohl wahr«, befand Luise. »Doch eigentlich lenkst du vom Thema ab. Ich hatte dich gefragt, ob es nicht an der Zeit wäre, dich wieder auf das gesellschaftliche Parkett zu begeben.«

»Du bist ganz schön hartnäckig, junge Frau.«

»Und du stur. Was hast du schon zu verlieren, wenn du dich ein bisschen umsiehst? Oder sitzt die Enttäuschung über Mutter noch immer so tief? Liebst du sie womöglich noch?«

»Unsinn!«, protestierte Robert sofort. »Nein, das ist es nicht.«

»Was ist es denn dann?«

Einen Moment sagte Robert nichts, schien nachzudenken. Gab es etwas, das er Luise nicht erzählen wollte?

Er setzte sich wieder aufrecht hin. »Es tut mir leid, aber ich bin einfach nicht interessiert.«

Luise beäugte ihn kritisch. »Sag mal, gibt es da vielleicht schon jemanden?«

»Wie kommst du denn darauf?« Robert stand auf und ging zum Fenster.

Täuschte sich Luise, oder versuchte er so ihrem Blick auszuweichen? »Na, du kannst mich ja nicht einmal ansehen! Vater, da ist doch etwas, besser gesagt jemand. Kenne ich sie?«

»Es ist gar nichts.« Es klang schroffer, als er beabsichtigt hatte. »Und jetzt sei so gut und lass uns über etwas anderes sprechen.« Er räusperte sich. »Wie ist es denn nun für dich, nach all den Wochen wieder hier im Kontor zu sein?«

Luise irritierte sein abrupter Themenwechsel. Was verschwieg er ihr? Sie wollte gern weiterbohren, wusste jedoch, dass dies bei ihm nur zu noch mehr Widerstand führen würde. Also beschloss sie, es zumindest für den Moment gut sein zu lassen.

»Ich … ähm …«, sie musste erst die richtigen Worte finden, »nun ja, es ist wie Nachhausekommen. Ich werde gleich in mein Büro gehen und mir die Bücher bringen lassen. Keine Sorge, ich werde nicht sofort wieder anfangen zu arbeiten. Aber einen kurzen Blick möchte ich schon darauf werfen.«

»Die Bücher?«

»Aber ja, die Orderlisten, Lagerbestände, Ein- und Ausgänge.«

»Die brauchst du dir nicht bringen zu lassen, die sind schon dort.«

»Ihr bewahrt die Bücher trotz meiner Abwesenheit in meinem Büro auf?«

»Ja, bei Richard.«

»Wie – bei Richard?« Luise spürte, wie sich ein Knoten in ihrem Hals bildete.

»Na, Richard hat während der letzten Wochen in deinem Büro gearbeitet. Ich dachte, das wäre so vereinbart.«

»Was?«, brauste Luise auf. »Und das hast du zugelassen?«

Robert stieß sich vom Fenster ab und kam herüber. »Moment mal – soll das heißen, das war gar nicht so abgesprochen zwischen euch?«

»Nein«, presste Luise wütend hervor, »das war es ganz und gar nicht. Hat Richard das etwa behauptet?«

Robert überlegte einen Moment. »Ich erinnere mich nicht genau, wie es am Ende dazu gekommen ist. Ich will nichts Falsches behaupten, doch ich glaube, er sagte, du wolltest es so, solange er deinen Posten einnimmt.«

»Und das soll ich gesagt haben? Pah!« Luise schnaubte vor Wut. »Jeden Abend sitzen wir miteinander am Tisch und essen gemeinsam, und nicht ein einziges Mal wurde das mir gegenüber erwähnt. Warum ist er nicht in Georgs Büro gegangen, verdammt noch mal?«

»Luise, bitte reiß dich ein wenig zusammen!«

»Ich soll mich zusammenreißen?«, empörte sich Luise. »Hinter meinem Rücken werden Intrigen gesponnen, und du siehst einfach zu. Und dann bin ich diejenige, die sich zusammenreißen soll?«

Ein leises Greinen drang aus dem Kinderwagen, das mit jedem Moment weiter anschwoll. Offenbar hatte ihr Gefühlsausbruch ihre Tochter in Unruhe versetzt. Luise beugte sich über den Kinderwagen. Noch immer bebte sie vor Wut.

»Von Intrigen kann nun wirklich nicht die Rede sein«, widersprach Robert. »Doch ich gebe dir recht – ich hätte misstrauisch werden müssen. Gehen wir am besten gleich zu Richard und klären das Ganze.«

Luise hob Viktoria aus dem Wagen und wiegte sie in den Armen. »Ist ja gut, mein Schatz. Alles ist in Ordnung. Scht, scht.« Sie blickte ihren Vater an. »Ich möchte sie erst wieder beruhigen, bevor wir zusammen hinübergehen«, sagte sie und musste sich zwingen, ihrer Stimme einen sanften Klang zu verleihen. Dieser verdammte Richard! Dachte er wirklich, dass er damit durchkommen würde? Nicht einmal an diesem Morgen, als sie angekündigt hatte, heute ins Kontor zu kommen, hatte er es für nötig gehalten, etwas dazu zu sagen.

Sie blickte in Viktorias Gesicht, strich ihr zärtlich über die Wange. Sie wiegte die Kleine weiter hin und her, bis Viktoria wieder ganz ruhig in ihren Armen lag.

»Gehen wir«, sagte Luise entschlossen und machte sich auf den Weg zur Tür. Robert beeilte sich, sie vor ihr zu erreichen, um seiner Tochter und seiner Enkelin die Tür öffnen zu können. Gemeinsam verließen sie das Büro, und Luise trat direkt an den Schreibtisch von Fräulein Schreiber. »Viktoria ist jetzt wach«, verkündete sie, ganz so, als sei das der einzige Grund, weshalb sie und ihr Vater mit der Kleinen gekommen waren.

Fräulein Schreiber stand sofort auf und eilte um den Schreibtisch herum. Ganz behutsam, fast zaghaft schob die Sekretärin die Decke, in die das Kind gewickelt war, beiseite. Ein Lächeln huschte über ihr Gesicht, als sie Viktoria zärtlich über die Wange strich.

»Möchten Sie sie gern einmal halten?«, fragte Luise sie.

»Ich habe ja immer noch ein bisschen Furcht, etwas falsch zu machen«, gestand die Sekretärin, machte dann aber doch Anstalten, Viktoria auf den Arm zu nehmen.

Vorsichtig reichte Luise ihre Tochter hinüber und zog ihre Hand erst zurück, als sie sicher sein konnte, dass Fräulein Schreiber die Kleine sicher gefasst hatte.

Es war Luise eine Freude zu sehen, wie glücklich die sonst so sachliche Angestellte plötzlich wirkte. Sie hatte gar nichts mehr mit der Person gemein, von der Luise sich früher abgelehnt gefühlt hatte und die ihrerseits Luise nicht so richtig hatte leiden können.

Zuerst wirkte es etwas steif, wie Fräulein Schreiber Viktoria hielt. Doch dann entspannte sich ihre Haltung, und sie wiegte das kleine Mädchen enger und mit größerer Selbstverständlichkeit als noch Momente zuvor.

»Sie mag Sie«, bemerkte Luise. »Wenn Viktoria jemanden nicht leiden kann, tut sie das lautstark kund.«

»Ach ja?« Fräulein Schreiber hielt den Blick die ganze Zeit auf das Kind gerichtet. »Ist das wahr?«, flüsterte sie Viktoria zu. »Wenn das so ist und nicht nur ich dich, sondern du auch mich magst, dann kann ich dir hier alles zeigen. Das ganze Kontor. Möchtest du das? Ja?«

Viktoria sah sie aufmerksam an, als versuchte sie zu verstehen, was ihr da gesagt wurde.

»Ich würde gern kurz zu meinem Cousin in mein Büro hinübergehen«, erklärte Luise. »Kann ich Viktoria solange bei Ihnen lassen oder soll ich sie lieber mitnehmen?«

»Also, ich würde den kleinen Schatz sehr gern noch ein bisschen hierbehalten«, antwortete Fräulein Schreiber. »Natürlich nur, wenn das für Sie in Ordnung ist, Herr Hansen. Ich werde die Zeit selbstverständlich später nacharbeiten.«

»Ach, Fräulein Schreiber, wann hätte ich jemals verlangt, dass Sie Ihre Arbeit auf die Minute genau zu erledigen haben? Sie sind doch ohnehin immer länger hier, als Sie es überhaupt müssten«, erwiderte Robert freundlich.

»Wenn Viktoria unruhig wird oder zu weinen beginnt, bringen Sie sie mir einfach, ja?«

»Das werde ich«, versprach Fräulein Schreiber. »Aber ich glaube, wir werden uns hervorragend verstehen. Meinst du nicht auch, meine Kleine?« Sie nahm Viktorias Händchen und strich zärtlich darüber, was das Kind mit einem fröhlichen Glucksen quittierte.

»Gut«, sagte Luise, atmete noch einmal tief durch und ging dann mit Robert an ihrer Seite zu ihrem Büro hinüber.

Während Robert die Hand hob, um anzuklopfen, verzichtete Luise auf diese Höflichkeit und trat unvermittelt ein.

Richard, der seine Füße auf den Schreibtisch gelegt hatte und gerade in irgendwelchen Unterlagen blätterte, wäre vor Schreck fast vom Stuhl gefallen. »Himmel, habt ihr mich erschreckt! Schon mal was von Anklopfen gehört?«

»Ich bin stets so höflich, an die Tür zu klopfen – nur ergibt es in diesem Fall keinen Sinn, da dies hier mein eigenes Büro ist, in dem niemand außer mir etwas zu suchen hat!«

»Ich freue mich auch sehr, dich zu sehen, Cousinchen.«

Luise trat auf den Schreibtisch zu und sah kurz hinter sich, um zu prüfen, ob ihr Vater die Tür geschlossen hatte. Als sie sicher war, dass man sie draußen nicht hören konnte, beugte sie sich über den Schreibtisch. »Was fällt dir ein, dich einfach so in meinem Büro breitzumachen?«

»Wie bitte?«, empörte sich Richard. »Du selbst hast es mir doch erlaubt. Weißt du das denn nicht mehr?«

»Ich habe lediglich ein Kind bekommen, nicht mein Erinnerungsvermögen verloren, Richard. Ich habe es dir mitnichten *erlaubt*, wie du es ausdrückst. Wir haben nicht einmal darüber gesprochen.«

»Aber sicher haben wir das. Lass mich nachdenken. Das war, als wir zusammen …«

Luises Hand sauste mit voller Wucht auf die Schreibtischplatte herab. »Halt deinen Mund!«, fuhr sie Richard an. »Behalt deine Lügen für dich – und jetzt sofort runter von meinem Stuhl, sonst vergesse ich mich!«

Richard sprang auf. »Wer macht denn hier die ganze Arbeit, während du Kinderhintern puderst?«

»Jetzt reißt ihr euch aber beide sofort zusammen!«, schimpfte Robert. »Ihr führt euch auf wie die Kinder.«

»Sie vielleicht«, erwiderte Richard entrüstet. »Ich ganz bestimmt nicht. Möglich, dass ich dich falsch verstanden habe und irrigerweise davon ausging, dass du einverstanden wärst, wenn ich dein Büro nutze. Aber das ist noch lange kein Grund, sich hier so aufzuführen.«

»Du weißt sehr genau, dass du mich nicht falsch verstanden hast oder es irgendeinen Irrtum gegeben hat. Du hast dir einfach genommen, was du wolltest, obwohl es dir nicht gehört. So wie du es schon immer gemacht hast.«

»Nun hör aber auf. Genau genommen gehört dieser Raum nicht dir, sondern dem Kontor, nicht wahr? Und dein Anspruchsdenken, dass er leer stehen soll, obwohl er zur Arbeit genutzt werden könnte, ist einfach lächerlich. Vielleicht solltest du darüber mal nachdenken.«

»Ach, jetzt komm mir doch nicht so«, wehrte Luise ab. »Du willst doch nur von deinem Verschulden ablenken und vertuschen, dass du dich wieder mal wie der letzte Mensch benommen hast.«

»Ich? Jetzt pass aber auf, was du sagst! Dein Vater hat mir die Gelegenheit geboten zu beweisen, dass ich die Stelle ebenso gut ausfüllen kann wie du. Und genau das habe ich getan. Nein, warte – ich habe es sogar besser gemacht!« Er sah zu Robert hinüber. »Stimmt es nicht, Onkel? Das Kontor hat durch mich mehr Geld verdient und höhere Gewinne erzielt. So ist es doch, nicht wahr?«

Luises Kopf fuhr herum. »Was meint er damit, Vater?«

Robert war es sichtlich unangenehm, Stellung beziehen zu müssen. »Richard hat seine Sache wirklich gut gemacht«, antwortete er ausweichend.

»*Gut* dürfte wohl untertrieben sein. Wir verkaufen jetzt mehr als je zuvor.«

»Inwiefern?«

»*Inwiefern?*«, äffte Richard seine Cousine nach. »Na, indem ich mehr verkaufe und noch größere Mengen einkaufe. Ganz einfach.«

»Und wie hast du das geschafft?«

»Durch gute Verhandlungen und viel Einsatz. Wenn du dich mehr um alles gekümmert hättest, wäre dir das womöglich auch gelungen.«

Luise schluckte schwer.

»Du kannst aber natürlich trotzdem jederzeit in deine Stelle im Kontor zurück«, beeilte sich Robert zu versichern. »Du weißt doch, wie das Geschäft ist – mal wird mehr verkauft, dann wieder weniger.«

Der Versuch ihres Vaters, sie mit seinen Worten zu trösten, traf Luise fast noch mehr als Richards unverschämte Bemerkungen. Sie atmete tief durch, um die aufsteigenden Tränen niederzukämpfen. »Ich will trotzdem, dass du aus meinem Büro verschwindest«, sagte sie zu Richard, der Robert einen Hilfe suchenden Blick zuwarf.

»Luise hat recht«, stimmte Robert seiner Tochter zu. »Es ist ihr Büro. Ich dachte, es wäre mit ihr abgesprochen gewesen, sonst hätte ich nie zugelassen, dass du es okkupierst.«

Richard zögerte kurz, dann griff er nach den Unterlagen auf dem Schreibtisch und stapelte sie auf seinen Arm. »Na gut«, sagte er, »und wo soll ich dann arbeiten?«

»Du kannst das Büro deines Vaters nehmen«, antwortete Robert. »Es steht leer, seit er in Wien ist.«

»Der Raum am Ende des Ganges für die einfachen Angestellten, ich verstehe.« Richard ging um den Schreibtisch herum, warf Luise noch einen wütenden Blick zu und sagte dann zu Robert, als er mit ihm auf gleicher Höhe war: »Wie war das noch gleich – es zählt die Leistung, nicht wahr? Aber wohl nur dann, wenn man nicht nur ein Hansen ist, sondern das Kind von Robert Hansen. Ansonsten kann man so gut sein, wie man will, ja sogar besser, und dennoch nichts erreichen. Ein Hoch auf die Gerechtigkeit!« Damit ging er zur Tür, öffnete sie und ließ sie dann geräuschvoll ins Schloss fallen.

Robert trat von hinten an Luise heran und legte seine Hände auf ihre Schultern. Er spürte, dass ihr Körper bebte und sie die Tränen nicht länger zurückhalten konnte. »Du darfst dir das nicht so zu Herzen nehmen, Luise.«

»Ich möchte allein sein, Vater. Bitte.«

»Wie du willst. Komm in mein Büro, wenn du so weit bist.«

Luise nickte, und Robert ließ ihre Schultern los, drehte sich um und ging hinaus. Als die Tür sich schloss, ließ Luise den Tränen endlich freien Lauf.

Richards Arbeit im Kontor war erfolgreicher als ihre! Für sie brach in diesem Moment eine Welt zusammen.

3. Kapitel

Wien, Freitag, 16. November 1894

Es waren diese Momente, in denen sie fast das Gefühl hatte, alles sei in Ordnung.

Therese trug ein Lächeln auf den Lippen, war freundlich, zuvorkommend und gab sich alle Mühe, die tiefe Trauer, die sie in sich trug, nicht nach außen scheinen zu lassen. Niemand sollte sehen, wie es ihr wirklich ging. Nicht einmal ahnen lassen wollte sie ihre Gäste, wie verzweifelt sie in Wahrheit war. Und für eine Weile, wenn sie sich ganz und gar darauf konzentrierte, die Speisen und Getränke an die Tische zu bringen und einen kleinen Plausch mit ihren Gästen zu halten, konnte sie sich einbilden, dass ihr Leben noch immer dasselbe war, dass sie bald Feierabend machen, nach Hause gehen und dort alles so sein würde, wie sie es sich wünschte. Sie würde das Haus betreten, die Kinder begrüßen, die Sophia beaufsichtigte, und das Essen zubereiten. Und dann würde er heimkommen, ihr Karl, nach seinem Arbeitstag im Kontor. Ganz so, wie es immer gewesen war. Er würde ihr von den Erlebnissen des Tages erzählen, genau wie sie es tat. Und sie würden die Kinder ins Bett bringen und es sich vor dem Kamin gemütlich machen. Dann würde sie sich an ihren Mann schmiegen und ihm ganz nah sein, ganz vertraut, und alles wäre gut.

Immer dann, wenn sie an diesem Punkt ihres Tagtraumes ankam, spürte sie einen großen Fels auf ihrer Brust, der sie kaum mehr atmen ließ. Dann musste sie sich beeilen, aus dem Gästebereich in die Küche oder ihr Büro zu kommen, damit die Leute nicht sahen, wie die Tränen ihr in die Augen stiegen und die Verzweiflung sich ihren Weg an die Oberfläche suchte.

Nein, es war nichts als ein Traum, denn Karl, ihr geliebter Ehemann, war tot. Ein halbes Jahr war es nun her, dass er sich von der Brücke gestürzt und seinem Leben ein Ende gesetzt hatte, wenngleich von dieser Wahrheit nur Karls Bruder Robert und Therese selbst wussten. Karl hatte den beiden Abschiedsbriefe hinterlassen, in denen er sie um Verzeihung bat für das, was er ihnen mit seiner Entscheidung antat. Doch die Frage nach dem Warum, die hatte er nicht beantwortet, dabei war es genau das, was Therese seither beschäftigte und sie während der Nacht keinen Schlaf finden ließ.

Warum? Warum hatte er es getan? Sie hatten doch gemeinsam ein so schönes Leben gehabt. So vieles hatten sie sich aufgebaut und außerdem noch zwei reizende Kinder bekommen, die Therese nun ohne den Vater großziehen musste.

Sie konnte seinen Entschluss nicht verstehen, konnte nicht begreifen, wie er ihnen das hatte antun können. Er hatte ihr gemeinsames Leben zerstört und Therese mit einer Entschuldigung, aber ohne Erklärung zurückgelassen. Und es fiel ihr immer schwerer, damit zu leben.

Von allen Seiten hörte sie, dass die Zeit alle Wunden heile und dass sie eines Tages wieder glücklich sein würde. Sie konnte ja niemandem sagen, dass es nicht nur der Verlust an sich war, der sie fast vernichtete, sondern auch die quälende Frage, was ihr Ehemann vor ihr verheimlicht und ihn zu seiner finalen Entscheidung getrieben hatte. Was war der Grund gewesen, was hatte ihn in eine solche Verzweiflung gestürzt, dass er keinen anderen Ausweg als diesen endgültigen Schritt gesehen hatte? Weshalb hatte er nicht mit ihr gesprochen und ihr seine Sorgen anvertraut?

Einzig mit Robert, ihrem Schwager, konnte sie sich austauschen, und während sie sich in den vergangenen Monaten ausschließlich über Briefe verständigt hatten, waren sie vor Kurzem dazu übergegangen, auch miteinander zu telefonieren. Robert hatte Therese mit seinem ersten Anruf überrascht, da bisher noch kein Fernkabel von Hamburg nach Wien verlegt worden war und ein direktes Telefonat somit nicht möglich. Aus diesem Grunde hatte Robert seinen alten Freund Erhard, der als Rechtsanwalt in Berlin lebte, um Hilfe gebeten. Erhard hatte auf Roberts Kosten einen weiteren Telefonapparat gekauft, der nun direkt neben dem anderen in seinem Büro in der Kanzlei stand. Rief Robert seinen Freund an, ließ dieser sich über den anderen Apparat mit Therese in Wien verbinden und brachte die Telefone dann so nah aneinander, dass Therese und Robert miteinander telefonieren konnten. Ein kostspieliges Vergnügen, ohne Frage. Doch das war es Robert, der seinem Freund Erhard jeden Monat die aufgelaufenen Kosten bezahlte, wert. Denn gerade dieser Austausch tat Therese so gut wie derzeit sonst fast nichts in ihrem Leben. Robert verstand sie, er teilte ihre Trauer und Verzweiflung über Karls Tat, obwohl auch er nicht ahnen konnte, wie die Situation für Therese und die Kinder in Wien wirklich war. Karl fehlte einfach überall. Gewiss, das Kontor lief dadurch, dass ihr anderer Schwager Georg mit seiner Frau Vera und der gemeinsamen Tochter Frederike nach Wien gezogen und als Geschäftsführer eingesprungen war, gewohnt zuverlässig und brachte laufende Einnahmen. Doch für Therese war es, als pulsierte nach Karls Tod zwar noch das Herz, das das Kontor am Leben hielt. Die Seele jedoch war unwiederbringlich gestorben.

Vor zwei Tagen hatten Robert und Therese zuletzt telefoniert und verabredet, in fünf Tagen erneut miteinander zu sprechen. Therese freute sich schon jetzt darauf. Für sie war Robert eine Art Verbündeter, mit dem sie ein Geheimnis teilte. Vor allem aber war er der Bruder ihres verstorbenen Mannes, der ihre Gefühle nachvollziehen konnte und ihr Beistand leistete. Und ja, der ebenso wie sie eine gewisse Wut auf Karl verspürte, dass er sich keinem von ihnen anvertraut und sie mit so vielen Fragen zurückgelassen hatte. Wobei sie manches Mal während der Gespräche mit Robert den Eindruck gehabt hatte, dass er irgendwie zu ahnen schien, was in seinem Bruder vorgegangen war, bevor er diesen endgültigen Weg wählte.

Robert hatte zwar abgestritten, mehr zu wissen als Therese. Jedoch meinte sie den Schwager inzwischen gut genug zu kennen, um ein gelegentliches Ausweichen zu registrieren, wenn sie Fragen zu etwaigen Eigenheiten Karls in seiner Kindheit stellte oder zu Seiten an ihrem Ehemann, die sie zu seinen Lebzeiten vielleicht nicht bemerkt hatte. Irgendetwas, so vermutete sie, konnte oder wollte Robert ihr nicht sagen. Ob dies womöglich mit Karls Selbstmord zu tun hatte, vermochte sie nicht einzuschätzen. Sie hielt es auch für unwahrscheinlich, denn schließlich war Karl in Wien allseits nur geschätzt worden, und es hatte, soweit Therese wusste, auch nicht eine einzige Begegnung mit einem Menschen aus seiner Vergangenheit in Hamburg gegeben, dem er in Wien wiederbegegnet wäre, sodass sie die Gründe für den Selbstmord eher in Wien vermutete, nicht in den längst vergangenen Hamburger Jugendjahren. Doch die Art, wie Robert manches Mal allzu rasch das Thema gewechselt hatte, wenn Therese und er über Karls früheres Leben in Hamburg sprachen, hatte sie doch stutzig gemacht. Dabei konnte sie nicht einmal sagen, weshalb. Es war mehr ein vages Gefühl, eine Art Intuition.

Aber vielleicht bildete sie sich das alles nur ein. Womöglich vermutete sie inzwischen in jeder noch so kleinen Geste ihrer

Gesprächspartner eine Andeutung darauf, was der Grund für den Freitod ihres Mannes gewesen sein könnte. Dann musste sie sich selbst zur Ordnung rufen und fürchtete oft, irgendwann noch den Verstand zu verlieren über den Grübeleien, die ihr seit Karls Tod den Schlaf raubten.

»Bitt' schön, Frau Hansen, ich würd' gern bezahlen«, hörte sie nun einen Gast sagen und drehte sich zu ihm um.

»Aber gewiss, Herr Loibelsberger. War denn alles zu Ihrer Zufriedenheit?«

»Wie immer, Frau Hansen, hätte es nicht besser sein können«, lobte er. »Ach, sagen Sie bitte, wann wird denn der Franz einmal wieder im Kaffeehaus sein?«

»Vermissen Sie ihn denn?«, fragte Therese und freute sich, denn Herrn Loibelsbergers Bemerkung zeigte ihr, dass es nicht nur eine höfliche Floskel war. Der alte Herr hatte sich schon früher, wenn sie Franz in Ermangelung eines Kindermädchens ins Kaffeehaus hatte mitnehmen müssen, gern des Jungen angenommen und sich um ihn gekümmert.

»Aber gewiss vermisse ich ihn. Ihr Sohn ist wirklich ein ganz reizendes Kind. Zu gern würde ich ihm wieder einmal meine alten Geschichten erzählen.«

»Und er würde sich von Herzen darüber freuen, dessen bin ich sicher«, gab Therese zurück. »Wenn Sie möchten, frage ich ihn – wobei ich seine Antwort schon kenne. Er liebt es gar zu sehr, Ihren Geschichten zu lauschen.«

»Dann hoffe ich, dass er die nächsten Tage einmal wieder hier sein wird.« Er zählte das Geld aus seinem Geldbeutel ab und gab es Therese. »So passt es schon, Frau Hansen.«

»Vielen Dank, Herr Loibelsberger. Dann bis morgen«, sagte sie zu dem Gast, der schon seit Jahren jeden Tag ihr Kaffeehaus besuchte. »Wenn Sophia noch nichts anderes mit den Kindern geplant hat, könnte ich mir gut vorstellen, dass Franz gleich morgen mitkommt.«

»Ach, das wäre reizend, Frau Hansen. Ich würde mich wirklich sehr freuen.« Er erhob sich von seinem Stuhl. »Küss die Hand, gnädige Frau.«

»Einen schönen Tag noch, Herr Loibelsberger.« Sie schenkte ihm ein strahlendes Lächeln, das jedoch gleich wieder erstarb, als sie sich über den Tisch beugte und das benutzte Geschirr abräumte. Was ihr früher so leichtfiel, nämlich mit großer Fröhlichkeit durch den Tag zu gehen, verlangte ihr inzwischen alles ab und ließ sie nicht nur immer wieder in tiefe Trauer versinken, sobald sie sich unbeobachtet fühlte, sondern verursachte darüber hinaus eine ständige Müdigkeit.

Ein weiterer Gast sprach sie an, als sie das Geschirr hinaustrug, und sofort lächelte sie ihm freundlich zu und nahm seine Bestellung auf. Dann ging sie in die Küche, stellte das schmutzige Geschirr ab und sagte ihrer Angestellten Vroni, was der Gast an Tisch fünf bestellt hatte. Als diese versicherte, sich sofort darum zu kümmern, dankte Therese ihr knapp, verließ die Küche und schleppte sich in ihr Büro. Dort schloss sie die Tür hinter sich ab und ließ sich erschöpft zu Boden gleiten. Ihre Augen füllten sich mit Tränen, sie fühlte sich vollkommen kraftlos. So blieb sie einfach sitzen und weinte, bis es schließlich an der Tür klopfte.

»Einen Moment«, bat Therese, stand eilig auf, strich ihren Rock glatt und wischte sich die Tränen aus den Augen. Tief atmete sie durch, bevor sie die Tür aufschloss und öffnete. »Ja?«, sagte sie und setzte sofort ihr Lächeln wieder auf, das sich fast wie eine Maske anfühlte.

»Ist alles in Ordnung bei dir?«, fragte Judith, ihre Angestellte, die inzwischen so etwas wie ihre rechte Hand geworden war.

»Aber natürlich, alles wunderbar. Was gibt es denn?«

»Da fragt jemand nach dir – aber ich kann sie wegschicken, wenn du willst.«

»Aha. Und wer?«

46

»Es ist Frieda.« Judith schluckte kurz, und ihr war anzusehen, dass ihr der Besuch der Frau, die jahrelang für Therese gearbeitet und deren beste Freundin gewesen war, sie aber dann aus Hörigkeit zu einem kriminellen Mann bestohlen hatte, alles andere als recht war. »Sag nur ein Wort, und ich schicke sie zum Teufel.«

Therese überlegte einen Moment. Sie war stets der Überzeugung gewesen, man müsse verzeihen können. Doch sie wollte diese Frau, der sie so viele Jahre lang wie einer Schwester verbunden gewesen war und die sie am Ende mehr als jeder andere Mensch in ihrem Leben enttäuscht hatte, niemals wiedersehen. Das letzte Mal, dass sie mit Frieda gesprochen hatte, war kurz vor Karls Tod gewesen, als deren Diebstahl aufgedeckt worden war und Karl, Thereses Bruder Florentinus und sie selbst Frieda das Geld wieder abgenommen hatten. Nein, sie hatte absolut kein Bedürfnis, mit Frieda zu sprechen. Vor allem aber spürte sie, dass ihr die Kraft für eine mögliche Auseinandersetzung fehlte.

»Wirf sie raus!«, sagte Therese, woraufhin Judith nickte und ging. Therese schloss die Tür, ließ sich jedoch nicht auf den Fußboden sinken, sondern ging zum Schreibtischstuhl hinüber und setzte sich. Sie legte ihre Arme angewinkelt auf die Schreibtischplatte und bettete den Kopf darauf. Sie war müde, unendlich müde. Ohne es zu wollen, schlief sie ein und wachte erst auf, als es abermals klopfte. Therese schreckte hoch. »Ja?«

Judith stand erneut in der Tür. »Therese, ich habe das Kaffeehaus bereits abgeschlossen. Vroni und Resi sind schon gegangen. Wenn es sonst nichts mehr zu tun gibt, mache ich ebenfalls Feierabend.«

»Was? Wie spät ist es denn?«

»Schon fast halb sieben.«

»Halb sieben?«, rief Therese erschrocken aus. »Um Himmels willen! Ich muss eingeschlafen sein. Warum hast du mir nicht früher Bescheid gegeben?«

»Ich dachte, du wärst schon gegangen, ohne dass wir es mitbekommen haben. Erst jetzt, als ich kontrollierte, ob alles abgesperrt ist, habe ich bemerkt, dass du die Bürotür nicht abgeschlossen hast, wie du es sonst immer machst, bevor du gehst.«

»Ich wäre doch nicht einfach gegangen, ohne euch Bescheid zu sagen!«, gab Therese entrüstet zurück. »Bestimmt wird Sophia in Sorge sein, weil es schon so spät ist und ich noch nicht nach Hause gekommen bin.«

»Es tut mir leid«, erwiderte Judith etwas kleinlaut.

Therese schloss für einen Moment die Augen, atmete tief durch und öffnete sie dann wieder. »Bitte verzeih. Ich wollte dir keinen Vorwurf machen. Es ist meine Schuld, nicht deine. Ich bin im Moment einfach nicht ich selbst.«

»Das weiß ich doch«, sagte Judith mitfühlend. »Du müsstest mal eine Zeit lang hier rauskommen. Weg von allem, das dich doch jeden Tag nur an deinen Karl erinnert und leiden lässt.« Judith verließ ihre Position am Türrahmen und kam auf Therese zu. »Du weißt, dass du mir vertrauen kannst. Und zusammen mit Vroni und Resi werde ich dafür sorgen, dass alles seinen gewohnten Gang geht. Überleg es dir.«

»Ich habe so viel zu tun. Und dann das Kontor … Ich kann doch nicht einfach euch die ganze Arbeit im Kaffeehaus aufladen und Georg mit dem Kontor im Stich lassen. Das geht doch nicht!«

»Zwar kann ich nicht beurteilen, wie der Bruder deines Mannes das Kontor führt, doch was würde denn geschehen, wenn du dir mal ein paar Tage freinimmst? Glaubst du, dass alles sofort zusammenbricht? Ich weiß ja, es ist deine Entscheidung, aber du solltest es dir wirklich überlegen.«

»Aber selbst wenn«, führte Therese einen weiteren Einwand an, »wo sollte ich denn hin? Zu meinen Eltern? Da würde ich erst recht wahnsinnig, wenn meine Mutter mir auch noch erzählt, was ich alles bei meinen Kindern verkehrt mache.«

»Wie wäre es denn mit der Familie deines Mannes in Hamburg? Als sie hier waren, kamen sie mir alle ausgesprochen nett vor.«

»Das sind sie auch«, gab Therese zur Antwort.

»Und wenn du mal für eine Weile dorthin fährst? Der Tapetenwechsel täte dir sicher gut.«

Therese dachte nach. »Ist vielleicht gar kein so schlechter Einfall«, sagte sie nachdenklich.

»Überlege es dir einfach in Ruhe. Und wenn du dich entschieden hast, sag mir Bescheid. Ich kümmere mich solange wirklich gern um dein Kaffeehaus.«

»Aber ich kann hier doch nicht so einfach weg!« Es klang, als hätte Therese selbst Zweifel, dass dies zutraf.

»Ich möchte ganz ehrlich sein, Therese, und ich hoffe, du nimmst es mir nicht übel. Im Moment nützt du wirklich niemandem, wenn du hier bist. Und wenn du nicht fortfahren willst, dann bleib wenigstens ein paar Tage zu Hause. Es ist wirklich schlimm zu sehen, wie sehr du leidest.« Judith atmete geräuschvoll aus, ganz so, als habe es sie große Überwindung gekostet, so offen zu sprechen.

Therese wollte etwas erwidern, doch sie schaffte es kaum, ihre Gedanken zu ordnen. »Ich werde darüber nachdenken«, sagte sie dann und erinnerte sich an ihr Gespräch, bevor sie sich vorhin hingesetzt hatte und eingeschlafen war. »Ach, eines noch«, sagte sie dann. »Was hat Frieda eigentlich gesagt?«

Judiths Miene verfinsterte sich. »Sie meinte, dass sie sich noch einmal persönlich bei dir entschuldigen wollte. Sie habe dir Briefe geschrieben, aber womöglich hättest du sie nicht erhalten.«

»Ich habe ihre Briefe erhalten«, gab Therese tonlos zurück. »Doch es hat mich nicht interessiert, was sie darin geschrieben hat, und ich habe sie einfach in den Kamin geworfen.«

»Verständlich«, urteilte Judith.

»Sag mir Bescheid, wenn sie noch einmal kommt. Ich werde ihr deutlich zu verstehen geben, dass sie mich endgültig in Ruhe lassen soll.«

»Ist gut.«

Therese nickte. »Nun beeile ich mich lieber, bevor Sophia bei der Sicherheitswache eine Vermisstenmeldung aufgibt.«

»Ich sperre alles ab«, versicherte Judith. »Hab einen schönen Feierabend, Therese.«

»Danke schön, Judith. Danke für alles.« Therese trat an Judith vorbei und zog im Gehen den Mantel über. Judith folgte ihr, schloss die Tür zum Kaffeehaus auf, ließ Therese hinaus und sperrte direkt hinter ihr wieder ab.

Therese zog den Mantel fester um sich und verschränkte fröstelnd die Arme vor dem Körper. Wann genau war es eigentlich so kalt geworden?

Die paar Stunden Schlaf hatten ihr gutgetan. Oder war es der Gedanke, eine Weile all dem hier zu entfliehen, der sie erfrischte? Sie wusste es nicht. Doch der Einfall, Wien für eine Weile den Rücken zu kehren, erschien ihr mit jedem Moment verführerischer. Judith hatte schon recht: In diesem Zustand nützte Therese niemandem etwas, und womöglich würde ein kleiner Tapetenwechsel die Wende für ihr Leben bringen.

So rasch sie konnte, legte sie den Weg zu ihrem Haus zurück und eilte die Stufen hinauf. Sie zog gerade ihren Schlüssel hervor, da wurde die Tür bereits von innen geöffnet.

»Gott sei Dank!«, entfuhr es Sophia. »Ich war ganz krank vor Sorge.«

»Es tut mir wirklich furchtbar leid, das ist mir noch nie passiert«, versuchte sich Therese zu entschuldigen.

»Was ist denn geschehen?«, fragte Sophia besorgt, die Unpünktlichkeit bei der Mutter ihrer Schützlinge tatsächlich noch nie erlebt hatte.

»Gar nichts ist geschehen. Ich bin nur nicht ich selbst.«

Therese schüttelte den Kopf und nahm dem Kindermädchen nun die kleine Helene ab, die diese auf dem Arm hielt. »Guten Abend, meine Hübsche.« Sie gab ihrer Tochter einen Kuss auf die Stirn und sah sich dann um. »Wo ist denn Franz?«

»Er ist oben. Er hat sich nicht besonders gut benommen und weigert sich, sein Zimmer zu verlassen. Ich habe das Gefühl, nicht mehr an ihn heranzukommen«, erklärte Sophia mit leiser Verzweiflung in der Stimme.

»Er ist schwierig im Moment, ich weiß.«

»Kann man es ihm verdenken?« Sophia seufzte. »Es ist einfach eine schreckliche Zeit für alle. Doch wir halten zusammen und werden es gemeinsam schaffen.«

»Ich danke dir sehr, dass du mir und den Kindern beistehst. Ich wüsste wirklich nicht, was ich ohne dich anfangen sollte.«

»Das ist doch selbstverständlich«, wiegelte Sophia ab, dabei wusste Therese nur zu genau, dass es eben alles andere als selbstverständlich war, dass die junge Frau nach Karls Tod ohne zu zögern bei Therese eingezogen war, um sie und die Kinder nach Kräften zu unterstützen. Eigentlich war es nur als vorübergehende Lösung für ein oder zwei Wochen gedacht gewesen, damit Therese, die nach Karls Tod mit ihrer Kraft am Ende war, wenigstens in der Nacht etwas Ruhe finden konnte, auch wenn die Kinder wach wurden. Letztendlich war Therese ohnehin stets die halbe Nacht wach gelegen und immer erst in den frühen Morgenstunden gegen fünf oder halb sechs vor Erschöpfung eingeschlafen. Doch es war für sie beruhigend zu wissen, dass Sophia im Haus war und sich nötigenfalls um die Kinder kümmern konnte.

»Hier, nimmst du sie noch mal? Ich möchte kurz nach oben gehen und mit Franz sprechen.«

»Aber natürlich.« Sophia breitete die Arme aus. »Komm her, mein kleiner Schatz«, sagte sie und zog Helene an sich. »Wir gehen in die Küche und bereiten das Abendessen vor.«

»Danke«, sagte Therese und ging dann nach oben. Schon wieder machte sich diese bleierne Müdigkeit in ihr breit. Nein, so konnte es wirklich nicht weitergehen!

»Franz?« Therese klopfte an seine Zimmertür und trat dann ein.

Ihr kleiner Sohn saß auf dem Fußboden, sein Lieblingsstofftier, ein kleiner Hund, lag zerfetzt vor ihm, Vorder- und Hinterläufe waren herausgerissen, der Kopf vom Rumpf getrennt. Franz' Gesicht war tränenüberströmt, seine Wangen schienen zu glühen, und er schluchzte bitterlich.

»Aber Franz, was ist denn mit deinem Hund geschehen?« Therese hockte sich zu ihm.

»Er ist tot, einfach tot. Und es ist mir egal. Ich will ihn nicht mehr.« Franz nahm den Rumpf des Hundes und warf ihn mit Schwung in die Ecke.

Therese holte geräuschvoll Luft. Zärtlich strich sie ihrem Sohn über den Arm, worauf dieser ihn wegzog und seiner Mutter den Rücken zukehrte. »Aber Franz …«, versuchte sie es abermals.

»Lass mich!«, brüllte der Kleine.

»Nein«, erwiderte Therese entschieden. »Ich werde dich nicht lassen, Franz. Sophia sagt, dass du ungezogen warst.«

»Ich hasse Sophia.«

»Das glaube ich dir nicht.«

»Doch, sie soll weggehen. Und du auch. Geht alle weg!«

»Komm, mein Liebling. Ich helfe dir beim Aufräumen, und dann gehen wir nach unten.«

»Aber ich will nicht!«, kreischte Franz, griff die herausgerissenen Beine seines Hundes und schleuderte auch sie in die Ecke.

Therese rückte näher heran und legte die Arme um ihren Sohn, der sich heftig dagegen sträubte. Doch sie lockerte ihren Griff nicht. Franz schrie und wehrte sich mit aller Kraft, versuchte, seine Mutter zu treten und nach ihr zu schlagen. Aber sie hielt ihn fest in ihren Armen und verhinderte so, dass er sie traf. Franz tobte wie wild, und es dauerte eine Weile, bis seine Kräfte schwanden und er die Gegenwehr aufgab. Therese begann, *Wenn ich ein Vöglein wär'* in der Fassung von Ernst Anschütz zu summen – ein Lied, das Franz liebte. Dazu bewegte sie ihren Körper im Rhythmus hin und her und wiegte ihren Sohn sanft. Franz heulte noch immer, schluchzte, doch bald schon wich seine Wut einer bestürzenden Verzweiflung, und er begann jämmerlich zu weinen.

Therese hielt ihn, gab ihm einen Kuss aufs Haar, wiegte ihn in ihren Armen und summte weiter vor sich hin, bis sie spürte, dass er ruhiger wurde. Dann lockerte sie ihren Griff, und statt zu summen, begann sie zu singen: »*Wenn ich ein Vöglein wär' und auch zwei Flügel hätt', flög' ich zu dir. Weil's aber nicht kann sein, weil's aber nicht kann sein, bleib' ich allhier.*«

Sie summte die Melodie erneut und sagte: »Komm, Franz, sing es zusammen mit mir. Komm, mein Liebling. *Wenn ich ein Vöglein wär' und auch zwei Flügel hätt', flög' ich zu dir ...*«

Bei den letzten Takten stimmte Franz zaghaft ein.

»Und nun die zweite Strophe, mein Schatz. Komm, wir singen sie gemeinsam.« Sie hob den Zeigefinger und gab ihm so den Einsatz. »*Bin ich gleich weit von dir*«, sangen sie nun zusammen, wobei Franz' Stimme zittrig klang, »*bin doch im Traum bei dir und red' mit dir; wenn ich erwachen tu', wenn ich erwachen tu', bin ich allein.*«

Therese bewegte sich weiter im Takt der Melodie. »Und jetzt die dritte Strophe.« Wieder gab sie ihrem Sohn ein Zeichen, und dieses Mal stimmte er direkt mit ein: »*Es vergeht kein' Stund' in der Nacht, da nicht mein Herz erwacht und an dich denkt, dass du mir tausendmal, dass du mir tausendmal dein Herz geschenkt.*«

Sie küsste ihren Sohn zärtlich und hielt ihn weiterhin in ihren Armen. Seine Atmung hatte sich beruhigt, und er wirkte nun müde und erschöpft. »Wollen wir noch etwas zusammen singen?«, fragte sie. »Vielleicht *Fuchs, du hast die Gans gestohlen?*«

Franz schüttelte den Kopf.

»Nein?«

»Nein«, antwortete er flüsternd.

Therese nahm es hin, blieb einfach mit ihm sitzen und hielt ihren Sohn in den Armen. Sie wusste nicht, wie lange sie so dagesessen hatten.

Irgendwann sagte Franz leise: »Ich habe meinen Hund kaputt gemacht«, und begann wieder zu weinen.

»Das habe ich gesehen.«

»Es tut mir leid.«

»Es muss dir nicht leidtun, mein Schatz«, versuchte Therese ihn zu trösten. »Möchtest du, dass dein kleiner Hund wieder heil wird?«

Franz nickte.

»Hilfst du mir dabei?«

Erneut nickte Franz.

»Also, du suchst jetzt alle Teile zusammen, und ich hole mein Nähkörbchen. Und dann werden wir ihn wieder heil machen, ja?«

»Ja, Mutter.« Franz schluckte schwer. »Kannst du auch Vater wieder heil machen?«

Therese schloss die Augen. Der Knoten in ihrer Brust schnürte ihr fast die Kehle zu. Sie musste sich mehrere Male räuspern, um ihrer Stimme Herr zu werden. »Nein, mein Schatz, das kann ich leider nicht. So etwas geht nur bei Hunden, aber nicht bei Menschen, weißt du?«

»Aber ich will, dass er wieder da ist«, gab Franz verzweifelt von sich.

»Ja, ich auch, mein Schatz.« Sie küsste den Kleinen. »Ich möchte auch, dass er wieder da ist.«

»Wenn ich auch sterbe, sehe ich ihn dann wieder?«

Der Knoten in Thereses Brust wurde immer größer, und ein Gefühl der Panik überkam sie.

»Du siehst ihn dann wieder, wenn es von Gott gewollt ist«, sagte sie, weil in diesem Moment eine entsetzliche Angst in ihr aufstieg, Franz könnte sich aus Verzweiflung irgendwo herunterstürzen oder Ähnliches im Sinn haben. Sie versuchte, ihrer Stimme einen ruhigen Klang zu geben. »Weißt du, wenn du eines Tages ganz, ganz alt bist und Gott dich dann zu sich holt, wirst du deinen Vater wiedersehen. Doch bis dahin ist es deine Aufgabe, hier bei mir zu sein.« Sie zog ihren Sohn noch enger an sich heran. »Ich brauche dich hier bei mir, mein kleiner Franz.«

»Aber Vater war auch noch nicht alt.«

»Das stimmt. Aber weißt du, was ich glaube?«

»Nein, was?«

»Dass dein Vater eine Aufgabe hat, eine Aufgabe direkt bei Gott, weil er so ein besonderer Mensch ist. Solche Menschen ruft Gott manchmal früher als die anderen zu sich, damit sie ihm helfen können, anderen beizustehen, weißt du?«

Franz schien nicht ganz überzeugt, nickte aber. Dann, ganz plötzlich, drehte er sich um. »Aber du bist doch auch so ein Mensch. Holt Gott dich auch zu sich?« Nackte Angst flackerte in seinen Augen auf.

»Nein.« Therese schüttelte den Kopf. »Meine Aufgabe ist es, hier bei dir zu sein und für dich zu sorgen. Das weiß Gott, und deshalb holt er mich nicht.«

Franz nickte verständig.

»Weißt du«, fuhr Therese fort, »es ist schwer für mich, alles ohne deinen Vater zu schaffen. Deshalb muss ich dich bitten, mir zu helfen. Willst du das tun, mein Schatz?«

Franz überlegte einen Moment, nickte erneut und fügte dann ganz leise hinzu: »Er fehlt mir so.«

»Ja, mein Schatz, mir auch. Deshalb müssen wir füreinander da sein und versuchen, uns gegenseitig zu helfen.«

Der Junge blickte zu Boden.

»Weißt du, was ich mir überlegt habe?«

Franz schüttelte den Kopf und sah seine Mutter an.

»Wie wäre es, wenn wir für eine Weile wegfahren?«

»Wegfahren?«, echote Franz.

»Ja. Wir könnten zu deinem Onkel Robert nach Hamburg fahren. Und zu deinem Cousin und deinen Cousinen.«

Franz zuckte mit den Achseln, schien nachzudenken, was er davon halten sollte. »Kommt Sophia mit?«

»Ich weiß nicht, ich müsste sie fragen. Möchtest du das denn?«

Der Kleine nickte bejahend.

Therese lächelte. »Dann sollten wir jetzt nach unten gehen und mit ihr reden, ja? Machen wir das zusammen?«

»Ja.« Sein Blick fiel auf seinen zerrissenen Stoffhund. »Können wir ihn mitnehmen und wieder heil machen?«

»Ja, mein Schatz, das können wir. Sammle alles ein, was zu deinem Hund gehört.«

Franz flitzte in die Ecke, in die er den Rumpf und die Beine geschleudert hatte, hob auch die anderen Teile auf und brachte sie seiner Mutter.

»Danke schön, Franz.« Therese raffte alles in einer Hand zusammen und streckte die andere dann Franz entgegen. »Und nun komm, lass uns zu Sophia gehen.«

»Ja«, stimmte Franz mit neu erwachtem Mut zu und nahm die ihm gebotene Hand seiner Mutter.

4. Kapitel

Kamerun, Sonntag, 18. November 1894

Er war nach etwas über einem Jahr erst wenige Tage wieder zu Hause, und noch fühlte sich Hamza, als müsste er erst wieder richtig ankommen. Ja, Kamerun war seine Heimat, hier schlug sein Herz im Gleichklang mit den Trommeln des Landes. Doch noch brauchte er ein wenig Zeit, um sich wieder ganz und gar in den Rhythmus einzufinden. Aber schon in diesen ersten Tagen spürte er, dass er nie wieder von hier fortwollte und dass seine Verbundenheit mit diesem Ort mehr bedeutete als nur das Bewusstsein, wieder bei seiner Familie und seinem Stamm zu sein.

Am Tag seiner Rückkehr hatte sein Stamm ein großes Fest für ihn ausgerichtet. In einer feierlichen Zeremonie war seine Heimkehr zelebriert worden, man hatte ihm das Gefühl vermittelt, dass dies der einzige Ort war, an dem er uneingeschränkt willkommen war. Vor allem aber war da diese Selbstverständlichkeit, mit der er sofort wieder als Teil des großen Ganzen akzeptiert wurde, ganz ohne die Frage, was er einbringen und welchen Vorteil der Stamm aus seiner Anwesenheit ziehen könnte.

Denn das hatte er in Hamburg sehr rasch gelernt: Dort wurden die Menschen nicht einfach ihrer selbst wegen aufgenommen und angeleitet. Nein, sie mussten einen bestimmten Nutzen erbringen.

Hamza hatte von seinem ersten Tag an dort das Gefühl gehabt, seine Anwesenheit durch Taten und Leistung rechtfertigen zu müssen. Immer wieder waren Begriffe gefallen wie Vorteil, Nutzen, Stärke oder auch Talent. Recht schnell wurde dann negativ geurteilt, wenn diese Werte für die anderen Mitarbeiter im Kontor nicht augenblicklich erkennbar wurden. Hamza hatte damit anfangs große Schwierigkeiten gehabt, weil er noch nicht einschätzen konnte, welchen Nutzen seine Anwesenheit dem Kontor einbringen würde. Er wusste nicht, wo seine Stärken lagen, da nie zuvor von ihm verlangt worden war, dies herauszufinden. Sicher, er hatte Kraft und war schnell. Und mit Kakaopflanzen kannte er sich aus wie kaum ein anderer. Er wusste, wann die Kakaofrüchte reif waren und geerntet werden konnten und wie sie dann zu verarbeiten waren, damit man den größtmöglichen Nutzen hieraus ziehen konnte. Außerdem verstand er die Dinge, die ihm beigebracht wurden, recht rasch und konnte Zusammenhänge erkennen, die beispielsweise die Handelsarbeit betrafen.

Ob dies jedoch die Fähigkeiten waren, die im Hamburger Kontor Anklang fanden und ihm damit auch den Respekt der dort arbeitenden Menschen einbrachten, bezweifelte er. Mehr als einmal hatten die Arbeiter ihn spüren lassen, dass sie nicht verstanden, weshalb Robert Hansen ihn im Kontor eine Lehre machen ließ. Dass es seine Leistungen auf der Plantage gewesen waren, die dazu geführt hatten, schien für niemanden in der Firma zu zählen. Deshalb war Hamza dazu übergegangen, einfach alles so gut und rasch zu erledigen, wie er nur konnte, und hoffte, dass dies am Ende reichen würde, um respektiert zu werden.

Einzig Robert und natürlich Luise behandelten ihn so, als sei es ganz selbstverständlich, dass er dort arbeitete, ungeachtet seiner Hautfarbe. Ja, mehr noch: Fast kam es ihm vor, als machten die beiden tatsächlich keinen Unterschied, ob ein Angestellter nun weiß, schwarz oder von welcher Herkunft auch immer war. Doch leider standen sie allein mit ihrer Einstellung. Darauf, dass man ihn mochte, hatte er bis zum Ende vergeblich gehofft. Vielleicht war seine Haut eben doch zu schwarz und sein Anblick für die Menschen in Hamburg zu fremd, um in ihm die Person erkennen zu können, die er wirklich war.

Am Tag zuvor hatte sich Heinrich Begemann, der Verwalter der Hansen-Plantage, die Zeit genommen, sich in aller Ruhe mit ihm zu unterhalten, nachdem er am Tage von Hamzas Ankunft nur kurz mit ihm gesprochen und ihm ein Zimmer auf der Plantage angeboten hatte. Gestern nun war es ein langes und gutes Gespräch geworden. Heinrich Begemann, das spürte Hamza, respektierte ihn. Für ihn schien die Hautfarbe keine Rolle zu spielen – oder, so mutmaßte Hamza, er hatte sich daran gewöhnt, weil er seit Längerem in Kamerun lebte.

Begemann hatte Hamza nach seinen weiteren Plänen gefragt und schien aufrichtig interessiert, als dieser ihm mitteilte, in der nächsten Zeit herausfinden zu wollen, was er mit dem in Hamburg erworbenen Wissen hier in Kamerun anfangen konnte. Vom ersten Moment an hatte Heinrich Begemann deutlich gemacht, dass Hamza stets eine gute Anstellung auf der Plantage haben werde, er sich jedoch noch ein paar Tage Zeit nehmen solle, um wieder ganz und gar in seiner Heimat anzukommen, wofür Hamza ihm aufrichtig dankbar war. Begemann, so empfand es Hamza, war nicht nur ein Verwalter, der die Plantage zu führen wusste und die Menschen, die ihm unterstellt waren, gut und ehrlich behandelte. Er hatte etwas, das nicht viele Weiße den Einheimischen entgegenbrachten: aufrichtigen Respekt. Dies hatte Hamza gerade nach seinen

Erfahrungen in Hamburg mehr als alles andere zu schätzen gelernt.

Außerdem hatten die beiden über die letzten Ereignisse in Kamerun gesprochen, und Begemann hatte Hamza aus seiner Sicht geschildert, was sich während dessen Abwesenheit in Kamerun zugetragen hatte. Es war interessant, dass das, was der Deutsche berichtete, kaum von dem abwich, was Hamza am Abend seiner Rückkehr von seinen Stammesbrüdern erfahren hatte. So berichtete Begemann, dass sich die Duala den kriegerischen Handlungen im Anschluss an den Dahomey-Aufstand nicht angeschlossen hatten, und zwar ungeachtet des brutalen und menschenverachtenden Vorgehens des damaligen Kanzlers Leist. Dies hatte Hamza ebenso von seinen Stammesbrüdern gehört, die sich auch weiterhin friedlich gegenüber den wenigen Deutschen in Kamerun verhalten hatten.

Von den politischen Auswirkungen und Diskussionen im Deutschen Reich, die ihm Begemann ebenfalls schilderte, hatte Hamza, obwohl er ja in Hamburg gelebt hatte, allerdings nichts gehört. Hamza bedauerte, dass er sich neben der vielen Arbeit zu sehr um Luise und ihre Liebesbeziehung gekümmert hatte, statt sich für die deutsche Kolonialpolitik zu interessieren. Dabei hatte er doch so viel wie möglich lernen wollen, um mit diesem Wissen eine führende Position in Kamerun einnehmen zu können. Er schob aber seine kurz aufkeimende Verärgerung beiseite und hörte Begemann wieder aufmerksam zu.

Dieser berichtete, dass es in vielen Kolonien und auch im übrigen Kamerun außerhalb der Hansen-Plantage teilweise sehr schlecht um die Einheimischen bestellt sei. So würden viele Arbeiter und ihre Familien wie Sklaven gehalten, und die Kolonialverwaltung sehe ungerührt zu. Und auch die Umbildung der Polizeitruppe in eine Schutztruppe unter der Führung von Max von Stetten habe keinen entscheidenden Umschwung gebracht. Vielmehr seien durch sogenannte Expeditionen ins

Hinterland Kameruns immer wieder gewaltsame Befriedungen vorgenommen worden, um ähnliche Aufstände wie die Dahomey-Meuterei zu verhindern. Außerdem habe von Stetten wohl auf politischen Wunsch von ganz oben noch zwei afrika-erfahrene Offiziere namens Curt Morgen und Hans Dominik zugewiesen bekommen, um noch rigider gegen Aufrührer vor-zugehen und Unruhen schon im Keim zu ersticken. Begemann hoffte zwar, dass mit der neuen Politik des Reichskanzlers von Caprivi, der bisher immer um Ausgleich bemüht gewesen war, endlich Frieden einkehren könnte. Hamza, der von seinen Landsleuten ganz andere Berichte über regelrechte Gräueltaten der Schutztruppe erhalten hatte, befürchtete stattdessen, dass die angewandte Gewalt keinen Frieden, sondern nur neue Gewalt der Afrikaner hervorrufen würde. Und er fand es auch nicht verwunderlich, dass die Einheimischen die Gewalt der Deutschen nicht einfach so hinnehmen wollten.

Es stimmte schon, auf der Plantage der Hansens ging es besser zu als auf anderen. Dennoch waren auch dort die Duala eben nur einfache Arbeiter und rechtlos, auch wenn sie nicht wie Sklaven gehalten oder gar so behandelt wurden. Aber frei waren sie eben auch nicht, und sie hatten auch keinen Anteil an den guten Kakaoernten und den daraus für die Hansens erwachsen-den wirtschaftlichen Erfolg, obwohl das gesamte Gebiet ja einmal ihr eigenes Land gewesen war. Hamza wusste noch nicht, wie, doch er wollte einen Weg finden, seinen Stammesbrüdern zu bes-seren Lebensumständen und Wohlstand zu verhelfen. Das nahm er sich zum Ziel. Auseinandersetzungen zwischen Kamerunern und Deutschen galt es dabei unbedingt zu verhindern.

Bevor Hamza seine regelmäßige Arbeit auf der Plantage wieder aufnahm, wollte er sich ein Bild vom Geschehen am Kamerunberg machen und hoffte, dort einige Brüder vom Stamm der Bakwiri zu treffen. Die Nachrichten, die von dort bis zur Plantage durchgedrungen waren, gaben Anlass zu großer

Sorge. Offenbar hatten die Bakwiri die Landnahme durch deutsche Faktoreien verhindern wollen, wodurch es zu kriegerischen Handlungen gekommen war. Über die Anzahl an Verletzten und Toten gab es derzeit nur Spekulationen. Vor allem aber war damit zu rechnen, dass weder die Deutschen noch die Bakwiri nachgeben würden, und Hamza fragte sich, ob er dadurch, dass er beide Seiten gut genug kennengelernt hatte, womöglich eine Vermittlerposition einnehmen und so den Streit beilegen, vor allem aber weitere Eskalationen und die damit verbundenen Opfer verhindern konnte.

Denn eines war ihm durch das Gespräch mit Begemann deutlich vor Augen geführt worden: Vieles von dem, was in seinem eigenen Land geschah, war an ihm vorbeigegangen. Und das nicht nur, weil er in Hamburg gelebt und ihm von Robert nicht alles umfassend weitergegeben worden war. Denn, so musste er sich eingestehen, er hatte zu der Zeit, bevor er nach Hamburg ging, ebenfalls vieles an sich vorbeiziehen lassen, was die Besiedlung der Deutschen betraf, und einfach darauf vertraut, dass alles schon seine Richtigkeit hätte. Womöglich lag es daran, dass er damals noch viel jünger gewesen war und erst zuletzt, durch seine Arbeit auf der Plantage und dann in Hamburg, vieles mitbekommen hatte, worüber er sich Gedanken machte. Doch fragte er sich inzwischen, weshalb Kamerun es einfach so hingenommen hatte, dass die Deutschen, aber auch die Franzosen, die Engländer und alle anderen Europäer hergekommen waren und mit aller Selbstverständlichkeit Afrika unter sich aufgeteilt hatten. Ja, er bezweifelte sogar, dass die Verhandlungen, die man mit Afrika geführt hatte, ihre Richtigkeit gehabt hatten. Wo war die Grenze zu ziehen zwischen dem, was den Europäern zugesichert worden war, und dem, was sie sich mit größter Selbstverständlichkeit nahmen – einfach weil sie sich für die Zivilisierten, ja für die Klügeren hielten?

Der Kamerunberg und das Dorf der Bakwiri waren nicht weit von der Plantage der Familie Hansen entfernt. Zu Pferd brauchte Hamza etwas mehr als einen halben Tag, sodass er am Nachmittag das Dorf erreichte.

Während des Ritts ließ er immer wieder seinen Blick über die Landschaft schweifen und spürte tief in sich die Verbundenheit mit seinem Land. Er sah in nicht allzu weiter Entfernung den Kamerunberg vor sich, der erhaben in den Himmel ragte. Wie oft hatte er mit Luise auf dem Baumstamm bei der Hansen-Plantage gesessen und dorthin geblickt, wenn die Sonne aufging und die Farben des Himmels wechselten! Es war ein Bild des Friedens gewesen. Nun jedoch wirkte der Berg abweisend, fast schon bedrohlich. Kam es daher, dass Hamzas Herz erkaltet war und er die Schönheit, die er zusammen mit Luise genossen hatte, nun nicht mehr wahrnahm? Würden die Farben Kameruns für ihn je wieder dieselben sein, oder würde er von nun an auch bei strahlendem Sonnenschein nur das Gewitter fühlen, das eines Tages über dem Land aufziehen würde? Hamza versuchte, diese düsteren Gedanken zu verjagen. Doch ihm war schon jetzt, als zögen sich die Wolken über ihm zusammen, auch wenn nur klarer blauer Himmel zu sehen war.

Schon von Weitem machte Hamza einige Bakwiri aus, die, als sie ihn erblickten, eilig zurückrannten, ganz so, als wollten sie seinen Besuch ankündigen. Kurz bevor er das Dorf erreichte, traten drei junge Männer auf ihn zu und versperrten ihm den Weg.

»Was willst du?«, fragte einer von ihnen auf Duala, als Hamza sein Pferd zum Stehen brachte und noch bevor er dazu kam, abzusteigen. Der Bakwiri fasste das Tier am Zügel, während sich die beiden anderen Männer hinter ihm aufstellten.

»Ich möchte zu eurem Stammesführer Dschagga.«

»Weshalb?«

Hamza sah erst den, der ihn angesprochen hatte, dann die zwei anderen Männer an. »Seit wann sind die Bakwiri so feindselig zu einem Bruder der Duala?«

»Du bist Hamza, nicht wahr, Sohn des Malambuku?«, fragte nun einer der beiden, die weiter hinten standen.

»Ja, der bin ich. Du kennst mich?«

»Viele hier sprechen über dich. Du bist der, der bei den Weißen gelebt hat.«

»Ja, das stimmt. Deshalb möchte ich auch mit Dschagga sprechen.«

»Warum?«

»Weil ich helfen will.«

»Schicken dich die Weißen?«

Hamza sah die drei Männer noch einen Augenblick an, dann hob er langsam sein Bein über den Pferderücken.

»Was soll das?«

»Ich steige vom Pferd«, erklärte Hamza einfach und brachte die Bewegung zu Ende.

»Also haben die Weißen gesagt, dass du kommen sollst«, beschuldigte ihn der, der vor ihm stand.

»Mir sagt niemand, was ich tun soll«, erklärte Hamza ruhig und mit fester Stimme. »Und jetzt will ich mit Dschagga sprechen.«

Einen Moment rührte sich keiner, dann sagte der, der Hamza erkannt hatte: »Ich bringe dich zu ihm. Komm.«

Hamza folgte ihm schweigend, warf noch einen Blick zurück auf die beiden anderen, die dort stehen geblieben waren, wo sie sich gerade unterhalten hatten, und sah sich dann um. Das Dorf glich dem seines eigenen Stammes. Fast sah es sogar genauso aus. Es war eigenartig, denn so vertraut ihm alles schien, so fremd war es gleichzeitig auch. Hamza hatte das Gefühl, dass in seiner Zeit in Hamburg etwas mit ihm geschehen war, von dem er noch nicht wusste, wie er es einschätzen sollte.

Es war nicht nur, wie er sich seitdem kleidete, weil er Gefallen an den Hosen und Hemden der Weißen gefunden hatte. Vielmehr war es die Art, wie er seither die Welt sah, Dinge und Menschen betrachtete oder genau darauf achtete, wie jemand mit ihm sprach und sich dabei verhielt. Hamza meinte, ständig alles und alle um sich herum genau beobachten und sich stets bemühen zu müssen, so viele Informationen wie möglich aufzunehmen, und darauf bedacht sein zu müssen, dass ihm nur nichts entging, was auf die eine oder andere Art wichtig für ihn sein konnte.

»Warte hier«, sagte der Mann, der ihn geführt hatte, als sie etwa die Mitte des Dorfes erreicht hatten, woraufhin Hamza stehen blieb. Neugierig kamen einige Dorfbewohner heran, um zu sehen, wer er war. Niemand sprach ihn an, er wurde einfach nur gemustert.

Kurz darauf kam der junge Mann zurück und gab ihm ein Zeichen. »Komm«, sagte er, und Hamza folgte ihm weiter durch das Dorf, begleitet von den Blicken der Menschen.

Ein Mann kam auf sie beide zu, von dem Hamza zwar nicht mit Sicherheit wusste, dass es Dschagga war, weil er ihn noch nie gesehen hatte. Seiner Ausstrahlung und seinem Aussehen nach konnte er es jedoch sehr wohl sein.

»Mein Name ist Hamza.« Er verbeugte sich tief. »Mein Vater ist Malambuku, vom Stamm der Duala.«

»Du sprichst wie ein Weißer«, erklärte sein Gegenüber. »Du wolltest mit mir reden?«

»Ja, großer Dschagga. Ich will helfen.«

»Wie willst du helfen?«

»Wir leben bei der Plantage der Familie Hansen.« Er drehte sich um und deutete mit dem Arm in südliche Richtung. »Einen halben Tagesritt von hier entfernt.«

»Ich kenne die Plantage und frage noch einmal: Wie willst du helfen?«

»Ich hörte von eurem Streit mit den Deutschen.«

»Es gibt keinen Streit. Es ist unser Land. Sie können ihre Lager nicht darauf bauen.«

»Ich möchte vermitteln«, bot Hamza an.

»Sie sollen fortgehen und anderswo pflanzen.«

»Du weißt, dass sie das nicht einfach so tun werden, Dschagga.«

»Dann werden wir sie fortjagen. Die Bakwiri sind viele.«

»Sie sind ebenfalls viele, Dschagga.«

»Du bist hier, um für sie zu sprechen?«

»Nein, Dschagga. Ich habe davon gehört, was überall im Land geschehen ist. Ich will verhindern, dass Bakwiri-Blut vergossen wird.«

»Schon immer hat unser Land das Blut der Bakwiri in sich aufgenommen. So entstand der kräftige Boden, auf dem unsere Pflanzen wachsen.«

»Aber es muss kein Blutvergießen geben«, versuchte Hamza es abermals. »Es könnte ...«

Weiter kam er nicht, weil der Stammesführer die Hand hob und ihn so zum Schweigen brachte. »Kehre nun zurück zu deinem Stamm«, sagte dieser, machte kehrt und ging einfach weg.

Hamza sah den jungen Mann, der ihn herbegleitet hatte, fragend an.

»Komm«, sagte der. »Du hast unseren Stammesführer gehört.«

Er brachte Hamza zu seinem Pferd, das angebunden nicht weit von der Stelle stand, wo er es zurückgelassen hatte. Von den anderen Männern war keiner mehr zu sehen.

Die beiden Männer verabschiedeten sich knapp, dann stieg Hamza auf und ritt davon. So viele Gedanken kreisten in seinem Kopf, vor allem aber fühlte er sich niedergeschlagen, einfach so abgewiesen worden zu sein und nichts ausgerichtet zu haben. Ja, es ärgerte ihn, dass Dschagga ihn offenbar als zu unbedeutend angesehen hatte, um ihm auch nur, wie es die Regeln der Gastfreundschaft erfordert hätten, einen Platz am Feuer anzubieten und sich in Ruhe anzuhören, was er zu sagen hatte. Nein, vielmehr hatte der Stammesführer keinen Zweifel daran gelassen, dass das, was Hamza vorzuschlagen hatte, für ihn belanglos war. Er hatte ihn keinen einzigen Moment ernst genommen, und die Zurückweisung, die damit verbunden war, hatte sich wie ein Stachel tief in Hamzas Fleisch gebohrt.

Als er die Hansen-Plantage wieder erreichte, auf der er seit seiner Rückkehr lebte, war es bereits später Abend. Hamza zog sich sogleich in sein Zimmer zurück, ohne noch mit Begemann zu sprechen. Dort legte er sich aufs Bett, verschränkte die Hände hinter dem Kopf und starrte im Dunkeln an die Decke.

Er fragte sich, ob es richtig war, dass er sich hier auf der Plantage aufhielt und nicht, wie vor seiner Zeit in Hamburg, in seinem Dorf. Als Begemann es ihm angeboten hatte, hatte er gar nicht lange darüber nachgedacht, sondern gleich zugestimmt. Denn ob er es sich nun eingestehen wollte oder nicht: Der Lebensstil der Weißen und ihre gemauerten Häuser gefielen ihm. Es war anders als in den Hütten seines Dorfes, in denen er aufgewachsen war. Irgendwie begann Hamza zu ahnen, dass Hamburg und die Menschen dort ihn mehr geprägt hatten, als er es je vermutet hätte. Langsam wurde ihm bewusst, dass er sich mehr und mehr den Lebensgewohnheiten der Weißen angepasst hatte. Nicht weil er etwas an der Art und Weise, wie sein eigenes Volk lebte, auszusetzen gehabt hätte. Es war vielmehr so, dass er das Gefühl hatte, dem entwachsen zu sein, ganz so, wie er sich nicht mehr mit Spielen, die ihm als kleinem Jungen mit den anderen Duala Vergnügen bereitet hatten, abgeben würde. Eigenartig war jedoch, dass er sich auf gewisse

Weise wie ein Betrüger vorkam. Als verrate er seinen Stamm, indem er Dinge tat und schätzte, die ihm noch vor wenigen Jahren fremd gewesen waren. Er hatte das Gefühl, nicht mehr wirklich in die Welt der Duala zu gehören. Und ebenso wenig gehörte er in die Welt der Weißen.

Ohne es vorherzusehen, hatte er mit seinem Aufbruch ins Deutsche Reich nicht nur sein Land, sondern einen Teil von sich selbst zurückgelassen. Und nun fühlte es sich an, als wollten diese beiden Teile von ihm einfach nicht mehr zusammenpassen. Er war hier und auch dort, mit seinem Herzen und seiner Seele. Und das ließ ein Gefühl der Einsamkeit über ihn kommen, wie er es zuletzt in der kleinen Kammer, in der er in Hamburg untergebracht gewesen war, gespürt hatte.

Er seufzte schwer, presste die Lippen aufeinander. Trotz der Wärme wurde ihm kalt, also stand er auf, legte sich unter die Decke und zog sie über die Schultern. Er schloss die Augen. Kurz blitzte die Erinnerung daran auf, wie Luise ihm gesagt hatte, er solle sich nicht mit Hemd und Hose hinlegen, da die Sachen sonst knitterten und nicht mehr ansehnlich waren. Wie falsch es ihm vorkam, dass er sich über so etwas Gedanken machte, über Dinge, die ihm doch nun wirklich gleichgültig sein konnten. Schließlich war er nicht mehr in Hamburg. Es brauchte ihn nicht zu kümmern, ob er anständig angezogen und seine Kleidung geplättet war mit dem heißen Eisen, das die Weißen dafür benutzten. Er war keiner von ihnen. Er musste ihnen auch nicht gefallen. Was sollte das also?

Oder war es doch eher so, dass er sich selbst in der Rolle eines Mannes gefiel, der Hemden und Hosen trug und die anderen glauben machen wollte, er wäre schlauer und verstünde etwas vom Handel der Weißen? Wer war er, dass er meinte, alles besser zu wissen, ja sogar darüber urteilen wollte, ob die Herrscher Kameruns und ganz Afrikas sich von den Weißen hatten übertölpeln lassen?

Ein Stammesführer wie Dschagga befand ihn nicht einmal für wert, sich seine Gedanken auch nur anzuhören. Und auch in Hamburg hatte er nicht das Gefühl gehabt, den anderen in Wissen oder Erfahrung ebenbürtig zu sein oder auch nur etwas beitragen zu können. Er hatte so viel lernen und etwas aus seinem Leben machen wollen. Und was war daraus geworden? Er hatte sich in eine Weiße verliebt und mit ihr seine Zukunft geplant, dabei war er nichts anderes als ein Zeitvertreib für sie gewesen, ein Spielzeug, das man beiseitelegte, wenn man seiner überdrüssig war. Und nun lag er hier und machte sich Gedanken darum, dass seine Kleidung Knitterfalten bekommen könnte! Er hätte schreien können, so sehr hasste er sich für das, was aus ihm geworden war. Es würde sich etwas ändern müssen. *Er* würde sich ändern müssen. Er konnte nicht in beide Welten gehören. Sonst würde er sich in dem Nebel dazwischen verlieren.

5. Kapitel

Hamburg, Montag, 19. November 1894

»Gehst du heute ins Kontor?« Hans suchte Luises Blick, nachdem diese soeben die kleine Viktoria in neue Windeln gepackt hatte und das Kind jetzt seinem Vater übergab, der es zärtlich an sich drückte.

»Nein, ich denke nicht.«

»Luise, es ist jetzt ganze fünf Tage her, dass du dort warst. Ich weiß, es war kein schönes Erlebnis für dich. Doch die Luise Petersen, geborene Hansen, die ich kenne, würde sich so etwas gewiss nicht gefallen lassen.«

Luise zuckte mit den Achseln und räumte Viktorias schmutzige Kleidung weg. »Vielleicht bin ich ebendiese Luise nicht mehr. Ich bin jetzt Mutter und habe genug damit zu tun, mich um unsere Tochter zu kümmern.«

»Du gehst der Auseinandersetzung aus dem Weg. Darum geht es.«

»Warum willst du mich unbedingt drängen, ins Kontor zu gehen? Jeder andere Mann würde sich wünschen, nein, sogar erwarten, dass seine Frau zu Hause bleibt und sich um das Kind kümmert. Oder mehr noch: dass sie das Personal unterweist, sich um das Kind zu kümmern.« Der Spott troff nur so aus Luises Stimme.

»Jeder andere Mann hat auch nicht dich geheiratet.« Hans drückte Viktoria zärtlich an sich und gab ihr einen Kuss auf die Stirn. »Ja, meine Kleine, du wunderst dich auch, nicht wahr? So redet doch deine Mama nicht.«

»Lass das«, sagte Luise ernst, musste dann aber selbst schmunzeln. »Sprich nicht schlecht über mich vor meiner Tochter.«

Auch Hans' Lippen umspielte ein Lächeln. »Ich bin mir sicher, dass du sehr viel im Kontor bewirken kannst. Du weißt doch noch gar nicht, was hinter den Mehrverkäufen steckt.«

»Was soll schon dahinterstecken? Richard ist geschickter im Verkauf als ich. Das ist alles.«

Hans zog die Augenbrauen in die Höhe. »Das glaubst du doch selbst nicht.«

»Wie meinst du das? Ich habe es dir doch gesagt. Mein Vater hat es bestätigt. Richard muss größere Mengen einkaufen, weil es ihm gelungen ist, neue Kunden zu gewinnen oder eben diejenigen, die wir schon hatten, zu höheren Abnahmen zu überreden. Wie auch immer – er ist der bessere Geschäftsmann.«

»Hast du die Zahlen selbst gesehen?«

»Ich habe einen kurzen Blick darauf geworfen, ja.«

»Einen kurzen Blick. Nun, die Luise Petersen, die ich kenne, würde wesentlich sorgfältiger vorgehen und alles genau prüfen.«

»Aber wenn es stimmt?«

»Dann stimmt es eben. Na und? Dann macht das Kontor, in dem du beschäftigt bist und das eines Tages dir gehören wird, bessere Geschäfte. Es gibt wahrlich schwerere Lasten, die ein Mensch zu tragen hat.«

»So habe ich das noch gar nicht gesehen«, musste Luise eingestehen.

»Darf ich dir etwas sagen, ohne dass du mir zürnst?«

»Sicher.«

»Du bist neidisch, Luise. Du neidest deinem Cousin seinen Erfolg. Und das ist etwas, das nicht zu deinem Wesen passt. Es ist kleinlich und …«, er suchte nach Worten, »entspricht dir überhaupt nicht.«

Luise wollte protestieren, nahm sich dann aber einen Moment, um die Worte auf sich wirken zu lassen. Sie sah zu Boden. »Ich fürchte, du hast recht, Hans. Was ist nur los mit mir? So bin ich doch sonst nicht! Wäre es jemand anderes als Richard, würde ich ihm den Erfolg gönnen und mich mit ihm freuen.«

»Und warum kannst du es bei ihm nicht?«

»Ich weiß nicht.« Luise ging zum Bett hinüber und setzte sich auf die Kante.

Hans folgte ihr und ließ sich mit Viktoria auf dem Arm neben ihr nieder.

»Mit Richard war es schon immer so«, fuhr Luise fort. »Er ist einfach kein guter Mensch«, urteilte sie. »Er hatte schon immer etwas Verschlagenes und Unehrliches an sich. Verantwortungsbewusstsein war ihm ein Fremdwort. Und seit der Sache mit seinem Kaninchen habe ich geradezu einen Hass auf ihn entwickelt.«

»Seit der Sache mit seinem Kaninchen?«, fragte Hans nach.

Luise nickte. »Wir waren noch klein, da bekamen wir, also Richard, Frederike, Martha und ich, jeder ein Kaninchen von meinem Großvater geschenkt. Meines hieß Cäsar. Ich habe es geliebt.«

»Was ist geschehen?«

»Nun ja, es war so, dass wir uns selbst um die Kaninchen zu kümmern hatten, jeder um seines. Und wir mussten auch selbst den Kaninchenstall sauber halten. Richard hat im Grunde von Anfang an nichts gemacht. Unser Großvater hat es sich eine

Zeit lang angesehen und uns dann alle vier zu sich gerufen. Ich glaube, er hat es nur deshalb uns allen gesagt, weil er Richard nicht bloßstellen wollte, denn wir Mädchen haben uns um unsere Tiere gut gekümmert. Zumindest ganz am Anfang. Später haben Frederike und Martha auch weniger gemacht, aber das hat hiermit nichts zu tun.« Sie seufzte. »Na, jedenfalls war es so, dass Großvater uns sagte, wie viel Vertrauen er mit dem Geschenk in jedes von uns Kindern gesetzt habe und dass er erwarte, dass wir die Tiere verantwortungsbewusst und liebevoll behandeln und uns gut um sie kümmern. Er wünschte sich, dass jedes einzelne Tier gut behandelt wurde. Und zwar von dem jeweiligen Besitzer.« Wieder atmete sie geräuschvoll aus. »Am nächsten Tag lag Richards Kaninchen tot im Käfig. Ich habe fürchterlich geweint. Und ich konnte es mir nicht erklären, denn ich habe mich auch um sein Kaninchen gekümmert, da mir von Anfang an klar war, dass er es bestimmt nicht tun würde.«

»Er hat das Tier also einfach umgebracht?«

Luise zuckte mit den Achseln. »Niemand hat das je ausgesprochen oder eine Anschuldigung erhoben. Doch tief in mir wusste ich, dass es so war, allein durch die Art, wie Richard sich verhielt, nachdem ich die Entdeckung gemacht hatte.« Sie sah ihren Mann an. »Es mag dir lächerlich erscheinen, dass ich noch heute an diese längst vergangene Geschichte denke. Doch für mich spiegelt sie genau Richards Charakter wider.«

»Wenn es wirklich so war und er das Tier getötet hat, ist er ein echter Widerling.«

»Genau das«, bekräftigte Luise. »Und seither – ich weiß, es spricht nicht für mich, dass ich das zugeben muss – wünsche ich ihm wirklich alles Schlechte an den Hals. Ich kann mir nicht helfen, aber ich habe ihm das nie verziehen.«

»Ach, meine Luise. Du wunderbare eigensinnige und starke Frau mit dem Herzen am rechten Fleck. Ich liebe dich dafür, dass dich diese Geschichte noch immer zornig macht.« Er beugte sich zu ihr und gab ihr einen Kuss auf die Wange. »Umso wichtiger ist es, dass du dich ihm stellst.«

»Ich hasse den Gedanken, dass er besser sein könnte als ich.«

»Er könnte mit seinem Wesen niemals besser sein als du. Und nur weil er durch irgendwelche Umstände gute Geschäfte gemacht hat, heißt das noch lange nicht, dass er auch auf Dauer in der Lage ist, das Kontor so erfolgreich zu führen wie du.« Er beugte sich nochmals zu ihr hinüber. »Und soll ich mich auch mal wie ein echter Mistkerl aufführen und dir etwas sagen?«

»Was denn?«

»Du bist die Tochter deines Vaters, dir sind die Kontoranteile für den Fall, dass deinem Vater etwas zustoßen sollte, vertraglich zugesichert.«

»Über den Umweg, dass sie dann auf deinen Namen laufen, weil du ein Mann bist und ich das Kontor nicht ohne dich führen dürfte.«

»Was aber keinen Unterschied macht, weil wir beide als Einheit zu betrachten sind.«

»Das stimmt«, sagte sie liebevoll.

»Was ich eigentlich sagen wollte, ist: So oder so wirst du eines Tages das Kontor in deinem Besitz haben. Du zahlst noch ein bisschen an Martha aus, und dann gehört alles dir. Und ganz gleich, wie gut Richard arbeiten mag oder auch nicht, es liegt irgendwann in deinem Ermessen, ihn weiter zu beschäftigen oder einfach zum Teufel zu jagen. Ohne dass er irgendetwas dagegen tun kann.«

»Das wäre wirklich schändlich von mir.«

»Allerdings. Aber nicht so schändlich, wie ein Tier zu töten, nur damit man sich nicht darum kümmern muss.«

Luise lächelte. »Da hast du allerdings recht.«

»Siehst du. Du wirst also auf jeden Fall als Siegerin aus diesem Duell hervorgehen. Und wenn Richard sich bis zu diesem

Tage aufreibt in der Hoffnung, doch noch etwas vom Kuchen abzubekommen, so lass ihn doch. Ihm ist es zwar nicht bewusst, aber er arbeitet dir dabei zu.«

Luise sah Hans an, beugte sich zu ihm und gab ihm einen Kuss. Dann stand sie beschwingt auf. »Wir sollten frühstücken. Ich denke, ich werde heute meiner Schwester einen kleinen Besuch abstatten und dann später im Kontor nach dem Rechten sehen.«

Hans erhob sich ebenfalls. »Das ist meine Luise«, meinte er stolz. Dann verließen die beiden mit Viktoria das Schlafzimmer. Luise fühlte sich wie befreit. Hatte sie diesen Mann wirklich irgendwann einmal nicht geliebt? Sie konnte es sich beim besten Willen nicht mehr vorstellen.

Es war fast zehn Uhr vormittags, als Hugo, der Kutscher der Hansens, mit Luise und der kleinen Viktoria vor der Villa der Familie Ahrendsen vorfuhr. So schnell er konnte, kletterte er vom Bock, öffnete den Schlag und ließ sich Viktoria reichen, damit Luise aus der Kutsche steigen konnte. Mit einem Schmunzeln nahm sie zur Kenntnis, dass selbst Hugo lächeln musste, als Viktoria ihn aus ihren blauen Augen anstrahlte.

Ganz vorsichtig übergab er das Kind wieder Luise und ging neben ihr die Stufen zur Villa hinauf, stets darauf bedacht, dass sie nicht fiel, und jederzeit bereit zuzugreifen, sollte sie mit dem langen Rock und dem Kind auf dem Arm doch einmal ins Stolpern geraten. Oben angelangt, griff Hugo den Ring und klopfte mehrfach. Sie warteten, doch nichts geschah, sodass Hugo erneut klopfte. Wieder nichts.

»Hm«, machte Luise etwas enttäuscht. »Womöglich sind sie unterwegs.«

Genau in diesem Moment hörten sie in einiger Entfernung eine Kutsche und blickten gemeinsam den Weg entlang, von wo das Geräusch kam. Sie erkannten den Kutscher der Familie

Ahrendsen und warteten, bis dieser vor der Villa vorgefahren war.

»Guten Tag, gnädige Frau«, grüßte dieser sogleich und nickte dann Hugo zu.

»Guten Tag, Ottokar«, antwortete Luise. »Ich wollte zu meiner Schwester, doch sie scheint nicht da zu sein.«

»Nicht? Aber vorhin war sie es noch. Das ist eigenartig.«

»Dann hast du sie nicht gefahren?«

»Nein, ich habe nur Herrn Ahrendsen gefahren und dann die Bestellungen für den Haushalt abgeholt.« Er deutete auf die Kutsche. »Habe ich alles da drin.«

»Nun, uns hat niemand geöffnet. Wo ist denn Hilde?«, erkundigte sich Luise nach der Haushälterin der Familie Ahrendsen.

»Die macht Besorgungen. Die Küchenhilfe ist krank, schon eine Weile. Aber die Hilde müsste bald zurück sein.« Ottokar kam die Stufen herauf. Statt zu klopfen, drückte er die Klinke hinunter, und sofort ging die Tür auf. »Na bitte, unverschlossen. Wahrscheinlich hat Ihre Schwester nur das Klopfen nicht gehört.«

»Danke, Ottokar.« Luise betrat die Villa. »Es wird nicht lange dauern, Hugo«, sagte sie an ihren Kutscher gewandt, der ihr ein Zeichen gab, verstanden zu haben, und sogleich wieder zur Kutsche zurückging.

»Dann fahre ich jetzt nach hinten und bringe die Sachen rein«, vermeldete Ottokar. »Oder soll ich gemeinsam mit Ihnen nach Ihrer Schwester sehen?«

»Aber nein, danke. Sie wird bestimmt oben sein.«

Ottokar ging ebenfalls die Stufen wieder hinab, während Luise hinter sich die Tür schloss.

»Martha?« Sie lauschte. »Martha?« Luise erhielt keine Antwort, hörte aber dann ein Geräusch, das wie ein Weinen klang. »Martha?«, rief sie erneut, diesmal lauter. Wieder lauschte sie, und jetzt war sie ganz sicher, ein Weinen zu hören. Es kam von oben. »Eduard!«, rief Luise erschrocken und lief, so rasch sie mit Viktoria auf dem Arm konnte, die Stufen zum Obergeschoss hinauf. Dort verharrte sie einen Moment, um das Geräusch genauer lokalisieren zu können. Eilig lief sie den Flur entlang, das Weinen wurde lauter und lauter, geradezu verzweifelt klang es. Nun war Luise sicher, dass es ihr zweijähriger Neffe war.

Als sie sein Zimmer erreichte, riss sie die Tür auf. Der Anblick, der sich ihr bot, war herzzerreißend. Eduard saß tränenüberströmt in seinem Laufställchen, sein rechter Fuß hatte sich zwischen den Gitterstäben eingeklemmt und war verdreht. Der Kleine weinte vor Schmerz und Verzweiflung.

»Eduard, um Gottes willen!« Luise legte Viktoria auf dem Teppich ab, eilte zu Eduard, schob seinen Körper etwas näher ans Gitter heran und konnte so seinen Fuß gerade drehen und befreien. Der Kleine heulte und jammerte, er war kaum in der Lage, Luft zu holen. Sofort nahm Luise ihn auf den Arm und drückte ihn an sich. Ihr war ganz schlecht von dem Anblick, der sich ihr geboten hatte, und die Not des Kindes war fast mehr, als sie ertragen konnte.

Er hing auf ihrem Arm wie ein kleiner nasser Sack, vollkommen kraftlos und ohne sich irgendwie an ihr festzuhalten. Er konnte sich eine ganze Weile nicht beruhigen, und auch Viktoria, die immer noch auf dem Boden lag, begann nun zu greinen. Luise ging mit Eduard auf dem Arm zu ihr hinüber, ließ ihn kurz auf den Boden hinunter, setzte sich neben ihre Tochter und zog Eduard dann auf ihren Schoß. Sanft wiegte sie ihren Neffen. »Scht, scht, mein Schatz. Es ist alles in Ordnung. Alles ist wieder gut.« Kurz strich sie mit der anderen Hand über Viktorias Wange. »Dir kann nichts mehr geschehen, Eduard, ich bin ja da.«

Luise spürte, wie ihr Neffe sich langsam beruhigte. Doch noch immer hatte er Schluckbeschwerden und atmete nur mühsam.

Eine Weile blieben sie so sitzen. Dann löste Luise die Umarmung etwas, um sich den Fuß ihres Neffen genauer ansehen zu können. Eduard wimmerte leise, als Luise seine Socke herabzog und die Stelle am Knöchel überprüfte. Die Gitterstäbe hatten tiefrote Abdrücke hinterlassen. Ganz vorsichtig bewegte Luise den Fuß hin und her, um zu sehen, ob die Bewegung eingeschränkt war. Ängstlich sah Eduard ihr dabei zu, doch er schien keine Schmerzen zu haben, sodass Luise ein Spiel daraus machte. Mit Zeige- und Mittelfinger machte sie kleine Bewegungen, als stolziere sie an seinem Fuß entlang und an seinem Beinchen hoch, und kitzelte ihn schließlich am Oberschenkel, was er mit einem Glucksen quittierte. Dann gingen Luises Finger denselben Weg wieder zurück über das Beinchen bis zum Knöchel und schließlich an die Fußsohle, wo sie Eduard leicht kitzelte. Schon bald strahlte ihr Neffe sie fröhlich an, seine Verzweiflung schien fast vergessen. Nur sein gerötetes Gesicht verriet noch, wie schrecklich die Situation für ihn gewesen war.

»Wo ist denn deine Mama, Eduard?« Luise lächelte ihn an. »Hm, mein Schatz, wo ist Mama?«

»Mama«, wiederholte er.

»Wollen wir sie suchen gehen? Ja?«

Luise machte Anstalten, sich zu erheben, doch Eduard schien sich nicht recht von ihr lösen zu wollen.

»Wir suchen jetzt deine Mama, und dann spielen wir etwas zusammen, ja?«

»Ja«, gab er zur Antwort, wobei Luise nicht recht wusste, ob er ihr nur nachsprach oder wirklich zustimmte.

»Na, dann komm.« Sie hob ihn von sich herunter und nahm Viktoria vom Boden auf. Sofort suchte Eduard nach ihrer Hand, sodass Luise ihre Tochter auf den rechten Arm nahm und mit der linken Hand nach Eduard griff. Dann gingen sie los.

Luise wollte sich die Sorge, was wohl ihrer Schwester zugestoßen sein mochte, nicht anmerken lassen. Doch den Kloß in ihrem Hals konnte sie nicht ganz verdrängen.

Gemeinsam verließen sie Eduards Zimmer. Folgsam ging ihr kleiner Neffe neben ihr her, während Luise alle möglichen Überlegungen durch den Kopf schossen, was sich hier wohl abgespielt hatte.

Zunächst gingen sie in das nächste Zimmer, eine kleine Kammer, in der sich ausschließlich Schränke befanden und in der Luise nie zuvor gewesen war. Martha war nicht hier, sodass Luise die Tür wieder schloss. »Da ist die Mama nicht. Dann gucken wir mal weiter«, erklärte sie Eduard.

Hinter der nächsten Tür, die bereits am Ende des Flurs lag, war das Badezimmer. Luise sah hinein, doch auch hier war niemand. Also gingen sie den Flur auf der anderen Seite wieder zurück bis zum Schlafzimmer der Ahrendsens. Luise öffnete die Tür. Im Innern war alles dunkel, die Vorhänge waren zugezogen. Verbrauchte Luft schlug ihr entgegen. Luise beugte sich zu Eduard hinab.

»Bist du so lieb und wartest hier, Eduard? Und könntest du auf deine Cousine achtgeben?« Luise legte Viktoria auf den Flurteppich. »Setzt du dich hierhin und passt auf, ja?«

Eduard nickte.

»Sehr gut, mein Schatz. Dann komm und setz dich.«

Zwar war ihr nicht ganz wohl dabei, Viktoria dort so zurückzulassen, andererseits war sie nur wenige Meter entfernt, und Eduard würde gewiss nichts tun, was die Kleine verletzen könnte.

»Ich gehe kurz hinein und ziehe die Vorhänge auf, ja?«

»Ja«, sagte Eduard.

»Du machst das wirklich sehr gut. Du bist ein richtig großer Junge. Pass gut auf deine kleine Cousine auf!«

Eduard war anzusehen, dass er sich über ihre Worte freute.

Er setzte sich ganz aufrecht hin, so als nähme er seine Aufgabe sehr ernst.

Mit einem mulmigen Gefühl betrat Luise das Schlafzimmer. Nur durch die zum Flur geöffnete Tür drang Licht. Zaghaft ging Luise weiter in den Raum hinein, versuchte im Halbdunkel etwas zu erkennen. Es schien, als läge ein Mensch in dem Bett, oder aber die Kissen und Decken waren so zerwühlt. Das war nicht genau auszumachen. Luise sah zurück zum Flur, wo Eduard friedlich saß und zu ihr herübersah. Auch von Viktoria war nichts zu hören. Entweder war sie einfach wieder eingeschlafen, oder aber die Nähe ihres Cousins reichte ihr, um zufrieden zu sein.

Luise atmete geräuschvoll ein. »Martha?«, flüsterte sie, als sie sich dem Bett näherte. »Martha?«

Sie bekam keine Antwort. Inzwischen war sie sicher, dass dort ein Mensch unter den Decken lag. Was war nur geschehen? Weshalb lag ihre Schwester mitten am Tag im Bett? Wäre sie krank, hätte Hilde gewiss nicht einfach das Haus verlassen, ohne Eduard versorgt zu wissen. Und auch Ottokar hatte nicht angedeutet, dass es seiner Dienstherrin nicht gut ginge. War hier ein Verbrechen geschehen? Würde Luise, wenn sie die Decke beiseiteschob, ihre Schwester womöglich in einer Blutlache vorfinden?

Ganz vorsichtig ging Luise noch näher heran, streckte zögernd die Hand aus und berührte den Körperteil, den sie für die Schulter hielt. »Martha?«, flüsterte sie.

Wieder kam keine Reaktion, sodass Luise all ihren Mut zusammennahm und sachte die Decke wegzog. Blut oder Ähnliches konnte sie nicht erkennen. Nur den vollständig bekleideten Körper ihrer Schwester, die in den letzten Wochen, in denen sie sich nicht gesehen hatten, noch einmal deutlich an Gewicht zugelegt hatte.

Luise rüttelte an der Schulter der Schwester. »Martha? Martha, was ist denn nur? Soll ich einen Arzt holen?«

sie zu Hugo: »Könntest du bitte ein bisschen mit meinem Neffen spielen?«

»Aber sicher. Na, mein junger Freund, mit was spielst du denn gern?« Hugo hob eines der Kuscheltiere hoch, dessen Rasse irgendwo zwischen einem Pferd, einem Esel und einer Kuh angesiedelt war.

Eduard schien zu überlegen und sah sich um. Dann zog er einen Korb mit Holzklötzen aus der Ecke.

»Ja, die sind besser«, fand auch Hugo, der sich nun auf dem Fußboden niederließ und gleich begann, zusammen mit Eduard einen Turm zu bauen.

»Danke«, sagte Luise und ging zur Tür. Kurz drehte sie sich noch einmal um. Wie konnte Martha sich nur so aufführen? Eduard war ein wahrer Schatz und ein so liebes Kind. Sie schüttelte den Kopf und verließ den Raum.

Als sie die Treppe wieder hinaufstieg, schwoll ihre Wut über die Schwester mit jeder Stufe weiter an. Martha war wahrlich noch nie die Fleißigste gewesen, und Disziplin war ihr ebenso ein Fremdwort wie Arbeit. Luises und Marthas Großmutter hatte einmal zu Martha gesagt, dass um sie herum Moos wachsen könnte und Martha würde sich weder daran stören, noch würde sie es überhaupt bemerken. Doch sich so dermaßen gehen zu lassen, das war selbst für Marthas Verhältnisse zu viel. Vor allem fragte sich Luise, was der Anlass gewesen war, dass Martha bereits am Morgen getrunken hatte. Dieses Verhalten war doch nicht normal. Ganz sicher stand für Luise aber eines fest: Unter gar keinen Umständen würde sie Martha damit durchkommen lassen. Sie hatte ein Kind, für das sie verantwortlich war und das sie brauchte. Und allein der Gedanke daran, wie verzweifelt Eduard vorhin gewesen war, ließ den Ärger noch stärker in Luise anschwellen.

Entschlossenen Schrittes ging sie über den Flur, jedoch nicht zurück zu Marthas Zimmer, sondern direkt ins Badezimmer.

Sie nahm eine Schüssel und ließ eiskaltes Wasser einlaufen. Dann trug sie sie über den Flur zu Marthas und Ludwigs Schlafzimmer. Kurz kam ihr der Gedanke, dass die Matratzen vermutlich nie wieder trocknen würden und ruiniert wären, wenn sie tat, was sie vorhatte. Doch das war ihr egal.

Sie schleppte die Schüssel das letzte Stück zu Marthas Bettseite. Martha hatte sich inzwischen die Decke wiedergeholt und sich darunter verkrochen. Luise stellte die Schüssel auf dem Nachttisch ab, zog die Decke mit Schwung zurück, hob das Gefäß hoch und schüttete Martha das eiskalte Wasser ins Gesicht.

Die schrie erschrocken auf und setzte sich augenblicklich kerzengerade hin. »Bist du verrückt geworden?«

»Das trifft wohl eher auf dich zu.«

»Verschwinde, bevor ich mich vergesse!«

»Einen Teufel werde ich tun. Steh gefälligst auf, du faules Stück!«

»Was fällt dir ein, so mit mir zu reden?« Martha strampelte die Decke von ihren Füßen und stand auf. Von ihrem durchnässten Kleid tropfte es auf den Boden.

»Wie soll ich denn sonst mit einer Mutter reden, die sich betrinkt – und die ihr Kind sich selbst überlässt?«

»Für so was hat man Personal.«

»Das aber nicht Bescheid wusste und deshalb auch nicht im Haus war.« Luise versetzte Martha einen Schubs vor die Brust. »Eduard hat wie in einem Gefängnis gesessen und verzweifelt geweint.«

»Lass dir bloß nicht einfallen, mich noch einmal zu schubsen!«, brauste Martha empört auf.

Augenblicklich stieß Luise erneut zu, dieses Mal fester, sodass ihre Schwester das Gleichgewicht verlor und zurück aufs Bett fiel. »So. Was willst du nun tun? Mich schlagen? Bitte, versuch es. Du warst schon früher schwächer als ich, auch wenn du älter bist.« Luise musterte sie verächtlich. »Und inzwischen hast du wer weiß wie viel Pfund mehr an Gewicht als ich.«

Martha schien abzuwägen, wie sie sich verhalten sollte.

»Ganz ehrlich, Martha, wenn du nur einigermaßen bei Sinnen bist, gibst du mir keinen Grund, dich anzufassen. Ich bin so dermaßen wütend auf dich, dass ich mich vergessen könnte.«

»Ja, natürlich.« Martha stand erneut auf. »Das ist alles, was du kannst. Mich schlagen. Mir drohen. Genau wie alle anderen, trample nur auf mir herum. Ich kenne es ja nicht anders.«

Luise verdrehte die Augen. »So hast du das schon immer gemacht. Du hast schon immer so getan, als wärst du das bedauernswerte Opfer, das von allen schlecht behandelt wird. Schon immer wolltest du als etwas Besonderes wahrgenommen werden, dabei bist du der gewöhnlichste Mensch, der mir je begegnet ist.«

Martha öffnete den Mund und schloss ihn jedoch wieder, ohne etwas zu sagen.

»Wann hat das mit dem Alkohol angefangen?« Luise fragte sich in diesem Moment, ob sie früher etwas hätte mitbekommen müssen, wenn sie sich mehr um Martha und deren Angelegenheiten gekümmert hätte. Tatsächlich musste sie sich selbst vorwerfen, nur sehr unregelmäßig Kontakt gehalten zu haben, was aber auch daran lag, dass sie das ewige Gejammer ihrer Schwester unerträglich fand. Marthas Ehemann Ludwig war ein wesentlich angenehmerer Mensch, fand Luise, von dem kleinen Eduard ganz zu schweigen, der einfach ein Goldstück war. Waren Martha und sie in der Kindheit schon recht verschieden gewesen, so gab es inzwischen kaum mehr irgendetwas, das sie noch gemeinsam hatten.

»Ich fragte, wann das angefangen hat«, wiederholte Luise.

»Was angefangen?«

»Mit dem Alkohol.«

»Du tust ja, als hätte ich ein Problem damit.«

»Wer vormittags im Bett liegt und seinen Rausch ausschläft und dabei seinen zweijährigen Sohn sich selbst überlässt, der hat sehr wohl ein Problem. Darüber brauchen wir nicht zu diskutieren.«

»Unsinn!«, hielt Martha dagegen und wischte sich mit dem Ärmel über das nasse Gesicht. Dann machte sie sich daran, das Kleid auszuziehen. »Ich habe mich nur etwas beruhigen wollen, weil Ludwig und ich gestritten hatten.«

»Weshalb?«

»Weil er ein schrecklicher Mann ist, der überhaupt kein Verständnis für mich hat.«

»So ein Unsinn. Ludwig ist so ziemlich der verständnisvollste Mann, der mir je begegnet ist«, hielt Luise dagegen.

»Selbstverständlich«, empörte sich Martha, »dass du dich auf seine Seite schlägst. Ich habe niemanden, der mir hilft und sich für mich einsetzt, nicht einmal meine eigene Schwester. Aber das scheint ja egal zu sein.«

»Das ist doch nicht wahr, Martha, und das weißt du auch. Wenn du wirklich Hilfe brauchst, dann bin ich für dich da. Aber ich kann beim besten Willen nicht verstehen, wie du zulassen konntest, dass Eduard in eine so verzweifelte Situation gerät.«

Martha sah Luise an, dann kamen ihr die Tränen. Sie schlug die Hände vors Gesicht und setzte sich halb ausgezogen auf die Bettkante. »Ich kann nicht mehr, Luise, ich kann wirklich nicht mehr.«

In diesem Moment tat sie Luise schon wieder leid, und sie fand sich selbst schrecklich, wie sie mit der Schwester umgegangen war. »Aber was ist denn nur los?« Sie setzte sich neben Martha aufs Bett und ignorierte, dass damit auch ihr Kleid nass wurde. Dann legte sie den Arm um die Ältere und zog sie ein wenig an sich. »Erzähl mir, was geschehen ist.«

»Ich weiß es eigentlich selbst nicht. Es ist nur so ... seit Eduard auf der Welt ist, zählt nur noch er. Für Ludwig existiere ich gar nicht mehr, es sei denn, als Mutter seines Stammhalters. Als solche nimmt er mich gelegentlich noch wahr. Doch mehr auch nicht. Ludwig liebt mich nicht und hat mich wohl auch nie geliebt. Dabei habe ich ihm alles gegeben, was ich hatte. Aber ich bin mit meiner Kraft am Ende.«

»Es ist doch ganz natürlich, dass ein Kind die wichtigste Position in der Familie einnimmt«, widersprach Luise.

»Ach ja? Und warum, kannst du mir das mal sagen? Ich bin schließlich seine Ehefrau. Zählt das gar nicht?«

Luise musste an sich halten. Sie konnte die Art ihrer Schwester nicht leiden, stets nur sich und ihre Belange zu sehen und sich wichtiger zu nehmen als alles andere. Doch jetzt war nicht die Zeit dafür, ihr dies vorzuhalten. Martha öffnete sich ihr, und sie führten das erste Mal seit Jahren ein vertrauliches Gespräch. Wenn sie ihr jetzt sagte, was sie von ihrem egoistischen Verhalten hielt, würde sie die gerade erst entstandene fragile Basis auf der Stelle wieder zerstören.

»Aber natürlich zählst du als Ehefrau. Womöglich wäre es aber auch für dich besser, wenn du dir eine Aufgabe suchtest, die dich ausfüllt.«

»Noch mehr als dieses Kind, das mich Tag und Nacht fordert?«, ereiferte sich Martha. Wieder brach sie in Tränen aus. »Ich habe das Gefühl, überhaupt keine Zeit für mich zu haben. Immerzu habe ich mich um das Kind zu kümmern.«

»Sein Name ist Eduard«, erinnerte Luise, die sich immer weniger zurückhalten konnte, Martha für ihre Selbstsucht zu tadeln.

»Willst du mir wirklich helfen?«, fragte Martha nun.

»Ja, das will ich.«

»Dann nimm du ihn für ein paar Tage. Ach, und wenn es auch nur ein einziger Tag wäre. Ich könnte endlich einmal wieder frei durchatmen.«

»Aber wäre Ludwig denn damit einverstanden?«

»Ludwig? Was sollte er dagegen haben?«

»Na, Eduard ist sein Sohn.«

»Um den er sich kaum kümmert. Alles bleibt allein an mir hängen.«

Luise überlegte kurz. »Na gut«, sagte sie dann und stand auf. »Frag deinen Mann, wenn er heute Abend nach Hause kommt. Von mir aus könnten wir dann in den nächsten Tagen ...« Weiter kam sie nicht.

»Nein, nimm ihn gleich mit!«

»Wie bitte?«

»Ja, nimm ihn mit. Ich fühle mich nicht gut und kann mich nicht um ihn kümmern.« Martha sah ihre Schwester plötzlich herausfordernd an. »Oder willst du riskieren, dass ihm am Ende doch noch etwas geschieht, und dann mit dem Wissen leben, dass du es hättest verhindern können?«

Luise spürte, dass das Gespräch eine Wendung genommen hatte, die ihr nicht gefiel. War es Martha wirklich so wichtig, Eduard abzugeben, dass sie zu solchen geradezu erpresserischen Mitteln griff? In jedem Fall fand sie den Anblick, den Martha bot, einfach abstoßend. Und dies bezog sich nicht nur auf das Körperliche.

»Ich werde ein paar Sachen holen«, sagte Luise knapp, »und Eduard mit zu uns nehmen.«

»Gut.«

»Welches ist sein Lieblingskuscheltier?«

»Ach, nimm irgendeines von denen, die herumliegen«, winkte Martha ab.

Luise schüttelte den Kopf. »Du solltest die Zeit gut nutzen, um über dein Verhalten nachzudenken«, riet sie der Schwester. »Denn eines sage ich dir: Wenn Eduard wieder hier ist, wirst du die netteste und aufopferungsvollste Mutter sein, die man je erlebt hat. Und wehe dir, wenn nicht!«

Martha hob den Kopf. Luise erwartete eine zickige Erwiderung, doch die blieb aus. Stattdessen stand Martha auf.

»Dank dir werde ich mich jetzt umziehen und neu zurechtmachen müssen.« Sie streifte ihr Kleid ab. »Bitte entschuldige
mich.«

»Ich warte unten, damit du dich von Eduard verabschieden
kannst.«

»Ach was, geh nur und nimm ihn einfach mit. Es sind ja nur
ein paar Tage. Die wird er auch ohne eine Abschiedsumarmung
von mir überstehen.« Damit ging sie zu ihrem Schrank, holte ein
Kleid hervor, machte sich damit auf den Weg zum Badezimmer
und ließ Luise einfach stehen.

Luise war ein Mensch, der selten sprachlos war. Doch in
diesem Moment gab es nichts mehr, was ihr noch einfiel.

6. Kapitel

Obwohl Luise ursprünglich zum Hansen'schen Kontor hatte fahren wollen, wies sie Hugo nun an, zum Spirituosenhandel der Familie Ahrendsen zu fahren, um dort mit ihrem Schwager zu sprechen.

Die Überraschung war Ludwig deutlich anzusehen, als ihm gemeldet wurde, dass er Besuch habe, und schon kurz darauf sein kleiner Sohn zwar mit wackligen Schritten, aber so rasch er konnte auf ihn zulief. »Das glaube ich ja nicht – wer kommt mich denn da besuchen?« Ludwig war in die Hocke gegangen und breitete seine Arme aus, als er Eduard auf sich zulaufen sah. Kaum hatte er den Vater erreicht, griff Ludwig zu, schwang den Jungen hoch und drehte sich mit Eduard auf dem Arm mehrfach um sich selbst. Zärtlich drückte er den Kleinen an sich.

Die beiden gaben ein wunderbares Bild zusammen ab, und Luise war tief berührt und glücklich, dass es offenbar wenigstens einen in der Familie gab, der sich über den kleinen Eduard freute und ihn aufrichtig liebte.

Vorsichtig setzte Ludwig seinen Sohn wieder ab und trat dann auf seine Schwägerin zu. »Guten Tag, Luise.« Er beugte sich vor und deutete einen Kuss auf ihre Wange an, hielt aber genug Abstand, dass er die kleine Viktoria auf Luises Arm nicht drückte. »Die Überraschung ist euch geglückt!«

»Guten Tag, Ludwig. Können wir uns kurz unterhalten?«

»Aber natürlich.« Er deutete mit dem Arm zu seinem Büro hinüber. »Es ist hoffentlich nichts Schlimmes?«

Luise ging nicht auf die Bemerkung ein. Eduard griff nach der Hand seines Vaters und ging neben ihm her. Gemeinsam betraten sie Ludwigs Büro.

Luise war bisher nur zwei- oder dreimal hier gewesen. Und jedes Mal hatte sie sich gefragt, weshalb er sich in dem stattlichen Gebäude nicht einen anderen, größeren und auch repräsentativeren Raum nahm, da dieser hier seiner Stellung als einer der beiden Geschäftsführer wahrlich nicht entsprach. »Weißt du, was ich mich schon einmal gefragt habe?«, sagte Luise beim Eintreten.

»Nein, was?«

»Weshalb du dir kein größeres Büro nimmst.«

Ludwig schmunzelte. »Bitte, nimm Platz.« Er half Luise mit Viktoria, damit sie sich setzen konnte. »Kann ich dir etwas anbieten?«

»Nein danke. Ich bleibe nur kurz.«

Ludwig ließ sich in seinem Sessel nieder und zog Eduard auf seinen Schoß. »Um auf deine Frage zurückzukommen«, nahm er den Gesprächsfaden wieder auf. »Tatsächlich wurde ich schon des Öfteren gefragt, weshalb ich mir nicht ein Büro in der oberen Etage gönne, wo man mehr Platz und darüber hinaus einen schönen Ausblick hat. Der Grund ist ganz einfach: Dies war das Büro meines Großvaters. Hier hat er angefangen. Von hier aus hat er Etage für Etage erobert, bis ihm alles gehörte. Denn anfangs, musst du wissen, waren das Gebäude und das Grundstück nur gemietet.«

»Das kann ich sehr gut nachvollziehen.« Luise war keineswegs erstaunt. Diese Erklärung passte zu Ludwigs Wesen. Sie fand, dass er ein ganz wunderbarer Mensch war. Ein viel besserer, als Martha es verdiente.

»Weißt du, von mir aus können die anderen sich gern alle dort oben ausbreiten«, führte Ludwig weiter aus. »Mein Bruder beispielsweise hat dort auch ein Büro, eines mit vier Fenstern. Es ist der hellste Raum, den ich je gesehen habe«, scherzte er und sah sich dann um. »Doch ich gehöre hierher. Hier kommen mir die besten Einfälle, hier kann ich gut denken und Pläne schmieden.« Er klopfte auf die Lehne des Sessels, in dem er saß. »Selbst der hier gehörte meinem Großvater. Ich habe ihn aufpolstern und neu beziehen lassen, aber das Grundgestell, das, was den Halt gibt, ist immer noch das alte.«

»Ich verstehe genau, was du meinst«, versicherte ihm Luise.

Ludwig drückte Eduard kurz an sich. »Und eines Tages wird dir all das hier gehören«, sagte er mit Vaterstolz. »Ich hoffe, dass ich ihm ein gutes Erbe hinterlassen kann.«

»Wichtiger wäre es meines Erachtens, dich darum zu kümmern, wie es ihm jetzt gerade geht«, erwiderte Luise und seufzte.

»Was meinst du?«

»Bist du gar nicht verwundert, dass wir zusammen hier sind und dass deine Frau nicht dabei ist?«

»Nun, dass ihr hier seid, hat mich überrascht, ja. Marthas Abwesenheit jedoch nicht im Geringsten. Meine Frau hat es noch nie hierher in die Firma gezogen.«

»Ich meine eigentlich, dass ich Eduard bei mir habe.«

»Doch, das schon. Aber da ich weiß, dass er bei dir in den besten Händen ist, bereitet es mir keine Sorge. Außerdem war mir schon klar, dass du mir den Grund noch verraten würdest.«

Luise sah ihn ernst an. »Was ist bei euch zu Hause los, Ludwig?«

»Was soll denn los sein?«

»Mit euch, meine ich, mit Martha und dir. Ich war vorhin bei euch zu Hause.«

»Und hat sich meine Frau über mich beklagt, oder wie soll ich deine Worte verstehen?«

»Das auch. Doch das ist es nicht, was mich sorgt.«

»Sondern?«

»Sie hat mir angeboten, und das ist die netteste Formulierung, die mir hierzu einfällt, Eduard für einige Tage zu mir zu nehmen.«

»Zu dir? Weshalb denn?«

»Weil sie sich überfordert fühlt.«

Ludwig presste Luft durch die Zähne. Seine Miene wurde ernst. »Ich kann beim besten Willen nicht verstehen, wieso und womit sie sich überfordert fühlen könnte.« Wieder drückte er Eduard an sich. »Sie hat die Möglichkeit, den ganzen Tag mit diesem wunderbaren kleinen Kerl zu verbringen. Du glaubst nicht, wie sehr ich sie darum beneide. Sie hat Personal, muss weder kochen noch den Haushalt führen, geschweige denn sich um den Einkauf kümmern oder irgendetwas organisieren.« Er seufzte. »Und wenn ich dann am Abend nach Hause komme, höre ich nichts als Vorwürfe und Klagen.«

»Klagen worüber denn?«

»Dass Hilde wieder dieses oder jenes falsch gemacht hat, dass das Dienstmädchen nicht gut gearbeitet hat, dass Ottokar die Kutsche viel zu rücksichtslos fährt und vor allem«, er deutete mit dem Kopf auf Eduard, »dass er, und ich zitiere, *einfach unerträglich* sei. Ja, Luise, genau das hat sie über ihn gesagt.«

Luise holte hörbar Luft. »Er ist ein ganz reizender Junge«, stellte sie fest.

»Ja, er ist mein Sonnenschein.« Ludwig gab seinem Sohn, der sich bei ihm angelehnt hatte und ganz ruhig wurde, einen Kuss.

»Ich verstehe nicht, was sie eigentlich will«, sagte Luise ratlos.

»Was sie will? Das kann ich dir sagen: Sie will zur feinen Hamburger Gesellschaft gehören, sie möchte zu allen Anlässen und Festen eingeladen werden, nur die schönsten und teuersten Kleider tragen, sie möchte sich zu Teenachmittagen treffen und mit anderen Frauen darüber klatschen, welch anstrengenden Tag sie doch wieder gehabt hat.« Er schüttelte den Kopf.

»Aber ihr gehört doch zur guten Gesellschaft Hamburgs«, hielt Luise dagegen. »Und das weiß Martha auch.«

»Ja, aber sie will dieses Gefühl *leben*. Es stimmt, wir gehen nicht oft aus. Doch das liegt auch daran, dass ich zu viel zu tun habe und abends, wenn ich aus dem Kontor komme, meist so müde und geschafft bin, dass ich nur noch ein bisschen Zeit mit meinem Sohn verbringen und dann schlafen gehen will. Außerdem möchte ich nicht, dass Eduard zu viel allein ist. Natürlich ist das Personal da, wenn wir fortgehen. Doch ich möchte selbst zur Stelle sein, wenn er mal aufwacht, und ihm so das Gefühl geben, dass er stets gut behütet ist.« Wieder drückte er seinen Sohn an sich. »Außerdem ist es nicht gerade eine Freude, mit Martha auf Gesellschaften zu gehen. Sie spielt sich auf eine Art und Weise auf und nutzt jede Gelegenheit zum Prahlen, dass es schon peinlich ist.«

»Wie bitte?«

»Du hast ganz richtig gehört. Sie benimmt sich oft unmöglich. Und nicht nur mir fällt das auf. Am Anfang geht es meist noch, doch wenn wir dann eine Weile dort sind …«

»Und sie zu viel Alkohol trinkt, nicht wahr?«

»Du weißt davon?«

»Seit heute.« Luise überlegte einen Moment, ob sie Ludwig die ganze Wahrheit sagen und ihm berichten sollte, was heute geschehen war. Sie konnte nur ahnen, wie wütend er womöglich wurde, wenn er davon erfuhr, in welch jämmerlichem Zustand sie den kleinen Eduard vorgefunden hatte. Andererseits, so fand sie, musste sie es ihm auf jeden Fall sagen, und zwar allein deshalb, damit er in Zukunft gewarnt war, den Sohn der Obhut einer solchen Mutter zu überlassen. Also erzählte sie, was geschehen war, nachdem sie mit der Kutsche vor der Villa der Ahrendsens vorgefahren war, und wie sie Eduard vorgefunden hatte. »Ach, und falls du dich wunderst, weshalb du heute Nacht nicht in deinem Bett schlafen kannst – das ist meine Schuld«, endete sie. »Ich habe mich so über Martha und ihr Verhalten geärgert, dass ich ihr eine Schüssel mit kaltem Wasser über den Kopf gegossen habe, als sie noch im Bett lag. Schick mir die Rechnung für die Matratzen – das war es mir wert!«

»Was das angeht, möchte ich am liebsten laut loslachen, dass du das wirklich getan hast«, sagte Ludwig. »Doch allein die Vorstellung, wie es Eduard ergangen ist, lässt mir das Blut in den Adern gefrieren. So kann es nicht mehr weitergehen! Ich hätte nicht gedacht, dass ihr unser Sohn tatsächlich vollkommen gleichgültig ist.«

Ludwig strich Eduard nachdenklich über den Schopf. Der Junge hatte Schwierigkeiten, die Äuglein offen zu halten, und jede Spannung schwand aus seinem kleinen Körper.

Luise wies mit dem Kinn auf Eduard. »Er ist eingeschlafen.«

Ludwig nickte nur, sagte aber nichts.

»Was wirst du jetzt tun?«, fragte Luise.

»Ich weiß es nicht.« Er sah die Schwägerin an. »Hast du einen Rat für mich?«

Luise schüttelte den Kopf. »Weißt du, ich konnte es vorhin gar nicht fassen, wie sie sich benommen hat. Sie war so kalt Eduard gegenüber.«

Ludwig seufzte. »Ich habe sie noch nie anders erlebt.«

»Wie schlimm ist es denn wirklich mit dem Alkohol? Stimmt es, was sie sagte: dass ihr euch heute Morgen gestritten habt und sie deshalb getrunken hat?« Sie hob abwehrend eine Hand. »Wobei ich damit nicht sagen will, dass so etwas ihr Verhalten rechtfertigen würde.«

»Ach, Luise, ich habe meine Frau heute Morgen nicht einmal zu Gesicht bekommen. Als ich ging, hat sie noch geschlafen, und Hilde hat sich um Eduard gekümmert. Ich weiß nicht, wann Martha aufgestanden ist. Vermutlich erst kurz bevor Hilde das Haus verlassen hat, um Besorgungen zu machen. Denn sonst macht sie sich immer schon früh auf den Weg. Wenn sie zu der Zeit, als du in die Villa gekommen bist, noch nicht zurück war, wird sie erst relativ spät aufgebrochen sein.«

»Also hat Martha mich bezüglich eures Streits belogen. Ich hätte es mir denken können.«

»Martha braucht schon lange keinen Grund mehr, um sich zu betrinken. Richtig schlimm ist es seit etwa einem halben Jahr.«

»Ich mache mir Vorwürfe, dass mir nichts aufgefallen ist.«

»Na ja, ihr habt euch ja nicht allzu oft gesehen«, wandte Ludwig ein.

»Das ist es ja gerade. Ich war so beschäftigt, als ich schwanger war, um bis zum Zeitpunkt der Niederkunft im Kontor ja alles geregelt zu haben, dass ich gar nicht daran dachte, den Kontakt mit Martha zu pflegen.« Luise behielt für sich, dass sie ihre freie Zeit vor allem mit ihrem Geliebten verbracht hatte und ihre Bemühungen, alles zu regeln, in erster Linie darin bestanden hatten, mit Hamza die gemeinsame Flucht nach Kamerun zu planen. Vielleicht war das der Grund, warum sie nun das Gewissen so sehr plagte.

»Martha hätte sich ja auch an dich wenden können, wenn sie es gewollt hätte. Du musst dir also keine Vorwürfe machen«, redete Ludwig ihr zu. »Aber das ist es ja auch: Martha erwartet, dass sie eingeladen wird. Martha erwartet, dass man sich um sie kümmert. Martha erwartet, dass der Besuch zu ihr kommt. Alles, wirklich alles hat sich allein um sie zu drehen, während sie selbst keinerlei Anstrengungen unternimmt. Und zwar in keiner Hinsicht.«

»Sie hat sich nicht eben zu einem guten Menschen entwickelt«, befand Luise. »Entschuldige, wenn ich das über meine eigene Schwester sage.«

Ludwig zuckte mit den Achseln. »Ich gebe dir vollkommen recht. Und ich bin immerhin ihr Ehemann.«

»Und was wollen wir jetzt unternehmen? So kann es schließlich nicht weitergehen.«

»Nein, das kann es nicht. Aber ich kann doch auch nicht den ganzen Tag zu Hause bleiben und aufpassen, dass sie sich nicht betrinkt.«

»Nein«, bekräftigte Luise. »Es muss möglich sein, dass ihr ein ganz normales Leben führt. Und ehrlich gesagt finde ich ihr Verhalten auch widersprüchlich. Einerseits will sie zur feinen Gesellschaft gehören und nur die schönsten Kleider tragen. Andererseits aber möchte sie, dass du am besten außerhalb deiner Arbeit im Spirituosenhandel nur zu Hause bleibst, um dich um Eduard zu kümmern. So kannst du aber nun einmal kein Geld verdienen, das sie ja bekanntermaßen auch sehr gern hat.«

»Wenn du diese einfache Rechnung deiner Schwester klarmachen könntest, wäre ich dir sehr verbunden«, sagte Ludwig resigniert.

»Weißt du eigentlich, wie viel sie täglich trinkt?«

»Nein, das kann ich dir nicht sagen.« Er lachte freudlos auf. »Was für ein Hohn! Ich verdiene mein Geld mit dem Spirituosenhandel. Und ebendiese Spirituosen ruinieren jetzt mein Leben.«

»Vielleicht ist genau das die Lösung.« Luise sah Ludwig nachdenklich an. »Nur weil du einen Spirituosenhandel hast, bedeutet das ja nicht, dass du auch welche zu Hause haben musst. Oder ist es dir so wichtig, am Abend noch ein Glas zu trinken, dass du nicht darauf verzichten möchtest?«

»Aber nein, überhaupt nicht. Meinetwegen bräuchte es überhaupt keine Spirituosen in der Villa zu geben.«

»Gut. Dann ist genau das der Anfang: Wir räumen jede einzelne Flasche weg. Es wird keinerlei Alkohol mehr in eurer Villa geben.«

»Wie ich Martha kenne, schickt sie dann Ottokar los, Nachschub zu holen. Oder jemand anderen vom Personal.«

Luises Blick wurde kalt. »Du bezahlst das Personal, oder nicht? Sie befolgen deine Anweisungen. Du bist der Hausherr. Und wenn du sagst, dass künftig kein Tropfen Alkohol mehr ins Haus kommt, dann kommt kein Tropfen Alkohol mehr ins Haus. So einfach ist das.«

»Aber ich kann nicht verhindern, dass Martha sich selbst auf den Weg macht.«

»Wie denn? Der Kutscher darf sie nicht fahren, wenn du es nicht erlaubst. Und glaubst du, dass sie selbst zu Fuß bis zum nächsten Spirituosenhandel gehen würde?« Luise lachte verächtlich auf. »Da kennst du deine Frau aber schlecht. Verzeih, Ludwig, aber dafür ist sie schlicht zu faul.«

»Wahrscheinlich hast du recht, und doch glaube ich, dass sie einen Weg finden wird, wenn sie es wirklich will.«

»Dann werden wir wiederum einen Weg finden, das zu verhindern. Wichtig ist doch, dass wir überhaupt etwas tun. Und der erste Schritt muss sein, dass sie nicht mehr an Alkohol herankommt. Vielleicht wird sie dann auch irgendwann wieder sie selbst sein.«

»Ich denke, du hast recht. Doch ich gebe zu, dass ich nach dem, was du mir erzählt hast, Angst um Eduard habe. Wenn sie jetzt nicht mehr ihren Willen bekommt, weiß ich nicht, ob sie ihre Wut darüber nicht womöglich an unserem Sohn auslässt.«

»Vielleicht wäre es wirklich eine gute Idee, wenn er eine Weile bei mir lebt, bis sich alles beruhigt hat. Ich könnte regelmäßig zu euch fahren, damit Martha und Eduard sich sehen, aber dabeibleiben, sodass nichts geschehen kann. Womöglich wäre es auch für Martha gut, wenn sie spürt, dass sie Hilfe erhält.«

»Das klingt nach einem guten Plan, allerdings will ich mir gar nicht vorstellen, wie es ist, nach Hause zu kommen und meinen Kleinen dort nicht vorzufinden.«

»Ich könnte ihn auch nur tagsüber haben, und du holst ihn auf dem Rückweg von der Arbeit ab. Dann würde er bei euch schlafen, du könntest ihn sehen, und tagsüber, wenn du dich nicht kümmern kannst, wäre er bei mir.«

»Ja«, stimmte Ludwig sofort zu. »Das ist ein wirklich guter Einfall. Ja, so könnte es tatsächlich gehen.« Er überlegte kurz. »Hättest du jetzt im Moment noch Zeit?«

»Aber ja, weshalb?«

»Ich werde meine Termine verschieben, gleich nach Hause fahren und sämtliche Flaschen, die ich dort finde, vernichten. Vor allem aber möchte ich mit Martha sprechen und ihr sagen, wie es künftig laufen wird und dass wir diese Regelung erst aufheben, wenn sie wieder sie selbst ist und man ihr Eduard guten Gewissens anvertrauen kann. Nur für den Fall, dass der Streit ausartet, hätte ich dich gern dabei, damit du gegebenenfalls schon heute mit Eduard zu euch fahren kannst und er auf jeden Fall die Nacht bei dir verbringt. Er soll von dem Ganzen nichts mitbekommen.« Er presste die Lippen aufeinander. »Und vielleicht schaffst du es auch eher als ich, Martha zu überzeugen, dass wir ihr nur helfen wollen. Ich glaube nicht, dass sie mir überhaupt zuhören wird.«

»Na ja«, sagte Luise ein wenig kleinlaut. »Ich hatte auch erst ihre Aufmerksamkeit, als ich ihr eine Schüssel Wasser über den Kopf gegossen habe.« Sie lächelte schmunzelnd. »Ich würde also nicht sagen, dass ausgerechnet ich diejenige bin, der sie freiwillig zuhört.«

Ludwig erwiderte das Lächeln und sah Luise dann mit ernstem Blick an. »Ich danke dir wirklich sehr dafür, dass du mir hilfst. Vor allem aber, dass du mich wachgerüttelt hast. Ich mag mir nicht vorstellen, was mit Eduard hätte geschehen können.«

»Stell es dir auch nicht vor«, riet Luise. »Solche Bilder will keine Mutter und kein Vater im Kopf haben.«

»Hans hat ein unwahrscheinliches Glück mit dir, weißt du das?«

»Natürlich weiß ich das«, gab Luise zurück und bemühte sich, die Stimmung wieder etwas aufzulockern. »Jetzt müssen wir nur noch jemanden finden, der das täglich meinem Ehemann sagt.«

Ludwig wirkte erleichtert, deutete dann auf den schlafenden Eduard, der sich inzwischen auf seinem Schoß ausgestreckt hatte. »Dann habe ich jetzt nur noch das Problem, irgendwie wieder aufzustehen, damit wir uns auf den Weg machen können.«

»Es tut mir leid«, Luise schüttelte grinsend den Kopf, »aber so friedlich, wie er daliegt, kann ich es nicht mit meinem Gewissen vereinbaren, ihn von dir herunterzunehmen. Du wirst also einfach dort sitzen bleiben müssen.«

Ludwig schob seine Arme vorsichtig unter Eduards kleinen Körper, sodass er ihn hochnehmen konnte. Er brauchte mehrere Anläufe, bis es ihm gelang, sich mit dem Jungen auf dem Arm zu erheben. Dann legte er Eduard ganz behutsam wieder in den Sessel. Der Kleine atmete einmal geräuschvoll aus und schlief sogleich weiter.

»Ich werde rasch alles Weitere veranlassen«, erklärte Ludwig. »Bleibst du solange hier? Dann kann er noch ein bisschen schlafen.«

»Aber ja, geh nur. Ich passe auf ihn auf.«

»Danke.« Ludwig öffnete die Tür und schloss sie dann leise hinter sich.

Luises Blick fiel auf seinen schlafenden Sohn. Ein unschuldiges Kind, das es verdient hatte, liebevoll behandelt zu werden und behütet aufzuwachsen. Sie würde alles tun, dieses Recht für ihn durchzusetzen. Und wenn sie ihrer Schwester dazu jeden Tag eine Schüssel kaltes Wasser über den Kopf kippen müsste.

7. Kapitel

Wien, Montag, 19. November 1894

In zwei Tagen würde sie mit Robert telefonieren! Wie auch sonst immer freute sich Therese darauf, doch diesmal kam eine gewisse Aufregung hinzu, da sie ihn fragen wollte, ob es ihm und der Familie recht wäre, wenn sie zusammen mit den Kindern und Sophia eine Weile zu Besuch käme.

Seit dem Tag, da Judith ihr die Idee eingepflanzt hatte, Wien eine Zeit lang zu entfliehen, konnte sie kaum mehr an etwas anderes denken. Zwar war sie nicht so naiv zu glauben, dass sich dadurch all ihre Probleme in Luft auflösen würden, doch sie war davon überzeugt, dass sie durch die räumliche Distanz auch eine neue Sicht auf die Dinge bekommen könnte. In Wien erinnerte sie einfach alles an Karl. Und das fand sie auch gut so. Aber sein Tod war noch nicht lange genug her, als dass sie einfach nur mit Freude an die schönen Zeiten zurückdenken konnte. Dafür war der Schmerz noch immer zu groß. Sie musste Abstand gewinnen, etwas Neues sehen. Ihre Hoffnung war, dass sie im Kreis der Familie Hansen ein Gleichgewicht finden würde zwischen liebevoller Erinnerung an ihren verstorbenen Ehemann und dem Gefühl, dass die neue Zeit, die ohne ihn vor ihr lag, ebenso ihre schönen Momente haben würde.

Schon immer hatte man ihr gesagt, dass sie die besondere Fähigkeit habe, zwischen den dicksten Wolken stets den einen Sonnenstrahl zu entdecken, an dem sie sich erfreuen konnte. Genau diese Einstellung hatte sie oft lächeln lassen, während andere mit heruntergezogenen Mundwinkeln durch ihr Leben gingen. Und genau diese Einstellung wollte sie zurückgewinnen. Nicht nur für sich, sondern vor allem für ihre Kinder, denen sie als Vorbild dienen wollte.

Vorgestern hatte sie ihren Sohn Franz mit ins Kaffeehaus genommen, damit er mit Emil Loibelsberger zusammensitzen und seinen Geschichten lauschen konnte. Während sie die Gäste bediente, hatte Therese immer wieder einmal einen verstohlenen Blick auf die beiden geworfen. Da war ihr aufgefallen, dass Franz ganz anders gewesen war als in der letzten Zeit zu Hause. Er hing an Herrn Loibelsbergers Lippen, hatte gestaunt und gelacht. Er war endlich mal wieder so wie früher gewesen, vor Karls Tod: ein schelmischer, lachender kleiner Junge. Nicht mehr und nicht weniger.

Spätestens da war Therese klar geworden, dass es höchste Zeit war, dem Sumpf aus Trauer und Wut zu entkommen und für eine Weile alles hinter sich zu lassen, um danach wieder ein glückliches Leben führen zu können.

Für heute hatte Therese sich vorgenommen, in Karls altes Kontor zu gehen und mit Georg zu sprechen. Zwar wollte sie der Entscheidung Roberts, ob sie, Sophia und die Kinder in Hamburg willkommen waren, nicht vorgreifen. Doch konnte sie sich beim besten Willen nicht vorstellen, dass er sie abweisen würde. Robert und sie verstanden sich wirklich gut. Und Therese hoffte, dass er sich über ihren Entschluss freuen würde. Deshalb fand sie es nur richtig, bereits heute mit Georg darüber zu sprechen, bevor sie weitere Pläne machte. Denn genau genommen führte Georg das Kontor in ihrem Namen, da sie nach Karls Tod Erbin des Handelshauses in Wien geworden war. Zwar ließ sie dem Bruder ihres Mannes völlig freie Hand, wollte sogar am liebsten so wenig wie möglich damit zu tun haben, da sie weder Georg in seiner Handlungsfreiheit beschneiden noch zu sehr einbezogen werden wollte, zumal ihr dafür neben dem Kaffeehaus und den Kindern die Zeit fehlte. Doch letztendlich war es ihr Eigentum, das Georg als Geschäftsführer verwaltete. Insofern war es richtig, dass er als einer der Ersten erfahren sollte, was sie für die nächste Zeit plante.

Das Glöckchen über der Tür gab das vertraute Klingeln von sich, als Therese den Laden betrat. Felix, der auch schon für ihren Mann gearbeitet hatte und jetzt ihren Schwager ebenso tatkräftig unterstützte, sah auf. »Frau Hansen.« Sein Gesicht spiegelte ehrliche Freude wider. »Welch schöne Überraschung! Einen guten Tag wünsche ich.«

»Guten Tag, Felix.« Therese schloss die Tür hinter sich, ging auf ihn zu und reichte ihm die Hand. »Wie geht es dir?«

Felix deutete eine Verbeugung an. »Sehr gut. Und darf ich die Frage zurückgeben?«

»Es wird jeden Tag besser«, antwortete Therese und sprach damit aus, was sie sich sehnlichst wünschte.

»Es freut mich aufrichtig, das zu hören.«

»Ist mein Schwager da?«

»Ja, er ist hinten im Lager. Ich kann ihn holen.«

»Aber nein, ich gehe selbst zu ihm. Mach dir keine Mühe.« Therese beugte sich mit verschwörerischer Miene über den Tresen. »Wie macht er sich denn so?«

Felix schien einen Moment verunsichert, ob er wirklich eine Auskunft erteilen sollte. Immerhin war es sein neuer Chef, über den er da sprach. Und noch vor Karls Tod hätte er sich wahrscheinlich nicht so weit vorgewagt, nun jedoch sagte er: »Er führt das Kontor erfolgreich, und das Geschäft läuft nicht schlechter als zuvor. Und er macht viel von der Arbeit, die ich erledigen könnte, gern selbst. Doch er ist eben nicht Ihr Mann.«

»Behandelt er dich denn gut?«

»Ja«, beeilte sich Felix zu versichern, »das auf jeden Fall.« Er zuckte mit den Achseln, als wüsste er nicht recht, wie er es ausdrücken sollte. »Er ist nur eben anders. Ihr Mann hatte so etwas Besonderes an sich, so etwas Feines, das mir und auch den Kunden gut gefiel. Und da ist sein Bruder ein ganz anderer Mensch. Er ist eben kein Wiener, sondern ein Norddeutscher.«

»Mein Mann war auch ein Norddeutscher.«

Felix schüttelte den Kopf. »Er war dort geboren, doch sein Herz schlug für Wien.«

»Ich verstehe, was du meinst.« Therese schenkte ihm ein warmes Lächeln. »Dann wirst wohl künftig du für das Feine sorgen müssen, das die Wiener so schätzen.«

Felix neigte den Kopf zur Seite. »Ich hoffe, es schmerzt nicht zu sehr, wenn ich sage, dass niemand Ihren Mann mit seiner besonderen Art ersetzen könnte.«

»Das weiß ich«, erwiderte Therese leise. »Und offen gesagt, ist das auch gut so.« Sie machte noch einen Schritt vorwärts und wollte das Tresenbrett umlegen, um nach hinten durchgehen zu können, da kam ihr Felix zuvor und hob es an. »Danke schön, Felix.«

»Sehr gern, Frau Hansen.«

Therese spazierte ins Lager und reckte den Hals, um Georg ausfindig zu machen. Sie konnte ihn jedoch nirgendwo sehen. »Georg?«

»Hier hinten, ich komme gleich.«

Sie hörte, wie etwas zu Boden fiel, dann einen gedämpften Fluch. Kurz darauf trat Georg zwischen den Regalen hervor. Therese musste lachen. Sein Gesicht war voll mit Kakaobohnenstaub, und auch sein Hemdkragen, der oben aus dem Verkaufskittel herausragte, sowie der Kittel selbst waren braun verschmutzt. »Ja, so muss ein Kakaobohnenhändler aussehen!«, scherzte sie.

»Guten Tag, Therese.«

Therese hielt Abstand, als er sich vorbeugte, um ihr einen Kuss auf die Wange zu geben, und zog ein Stofftaschentuch aus ihrer Handtasche hervor. »Warte mal einen Moment.« Sie wischte mit dem Tuch den Kakaobohnenstaub von seinem Gesicht. Dann hob sie sich auf die Zehenspitzen und gab ihm einen Kuss. »Guten Tag, mein lieber Schwager.« Sie zeigte ihm das Tuch, das großflächig mit einer braunen Schicht verschmiert war.

»Das war alles in meinem Gesicht?«

»Allerdings«, antwortete Therese lachend. »Und ich wollte nicht, dass mein Gesicht genauso aussieht.«

»Das verstehe ich.« Er musterte die Schwägerin. »Du siehst gut aus, Therese. Besser als in letzter Zeit. Das freut mich wirklich sehr.«

»Du hast recht. Es geht mir auch besser.« Sie deutete zum Tisch hinüber, an dem drei Stühle standen und der eigentlich dazu diente, hier die Lagerlisten zu schreiben. »Wollen wir uns einen Moment setzen?«

»Du bist mir die netteste Arbeitsunterbrechung, die ich mir nur wünschen kann«, erwiderte Georg. »Soll ich Felix bitten, uns einen Kaffee oder eine Schokolade zu machen?«

Therese wollte schon ablehnen, fragte sich dann aber, was dagegensprächte, das Angebot anzunehmen. Sophia kümmerte sich um die Kinder, das Kaffeehaus behielten Judith, Resi und Vroni im Griff. Sie hatte also keine Zeitnot. Es war das erste Mal seit Monaten, dass sie das Gefühl hatte, sich die Muße für ein Gespräch gönnen zu können. Und sie genoss es sehr, als ihr dies bewusst wurde. »Sehr gern«, antwortete sie deshalb. »Einen Kaffee, bitte.«

»Keine Schokolade?«

Therese schüttelte den Kopf. »Die Art, wie ich sie bei mir im Kaffeehaus zubereite, ist besser. Aber der Kaffee hier ist wirklich gut.«

Georg stemmte die Hände in die Hüften. »Eine Unverschämtheit, Frau Hansen, eine echte Unverschämtheit!« Er zwinkerte ihr zu. »Na gut, dann lasse ich Felix einen Kaffee aufbrühen.«

»Danke«, sagte Therese. Sie fühlte sich sehr behaglich und genoss, wie locker und ungezwungen sie mit ihrem Schwager scherzen konnte. Georg war kein Mann, dessen Charme einen vom ersten Augenblick an in Bann zog. Es stimmte schon, was Felix sagte, er war eher der etwas steife, sehr norddeutsche Mann, viel weniger feinsinnig als Karl. Und das Überkorrekte, das Georg ausstrahlte, mochte einem erst auf den zweiten Blick gefallen. Doch tatsächlich war es ein Unterschied, wie er sich Fremden, also beispielsweise den Kunden gegenüber verhielt und wie er regelrecht auftaute, wenn man privaten Umgang mit ihm pflegte.

So war inzwischen auch Franz geradezu vernarrt in den Bruder seines verstorbenen Vaters, und Therese rechnete es Georg hoch an, dass er sich oft und gern Zeit für seine Nichte und seinen Neffen nahm. Seine Frau Vera wiederum erachtete dies nicht für notwendig. Sie hielt sich von Therese und den Kindern meist fern, was Therese gar nicht verstehen konnte, da Vera doch in Wien zum einen niemanden kannte und auch keine Aufgaben hatte, die sie und damit auch ihren Tag ausfüllen könnten. Tatsächlich war Therese verwundert, wie wenig Kontakt sie mit der Frau ihres Schwagers hatte, fragte sich jedoch, ob dies vielleicht einfach daran lag, dass sie selbst viel zu beschäftigt war.

Damals, als Vera sich während der Trennung von Georg in Wien aufgehalten hatte, hatten Therese und sie einige Zeit miteinander verbracht. Zwar hatte Therese schon damals nicht verstehen können, dass es Vera tatsächlich genügte, die meiste Zeit des Tages in dem Hotelzimmer zu verbringen, in dem sie untergebracht war, und ansonsten höchstens einmal spazieren zu gehen. Vera hatte ihr erzählt, dass sie gern Handarbeiten mache – etwas, das Therese als schrecklichste und so ziemlich langweiligste Aufgabe der Welt ansah. Aber nun gut, die Menschen waren eben verschieden, und jeder musste sich etwas suchen, was ihm lag. Doch warum Vera nicht öfter vorbeikam, und sei es nur, um mit den Kindern ein wenig Zeit zu verbringen, konnte sich Therese nicht erklären. Doch andererseits, das musste sie zugeben, fand sie das so schlimm nun auch wieder nicht.

Frederike hingegen, Veras und Georgs erwachsene Tochter, die mit ihren Eltern zusammen nach Wien gezogen war, sah Therese nun wieder regelmäßig, was sie aufrichtig freute. Natürlich nicht so oft wie damals, als Frederike bei Therese und Karl gelebt hatte, doch mindestens drei- oder viermal die Woche.

Frederike hatte eine Anstellung als Sekretärin bekommen und machte sich wohl recht gut. Wie sie Therese erzählte, hatte sie sich das Tippen auf der Schreibmaschine im Arbeitszimmer der Hamburger Villa nach und nach selbst beigebracht. Aus früheren Gesprächen wusste Therese jedoch, dass es eigentlich das Zeichnen war, das Frederike am meisten Freude bereitete. Nur dass sie damit eben im Berufsleben nichts anfangen konnte.

Georg kam mit zwei Tassen zurück. »So, bitte sehr, ein Kaffee nach Art des Hauses.« Er stellte eine Tasse vor Therese ab, die andere direkt gegenüber und setzte sich dann auf seinen Stuhl.

»Herzlichen Dank«, sagte Therese und führte die Tasse zum Mund, stellte sie aber gleich wieder ab, als sie merkte, dass der Kaffee noch viel zu heiß zum Trinken war. »Und? Wie geht es dir, Georg?«

»Sehr gut.« Er hob den Arm und zeigte mit einer ausladenden Geste auf die Regale. »Das hier ist wirklich meine Welt.«

»Aber das hattest du in Hamburg doch auch.«

»Ja, schon, aber hier ist alles kleiner. Es gibt nur das Lager und den Kontakt mit den Kunden. Das macht mir großen Spaß. In Hamburg verkaufen wir ja nur an Händler, nicht direkt an die Kunden, die mit ihrer Tüte Kaffee- oder Kakaobohnen nach Hause gehen und sich diese dort zubereiten. Es ist ein völlig anderes Arbeiten, auch wenn ich bisher nur selten vorn im Laden war.«

»Doch du müsstest solche Arbeiten wie die hier im Lager ja eigentlich nicht selbst machen. Dafür ist Felix da.«

»Felix ist das vertraute Gesicht, das die Kunden mit dem Kontor verbinden. Ich bin der Geschäftsführer, und wenn ich immer mal wieder vorn im Laden stehe und die Leute sich im Lauf der Zeit an mein Gesicht gewöhnen, ist es gut so. Felix kennen sie länger, ihn verknüpfen sie gedanklich noch mit der Zeit, als Karl hier war. Abgesehen davon macht mir die Arbeit im Lager Spaß. Es tut gut, die Säcke selbst aufzustapeln und am Abend schmerzende Schultern zu haben. So weiß ich, dass ich genug getan habe.«

»Karl hat es auch immer sehr gemocht«, erinnerte sich Therese, doch sofort war da dieser Stich, den der Gedanke an ihren toten Mann mit sich brachte. Sie räusperte sich.

»Mir fehlt er auch.« Georg schien zu ahnen, was in ihr vorging.

»Ja, uns allen.« Sie griff erneut nach der Tasse und trank einen Schluck Kaffee. »Der ist wirklich gut!«

»Danke. Die Bohnen sind erst gestern angekommen. Robert hat einen neuen Lieferanten aufgetan, und es kommt mir vor, als sei die Qualität noch besser.«

Therese setzte die Tasse abermals an, schmeckte noch einmal. »Der Geschmack ist kräftiger, nicht wahr?«

»Genau.« Georg trank ebenfalls einen Schluck. »Irgendwie vollmundiger.«

»Lieferst du mir nächstes Mal diese Bohnen fürs Kaffeehaus?«

»Aber natürlich, sehr gern.«

»Weshalb ich hergekommen bin …«, wechselte Therese nun das Thema. »Ich habe mir etwas überlegt.«

Georg sah sie aufmerksam an.

»Ich habe mit Judith gesprochen«, fuhr sie fort. »Wie du ja weißt, stand ich in letzter Zeit ein wenig neben mir.«

»Ist das ein Wunder? Wer könnte es dir verdenken?«

»Es ist lieb, dass du das sagst. Doch tatsächlich kann es so ja nicht weitergehen.«

»Was meinst du damit?«

Therese drehte nachdenklich die Tasse in ihrer Hand und hielt den Blick darauf gerichtet. »Ich kämpfe mich mühevoll durch jeden Tag, und die Kinder spüren das natürlich. Es ist an mir, sie zu leiten und ihnen zu vermitteln, dass das Leben schön ist, auch wenn schreckliche Dinge geschehen sind.«

»Deine Einstellung ist bewundernswert. Ich glaube, es gibt nicht viele, die so denken.«

»Ich finde einfach, dass es meine Aufgabe ist, uns alle wieder glücklich zu machen. Karl nannte mich immer seinen Sonnenschein. Und genauso möchte ich mich auch selbst wieder sehen. Dieses Dunkle und Trübsinnige passt gar nicht zu mir.« Sie sah ihren Schwager an. »Judith schlug mir einen Tapetenwechsel vor, und sie bot an, sich während dieser Zeit gemeinsam mit Resi und Vroni um das Kaffeehaus zu kümmern. Nun ja, und da du hier alles bestens im Griff hast, spricht wohl nichts dagegen.«

»Und wo willst du hin?«

»Ich dachte daran, die Familie in Hamburg für eine Weile zu besuchen.«

»Wirklich?« Georgs Miene erhellte sich. »Das ist eine ganz wunderbare Idee, Therese.«

»Ich bin froh, dass du das sagst.« Sie lächelte den Schwager erleichtert an.

»Nimm dir alle Zeit, die du brauchst.« Er griff über den Tisch nach Thereses Hand. »Hamburg wird dir guttun.«

»Ich hoffe es. Und vielleicht werde ich auch endlich die Gelegenheit haben, mir die Stadt in Ruhe anzusehen. Die wenigen Male, die ich zusammen mit Karl dort war, waren einfach zu kurz.«

Er drückte noch einmal ihre Hand, dann zog er seine zurück und setzte sich wieder gerade hin. »Also wirst du ja bald Luises kleine Tochter sehen. Und auch Marie, die Tochter meines Sohnes Richard. Gewiss werden die beiden reizenden Kinder es schaffen, dass du wieder zu dem Sonnenschein wirst, den Karl in dir sah.«

»Ich danke dir, Georg. Ich weiß wirklich nicht, was ich ohne Karls Familie nach dessen Tod getan hätte.«

»Wir alle sind eine Familie, nicht nur Karls, sondern auch deine. Robert, Karl und ich hätten als Brüder unterschiedlicher nicht sein können. Ich habe einmal den Fehler gemacht, den Zusammenhalt auf eine schwere Probe zu stellen. Doch seit dieser Zeit weiß ich noch viel mehr, wie wichtig mir diese Familie ist. Lass sie auch dir den Halt geben, den du brauchst.«

»Nun kommen mir fast die Tränen«, sagte Therese gerührt. »Ich danke dir wirklich sehr.« Sie stand auf. »Dann will ich jetzt gehen und dich nicht weiter von deiner Arbeit abhalten. Ach, sei so nett und sag Robert noch nichts, solltest du womöglich mit ihm telefonieren.«

»Willst du ihn in Hamburg überraschen?«, fragte Georg erstaunt und erhob sich ebenfalls.

»Nein, das nicht. Das wäre ja eher ein Überfall. Ich werde selbst mit ihm telefonieren und es ihm dann persönlich sagen. Ich gebe zu, ich möchte auch an seiner Stimme hören, ob es ihm wirklich recht ist.«

»Das wird es sein. Mach dir keine Gedanken.«

Georg begleitete die Schwägerin noch ein paar Schritte und verabschiedete sich dann. So schmutzig, wie er von den Kakaobohnen war, wollte er nicht in den Verkaufsraum treten und womöglich von Kunden gesehen werden.

Sie umarmten sich, und Therese gab Georg noch einen Kuss auf die Wange. Dann ging er wieder nach hinten ins Lager und sie in den Verkaufsraum.

Felix bediente gerade eine Kundin, hob aber rasch das Tresenbrett an, als er Therese kommen sah, damit sie hindurchtreten konnte.

Therese grüßte die Kundin, dann verabschiedete sie sich von Felix und wünschte den beiden noch einen guten Tag. Als sie das Gebäude verließ, sah sie an der Fassade hinauf. Karls Name stand noch immer daran, und das würde sich auch nicht ändern.

Es war das erste Mal seit Monaten, dass Therese das Gefühl hatte, alles würde sich richten und eines Tages wieder gut sein. Ohne Karl zwar, aber dennoch. Auch wenn sie den Weg ohne ihren Mann nicht aus freien Stücken gewählt hatte, so würde sie ihn akzeptieren. Und ihn immer weitergehen. Schritt für Schritt. Nur niemals stehen bleiben und verharren. Denn das entsprach nicht ihrem Wesen.

8. Kapitel

Hamburg, Montag, 19. November 1894

Es war bereits kurz vor fünf Uhr abends, als die Kutsche vor der Villa der Hansens vorfuhr.

Anders als ursprünglich geplant, war nicht nur Eduard, sondern am Ende auch Ludwig mitgekommen. Luise hatte es letztlich für besser gehalten, dass Ludwig sie begleitete, um Eduard nicht das Gefühl zu geben, ganz von seinen Eltern getrennt zu sein. Außerdem hatte sie das Gefühl, dass es auch für ihren Schwager besser wäre, an diesem Abend nicht bei sich zu Hause zu sein, sondern die Familie um sich zu haben und deren Unterstützung zu erfahren.

Es waren unschöne Szenen gewesen, die sich zuvor abgespielt hatten. Ludwig war wie geplant zusammen mit Luise und den Kindern zur Villa der Ahrendsens gefahren, um mit Martha zu sprechen. Als sie dort eintrafen, hatte Ludwig zunächst Ottokar und Hilde davon in Kenntnis gesetzt, dass er Alkohol, gleich welcher Art, künftig nicht mehr im Haus dulden würde, und die Anweisung gegeben, alle Spirituosen zu vernichten, die sie finden konnten.

Tatsächlich hatten die Angestellten erleichtert gewirkt, und Hilde hatte sich die Bemerkung nicht verkneifen können, es wäre auch höchste Zeit, dass endlich etwas unternommen wurde. Offenbar, das hatte Ludwig bei diesem Gespräch erkennen müssen, hatte sich schon einiges zugetragen, von dem er gar nichts mitbekommen hatte. Anders war die Reaktion der Haushälterin nicht zu erklären.

Luise war in der Zwischenzeit ins Wohnzimmer gegangen, um dort zusammen mit Eduard zu warten. Luise war überrascht, wie ruhig sich ihre Tochter bei dem ganzen Hin und Her bisher verhalten hatte. Also hatte sie sich viel Zeit für sie genommen, während Ludwig das Personal instruierte und Eduard sich in seiner Spielecke mit den Bauklötzen beschäftigte. Der Junge hatte im Kontor des Vaters lediglich ein Brötchen bekommen und später ein paar Kekse geknabbert. Luise hoffte inständig, dass es nicht mehr allzu lange dauern würde, bis sie aufbrechen konnten, da Eduard dringend etwas Vernünftiges essen und auch zur Ruhe kommen musste. Für einen Zweijährigen war ein Gezerre wie am heutigen Tage reines Gift, und Luise wollte ihm unbedingt wieder das Gefühl geben, dass alles in Ordnung war.

Nachdem Ludwig das Personal instruiert hatte, war er nach oben gegangen. Wie er Luise später während der Kutschfahrt zur Hansen-Villa berichtet hatte, lag Martha bereits wieder im Bett. Da das Bett im Schlafzimmer wegen der durchnässten Matratze unbrauchbar geworden war, hatte sie sich kurzerhand in das Bett im Gästezimmer gelegt. Sie musste im Lauf der letzten Stunden weiter getrunken haben, zumindest wirkte sie so auf Ludwig. Als er seine Frau mit den Vorwürfen konfrontierte, schien sie sich kaum dafür zu interessieren. Erst als er ihr mitteilte, dass es künftig keinerlei Alkohol mehr im Haus geben werde und die Angestellten angewiesen worden seien, nicht nur alle vorhandenen Spirituosen zu vernichten, sondern auch die ausdrückliche Weisung erhalten hätten, keine mehr zu besorgen oder Martha irgendwohin zu fahren, wo sie sich selbst welche kaufen könnte, wirkte sie von einem Moment auf den anderen geradezu klar.

Sie hatte Ludwig beschimpft und mit Beleidigungen überhäuft, von denen er nicht gewusst hatte, dass sie überhaupt in Marthas Wortschatz vorhanden waren. Dann war sie dazu übergegangen, zunächst um Verzeihung zu bitten, zu weinen, dann zu flehen und ihm wieder und wieder zu versichern, dass sie sich ändern würde, er müsse ihr nur etwas Zeit geben. Als er dies ablehnte, beschimpfte sie ihn erneut, und zwar noch unflätiger als zuvor.

Danach hatte er nur ein paar Sachen für Eduard und sich selbst gepackt und war nach unten gegangen, um sich zusammen mit seiner Schwägerin auf den Weg zu machen.

Ludwig hatte niedergeschlagen auf Luise gewirkt, als er ihr von dem Gespräch mit Martha erzählt hatte, vor allem aber, als er sagte, er habe jeden Respekt vor seiner Ehefrau verloren. Danach hatten beide geschwiegen, bis sie die Villa der Hansens erreichten.

»Ich lasse euch das Gästezimmer herrichten«, erklärte Luise, als sie zusammen mit Ludwig, Eduard und der kleinen Viktoria in ihrem Arm die Villa betrat.

»Danke«, sagte Ludwig und hob nun Eduard hoch, der sofort seine Arme um den Hals des Vaters schlang und den Kopf an seine Brust legte.

»Geht doch bitte ins Wohnzimmer«, bot Luise an, die Ludwig ansah, dass er sich etwas verloren vorkam und nicht recht wusste, wie er sich verhalten sollte, war er doch sonst stets nur mit Martha hier zu Besuch gewesen. Nun in der Hansen-Villa zu übernachten und die Hilfe der Familie in Anspruch nehmen zu müssen, schien ihm unangenehm zu sein.

»Eigentlich könnten wir auch zu meinem Bruder fahren«, meinte Ludwig plötzlich. »Ihr habt ja hier schon genug zu tun.«

»Offen gesagt, fände ich es gut, wenn Eduard hier zur Ruhe käme«, entgegnete Luise und trat näher an ihren Schwager heran. Sie legte ihre linke Hand auf seinen Unterarm. »Wir sind auch deine Familie, Ludwig. Und du wirst sehen, dass wir alle zusammenhalten. Lass dir helfen. Das wird auch für Eduard das Beste sein.«

»Danke«, sagte er nur.

Luise nickte, zog die Hand zurück und ging dann links an der Treppe vorbei zum Arbeitsbereich des Hauspersonals. Als sie merkte, dass Ludwig weiterhin wie festgewachsen im Flur stand, drehte sie sich noch mal um und sagte: »Das Wohnzimmer ist immer noch geradeaus.« Sie schenkte ihm ein Lächeln, und tatsächlich gab er es zurück und setzte sich in Bewegung.

Luise fand Anna in der Küche. »Guten Abend, Anna.«

»Gnädige Frau«, gab die Haushälterin zurück, »ich war schon ein wenig in Sorge, weil Sie den ganzen Tag unterwegs waren.«

»Es hat sich heute einiges ereignet«, erklärte Luise. »Würdest du bitte das Gästezimmer herrichten lassen? Mein Schwager Ludwig wird heute und vielleicht auch noch ein paar weitere Tage zusammen mit dem kleinen Eduard hier schlafen. Wir haben einige Sachen für die Ahrendsens mitgebracht. Hugo wird sie gleich hereintragen. Lass ihnen das Zimmer bitte ein bisschen wohnlich zurechtmachen, ja?«

»Ich sage gleich der Lotte Bescheid«, bestätigte Anna und streckte dann die Arme aus. »Soll ich sie Ihnen abnehmen und sie frisch machen?«

Luises blickte auf Viktoria, die nach dem Stillen im Haus der Ahrendsens wieder vollkommen ruhig geworden war. Die Kleine war genau wie Eduard den ganzen Tag nur unterwegs gewesen. Es wurde dringend Zeit, dass wieder Ruhe für die Kinder eintrat.

»Ja, das wäre nett«, sagte Luise und reichte ihr Kind der Haushälterin. Erst jetzt merkte sie, dass ihre Arme vom stundenlangen Herumtragen des Kindes inzwischen schmerzten.

Anna nahm Viktoria, die dadurch jedoch nicht wach wurde.

»Wer ist eigentlich zu Hause?«

»Nur die gnädige Frau Elsa und die kleine Marie. Von den Herren ist noch niemand da.«

»Gut. Danke.« Luise verließ die Küche und ging ins Wohnzimmer, wo sie Ludwig an der Terrassentür stehend und versonnen in den Garten blickend vorfand. Eduard lag auf dem Sofa und schlief.

»Er ist vollkommen erschöpft«, bemerkte Ludwig, als er sah, dass Luise herantrat und auf seinen Sohn blickte.

»Lass ihn ruhig schlafen. Wir wecken ihn erst zum Abendessen. Er hatte ja seit Stunden nichts Richtiges zu essen. Doch bis dahin ist noch etwas Zeit, und es wird ihm guttun, noch ein wenig Ruhe zu haben.« Sie trat an die Seite ihres Schwagers und sah mit ihm hinaus. Es war schon fast dunkel geworden. Den hinteren Teil des Anwesens konnte man beinahe nicht mehr ausmachen.

»Es tut mir so leid, was er durchmachen muss.« Ludwig schluckte schwer. »Das hat er nicht verdient.«

»Er ist noch klein«, sagte Luise. »Er wird es vergessen. Wir müssen nur unbedingt darauf achten, welche Erfahrungen künftig hinzukommen.«

»Aber wie soll ich verhindern, dass er in all das mit hineingezogen wird?« Verzweiflung schwang in Ludwigs Stimme mit.

»Wir werden einen Weg finden«, versuchte Luise ihm Mut zuzusprechen. »Und wer weiß, womöglich haben deine Worte heute genügt, um Martha wachzurütteln.«

»Offen gesagt, bezweifle ich das.« Er sah die Schwägerin an. »Es ist ja nicht nur der Alkohol. Gewiss ist das derzeit das vordringlichste Problem. Doch ich mache mir nichts vor. Martha hat Eduard auch schon vorher nicht gut behandelt. Ich weiß, man möchte etwas Derartiges kaum über eine Mutter denken, geschweige denn sagen, aber ich tue es trotzdem: Ich glaube, Martha liebt ihren Sohn nicht.«

»Aber Ludwig, ich bitte dich. Jede Mutter liebt doch ihr Kind. Martha ist …«, sie suchte nach Worten, »womöglich verwirrt oder besser gesagt verirrt in ihren Gefühlen. Ich weiß auch nicht, wie es dazu kommen konnte. Aber ganz bestimmt hegt sie tiefe Gefühle für Eduard. Jede Mutter tut das. Manch eine kann es vielleicht nur nicht so zeigen.«

»Ich hätte sie nie heiraten sollen«, sagte Ludwig leise, mehr zu sich selbst.

»Aber Ludwig!«, mahnte Luise.

»Entschuldige. Ich weiß, ich sollte das nicht sagen. Aber wenn ich ehrlich bin, waren Martha und ich nie glücklich miteinander. Von Anfang an nicht. Mein Vater hat mich gedrängt, sie zu heiraten, und deshalb habe ich es getan. Dabei hätte ich es besser wissen müssen.«

Luise war unschlüssig, ob sie Ludwig gestehen sollte, dass sie von seiner früheren Beziehung zu ihrer Cousine Frederike wusste. Frederike hatte ihr erzählt, dass es einmal einen Mann gegeben hatte, den sie gemocht, mehr sogar: den sie aufrichtig geliebt hatte und heiraten wollte. Dann jedoch hatte Frederikes Vater Georg die unsägliche Affäre mit Luises Mutter begonnen und war infolgedessen von Robert und Karl aus dem Kontor geworfen worden. Für Georg hatte es das finanzielle wie gesellschaftliche Aus bedeutet – und in gleichem Maße für seine Kinder. Somit war Frederike für einen angesehenen Geschäftsmann wie Ludwig Ahrendsen keine annehmbare Partie mehr, weshalb Ludwig die Verbindung gelöst hatte. Für Frederike war eine Welt zusammengebrochen, und Luise wusste sehr genau, dass sie Ludwig lange nachgetrauert hatte. Ob ihre Gefühle für ihn überhaupt jemals ganz erloschen waren, wusste Luise nicht zu sagen.

»Ich weiß, was du meinst«, erwiderte sie nur.

Ludwig blickte sie an. »Du weißt es?«

»Ja«, bestätigte sie. »Du sprichst von Frederike, nicht wahr?«

Ludwig sah wieder in den Garten. »Ja. Ich habe dem Druck meines Vaters nachgegeben und die Liebe meines Lebens fortgeschickt.« Er atmete geräuschvoll aus. »Und was habe ich jetzt davon? Mein Vater ist tot, der bekommt von alldem nichts mehr mit. Ich habe eine Frau, die mich nicht liebt, und ich sie ebenso wenig. Damit könnte ich sogar noch leben. Doch dass sie unseren Sohn nicht liebt und ihn schlecht behandelt, damit kann und will ich mich keinesfalls abfinden.«

»Wir sollten meinem Vater erzählen, was sich zugetragen hat. Womöglich erreicht er Martha, wenn er mit ihr spricht.«

»Mag sein«, gab Ludwig resigniert von sich. »Doch das Hauptproblem, nämlich unsere Beziehung, bleibt. Ich weiß nicht, ob ich das aushalten kann.«

»Du hast sie geheiratet, Ludwig. Du kannst dich deiner Verantwortung jetzt nicht entziehen.«

»Ich weiß. Ja, wirklich, das tue ich.« Wieder seufzte er schwer. »Aber ist es gerecht, wenn man sein Leben lang unglücklich ist, nur weil man einmal eine falsche Entscheidung getroffen hat?«

»Eine sehr gute Frage«, fand Luise. »Doch derlei Gedanken solltest du dich momentan nicht hingeben. Ein Schritt nach dem anderen. Lass uns erst die offensichtlichen Probleme in Angriff nehmen. Und wer weiß, wie sich alles noch entwickelt.«

»Du glaubst, dass wir miteinander reden, am nächsten Morgen aufwachen, und plötzlich ist es Liebe?«

»Ich vertraue dir jetzt etwas an, das sonst niemand weiß, Ludwig.«

Der Schwager wandte sich zu ihr um.

»Ich war anfangs alles andere als angetan von meinem Ehemann. Ja, ich fand ihn tatsächlich fast abstoßend.« Sie schmunzelte bei der Erinnerung daran, wie sie Hans zuerst wahrgenommen hatte. »Und heute kann ich aufrichtig sagen, dass ich ihn von Herzen liebe. Ja, ich bin jeden Moment glücklich, den ich mit ihm verbringen kann. Und ich weiß, er hat früher genauso über mich gedacht. Doch heute ist alles vollkommen verändert.«

»Und wie ist euch das gelungen? Durch Viktoria?«

»Nein, es geschah schon vorher. Ich glaube, dass wir uns ehrlich eingestanden haben, am Anfang nicht gerade das füreinander gewesen zu sein, was wir uns erträumt hatten, war ein guter erster Schritt. Von dem Moment an konnten wir miteinander lachen. Und als wir uns länger und länger miteinander unterhielten, haben wir erst entdeckt, was für ein Mensch der andere wirklich ist. Und ja, dann habe ich tatsächlich festgestellt, was für einen wunderbaren Mann ich geheiratet habe, und heute bin ich mit ihm glücklicher, als ich es mir je erträumt hätte.«

»Du rätst mir also, Martha besser kennenzulernen?«

»Vor allem musst du aufhören, deiner Zeit mit Frederike nachzutrauern. Ich denke, irgendwo tief drinnen spürt Martha das, und es kränkt sie.«

»Du hast gut reden. Du hast ja vor Hans niemanden so geliebt, dass du mit diesem Menschen dein Leben teilen wolltest.«

Seine Bemerkung versetzte Luise einen Stich. Wie falsch er doch lag! Und am liebsten hätte sie ihrem Schwager genau das gesagt. Nicht um ihn zu belehren, sondern weil sie ihm Mut zusprechen wollte. Denn tatsächlich wusste sie nur zu genau, wie er sich fühlte. Doch keinesfalls würde sie ihm oder auch sonst irgendeinem Menschen die Wahrheit über Hamza und sich sagen.

»Das mag stimmen«, sagte sie in verbindlichem Ton. »Doch wenn du dein Problem mit Martha lösen willst, musst du zuallererst Frederike aus deinen Gedanken verbannen und dich ganz und gar auf Martha konzentrieren. Anders geht es nicht.«

Einen Moment schwiegen sie.

»Und wenn du es nicht für dich oder für Martha tust«, fügte Luise noch hinzu, »dann tu es für Eduard. Er hat es verdient.«

»Du hast recht«, sagte Ludwig entschlossen, stieß sich vom Türrahmen ab, an den er sich gelehnt hatte, machte einen Schritt auf Luise zu und umarmte sie. »Ich danke dir, Luise. Danke!«

»Wir werden das alles wieder hinbekommen«, sagte sie aufmunternd und löste sich von ihm. »Ich gehe kurz nach oben und gebe Elsa Bescheid, dass wir zu Hause sind. Ist es dir recht, dass ich sie einweihe, weshalb du hier bist?«

Ludwig nickte. »Ja, sag es ihr ruhig. Es ist sowieso unvermeidlich, dass sie und auch die anderen Familienmitglieder es erfahren.«

»Ist gut. Und ich werde mich oben noch etwas frisch machen. Bis gleich, Ludwig.«

»Danke für alles, Luise.«

Sie berührte kurz seinen Arm. »Ich habe es gern getan, Ludwig.« Damit wandte sie sich ab, warf dem schlafenden Eduard noch einen liebevollen Blick zu und ging hinaus.

Mit langsamen Schritten stieg sie die Stufen hinauf. Tatsächlich hatte der Tag sie angestrengt. Die Schrecksekunde, als sie Eduard verletzt vorfand, die Auseinandersetzung mit Martha, die vielen Gespräche mit Ludwig und die Sorgen, die all das mit sich brachte. Hinzu kam, dass sie spürte, körperlich noch nicht wieder so agil zu sein wie vor Viktorias Geburt. Vor allem das Stillen kostete Luise Kraft, wenngleich sie es auch genoss, ihre Tochter zu versorgen und dabei ihre Nähe zu spüren.

Oben angekommen, ging sie bis ans Ende des Flurs. Die letzte Tür auf der linken Seite führte zu dem Zimmer, das Elsa und Richard bewohnten. Luise klopfte an.

»Ja, bitte«, kam die Antwort, und Luise öffnete die Tür und trat ein. »Ah, Luise«, wurde sie von Elsa begrüßt, »du warst heute ja den ganzen Tag unterwegs!«

»Guten Abend, Elsa. Ja, das stimmt. Es hat sich viel ereignet, und ich möchte dir kurz davon erzählen, da Ludwig mit Eduard heute Nacht und vielleicht auch ein paar weitere Tage hierbleiben wird.«

»Was ist denn geschehen? Ist Martha etwas zugestoßen?«

»*Zugestoßen* würde ich es nicht gerade nennen«, ließ Luise etwas unheilschwanger verlauten und berichtete der Frau ihres Cousins, was geschehen war.

Elsa hörte aufmerksam zu und schlug sich dann erschrocken die Hand vor den Mund. »Martha trinkt? Aber gerade sie war doch immer so sehr darauf bedacht, was alle von ihr hielten und dass sie hoch angesehen war.«

Luise zuckte mit den Schultern. »Ich kann es dir beim besten Willen nicht erklären.« Sie schüttelte ratlos den Kopf. »Und ich weiß auch nicht, wann genau es angefangen hat und ob es eine Art Auslöser dafür gab.«

»Und Ludwig? Wie geht er damit um?«

»Er ist ein wenig hilflos. Wir waren vorhin bei ihnen zu Hause, und er hat das Personal angewiesen, alle Spirituosen im Haus zu vernichten.«

»Das dürfte für Martha ein Schlag gewesen sein«, mutmaßte Elsa.

»Ja, das stimmt wohl, doch es war auch notwendig.«

»Da gebe ich dir recht.« Elsa fuhr mit der Zunge über die Lippen. »Aber glaubst du denn, dass das ausreichen wird?«

»Nein«, erwiderte Luise nachdrücklich. »Keinesfalls wird es ausreichen. Aber es ist ein erster Schritt. Und irgendwie musste Ludwig ja beginnen, das Problem anzugehen.«

»Und er ist jetzt unten?«, fragte Elsa.

»Ja, genau. Er ist im Wohnzimmer.«

»Dann gehe ich mit Marie ein wenig zu ihm.«

»Das ist nett von dir. Danke schön.«

»Darf er wissen, dass du es mir gesagt hast?«

Luise nickte. »Ich habe ihn vorhin gefragt, ob es ihm recht ist, dass ich die Familie informiere. Er hat zugestimmt.«

»Gut«, stellte Elsa fest. »Dann gehe ich jetzt nach unten.«

»Tu das. Ich werde kurz nachsehen, wie weit Anna mit Viktoria ist und ob Ludwigs Zimmer schon hergerichtet ist.«

Luise ging zur Tür und wartete, bis Elsa ihre Tochter auf den Arm genommen hatte und dann mit ihr gemeinsam das Zimmer verließ. Dann schloss Luise hinter ihnen die Tür und ging zum Gästezimmer, in dem sich Lotte, das Hausmädchen, befand und soeben die Betten bezog.

»Guten Abend, Lotte«, sagte Luise, und das Mädchen erschrak.

»Guten Abend, gnädige Frau«, stammelte sie.

»Ach, bitte verzeih, ich wollte dich nicht erschrecken. Bist du hier gleich so weit?«

»Ja, nur noch das Bett. Dann ist alles bereit. Ich habe den Ofen auch vorgeheizt, sodass es gleich angenehmer im Zimmer ist.«

»Danke, Lotte.« Luise sah sich im Zimmer um. Lotte hatte offenbar einige Zweige der immergrünen Büsche abgeschnitten und nun auf zwei Vasen verteilt, eine davon auf dem Tisch, der vor dem mit grünem Stoff bezogenen Sofa stand, die andere hatte sie ins Fenster gestellt. Außerdem hatte sie zwei Stapel Handtücher bereitgelegt. Auf der Ofenbank hatte Lotte eine Schale mit Wasser und kleinen Seifenstückchen platziert, sodass sich der Duft gleichmäßig im Raum ausbreitete. Es roch frisch, aber nicht aufdringlich.

»Es ist alles sehr schön so.«

»Danke sehr, gnädige Frau.« Lotte knickste, dann machte sie weiter mit den Betten, und Luise ging wieder hinaus.

Draußen auf dem Korridor hörte sie, dass soeben die Haustür geöffnet und Robert Hansen von Anna begrüßt wurde. Eilig lief sie die Stufen nach unten.

»Vater, guten Abend. Kann ich bitte gleich mit dir sprechen?«

»Guten Abend, Luise. Natürlich kannst du das. Ich war überrascht, dass du heute nicht ins Kontor gekommen bist. Stimmt etwas nicht bei dir?«

»Es geht mir gut, danke.« Sie sah an ihm vorbei, als erwartete sie, dass noch jemand nachkäme. »Ist Richard nicht mit dir nach Hause gekommen?«

»Nein, er ist noch im Kontor, weil er dringende Arbeit zu erledigen hat.«

Luise wollte nicht zulassen, dass die Tatsache, wie eifrig Richard sich zeigte, ihr zusetzte. »Ah, ich verstehe«, sagte sie deshalb nur.

Aus dem Wohnzimmer drangen die Stimmen Elsas und Ludwigs herüber.

»Haben wir Besuch?«, fragte Robert.

»Ludwig ist mit Eduard da. Darüber wollte ich eben mit dir sprechen.«

Robert zog die Augenbrauen in die Höhe. »Ist etwas mit Martha?«

»Ja, aber nichts Schlimmes. Obwohl …«, sie zögerte, »ach, komm bitte einfach mit ins Wohnzimmer. Dann können wir in Ludwigs Anwesenheit darüber sprechen.«

»Ist gut. Ich lege nur meinen Mantel ab«, sagte Robert.

Luise wandte sich an Anna. »Hast du Viktoria hingelegt?«

»Ja, nachdem ich sie kurz gebadet und frisch gewickelt habe. Die Kleine konnte ihre Augen gar nicht mehr aufhalten und ist sofort eingeschlafen.«

Eigentlich war es Luise nicht recht, denn sie wusste, dass Viktoria nun umso früher in der Nacht aufwachen und ihr

Recht einfordern würde. Doch für den Moment war es gut so. Heute war ohnehin alles durcheinander. Ab morgen würde sie dann wieder versuchen, einen regelmäßigen Rhythmus für die Kleine zu finden.

»Danke schön, Anna.«

Luise wartete noch, bis Robert seinen Mantel an Anna übergeben hatte. Gerade wollte sie mit ihm zusammen zum Wohnzimmer gehen, da ging erneut die Tür auf, und Hans kam von der Arbeit nach Hause.

»Wie schön«, bemerkte Luise und ging sogleich auf ihren Mann zu.

»Guten Abend zusammen.« Hans gab Luise einen Kuss und zog seinen Mantel aus. »Was macht ihr denn hier im Entree?«

»Wir wollten gerade ins Wohnzimmer gehen. Ludwig ist auch hier«, erklärte Luise. »Komm bitte, dann können wir uns gleich alle zusammen besprechen.«

Hans sah sie etwas überrascht an, übergab dann aber ebenfalls seinen Mantel Anna, und zu dritt gingen sie zum Wohnzimmer hinüber.

Eduard war wach geworden, saß nun gemeinsam mit Marie auf dem Fußboden und spielte mit einigen Kuscheltieren, die Elsa den beiden gegeben hatte. Elsa und Ludwig saßen ebenfalls auf dem Teppich in direkter Nähe zu ihren Kindern.

Als Robert, Hans und Luise eintraten, stand Ludwig sofort auf und ging auf Robert zu.

»Ludwig, welche Überraschung«, begrüßte Robert den Schwiegersohn und reichte ihm die Hand. »Und du hast mir meinen Enkel mitgebracht. Hallo, Eduard.« Der Junge sah auf, und Robert winkte ihm zu, was der Kleine mit einem Lächeln belohnte, bevor er sich sofort wieder mit seinen Plüschtieren beschäftigte.

Hans und Ludwig begrüßten sich ebenfalls sehr herzlich, wobei Hans anzusehen war, dass ihm schon schwante, es könnte vermutlich nichts Gutes dahinterstecken, wenn Ludwig so überraschend mit Eduard hier auftauchte.

Robert und Hans begrüßten Elsa, dann verteilten sich die Erwachsenen in der Sitzecke. Elsa setzte sich neben Luise, und Ludwig nahm auf der Couch Platz. Robert und Hans ließen sich in die Sessel gegenüber sinken.

Dann erzählte Ludwig, an Robert und Hans gerichtet, was sich heute zugetragen hatte, und ließ Luise berichten, in welch hilfloser Situation Eduard sich befunden hatte, als sie ihn fand.

Robert stand die Fassungslosigkeit darüber, wie seine ältere Tochter sich verhalten hatte, ins Gesicht geschrieben.

»Das ist unglaublich«, urteilte er, als Ludwig endete. »Wie hat sie dem Kleinen das nur antun können?«

»Es ist nicht das erste Mal, dass sie getrunken hat. Vielmehr gibt es kaum noch Tage, an denen sie es nicht tut«, stellte Ludwig bitter fest. »Ich habe das Personal angewiesen, alle Spirituosen aus der Villa zu entfernen, und ausdrücklich verboten, dass Alkohol, gleich welcher Art, ins Haus kommt. Außerdem habe ich Ottokar untersagt, Martha irgendwohin zu fahren, wo sie sich etwas zu trinken besorgen kann.«

»Dass du wirklich so weit gehen musstest, das anzuordnen, ist beschämend«, befand Robert.

»Aber was sollte ich denn tun?«, fragte Ludwig mit einem Anflug von Verzweiflung in der Stimme.

Robert hob beschwichtigend die Hand. »Verstehe mich nicht falsch, Ludwig. Dein Handeln war richtig. Ich finde es nur beschämend, dass du dazu gezwungen warst.«

»Ich gebe Robert recht. Es ist peinlich, aber du hattest gar keine andere Wahl, Ludwig«, stimmte Hans zu. »Hättest du nichts getan, wäre es unverantwortlich gewesen.«

»Ich hätte so etwas niemals von Martha gedacht.« Robert schüttelte den Kopf. »Wenn du erlaubst, würde ich mir meine Tochter gern einmal gehörig zur Brust nehmen.«

»Meinen Segen hast du«, erklärte Ludwig. »Obwohl ich dir nicht allzu viele Hoffnungen machen kann, irgendetwas bei ihr zu erreichen.«

»So schlimm ist es?«

»Sie ist wirklich nicht mehr sie selbst, Vater«, schaltete sich nun auch Luise ein. »Ich habe ihr gesagt, dass Eduard sich verletzt hatte, doch das hat sie gar nicht interessiert.«

»Er hat sich verletzt? Das habt ihr eben gar nicht gesagt«, hakte Robert nach.

»Nicht schlimm. Sein Fuß hatte sich im Laufstall eingeklemmt, wie Ludwig eben schon erzählte, sodass die Gitterstange eine kleine Quetschung hinterlassen hat. Bestimmt ist jetzt schon nicht mehr viel davon zu sehen, aber …«

»Aber wer weiß, was noch hätte geschehen können, wenn du nicht gekommen wärst«, brachte Robert den Satz in wütendem Tonfall zu Ende. »Es mag keine schlimme Verletzung gewesen sein, doch eine vermeidbare. Wenn Kinder sich verletzen, weil sie auf Bäume klettern und herunterfallen, liegt das in ihrer Natur. Wenn sie im Spiel zu schnell laufen, stolpern und sich die Knie aufschlagen, ist das in Ordnung. Doch wenn sie unbeaufsichtigt gelassen werden und sich deshalb wehtun, ist das nicht in Ordnung. Niemals. So etwas werde ich in meiner Familie keinesfalls dulden.« Robert schlug mit der Hand auf die Sessellehne. Sein Gesicht war rot vor Zorn.

Einen Moment lang trat betretenes Schweigen ein. Robert wurde nicht oft wütend, und noch seltener reagierte er derart heftig. Es war ungewohnt für die Familie, ihn so zu sehen.

»Entschuldigt, dass ich mich echauffiert habe«, sagte er dann. »Ich finde das Verhalten meiner Tochter nur dermaßen abscheulich.« Er wandte sich Ludwig zu. »Ich bin froh, dass du so klug warst, hierherzukommen, damit wir gemeinsam das Problem angehen können. Denn du wirst damit nicht mehr einen einzigen Tag allein dastehen, das kann ich dir versprechen.«

»Wir sind für dich da, Ludwig«, stellte auch Hans klar.

»Ich habe vorgeschlagen, Eduard in der nächsten Zeit tagsüber zu nehmen und ihn abends Ludwig auf seinem Heimweg zu übergeben, damit der Kleine zu Hause schlafen kann«, berichtete Luise.

»Die Entscheidung, ob du es so machen möchtest oder vielleicht eine Weile mit Eduard ganz hier wohnen willst, liegt bei dir, Ludwig.« Robert sah zu Eduard hinüber, der mit einem Kuscheltier in den Händen auf dem Schoß seines Vaters saß und nicht die geringste Ahnung hatte, dass hier über sein weiteres Schicksal entschieden wurde. »Du bist herzlich willkommen, das weißt du. Und womöglich tun Martha und dir ein paar Tage Abstand voneinander ganz gut.«

»Heute bleibe ich gern, und was ab morgen ist, muss ich mir noch überlegen.«

»Entscheide es, wann immer du willst«, wiederholte Robert sein Angebot. »Heute sollten wir es als das betrachten, was es ist: Wir haben dich und Eduard bei uns zu Gast und dürfen Zeit mit euch verbringen. Also liegt der Gewinn auf unserer Seite.«

Ludwig war die Dankbarkeit für die Unterstützung der Familie deutlich anzusehen, und den Rest des Abends waren Martha und die Schwierigkeiten, die bei den Ahrendsens herrschten, kein Thema mehr und wurden von allen bewusst ausgeklammert. Vielmehr ging es um die neuesten Entwicklungen im Kontor und auch manche Gerüchte, die in der Hamburger Geschäftswelt kursierten.

Kurze Zeit später sagte Anna, dass das Abendessen bereitstehe, sodass sich alle bei Tisch einfanden. Tatsächlich entspannte sich die Stimmung immer mehr, und als sich später einer nach dem anderen zum Schlafen zurückzog, fühlte es sich nach einem fast alltäglichen Feierabend an.

Richard allerdings war weder beim Essen dabei, noch kehrte er heim, bevor die anderen schlafen gingen. Luise verbot es sich, weiter darüber nachzudenken. Wenn er wirklich so lange im Kontor war, so fand sie, hatte er es womöglich verdient, bessere Geschäfte zu machen als sie. Doch der Stein in ihrem Magen, den sie bei diesem Gedanken spürte, wurde deshalb nicht leichter.

9. Kapitel

Kamerun, Mittwoch, 21. November 1894

Hamza brauchte einen kurzen Moment, bis er wusste, wer da vor der Veranda des Wohnhauses auf der Hansen-Plantage stand. Erst auf den zweiten Blick erkannte er den jungen Mann wieder, der ihn vor drei Tagen im Dorf der Bakwiri zu deren Stammesführer Dschagga geleitet hatte.

»Kann ich mit dir sprechen?«, fragte er, als Hamza ihm entgegentrat.

Hamza nickte. »Schickt Dschagga dich?«

»Nein, er weiß nicht, dass ich hier bin.«

»Wir können uns gern setzen«, sagte Hamza und wies auf die Stühle auf der Veranda.

Der Bakwiri machte große Augen. »Hier? Auf die Stühle der Weißen?«

»Der Verwalter der Hansens hat es mir erlaubt. Auch meinem Vater Malambuku. Er ist nicht wie die anderen Weißen.«

»Können wir woandershin gehen? Da entlang?« Dem Bakwiri war anzumerken, dass er sich in unmittelbarer Nähe des Hauses alles andere als wohlfühlte.

»Ja, gehen wir«, sagte Hamza und führte den jungen Mann zu dem Baumstamm, auf dem er früher so oft mit Luise den Sonnenaufgang beobachtet hatte. »Wie heißt du?«

»Akono«, kam die knappe Antwort.

Schweigend bedeutete Hamza dem Bakwiri, sich hinzusetzen, was dieser auch ohne jeden Einwand tat.

»Was hast du mir zu sagen, Akono?«

»Hast du von dem Vorfall am Berg gehört?«

»Nein, bisher nicht. Was ist geschehen?«

»Die Weißen kamen und wollten Pflanzen setzen und Pfähle einschlagen, um ein Lagerhaus zu errichten. Dschagga wollte das nicht.« Er senkte den Kopf. »Es hat Tote gegeben. Bei den Weißen und auch bei den Bakwiri. Auch Dschagga wurde verletzt.«

Hamza seufzte. »Es war abzusehen, dass so etwas geschehen würde.«

»Es war schlimmer als sonst. Es gab viele Tote. Dschagga hat Läufer losgeschickt, um weitere Bakwiri zu holen, damit wir mehr sind, wenn die Weißen wiederkommen.«

»Und sie werden wiederkommen, das ist sicher.« Hamza gab ein neuerliches Seufzen von sich.

»Dschagga wird nicht nachgeben, bis alle Bakwiri tot sind.«

»So wird es wohl kommen«, stimmte Hamza ihm mit düsterer Miene zu. Er sah Akono an. »Weshalb erzählst du mir das?«

»Ich glaube, du kannst helfen.«

»Wie sollte ich helfen?«

»Wenn Dschagga stirbt, werden die Bakwiri jemanden brauchen, der mit den Weißen verhandelt.«

»Steht es so schlimm um ihn?«

»Nein.« Akono schüttelte den Kopf. »Doch er wird beim nächsten Mal wieder die Männer anführen. Und er hat nicht mehr die Kraft, die er früher hatte. Er wird bis zum Tod kämpfen.«

»Und alle Bakwiri werden ihm folgen.«

»Es gibt einige, die Dschaggas Weg für den falschen halten. Aber er ist der Stammesführer. Solange er da ist, müssen wir ihm gehorchen.«

»Ich will Dschagga nicht beleidigen, doch für die Bakwiri wünsche ich mir, dass er bald fällt. Sonst seid ihr alle verloren.«

»Wirst du für uns sprechen, wenn Dschagga nicht mehr ist?«, kam Akono auf seine Eingangsfrage zurück.

»Würden die Bakwiri mich denn als ihren Sprecher annehmen?«

»Wenn es darum geht, danach in Frieden leben zu können, ja. Doch sie würden dich niemals zum Stammesführer wählen.«

»Das will ich auch nicht. Ich bin Duala, und selbst bei uns bin ich nicht der Stammesführer«, erklärte Hamza. »Doch wir Kameruner müssen begreifen, dass sich mit der Aufteilung des Landes durch die Weißen unser Leben verändert hat. Es werden neue Vereinbarungen getroffen werden müssen, und wir sollten …« Er brach ab, da Akono in diesem Moment unvermittelt vom Baumstamm aufgestanden war und ihm gar nicht mehr zuzuhören schien.

»Wenn Dschagga gefallen ist, werde ich meinen Brüdern sagen, dass du für uns sprechen wirst.« Mit diesen Worten beendete er das Gespräch und ließ Hamza einfach sitzen.

Dieser blieb noch einen Moment, dann ging er zurück zum Haus und zur Plantage, um seine Arbeit wieder aufzunehmen. Die Pflanzen trugen reichlich, und während der kommenden Ernte würden auch die Frauen helfen müssen, damit alle Kakaofrüchte eingebracht und verarbeitet werden konnten. Er hatte bisher nie darüber nachgedacht, doch erstmals empfand er es als nicht gerecht, dass je nach Ernte neben den Männern der Duala auch deren Frauen mitarbeiteten, obwohl diese keinen Lohn dafür bekamen.

In Hamburg war es selbstverständlich gewesen, dass die Frauen Geld für ihre Arbeit erhielten. Ob dies wohl auch so war, wenn die Ehemänner dieser Frauen ebenfalls im Kontor arbeiteten? Bekamen dann beide einen Lohn, oder wurden auch dort nur die Männer bezahlt? Er nahm sich vor, Heinrich Begemann danach zu fragen.

Er sprach mit einigen Stammesbrüdern, die gerade dabei waren, die fermentierten Kakaobohnen auszubreiten. Die Antworten, die er jeweils erhielt, fielen knapp aus. Offenbar hatten seine Stammesbrüder kein Interesse daran, mit ihm über die Arbeitsbedingungen und die Entlohnung zu sprechen. Vielmehr schienen sie sich zu fragen, was er denn überhaupt von ihnen wollte und weshalb er mit ihnen über solche Dinge zu reden versuchte. Irgendwann beachteten sie ihn einfach nicht mehr, sodass Hamza unverrichteter Dinge wieder zum Haus ging.

»Kann ich Sie sprechen, Herr Begemann?«

»Hamza?« Der Verwalter war gerade dabei, eine Liste auszufüllen. »Ist es etwas Wichtiges?«

»Wichtig ja, dringend nein.«

»Wie klar du die Dinge doch auf den Punkt bringst!«, lobte Begemann freundlich. »Dann lass mich das noch eben fertig machen, ja? Ich komme dann raus auf die Veranda.«

»Gut«, stimmte Hamza zu und verließ das Haus. Er setzte sich auf die Veranda und wartete, bis Heinrich Begemann zu ihm kam.

»So, Hamza. Nun habe ich Zeit für dich. Was kann ich für dich tun?«

»Ich habe kaum gearbeitet, seit ich wieder hier bin«, begann Hamza. »Diejenigen, die noch Jungen waren, als ich ging, sind nun zu Männern geworden und arbeiten mit. Obwohl Haupterntezeit ist, habe ich das Gefühl, nicht gebraucht zu werden.«

»Dir fehlt also eine Aufgabe?«

»Ja, eine, die wirklich nützt.«

»Mach dir keine Sorgen. Du erhältst deinen Lohn, auch wenn du noch nicht das Gleiche leistest wie die anderen.«

»Danke. Doch ich habe mir hierzu Gedanken gemacht. Die Kakaopflanzen tragen viele Früchte. Die Frauen werden mithelfen müssen, wenn die Erntezeit kommt.«

»Ja, die Pflanzen tragen sehr gut und sind mit den Jahren immer kräftiger geworden. Robert wird hochzufrieden mit uns sein.«

»Als ich im Kontor in Hamburg war, haben dort auch Frauen gearbeitet«, fuhr Hamza fort. »Nicht viele, aber einige habe ich gesehen. Wissen Sie, ob es die Frauen von den Männern waren, die ebenfalls im Kontor angestellt sind?«

»Das kann ich dir beim besten Willen nicht beantworten«, musste Begemann eingestehen. »Warum fragst du?«

»Ich frage mich, ob sie wohl Geld für ihre Arbeit bekommen oder ob es so ist wie hier, wo die Männer einen Lohn kriegen, die Frauen aber nicht.«

Begemann sah ihn mit kritischer Miene an. »Nun, ganz so ist es ja auch nicht. Die Frauen bekommen sehr wohl etwas. Sie erhalten Essen und Getränke, und die Männer, zu denen sie gehören, verdienen dazu auch noch Geld.«

»Aber wenn diese Männer nun keine Frauen hätten und auch keine Kinder, die alt genug wären, um mitzuhelfen, dann müssten doch Sie oder eben Herr Hansen weitere Männer anstellen und diese auch bezahlen. Da aber die Frauen die Arbeit erledigen, die ihre Männer nicht schaffen, spart die Plantage durch sie Geld.«

Begemann musterte ihn erneut. »Ich weiß nicht genau, worauf du hinauswillst, Hamza. Immerhin verdienen die Frauen in Kamerun kein eigenes Geld.«

»Das stimmt. Doch dann müssten die Männer der Frauen, die mithelfen, mehr verdienen, weil sie der Plantage ja mehr Arbeitskraft zukommen lassen als die, die keine Frauen haben.«

»Aber alle Männer hier haben Frauen, oder täusche ich mich da?«

»Mag sein. Aber die Plantage zahlt nur den Lohn für einen Arbeiter, auch wenn noch mehrere Familienmitglieder helfen.«

Begemann setzte sich gerade hin. »Womit bist du unzufrieden, Hamza?«

»Das bin ich nicht«, versicherte der Kameruner eilig. »Und ich bitte um Verzeihung, wenn meine Worte so klangen.«

»Ich will ganz offen mit dir sprechen. Tatsächlich klang das, was du sagtest, fast wie die Anschuldigung, dass wir die Duala nicht gut behandeln.«

Hamzas Augen wurden groß. Er spürte, zu weit gegangen zu sein, vor allem an der Art, wie Begemann ihn ansah. In seinem Blick lag etwas Fremdes, das Hamza warnte, das Thema lieber nicht weiter zu vertiefen. Eilig schüttelte er den Kopf. »Das tut mir sehr leid. Ich habe wirklich nur versucht, die Unterschiede zwischen den Ländern zu verstehen. Ich bitte um Verzeihung.«

Begemanns Haltung entspannte sich. »Ist schon in Ordnung. Womöglich habe ich auch überreagiert und dich falsch verstanden. Bei der derzeitigen Situation hier in Kamerun sind wir wohl alle ein wenig angespannt.«

Hamza hielt es für besser, nicht weiter auf das Thema einzugehen. Wenn er künftig die Interessen seiner Brüder in Kamerun den Weißen gegenüber vertreten wollte, musste er lernen, wie er mit ihnen sprach, ohne dass es wie ein Vorwurf klang. Er war dankbar für die Lektion, die Begemann ihm soeben unabsichtlich erteilt hatte. Hamza war davon überzeugt, dass dieser sich deshalb angegriffen gefühlt hatte, weil Hamza mit seinen Fragen, die Begemann als Vorwürfe aufgefasst hatte, genau ins Schwarze getroffen hatte. Doch würde er zukünftig lernen müssen, seine Gedanken so zu formulieren, dass sie wie ein Vorschlag, nicht jedoch wie ein Vorwurf bei den Weißen ankamen.

»Ich danke Ihnen für Ihre Zeit, Herr Begemann«, sagte er höflich und ganz so, wie er es in Hamburg öfter gehört hatte. Er wollte aufstehen, doch Begemann bedeutete ihm mit einer Geste, noch zu bleiben.

»Weißt du, Hamza, ich denke, du bist nunmehr aus den einfachen Arbeiten auf der Plantage herausgewachsen. Statt die Kakaofrüchte von den Bäumen zu holen und sie zu verarbeiten, wärst du womöglich nützlicher darin, die Arbeiter anzuweisen, damit wir den größtmöglichen Gewinn aus den Kakaobohnen ziehen. Du würdest mehr Geld bekommen als bisher und müsstest dich nicht krumm und bucklig arbeiten.«

»Ich bitte um Verzeihung, aber was meinen Sie mit *nicht krumm und bucklig arbeiten?*« Hamza, der inzwischen fließend Deutsch sprach, hatte diesen Ausdruck noch nie gehört und konnte sich nicht recht erklären, was Begemann damit sagen wollte.

»Das bedeutet, dass du körperlich nicht mehr so hart arbeiten musst. Du hast dann eine bessere Stellung als die anderen.«

»Aber mein Vater hat eine bessere Stellung als alle anderen«, entgegnete Hamza.

»Malambuku würde seine Position auch behalten.«

»Aber dann würden ja zwei Männer die Arbeit machen, die vorher nur einer gemacht hat, nämlich mein Vater.«

»Nicht ganz. Malambuku ist der Vorarbeiter, er kümmert sich um alles, was rund ums Haus zu erledigen ist, und gibt darauf acht, dass alle ihren Aufgaben so nachkommen, wie es sein soll. Und du würdest das Gleiche auf der Plantage machen. Willst du?«

Hamza brauchte nicht lange zu überlegen. »Ja, das würde ich sehr gern.«

»Gut.« Begemann stand auf und streckte ihm die Hand entgegen, die Hamza ergriff, als er sich ebenfalls erhob. »Dann meinen Glückwunsch zu deiner neuen Stelle.«

»Danke sehr, Herr Begemann.«

»So, nun muss ich aber wieder an die Arbeit. Die Listen erledigen sich nicht von allein. Und nachher bekommen wir noch Besuch. Sigmund Leffers und seine Frau kommen zum Abendessen.«

Hamza nickte. »Dann werde ich jetzt zu meinem Vater gehen und ihm von meiner neuen Stelle berichten.«

»Ja, tu das, Hamza.«

Zusammen gingen sie ins Haus. Während Begemann in Richtung Arbeitszimmer abbog, schlug Hamza den Weg in die Küche ein, wo er Malambuku antraf. »Da bist du ja, Vater.«

»Ah, Hamza. Nicht stehen im Weg!«

Hamza störte sich ein wenig daran, dass sein Vater die deutsche Sprache nicht besser beherrschte. Und wenn es ein wenig hektisch zuging, so wie jetzt, schien sein Deutsch noch schlechter zu werden. Dabei hatte Malambuku bereits vor Hamza angefangen, es zu lernen, sprach aber längst nicht so gut wie dieser. Jedoch bestand Begemann darauf, dass auf der Plantage Deutsch gesprochen wurde, sodass sie die Anweisung befolgten, selbst wenn sie unter sich waren. Auf Duala unterhielten sie sich erst wieder, wenn sie ihr Dorf betraten.

»Ich möchte dir etwas erzählen«, kündigte Hamza an.

»Erzählen, aber nicht stehen im Weg! Viel zu tun. Gäste kommen nicht mehr lang.«

»Du meinst, es dauert nicht mehr lange, bis die Gäste kommen«, verbesserte Hamza seinen Vater.

Dieser sah ihn verständnislos an, als könnte er keinen Unterschied erkennen zwischen dem, was er zuvor gesagt hatte, und der Verbesserung durch seinen Sohn. Er winkte ab. »Was wollen?«

Zwei Küchenhilfen trugen soeben einen großen Topf herein, der ein beträchtliches Gewicht haben musste, so wie die beiden Duala sich abmühten. Malambuku zeigte ihnen, wo sie ihn abstellen sollten.

»Herr Begemann hat mir eine andere Arbeit angeboten«, verkündete Hamza.

»Was andere Arbeit?«

»Ich werde so etwas auf der Plantage wie du hier im Haus.« Malambuku sah ihn an, als verstünde er nicht, was sein Sohn ihm damit sagen wollte.

Hamza setzte erklärend hinzu: »Ein Vorarbeiter.«

»Malambuku ist Vorarbeiter«, entgegnete sein Vater knapp.

»Ja, genau. Du kümmerst dich um die Arbeiter, die für das Haus zuständig sind, und ich mich um die Arbeiter auf der Plantage.«

»Malambuku auch bei Arbeiter auf Plantage Vorarbeiter.«

»Ja, schon. Doch ich soll dafür sorgen, dass die Verarbeitung besser wird und wir so noch mehr aus den Kakaopflanzen herausholen, um den Gewinn zu erhöhen.«

Malambuku sah ihn einen Moment lang an, machte dann eine wegwerfende Handbewegung und sagte: »Mach Arbeit, die Sango sagt. Malambuku jetzt keine Zeit für dich. Gäste kommen.« Damit schien das Gespräch für seinen Vater beendet.

Hamza verabschiedete sich und verließ die Küche. Etwas unschlüssig, was er nun tun sollte, ging er noch einmal zur Plantage hinüber, jedoch ohne etwas zu finden, wo er sich hätte einbringen können. Dann schlenderte er zurück zum Haus. Er fand es schade, dass sein Vater sich nicht mit ihm gefreut hatte, und überlegte kurz, ob er ins Dorf gehen sollte, um dort mit seinen Stammesbrüdern zu sprechen. Doch was sollte er ihnen sagen? Dass er es kaum erwarten konnte, künftig über sie zu bestimmen und dafür mehr Geld zu bekommen? Kein sehr ansprechender Gedanke, wie er fand.

Also ging er auf sein Zimmer, legte sich aufs Bett und verschränkte die Hände im Nacken. Er fragte sich, ab wann er die neue Stelle eigentlich antreten würde, und war kurz in Versuchung, nach unten zu gehen und Begemann danach zu fragen. Doch dann entschied er sich dagegen. Er wollte die Zeit des Verwalters nicht übermäßig in Anspruch nehmen und damit riskieren, dass diesem womöglich Zweifel kämen, ob er mit der Beförderung die richtige Entscheidung getroffen hatte.

Daher blieb er einfach liegen und dachte weiter nach. Seine Gedanken wanderten nach Hamburg zurück und zu Luise. Wie es ihr wohl ging? Und wie sie wohl als Mutter war? Er konnte sie sich in dieser Rolle so gar nicht vorstellen. Denn als er Luise damals vor sechs Jahren hier auf der Farm kennengelernt hatte, war sie noch ein Mädchen gewesen, das auf der Farm in selbst genähten Hosen herumlief und mithalf.

Beim Gedanken an sie wurde sein Herz schwer. Er war bereit gewesen, alles für sie aufzugeben, und hatte sich dabei fast selbst verloren. Noch immer war er nicht ganz hier in Kamerun, in seiner Heimat, angekommen. Er fühlte sich ein wenig fehl am Platz und suchte noch nach der Aufgabe, die ihn künftig erfüllen würde und die er besser erledigen könnte als jeder andere. Er hoffte inständig, dass sich das mit dem Antritt der neuen Stelle ändern würde. Ohne es zu merken, schlief er darüber ein und wachte erst wieder auf, als es bereits dunkel war.

Von der Veranda, die unter seinem Zimmer lag, drangen Stimmen herauf. Hamza stand auf und ging zu dem geöffneten Fenster hinüber. Ganz vorsichtig, um ja nicht entdeckt zu werden, lugte er nach unten und sah Felicitas und Sigmund Leffers gemeinsam mit Heinrich Begemann am Tisch sitzen und essen.

»Es ist schon beunruhigend«, sagte Begemann in diesem Moment. »Ich glaube, die übermäßige Härte, die Leist und seine Leute an den Tag gelegt haben, hat den Deutschen hier in Kamerun mehr geschadet als genützt.«

»Das sehe ich völlig anders«, entgegnete Sigmund Leffers. »Wir Deutschen sind eine führende Rasse, und es ist unsere Aufgabe, einen klaren Weg vorzugeben. Es liegt in unserer

Verantwortung, die anzuleiten, die aufgrund ihrer Herkunft gar nicht in der Lage dazu sind, Zusammenhänge zu verstehen.«

»Sigmund, bitte sprich nicht so«, bat seine Frau.

»Aber es stimmt. Überlegt doch nur, wie dieses fruchtbare Land brachlag, bevor wir kamen. Diese Wilden haben nichts daraus gemacht, weil sie einfach zu dumm sind. Nun sind sie in der Lage, die Mäuler ihrer vielen Kinder zu stopfen.«

»Wenn du mich fragst, haben die Einheimischen hier auch gut gelebt, bevor wir kamen«, hielt Begemann dagegen.

»Und woher willst du das wissen? Weder du noch ich haben sie damals hier erlebt. Und wenn ich bedenke, in welchem erbärmlichen Zustand hier alles war, bevor wir mit dem Aufbau der Plantagen begonnen haben, habe ich nicht den geringsten Zweifel, dass es für alle das Beste so war.«

»Und dennoch halte ich nichts von der Gewalt, die ausgeübt wird«, blieb Begemann seinen Ansichten treu.

»Aber wie willst du es ihnen sonst beibringen, Heinrich? Diese Neger sind nun einmal dumm. Und niemand hat die Zeit, ihnen wieder und wieder zu erklären, was sie tun sollen.«

»Sie mögen nichts vom Handel verstehen, doch davon, wie sie die Pflanzen behandeln müssen, verstehen sie sehr viel.«

»Das mag ja sein«, gestand Leffers zu. »Doch was nützt es ihnen, wenn die Früchte dann herabfallen und verrotten? Da ist es doch besser, jemand leitet sie an.«

»Die Frage ist doch, ob die Einheimischen nicht eines Tages alle aufstehen und die Hand gegen uns erheben. Und wenn dann die Situation außer Kontrolle gerät, möchte ich nicht in der Nähe sein. Ganz abgesehen davon, dass ich einen anderen Führungsstil pflege: Belohnung statt Bestrafung.«

»Belohnung statt Bestrafung? Was soll denn das für ein Unsinn sein?«

»Das ist durchaus kein Unsinn. Gerade heute habe ich es erlebt. Der Sohn unseres Vorarbeiters – Hamza, ihr müsstet ihn kennen – ist erst vor Kurzem aus Hamburg zurückgekehrt. Aufgrund seiner Leistungen hatte Robert Hansen ihm eine Lehrstelle im Kontor in Hamburg angeboten. Er hat die Lehre jedoch vorzeitig abgebrochen und fühlt sich nun hier offenbar ein wenig verloren.«

»Verloren?«

»Ja, er versucht gerade das, was er in Hamburg gelernt hat, auf die hiesige Situation zu übertragen und zu erkunden, welchen Nutzen er aus seinem neu erworbenen Wissen ziehen kann. So sprach er mich darauf an, weshalb die Frauen, die ihren Männern während der Haupterntezeit bei der Arbeit helfen, nicht auch einen Lohn erhalten.«

»Wie bitte? Das wird ja immer schöner!«, fuhr Sigmund Leffers empört auf. »Allein für eine solche Frage müsste man ihm das Hirn herauspeitschen.«

»Moment«, bat Begemann, »lass mich aussprechen. Ich habe mich mit Hamza darüber unterhalten. Und statt zu reagieren wie du, habe ich ihm die Stelle als Vorarbeiter auf der Plantage angeboten.«

»Du hast *was*?«

»Aber ja. Hamza versteht mehr von den Kakaopflanzen als jeder andere hier. Und dadurch, dass er gezeigt hat, alles andere als dumm zu sein, wird er Wege finden, den Gewinn noch zu steigern.«

»Donnerwetter, Heinrich, du bist wirklich ein gerissener Fuchs! Warum sich die Mühe machen, den Neger zu prügeln, wenn er auch ohne Peitsche schneller rennt als die anderen? Ich zolle dir Respekt, wenngleich ich nicht glaube, dass das auf jeden von ihnen zutreffen würde.«

Hamza machte ein paar Schritte rückwärts. Das Herz schlug ihm bis zum Hals. Begemann hatte ihn mit der neuen Stelle also nur dazu bringen wollen, keine weiteren Fragen mehr zu stellen, damit ihm die möglichen Folgen nicht auf die

Füße fielen. Er ging zur Tür und verließ sein Zimmer. Dann rannte er die Stufen hinab und verließ das Farmhaus durch den Hinterausgang.

So hörte er nicht mehr, wie Heinrich Begemann seinem Gast auf das Heftigste widersprach und diesem sagte, dass es keinesfalls eine List gewesen sei, sondern dass Hamza seiner Überzeugung nach wie geboren dafür sei, die neue Aufgabe bestens zu erfüllen. Ja, dass er aufrichtigen Respekt für den jungen Kameruner empfinde und dessen kluge Ansichten und sogar dessen unbequeme Fragen schätze, weil sie verrieten, dass er sich nicht nur über sich, sondern auch über die Menschen in seiner Umgebung Gedanken machte. Er hörte ebenso wenig, dass Begemann mit seinem Gast darüber sogar in Streit geriet.

Auch von dem baldigen Aufbruch der Leffers bekam Hamza nichts mit. Er saß auf dem Baumstamm, auf dem er immer mit Luise gesessen hatte, und hielt den Blick starr auf den in der Dunkelheit nur noch schemenhaft erkennbaren Kamerunberg gerichtet. Wie hatte er sich nur in jedem Einzelnen von diesen Deutschen so täuschen können?

10. Kapitel

Wien, Mittwoch, 21. November 1894

»Robert, kannst du mich hören?« Therese lauschte in die Hörmuschel hinein.

»Ja, Therese, klar und deutlich. Wie geht es dir?«

Therese musste lächeln, als sie die Stimme des Schwagers hörte. »Gut, ja, es geht mir tatsächlich gut. Und wie geht es euch? Ist bei euch alles in Ordnung?«

Robert zögerte kurz, ob er von den Schwierigkeiten mit Martha, von denen er vor zwei Tagen erfahren hatte, berichten sollte. Doch er entschied sich dagegen. »Aber ja, natürlich. Und wie geht es Franz und Helene? Und wie steht's mit dem Rest der Familie Hansen? Ist Georg im Kontor zufrieden?«

»Franz war in letzter Zeit schwierig und ... nun ja, Helene bekommt zum Glück noch nicht so viel mit. Und Georg ist im Kontor sehr glücklich. Aber weißt du, ich hätte da etwas, das ich mit dir besprechen will. Also, besser gesagt: Ich freue mich, es mit dir zu besprechen. Hoffentlich freust du dich auch. Nun ... wenn nicht, dann sei bitte ehrlich. Ich möchte keinesfalls, dass du nur aus Höflichkeit ...«

»Therese, wovon redest du bitte? Ich kann dir nicht folgen.«

Es kostete Therese Mut, es auszusprechen. »Ich habe vor, zusammen mit den Kindern und Sophia für eine Weile zu euch nach Hamburg zu kommen«, stieß sie hervor und atmete geräuschvoll aus. So, es war gesagt. Nun wartete sie gespannt, wie ihr Schwager auf die Ankündigung reagierte.

»Zu uns nach Hamburg? Therese, das ist ja eine wunderbare Idee. Ich freue mich von Herzen!«

Die Art, wie Robert es ausgesprochen hatte, verriet Therese, dass er dabei lächelte. »Wirklich?«, fragte sie erleichtert.

»Aber ja, und wie! Ach, Therese, das ist ja unglaublich. Ich hätte nicht zu hoffen gewagt, dass du das überhaupt in Erwägung ziehen würdest.«

»Also findest du es nicht vermessen, dass ich mich einfach so aufdränge?«

»Von Aufdrängen kann nun wirklich nicht die Rede sein. Wenn du mir nicht glaubst, wie glücklich mich dein Vorschlag macht, dann komme ich zum Beweis nach Wien und hole dich und die Kinder persönlich ab.«

Therese lachte glockenhell, und es fühlte sich herrlich befreiend an, es endlich einmal wieder zu tun. Er freute sich. Ja, er freute sich aufrichtig. »Und der Rest der Familie?«, fragte sie dann. »Denkst du, dass sie einverstanden sein werden?«

»Einverstanden? Das ist wohl kaum das richtige Wort. Therese, wir sind von Herzen begeistert, wenn du mit den Kindern und natürlich auch Sophia eine Weile bei uns bleibst. Wann willst du denn kommen?«

»Ehrlich gesagt, so rasch wie möglich. Ich denke, wir brauchen dringend diesen Tapetenwechsel.«

»Sag mir, wann dein Zug in Hamburg ankommt, und ich werde dich abholen.«

»Das klingt wunderbar, Robert. Hab herzlichen Dank. Dann schlage ich vor, dass ich mich gleich morgen nach der

Zugverbindung erkundige und mich dann noch einmal melde, ja?«

»Ja, bitte tu das. Ich werde der Familie gleich heute Abend die freudige Nachricht überbringen. Therese, ich freue mich mehr, als ich sagen kann.«

»Ach, und ich erst«, erwiderte sie lächelnd. »Einen guten Abend, Robert, und herzliche Grüße an alle. Ich melde mich morgen wieder, ja?«

»Ich freue mich drauf. Auf Wiederhören, Therese.«

»Auf Wiederhören, Robert. Bis morgen.«

Therese hörte das Klicken in der Leitung, das verriet, dass Robert eingehängt hatte. Sie drückte den Telefonhörer glücklich an sich – Robert hatte sich wirklich gefreut, das hatte sie deutlich spüren können, es war so schön! Sie fühlte sich beschenkt, solch herzliche Menschen um sich zu haben, und war zutiefst dankbar dafür.

Schließlich legte sie den Hörer auf die Gabel, ging zur Treppe hinüber und rief nach oben: »Sophia, kommst du bitte mit Franz und Helene herunter?«

»Wir kommen gleich«, gab das Kindermädchen zur Antwort.

In diesem Moment klopfte es an der Haustür, und Therese öffnete. »Frederike?«, gab sie dann überrascht von sich. »Komm herein. Wie schön, dass du da bist!«

»Ich komme gerade von der Arbeit und dachte, ich mache noch einen kurzen Abstecher zu euch.«

»Eine wunderbare Idee!« Therese drückte die Nichte ihres verstorbenen Mannes an sich. »Und ich muss dir auch gleich etwas erzählen«, kündigte sie an.

»Was denn?«, fragte Frederike, die an Thereses breitem Lächeln erkannte, dass es etwas äußerst Erfreuliches sein musste.

»Ich fahre für eine Weile nach Hamburg, die Familie besuchen«, sagte Therese strahlend.

»Was? Du fährst weg?« Frederike konnte gar nicht anders, als sich mit ihr zu freuen. So gelöst und heiter hatte sie Therese in all den Wochen, die sie nun hier war, nicht ein einziges Mal erlebt. Vielmehr war ihre Tante seit dem Tod von Karl stets nur traurig, verzweifelt und in sich zurückgezogen gewesen – und damit ganz anders als die Frau, die Frederike seinerzeit kennengelernt hatte. Jetzt schien es erstmals so, als kehre sie endlich ins Leben zurück.

»Ach, ich freue mich so für dich!« Frederike umarmte Therese überschwänglich und drehte sich lachend mit ihr im Kreis. Als sie sich wieder losließen, fragte sie: »Und wann fährst du?«

»Das weiß ich noch nicht genau. Ich habe eben erst mit Robert telefoniert, und ich glaube, er hat sich aufrichtig gefreut, dass wir kommen. Gleich morgen werde ich mich nach den Zugverbindungen erkundigen und dann so rasch wie möglich abreisen.«

»Ach, Therese, ihr werdet bestimmt eine herrliche Zeit dort verbringen!«, freute Frederike sich mit ihrer Tante.

Da kam Sophia mit Franz und Helene an der Hand die Treppe herunter. Während sie den vierjährigen Franz zügeln musste, damit er nicht zu schnell wurde, hatte seine fast zwei Jahre jüngere Schwester Schwierigkeiten, die hohen Stufen eine nach der anderen zu nehmen.

»Ich habe eben mit meinem Schwager telefoniert«, sagte Therese, noch bevor die drei unten angekommen waren. »Er freut sich sehr, dass wir kommen.«

»Dann machen wir es also?«, fragte Sophia erfreut.

»Ja, wir machen es!«

»Was machen wir?«, wollte nun auch Franz wissen.

»Wir fahren zu deinem Onkel Robert nach Hamburg.« Therese hob Franz auf ihren Arm. »Und zu Luise«, sie pikte ihm ihren Zeigefinger in den Bauch, »und zu Hans«, sie stupste ihn erneut, »und zu Richard und Elsa und Marie und Viktoria.« Bei jedem Namen kitzelte sie ihn an seinem kleinen Bäuchlein, sodass er jedes Mal ein begeistertes Glucksen von sich gab. Als sie mit ihrer Aufzählung fertig war, gab sie ihrem Sohn ein paar schnelle Küsse auf den Hals, worauf dieser ungestüm zu lachen begann. Dann setzte sie ihn wieder ab.

»Ich habe dich lange nicht so glücklich erlebt«, bemerkte Sophia.

»Ich habe mich auch seit einer kleinen Ewigkeit nicht mehr so gefühlt«, pflichtete Therese ihr bei.

Auch die kleine Helene strahlte, wenngleich sie unmöglich verstanden haben konnte, worum es ging. Doch dass ihre Mutter sich freute, mochte der Kleinen genügen, um ebenfalls zu lachen und fröhlich in die Hände zu klatschen. Therese nahm sie auf den Arm, drückte ihr viele kleine Küsschen auf die Wange, sodass Helene sich vor Vergnügen glucksend auf Thereses Arm hin und her wand, bis sie von ihrer Mutter wieder abgesetzt wurde.

»Möchtest du vielleicht mit uns zu Abend essen?«, fragte Therese nun Frederike. »Oder triffst du dich noch mit Anton?«

»Nein, heute nicht. Wir sehen uns morgen. Ich bleibe sehr gern bei euch zum Essen.«

»Ach, wie schön! Kannst du mir dann eben beim Auftragen helfen? Aber zieh erst einmal deinen Mantel aus«, sagte Therese, die die Nichte so überraschend mit der guten Neuigkeit überfallen hatte, dass die noch nicht einmal dazu gekommen war, abzulegen.

Frederike streifte den Mantel von den Schultern und hängte ihn an die Garderobe. Arm in Arm ging sie mit Therese zur Küche, als es wiederum an der Haustür klopfte.

»Wer kann denn das noch sein?«, wunderte sich Therese.

»Ich mache auf«, kündigte Sophia an und lief zur Tür. Therese und Frederike waren stehen geblieben.

»Guten Abend, Sophia.«

»Guten Abend, Herr Loising«, erwiderte das Kindermädchen den Gruß und gab sogleich den Eingang frei.

»Tino?« Therese war die Überraschung über den Besuch anzumerken. »Also heute wollt ihr mir wohl alle eine Freude machen.« Sie ging zur Haustür und umarmte ihren Bruder.

»Du bist ja so gut gelaunt«, stellte Florentinus fest und bemerkte erst jetzt Frederike, die dastand und ihn nur ansah. »Guten Abend, Frederike.«

»Guten Abend, Florentinus«, gab Frederike tonlos zurück.

»Du kommst genau richtig. Wir wollten eben das Abendessen auftragen.« Therese lächelte ihren Bruder an, der sie um gut eineinhalb Kopflängen überragte. »Du bleibst doch? Ich muss dir unbedingt etwas erzählen.«

»Ich weiß nicht«, sagte er zögernd und sah dabei zu Frederike. Ihrer Miene war nicht zu entnehmen, wie sie darüber dachte. Seit Frederike ihn und Karl damals nach einem Stelldichein ertappt und daraufhin fluchtartig Wien verlassen hatte, hatte sich nie eine Gelegenheit geboten, mit ihr darüber zu sprechen. Auch jetzt meinte er, in ihrem Blick Verachtung zu lesen. Er wusste einfach nicht, wie er damit umgehen sollte.

»Da fällt mir ein«, sagte Frederike in diesem Moment, »ich habe ja meiner Mutter versprochen, ihr heute Abend zu helfen.« Sie fasste sich an den Kopf. »Wo bin ich nur mit meinen Gedanken?«

»Aber wobei musst du Vera denn helfen? Wir wollten doch zusammen essen«, erwiderte Therese überrascht.

»Bitte verzeih, ich komme ein andermal, es ist mir gerade erst wieder eingefallen.« Frederike ging zur Garderobe hinüber und griff nach ihrem Mantel. »Macht euch einen schönen Abend«, sagte sie, ging zu Franz und Helene und gab jedem einen Kuss auf die Wange. Dann machte sie sich auf den Weg zur Tür, drückte Therese kurz und verabschiedete sich dann von

Sophia und Florentinus. Dem warf sie im Vorbeigehen einen Blick zu, der ihm verriet, dass sie nichts als Verachtung für ihn empfand. Kurz drehte sie sich noch einmal zu Therese um. »Und sag mir Bescheid, wann du fährst.«

»Ja, das mache ich. Schade, dass du nicht bleiben kannst.«

Frederike ging, und Florentinus schloss mit einem leisen Seufzer die Tür hinter ihr.

»Eigenartig, dass sie nun doch fortmusste«, fand Therese. »Ich hatte mich so über ihren überraschenden Besuch gefreut.«

»Ja, wirklich schade«, meinte Florentinus. »Was sagte sie eben noch? Du sollst Bescheid sagen, wann du fährst?«

»Das hast du ganz richtig verstanden. Sophia und ich werden mit den Kindern für eine Weile nach Hamburg fahren«, verkündete Therese. »Komm, ich erzähle dir alles beim Abendessen.«

Sophia ging mit den Kindern ins Esszimmer, um mit ihnen gemeinsam den Tisch einzudecken, während Florentinus seiner Schwester in die Küche folgte. Therese fand Frederikes Verhalten eigenartig. Fast kam es ihr vor, als habe die Nichte sich erst zum Gehen entschlossen, als Florentinus auftauchte. Hegte Frederike eine Abneigung gegen ihren Bruder? Das war ihr bisher nie aufgefallen, doch wenn sie jetzt so darüber nachdachte, kamen ihr einige Gelegenheiten in den Sinn, bei denen die zwei aufeinandergetroffen waren und Frederike sich oft abgewandt hatte, als wollte sie nichts mit Florentinus zu tun haben. Aber konnte das wirklich sein? Frederike war doch ein so freundlicher Mensch, ebenso wie Florentinus.

»Sag mal bitte, habt du und Frederike Streit?«, sprach sie nun ihren Gedanken aus, als sie ihrem Bruder den Brotkorb reichte.

»Frederike und ich?«, gab er überrascht von sich. »Nicht, dass ich wüsste. Wieso? Hat sie so etwas angedeutet?«

Was hatte Frederike seiner Schwester gegenüber erwähnt? Hatte sie Andeutungen gemacht? Florentinus schlug das Herz bis zum Hals. Würde nach all den Jahren der Heimlichtuerei nun nach Karls Tod doch noch alles ans Licht kommen?

»Nein, das nicht. Sie hat nie etwas Derartiges gesagt. Aber ich fand ihr Verhalten gerade eben eigenartig.« Sie stellte sich sehr aufrecht vor ihren Bruder hin und sah ihm direkt in die Augen. »Florentinus Loising, bist du etwa gegenüber der Nichte meines verstorbenen Mannes aufdringlich geworden?«

»Wie bitte?« Florentinus war erleichtert. Wenn Therese ihn so etwas fragte, war sie dermaßen weit von der Wahrheit entfernt, dass er sich wirklich keine Sorgen machen musste. »Nein!«, sagte er klar und deutlich. »Ich bin ihr weder jemals zu nahe getreten, noch kann ich mich überhaupt an ein Gespräch erinnern, bei dem wir je allein gewesen wären. Wann immer ich sie gesehen habe, waren entweder du oder Karl oder ihr beide oder andere Familienmitglieder dabei.«

»Gut«, meinte Therese, drehte sich um und ging an den Vorratsschrank. »Ich wollte nur sichergehen.«

»Auf was für Ideen du manchmal kommst ...« Er schüttelte den Kopf.

»Bring das Brot schon mal rüber und nimm die Butter mit. Ich bereite den Schinken vor.«

»Wie Sie wünschen, gnädige Frau«, sagte er und deutete eine Verbeugung an, was Therese zum Lachen brachte. Dann verließ er die Küche, und ihm fiel ein Stein vom Herzen. Solange seine Schwester ihn nur für einen Schürzenjäger hielt, war er auf der sicheren Seite.

Nach dem abrupten Ende ihres Besuchs bei Therese und den Kindern schlenderte Frederike zu dem von ihrer Familie gemieteten Haus in der Nußdorfer Straße, ganz in der Nähe der Markthalle. Dort wurden Waren aller Art verkauft, und sie war schon mehrfach mit ihrem Vater dort gewesen, um die Auswahl zu bestaunen, und hatte sich seine Gedanken dazu angehört, ob es nicht sinnvoll wäre, einige der dort angebotenen Artikel ins Sortiment des Kaffee- und Kakaokontors aufzunehmen, dessen Geschäftsführung er nach dem Tode Onkel Karls übernommen hatte. Deshalb war die Familie überhaupt nach Wien gezogen. Onkel Karl. Immer wieder war er in ihren Gedanken. Sie hatte ihren Onkel stets sehr gemocht, ja sogar aufrichtig geliebt. Er war ein so verständnisvoller, besonderer Mensch gewesen. Doch an dem Abend, da sie ihn zusammen mit Florentinus, dem Bruder seiner Ehefrau, beobachtet hatte, war ihr Bild von ihm in tausend Scherben zerbrochen. Denn sie hatte genau gesehen, wie sich die Männer mit einem zärtlichen Kuss voneinander verabschiedeten, und gehört, dass sie sich für den übernächsten Tag erneut verabredeten, nachdem sie zuvor Stunden in einer von Florentinus gemieteten Wohnung zusammen verbracht hatten. Und dann hatte Florentinus zu ihrem Onkel Karl gesagt, dass er ihn liebe. Die Situation war eindeutig gewesen.

Als Frederike in dem Moment erschrocken aufgeschrien und Onkel Karl sie deshalb bemerkt hatte, gab es für sie kein Halten mehr. Zutiefst schockiert war sie davongestürzt und die halbe Nacht herumgeirrt, bis sie schließlich zum Haus von Therese und Karl zurückging, in dem sie damals mit der Familie gewohnt hatte, ihre Sachen zusammengerafft und sich in den ersten Zug nach Hamburg gesetzt hatte.

Es war ihr unendlich schwergefallen, Therese ohne Antwort auf die Frage, weshalb sie sich so entschieden hatte, zurücklassen zu müssen. Nein, sie hatte ihrer Tante nicht ein Wort gesagt. Das hätte sie niemals übers Herz gebracht. Therese war der wundervollste Mensch, den Frederike kannte. Sie war gütig, klug, immer fröhlich und für Franz und Helene die beste Mutter, die man sich nur vorstellen konnte. Frederike wusste, dass sie Thereses Welt zerstört hätte, hätte sie ihr die Wahrheit über ihren Ehemann und dessen Geliebten – ihren eigenen Bruder – gesagt. Und sie hätte Franz und Helene den Vater genommen.

Dass nun ebendieser durch einen Überfall – womöglich aber auch einen Unfall, was nicht hatte geklärt werden können – ums Leben gekommen war, hatte zumindest Frederikes Gewissensnot, ob sie Therese von dem Vorfall hätte erzählen müssen, ein Ende bereitet. Und letztendlich würde es jetzt, nach seinem Tod, erst recht keinen Sinn mehr ergeben.

Aber mit Florentinus, Thereses Bruder, wollte Frederike keinen Umgang haben. Er konnte von Glück sagen, dass sie ihn und Onkel Karl damals nicht der Sicherheitswache gemeldet hatte, wie sie es von Gesetzes wegen hätte tun müssen. Andererseits, das musste sie eingestehen, machte es die Situation kompliziert, dass sie ihm bei sämtlichen Begegnungen aus dem Wege gehen und, wie vorhin, hanebüchene Erklärungen erfinden musste, um nicht mit ihm am selben Tisch sitzen zu müssen. Doch welche Wahl hatte sie denn? Sollte sie versuchen, eine Aussprache mit ihm herbeizuführen? Er war der Ältere. Wenn, dann müsste ein solcher Schritt von ihm ausgehen. Und wollte sie das überhaupt? Wie sollte eine Klärung denn aussehen? Es gab nichts, was er sagen oder tun konnte, um die Wahrheit, von der sie wusste und die ihr schwer auf der Seele lag, noch zu ändern.

Liebe zwischen Männern galt als Straftat. Und er hatte so eine Straftat begangen und war bereit gewesen, die Familie seiner eigenen Schwester zu zerstören. Daran konnten auch irgendwelche Erklärungen oder Entschuldigungen seinerseits nichts ändern.

Sie erreichte das Backsteinhaus in der Nußdorfer Straße, ging die Stufen zur Tür hinauf, zog ihren Schlüssel hervor und schloss auf. »Ich bin daheim«, rief sie in den Flur.

»Ich bin im Wohnzimmer, Frederike«, hörte sie die Stimme ihrer Mutter und machte sich sogleich auf den Weg dorthin.

»Guten Abend, Mutter.«

»Guten Abend«, erwiderte Vera und ließ die Häkelarbeit, mit der sie gerade beschäftigt war, sinken. »Hattest du einen angenehmen Tag?«

»Es ist viel zu tun im Moment, doch ich glaube, ich mache mich ganz gut.«

»Du bist ja auch eine kluge junge Frau.«

»Danke schön.« Frederike freute sich aufrichtig über das Lob, denn sie war solche netten und vor allem anerkennenden Worte von ihrer Mutter eher nicht gewohnt. »Und du? Was hast du den ganzen Tag gemacht?«

Vera hielt die Häkelarbeit hoch. »Das wird eine Decke für das kleine Tischchen im Flur. Schon morgen werde ich damit fertig sein.«

»Sehr schön«, sagte Frederike und behielt die Bemerkung für sich, dass inzwischen im gesamten Haus Unmengen dieser Deckchen verteilt waren und es anscheinend keine einzige freie Fläche mehr gab, für die Vera noch nichts angefertigt hatte.

»Ich war vorhin kurz bei Therese und den Kindern«, berichtete Frederike. »Stell dir vor, sie verreisen für einige Zeit nach Hamburg.«

»Nach Hamburg?« Nun legte Vera die Häkelarbeit auf den Tisch neben ihr. »Wirklich?«, fragte sie interessiert.

»Ja. Ich glaube, Therese hat selbst gemerkt, dass sie sich nach dem Tode Onkel Karls noch immer nicht gefangen hat. Es war schön, sie vorhin endlich mal wieder glücklich zu erleben.«

»Das ist gut«, befand Vera. »Hoffentlich bleibt sie für immer in Hamburg. Dann können wir hier endlich anfangen, ein normales Leben zu führen.«

Frederike verstand nicht. »Wie bitte?«

»Ja, genauso meine ich es«, gab Vera gereizt von sich. »Du hörst doch selbst, wie dein Vater von ihr spricht.« Sie verzog das Gesicht. »Das Kontor läuft wirklich gut. Therese kann zufrieden sein. – Heute war Therese da. Sie sieht endlich wieder besser aus. – Ich habe mit Therese gesprochen, im Kaffeehaus ist schrecklich viel zu tun. – Eine Kundin fragte heute nach Therese, weil sie doch jetzt mit den Kindern allein dasteht. – Therese, Therese, Therese«, äffte Vera nach.

»Du bist eifersüchtig, weil er sich um die Frau seines toten Bruders sorgt?«

»Eifersüchtig? Pah, davon kann ja wohl keine Rede sein.«

Frederike spürte, wie Wut in ihr aufstieg. Seit der Affäre ihres Mannes mit Elisabeth war ihre Mutter nichts als eine verbitterte Frau, die immer und überall eine neue Gefahr für ihre Ehe witterte. Dabei war es ihr eigenes Verhalten, das eine Gefahr darstellte. »Na gut, dann eben nicht eifersüchtig, sondern missgünstig.«

»Wie redest du denn mit deiner Mutter, junges Fräulein? Ich bitte mir mehr Respekt aus!«

»Ach, ich kann es nicht mehr hören.« Frederike drehte sich um und wollte den Raum verlassen.

»Du kommst sofort zurück! Was bildest du dir denn ein?«, rief Vera entrüstet. »Ich sitze hier tagaus, tagein und häkle mir die Finger blutig, damit du und dein Vater es hier schön habt. Die ganze Zeit bin ich allein. Und wenn ihr dann nach Hause kommt, behandelt ihr mich so ...« Sie schlug die Hände vors Gesicht und begann zu schluchzen. »Das habe ich einfach nicht verdient.«

Frederike machte einen Schritt auf die Mutter zu, um sich zu ihr zu setzen und sie zu trösten, wie schon so oft. Doch dieses Mal verharrte sie in der Bewegung. »Du bist selbst dafür verantwortlich, dass du niemanden in Wien kennst, weil du dich weigerst, auch nur vor die Tür zu gehen. Und niemand hat dir gesagt, dass du Deckchen häkeln musst. Mach es oder lass es, mir ist es einerlei. Aber hör auf, immer alle anderen dafür verantwortlich zu machen, dass du unglücklich bist. Nun auch noch deinen Hass oder besser: deinen Neid gegen Therese zu richten, die ihren Ehemann verloren hat und ganz allein mit zwei kleinen Kindern dasteht, geht einfach zu weit. Wenn es dir nicht gefällt, dass Vater ihr Kontor führt, dann steht es euch schließlich frei, Wien den Rücken zu kehren und nach Hamburg zurückzugehen.«

Vera öffnete den Mund und schloss ihn wieder, ohne etwas zu sagen. So hatte Frederike nie zuvor mit ihr gesprochen.

»Ach ja?«, hielt sie dann doch noch dagegen. »Und in Hamburg wäre dein Vater dann wieder nur der angestellte Lakai deines Onkels. Ist es das, was du willst?«

»Was ich will, Mutter, hat nichts damit zu tun, welche Stellung Vater innehat. Kannst du das auch von dir sagen? Oder hast du beispielsweise Vater auch nur ein einziges Mal gefragt, was *er* wirklich will? Nein, das hast du nicht, oder? Dir würde gefallen, dass er das Kontor in Hamburg wieder führt, dass er derjenige von den Brüdern ist, der das Oberhaupt der Familie darstellt. Du willst, dass alles so ist, wie es vor seinem Ausbruch aus eurer Ehe war. Es geht doch immer nur darum, was *du* willst. Und aus seinem schlechten Gewissen heraus tut er alles, was du verlangst.«

»Frederike Hansen, du entschuldigst dich auf der Stelle bei mir!«

»Nein, das werde ich nicht, denn ich habe recht.«

»Solange du in unserem Haus wohnst, erwarte ich Respekt von dir.« Vera bebte vor Wut.

Frederike überlegte kurz. »Du hast recht«, sagte sie dann. »Ich gehe jetzt nach oben und packe meine Koffer.«

»Was?«

»Das ist längst überfällig.«

»Du hast doch noch nicht einmal einen Ehemann vorzuweisen. Ein solches Verhalten hätte ich deiner Cousine Luise zugetraut – mit ihrem ewigen Gerede davon, was sie als Frau alles bewegen möchte –, aber doch nicht dir!«, empörte sich Vera.

»Weißt du, was?« Frederike lächelte. »Gerade hast du mir vollkommen unbeabsichtigt das Netteste gesagt, was ich je aus deinem Munde gehört habe.«

»Du bist erst so aufmüpfig, seit wir hier in Wien sind. In Hamburg hättest du dir nie erlaubt, so mit mir zu sprechen.«

»Das stimmt, Mutter. Ja, da hast du tatsächlich recht. Denn erst hier in Wien bin ich aufgewacht. Hier habe ich eine Arbeitsstelle, und auch wenn die Tätigkeit nicht mein Traum ist, so habe ich doch durch meine Kolleginnen im Schreibbüro festgestellt, dass ich durchaus etwas leisten kann, also ganz anders bin, als du es mir immer gesagt hast. Ja, Mutter, auch ich bin etwas wert, obwohl ich nicht verheiratet bin und keinen Ehemann vorzuweisen habe. Ich mag nicht viel Geld verdienen, doch es ist mein eigenes Geld, und ich führe ein Leben, wie es immer mehr junge Frauen tun. Dir hat es schon nicht gefallen, dass Luise ihre Arbeit im Kontor hatte. Und ich weiß sehr genau, wie du über Therese denkst, einen der freundlichsten Menschen, die ich kenne, eben weil sie sich selbst ihr Kaffeehaus aufgebaut hat. Ich habe eine Nachricht für dich, Mutter: Genau wie diese Frauen will ich sein. Und nicht etwa wie du, die mit sauertöpfischer Miene zu Hause sitzt und nichts anderes zu tun weiß, als an ihrem Ehemann und ihrer Tochter kein gutes Haar zu lassen.« Frederike hob den Kopf, als wollte sie zeigen, bereit für die Replik der Mutter zu sein, die sie ihr gleich an den Kopf werfen würde.

»Ich habe dich immer angehalten, schon in Hamburg übrigens, dass du dir überlegen sollst, was du tun möchtest.«

»Ja, Mutter, doch dabei ging es immer nur darum, wie ich einen Ehemann für mich gewinnen könnte. Das war auch schon alles.« Frederike schüttelte den Kopf, dann drehte sie sich um und ging zur Wohnzimmertür.

»Du kommst sofort zurück! Du weißt doch gar nicht, wohin. Oder willst du wie ein käufliches Mädchen bei diesem

Anton unterkriechen und dich ihm hingeben, nur damit du ein Dach über dem Kopf hast?«

Frederike wandte sich Vera noch einmal zu. »Das glaubst du wirklich von mir?« Frederike schüttelte den Kopf und ging hinaus. Sie ignorierte die Rufe und Beschimpfungen ihrer Mutter, lief die Stufen hinauf in ihr Zimmer, zog den Koffer unter ihrem Bett hervor und packte ihre Kleidung aus dem Schrank hinein. Dann holte sie ihre Waschutensilien aus dem Badezimmer und legte sie ebenfalls hinein, ließ die Schlösser des Koffers zuschnappen und hob ihn vom Bett.

Als sie damit die Stufen herunterkam, stand ihre Mutter mit verschränkten Armen unten am Treppenaufgang. »Du wirst nicht gehen!«, sagte Vera mit bebender Stimme.

»Doch, Mutter, und du wirst mich nicht aufhalten. Sag Vater bitte, dass ich mich morgen bei ihm melden werde.«

»Bei deinem Vater meldest du dich und bei mir nicht?« Veras Stimme überschlug sich.

»Auf Wiedersehen, Mutter«, entgegnete Frederike knapp.

Vera packte Frederikes Arm, die diesen mit Schwung hochriss, um sich zu befreien.

Genau in diesem Moment kam Georg zur Haustür herein. »Was ist denn hier los?«, fragte er erschrocken.

»Ich ziehe aus«, erklärte Frederike. »Ich wäre morgen zu dir ins Kontor gekommen, um es dir zu erklären. Es geht so einfach nicht mehr weiter.« Sie schüttelte den Kopf.

Georg sah von Frederike zu Vera und dann wieder zu Frederike. »Und wo gehst du hin?«

»Zu Therese«, antwortete Frederike sofort.

»Natürlich zu Therese, der ach so wunderbaren Therese«, geiferte Vera. »Also hat sie dir diesen Floh ins Ohr gesetzt. Das hätte ich mir gleich denken können.«

»Therese weiß noch nicht einmal, dass ich komme, und ich habe bisher niemals mit ihr darüber gesprochen. Doch im

Gegensatz zu dir, Mutter, weiß ich, dass ich bei Therese willkommen bin. Sie ist ganz selbstverständlich für mich da, wenn ich sie brauche. Dessen kann ich sicher sein.«

»Sag doch etwas, Georg! Halt deine Tochter gefälligst von diesem Unsinn ab!«

»Kannst du mir wenigstens erklären, was geschehen ist?«, fragte Georg, an Frederike gewandt.

»Ja, aber nicht jetzt.«

Er ging auf seine Tochter zu und nahm ihr wortlos den Koffer ab.

»Richtig so, Georg, sie hat hierzubleiben!«, wetterte Vera.

Georg warf seiner Frau einen kurzen Blick zu und seufzte tief. »Komm, Frederike«, sagte er dann. »Es ist schon dunkel. Ich werde dich zu Therese begleiten, damit ich beruhigt sein kann, dass du wohlbehalten dort ankommst.«

Für einen Moment sah es aus, als würde Vera in Ohnmacht fallen. Sie taumelte und fasste nach dem Treppengeländer, um Halt zu finden.

Frederike und Georg achteten nicht weiter darauf. Georg öffnete die Tür und ließ seiner Tochter den Vortritt, dann ging auch er hinaus. Aus dem Inneren des Hauses hörten sie ein lautes Krachen. Es klang, als hätte Vera etwas gegen die Tür geschleudert. Dem Geräusch nach tippte Georg auf die große Vase, die neben dem Treppenaufgang stand. Es war ihm einerlei. Er würde es ja später bei seiner Rückkehr sehen.

11. Kapitel

Wien/Hamburg, Freitag, 23. November, und Samstag, 24. November 1894

Franz hielt es kaum noch auf dem Sitz des Fiakers, als der Kutscher das Pferd zügelte und das Gefährt zum Stehen brachte. Auch wenn er sich noch dunkel an die Villa in Hamburg erinnern konnte – die Zugfahrt dorthin war ihm nicht im Gedächtnis geblieben. Ihm war, als würde er heute mit seiner Mutter, Sophia und seiner kleinen Schwester das allererste Mal mit dem Zug fahren, auch wenn es nicht stimmte. Er war so aufgeregt, dass er am Morgen nicht einmal sein Frühstücksbrot essen konnte, sodass seine Mutter es für die Fahrt eingepackt und mitgenommen hatte.

Kaum waren sie aus dem Fiaker gestiegen, blieb Franz stehen und sah sich staunend das riesige Gebäude des Wiener Westbahnhofs an. Er musste seinen Kopf ganz nach hinten in den Nacken legen, um die hohen weißgrauen Mauern bis hinauf zum Dach betrachten zu können. Fast wäre er dabei nach hinten umgekippt, wenn Sophia ihn nicht aufgefangen hätte. »Ein so großes Haus habe ich noch nie gesehen«, plapperte er drauflos.

»Aber du warst doch schon mal hier, mein Schatz«, erwiderte Therese schmunzelnd. »Warte erst, bis wir drinnen sind. Dort ist die Pracht sogar noch größer.« Sie nahm einen der Koffer und bedeutete ihrem Sohn, ebenfalls den Griff anzufassen, damit sie ihn bei der Hand hatte. Dann hob sie den zweiten Koffer hoch und sah zu Sophia, die Helene auf dem Arm hielt. »Komm, Franz«, bat Therese, schritt zusammen mit ihm durch das hohe Eingangstor und betrat die Bahnhofshalle.

Franz staunte mit offenem Mund. Nicht nur die hohen Wände der riesigen Halle und ihre überwältigende Länge von mehr als einhundert Metern, sondern auch die unzähligen Menschen, die im Bahnhof hin und her liefen und so unglaublich geschäftig wirkten, zogen ihn in ihren Bann. Wenn er zusammen mit seiner Mutter oder Sophia zum Kaffeehaus ging oder zum Kontor, begegneten ihnen auch viele Menschen. Und manche von ihnen hatten es womöglich ebenfalls eilig. Doch das merkte man ihnen nicht an. Alles schien viel geordneter zu sein als hier, so als wäre der Bahnhof eine ganz eigene Welt, die nichts mit dem übrigen Wien zu tun hatte, das Franz kannte.

»Von diesem Bahnhof aus fahren alle wichtigen Züge in Richtung Deutsches Reich, Schweiz, Belgien und Frankreich«, erklärte Therese. »Und von hier fahren wir auf der Kaiserin Elisabeth-Bahn.«

»Wer ist die Kaiserin Elisabeth?«, wollte Franz wissen.

»Sie ist eine bedeutende Frau, eben eine echte Kaiserin«, antwortete Therese etwas gehetzt, denn sie musste sich erst einmal einen Überblick verschaffen. Der Zug würde pünktlich abfahren, ob sie nun rechtzeitig am Gleis waren oder nicht. Vielleicht konnte sie ihrem kleinen Sohn während der Fahrt mehr über Kaiserin Sisi erzählen, sofern ihm dann nicht bereits etwas anderes in den Sinn gekommen war, das ihn noch mehr interessierte.

Auf ihrem Bahnsteig angekommen, gingen sie von hinten an den Waggons vorbei in Richtung Lokomotive, die schon gewaltige Dampfschwaden ausstieß.

»Es stinkt«, sagte Franz knapp, verzog das Gesicht und hielt sich die Nase zu.

»Ja«, gab ihm Sophia recht, die zu ihnen aufgeschlossen hatte und nun neben Therese und Franz ging. »Hier ist unser Waggon. Lasst uns rasch einsteigen.«

Therese stellte die Koffer ab und hob Franz über die Einstiegsstufen in den Zug. Dann nahm sie einen der Koffer, hievte ihn ebenfalls hinein und schob ihn ein Stück weiter, danach den zweiten Koffer, bis sie schließlich selbst einstieg. Franz wollte mithelfen und zog einen der Koffer ein Stück von der Zugtür weg. »Sehr gut«, lobte Therese ihn, beugte sich wieder hinaus und ließ sich von Sophia Helene reichen. Dann erst stieg auch das Kindermädchen ein.

»Grüß Gott, die Damen. Warten S' bitt' schön, ich helfe Ihnen mit dem Gepäck.« Der Mann in der feschen Uniform, der aus dem anderen Waggon herübergekommen war, nahm die Koffer. »In welches Abteil?«

»Abteil 5, bitte«, antwortete Therese.

»Sehr gern, Abteil 5«, wiederholte der Schaffner. »Wenn S' mir bitte folgen wollen.« Er ging mit den Koffern voraus durch den schmalen, holzgetäfelten Gang, an dessen linker Seite sich holzgerahmte Fenster und Türen befanden, bis er das Abteil mit der Nummer 5 erreicht hatte.

»Wenn die Damen bitte eintreten wollen.« Er schob die Schiebetür auf, sodass Franz, Therese und Sophia, die nun wieder Helene trug, hineingehen konnten. Die sechs Sitze waren mit Samtstoff bezogen und sahen sehr bequem aus. Sofort krabbelte Franz auf den rechten Fensterplatz und sah wieder staunend nach draußen. Auch Therese und Sophia nahmen ihre Plätze ein und warteten, bis der Schaffner ihr Gepäck in die über ihren Köpfen befindlichen Ablagen gewuchtet hatte.

Therese gab ihm eine Münze und dankte ihm, worauf er sich mit einer Verbeugung und den Worten »Gehorsamster Diener!« verabschiedete.

Kurze Zeit später stieß die Lokomotive einen schrillen Pfeifton aus, und Franz zuckte erschrocken zusammen.

»Keine Sorge, mein Schatz. Das ist nur das Zeichen des Lokomotivführers, dass wir zur Abfahrt bereit sind.« Therese strich ihrem Sohn zärtlich über den Rücken.

Als Nächstes war der Pfiff einer Trillerpfeife zu hören.

»Und das«, erklärte Therese ihrem Sohn, »ist das Zeichen des Zugführers, der dem Lokomotivführer damit Bescheid gibt, dass alle Türen geschlossen sind und wir abfahren können.«

»Das habe ich schon einmal gehört«, erinnerte Franz sich nun doch noch an ein kleines Detail von der letzten Zugfahrt nach Hamburg, die inzwischen schon mehr als ein Jahr her war.

»Pass auf, gleich wird sich der Zug in Bewegung setzen.« Franz wartete gespannt, dann tat der Zug einen Ruck. »Siehst du?«

Franz hatte seine kleinen Hände in den Rahmen des Fensters gestemmt. »Wir fahren!«, rief er begeistert aus. »Wir fahren los!«

Wie gebannt starrte er aus dem Fenster und sah die anderen Gleise und die darauf wartenden Züge langsam vorbeigleiten. Plötzlich blendete ihn das Tageslicht, als sie zwischen den zwei großen an der Ausfahrt befindlichen Türmen hindurch den Bahnhof verließen. Immer schneller wurde die Fahrt, sodass Franz etwas mulmig zumute wurde und er zu seiner Mutter auf den Schoß krabbelte.

»Wie lange dauert es noch bis Hamburg?«, fragte er.

»Wir sind doch gerade erst losgefahren, Franz.« Therese lachte auf. »Und wir werden noch den ganzen Tag und die ganze Nacht durchfahren, bis wir morgen früh in Hamburg sind. Und du, mein kleiner Fratz, wirst nachher schön hier bei mir schlafen. Aber jetzt schauen wir uns noch ein wenig die Gegend an. Denn gleich kommen wir durch den Wienerwald, der ist sehr schön.«

Sie fuhren, sich über die vorbeiziehenden Landschaften, Orte und Bauwerke unterhaltend, über St. Pölten und Linz ins bayerische Passau und von dort über Regensburg und Nürnberg nach Würzburg. Einige Male mussten sie umsteigen, sodass die Kinder die Orte Fulda, Kassel und Göttingen schlicht verschliefen. In der Morgendämmerung erreichten sie Hannover und stiegen erneut um. Über Celle und Lüneburg ging es schließlich nach Harburg, wo sie zum letzten Mal umsteigen mussten in den von Wanne-Eickel über Osnabrück und Bremen nach Hamburg fahrenden Zug, der sie bis zum Ende ihrer Bahnreise bringen sollte.

Zischend fuhr der Zug endlich in den Hannoverschen Bahnhof in Hamburg ein und kam mit laut quietschenden Bremsen zum Stehen.

Robert reckte seinen Hals und ging ein paar Schritte vor, um genau sehen zu können, wer aus welchem Waggon stieg. Er hatte sich in der Mitte des Bahnsteigs postiert, sah nach rechts und wieder nach links. Überall stiegen Menschen aus dem Zug, und andere warteten davor, um ihrerseits einsteigen zu können. Der ganze Bahnhof kam ihm vor wie eine riesige Halle, in der die Menschen wie die Ameisen in einem Bau durch die Gänge eilten. Wieder streckte er sich, um besser sehen zu können, doch es waren ausschließlich fremde Menschen, die den Zug verließen und an ihm vorbeihetzten. Hatte Therese womöglich den Zug verpasst? Oder hatte sie es sich anders überlegt? Waren ihr Bedenken gekommen, und hatte sie noch versucht, ihn zu erreichen, bevor er zum Bahnhof gefahren war, um sie abzuholen? Ihnen war doch hoffentlich nichts geschehen?

Gerade erst hatte er einen Bericht in den *Hamburger Nachrichten* gelesen, dass ein Mann während einer Zugfahrt spurlos verschwunden war. Das musste man sich einmal vorstellen! Allerdings, und auch das schwang in dem Artikel mit, war die Ehe des Mannes überaus zerrüttet gewesen, und Vertraute aus seinem Umfeld hatten die Mutmaßung angestellt, dass er einfach an einem Bahnhof ausgestiegen sein und sich ganz bewusst nicht wieder bei seiner Ehefrau gemeldet haben könnte. Diese hingegen schloss eine solche Möglichkeit vollkommen aus und vermutete stattdessen entweder eine Verschwörung der Köln-Mindener Eisenbahn-Gesellschaft oder eine Straftat einer im Deutschen Reich agierenden Gruppe Krimineller, die auf diese Weise Erpressungen durchführten. Gegen letztere Variante sprach aus Sicht des Redakteurs der *Hamburger Nachrichten*, dass weder bei der Ehefrau noch bei der Köln-Mindener Eisenbahn-Gesellschaft ein Forderungsschreiben eingegangen war, was die Ehefrau des vermeintlich Entführten jedoch mit einer Vertuschung aufseiten der Gesellschaft erklärte. Es bliebe insoweit abzuwarten, ob der verschollene Ehemann eines Tages doch noch wieder auftauchen und dann selbst sein plötzliches Verschwinden erklären würde.

Robert verscheuchte den Gedanken an den Zeitungsartikel und hielt weiter Ausschau. Seine Freude auf Therese und die Kinder war nun einer gewissen Anspannung gewichen. Es stiegen nur noch wenige Menschen aus, und in manche Waggons stiegen bereits wieder Fahrgäste ein. Jetzt verließ aus einem der vorletzten Waggons eine junge Frau den Zug, blieb stehen und drehte sich um, als sollte sie etwas gereicht bekommen. Robert reckte den Hals. Konnte das Sophia sein? Er hatte das Gesicht des Kindermädchens nicht mehr allzu genau in Erinnerung, da er sie lediglich in den Tagen, als er mit der Familie zu Karls Beerdigung in Wien gewesen war, gesehen hatte.

Die junge Frau half einem kleinen Jungen aus dem Zug

und schob ihn schützend hinter sich. Dann wandte sie sich wieder der geöffneten Zugtür zu und nahm zwei Koffer entgegen. Ohne sicher zu wissen, ob sie es wirklich waren, eilte Robert in die Richtung. Der Junge blickte zur anderen Seite, sodass Robert sein Gesicht nicht erkennen konnte. Von der Größe und Statur her konnte es aber durchaus Franz sein.

»Franz!«, rief Robert laut, und sofort drehte der Junge sich in seine Richtung. Roberts Miene erhellte sich, und er ging rasch auf ihn zu.

Sophia hatte es ebenfalls bemerkt und gab Franz ein Zeichen, dass er loslaufen dürfe. Dann half sie Therese, die Helene auf dem Arm hatte, aus dem Zug.

Franz lief, so schnell er konnte, Robert entgegen, der sich nun bückte und die Arme weit ausbreitete. Noch bevor Franz ihn erreichte, sprang er ab und landete sicher in Roberts Armen, der sich mit seinem Neffen lachend im Kreis drehte.

»So ein großer Junge bist du!«, rief er, als er wieder sicher stand, und warf Franz zu dessen Freude hoch und fing ihn wieder auf.

»Onkel Robert«, brachte Franz glücklich hervor, worauf sein Onkel ihn fest drückte und ihn dann wieder auf die eigenen Beine stellte. Er reichte ihm die Hand, die Franz sogleich ergriff, und ging dann mit ihm im Eilschritt Therese, Helene und Sophia entgegen.

»Therese!«, rief Robert glücklich, machte die letzten paar Schritte auf sie zu und zögerte dann kurz. So vertraut sie sich am Telefon auch waren, nun hatte er plötzlich Bedenken, sie einfach so zu umarmen. Doch er schob den Gedanken beiseite, ließ Franz los und drückte die Schwägerin, die noch immer Helene auf dem Arm hatte, herzlich an sich. »Willkommen in Hamburg! Ach, was freue ich mich, euch alle zu sehen.« Er löste sich von Therese und streichelte kurz über Helenes Wange.

»Wir freuen uns auch sehr, hier zu sein«, erwiderte Therese lächelnd.

Robert reichte Sophia die Hand. »Herzlich willkommen, Sophia.«

»Vielen Dank, Herr Hansen. Ich bedanke mich, dass ich hier sein darf.«

Robert zögerte. »Sag doch Robert zu mir«, forderte er sie auf. »Wir werden eine schöne Zeit miteinander verbringen, und ich möchte, dass ihr euch hier genauso zu Hause fühlt wie in Wien.«

»Das ist wirklich ganz reizend«, gab Sophia zurück. »Dann vielen Dank, Robert«, sie betonte seinen Namen.

Robert sah Therese an. »Mein Gott, ist das schön, dass ihr wirklich gekommen seid! Als eben bereits fast alle Fahrgäste ausgestiegen waren, dachte ich schon, ihr hättet es euch womöglich anders überlegt.«

Therese schüttelte entschieden den Kopf. »Keine einzige Sekunde!«

»Kommt, gebt mir eure Koffer«, bat Robert und sah an ihnen vorbei. »Nur die beiden?«, fragte er überrascht, als er nichts weiter als die zwei Gepäckstücke bei ihnen stehen sah.

»Ja, mehr brauchen wir nicht«, bestätigte Therese lächelnd und fügte dann hinzu: »Ehrlich gesagt, haben wir nur das Nötigste eingepackt, weil wir nicht wussten, ob uns jemand mit dem Gepäck helfen würde. Und da wir unsere beiden Lieblinge oftmals tragen müssen, haben wir uns nicht mehr Koffer zugetraut.«

»Glaubt mir, alles, was ihr nicht dabeihabt, ist entweder in der Villa vorhanden, wie beispielsweise Windeln für die junge Dame hier, oder aber wir besorgen die Sachen in den feinen Hamburger Läden.«

»Ach, wir werden schon zurechtkommen«, sagte Therese.

»Solange ihr das kleine Gepäck nicht als Erklärung nehmt, schon bald wieder abzureisen, ist es mir recht«, sagte Robert und zwinkerte ihr zu. »Und nun kommt. Die Kutsche steht bereit, um uns nach Hause zu bringen.«

Sie verließen das Bahnhofsgebäude und waren kaum ins Freie gelangt, als Hugo auf sie zutrat und sich verbeugte. »Herzlich willkommen in Hamburg, die Damen.« Er lüpfte kurz seinen Hut, blickte dann zu Franz hinunter. Abermals hob er den Hut an. »Und ein ebenso herzliches Willkommen in Hamburg, der junge Herr.«

Franz lachte vergnügt auf, tat seinerseits, als hebe er einen Hut hoch, und sagte: »Guten Tag, Herr Hamburger Kutscher.«

»Das ist unser Hugo«, erklärte Robert. »Er ist schon seit vielen Jahren für die Familie Hansen tätig.«

»Stets zu Diensten«, ließ Hugo verlauten, der nun die Koffer nahm und diese auf dem hinten am Gefährt angebrachten Gepäckträger befestigte. Robert öffnete derweil die Kutsche, beugte sich hinein und holte zwei Blumensträuße heraus. Einen übergab er Therese, den anderen Sophia. »Noch einmal herzlich willkommen!«

»Ach, Robert, das ist ja ganz reizend«, rief Therese gerührt aus.

»Vielen Dank, Herr Han…, ich meine, Robert«, sagte Sophia.

»Sehr gern und von Herzen«, erwiderte Robert, dem selbst auffiel, in welch ausgelassener Stimmung er sich befand.

Ja, er hatte seit dem Telefonat mit Therese, in dem sie ihm angekündigt hatte, zu Besuch zu kommen, kaum noch an etwas anderes denken können und sich jeden einzelnen Moment auf den Augenblick ihrer Ankunft gefreut. Er wusste noch nicht, wie lange die Wiener bleiben würden. Aber er hoffte, dass es mehr als nur ein paar Tage wären.

In dem Abschiedsbrief, den sein Bruder Karl ihm geschrieben hatte, hatte dieser ihn gebeten, für Franz und Helene, auch wenn er nur deren Onkel war, eine Vaterfigur zu sein. Und

Therese beizustehen bei allem, was auf sie zukäme. Robert fiel dies leicht, weil er das Gefühl hatte, selbst keine Familie mehr zu haben, die ihn brauchte. Zwar wusste er, dass er für seine Tochter Luise wichtig war, für Martha hingegen weit weniger, und dass er in der Familie geschätzt und geliebt wurde. Doch er war geschieden und ohne Frau, seine Kinder waren erwachsen und hatten selbst schon Kinder. Das war etwas völlig anderes als bei Franz und Helene, die ihren Vater nur wenige Jahre gehabt hatten und fortan mit einem Ersatzvater oder eben ganz ohne Vater aufwachsen mussten. Womöglich war es egoistisch von ihm, so etwas zu denken, doch Robert meinte, dass ihm durch die schrecklichen Umstände die Gelegenheit gegeben wurde, für die Kinder seines Bruders da zu sein. Für sie und auch für deren Mutter, für die er aufrichtige Freundschaft empfand. Nur sie und er wussten, dass Karl sich umgebracht hatte. Sein Bruder hatte sie damit zu Verbündeten und zu Hütern eines gemeinsamen Geheimnisses gemacht, das es galt, ein Leben lang zu bewahren und am Ende mit ins Grab zu nehmen. Karl hatte ein Band zwischen ihnen geflochten, und es war an ihm und Therese, sich daran festzuhalten und einander dadurch zu stärken.

Die fünf stiegen schließlich in die Kutsche. Robert nahm Franz auf den Schoß und Therese die kleine Helene. Während der Fahrt sahen sie des Öfteren aus dem Fenster, und Robert zeigte den Gästen verschiedene Sehenswürdigkeiten, wies darauf hin, wann sie etwa entstanden waren, und erwähnte mehrfach, dass sie dies oder jenes in der nächsten Zeit gemeinsam besuchen würden, sodass sie es sich dann genau ansehen könnten. Nach etwa einer Dreiviertelstunde erreichten sie die Villa.

Kaum waren sie vorgefahren, wurde auch schon die Haustür geöffnet, und Luise, Hans, Ludwig mit Eduard an der Hand, Richard und Elsa mit Marie auf dem Arm traten vor das

Gebäude. Hugo kletterte vom Kutschbock herab und öffnete den Schlag. Sophia stieg als Erste aus und nahm Helene entgegen. Dann folgten Therese, Franz und Robert.

Die Gäste wurden aufs Herzlichste begrüßt, und es war Therese anzusehen, wie glücklich sie war, dass alle sich offenbar so über ihre Ankunft freuten. Gemeinsam ging die Familie ins Haus, wo im Esszimmer bereits eingedeckt und alles für eine Mahlzeit vorbereitet war, wenngleich es jetzt, um gerade einmal Viertel nach elf, noch kaum die Zeit für ein Mittagessen war. Doch das war einerlei. Robert hatte Anna aufgetragen, ein wahres Festmahl zuzubereiten, und die hatte zu diesem Zweck eine weitere Köchin kommen lassen, damit für die nun um vier Personen erweiterte Familie auch reichlich aufgetragen werden konnte.

Für Sophia war Frederikes früheres Zimmer in der Villa hergerichtet worden, während Therese mit den Kindern in dem ehemaligen Schlafzimmer von Georg und Vera logieren würde. Auf Annas Anweisung brachte Hugo die Koffer nach oben, wusste jedoch nicht, welcher der Frauen welches Gepäckstück gehörte. Deshalb stellte er einfach beide in das Zimmer, das Therese bewohnte, und beschloss, dass sich Anna darum kümmern sollte. Das war schließlich nicht sein Aufgabenbereich.

»Wo ist denn Martha?«, erkundigte sich Therese, als alle Platz genommen hatten, und blickte dabei von einem zum anderen und schließlich zu Ludwig.

»Sie ist unpässlich«, sprang Luise ein, die gerade heute Morgen in der Villa der Ahrendsens gewesen war, um nach ihrer Schwester zu sehen. Es war für sie ein schmerzhafter Moment gewesen, Martha in so einem Zustand zu sehen.

Schon seit dem vergangenen Montag, da sich die Situation im Hause der Ahrendsens zugespitzt hatte, war Eduard den ganzen Tag über bei Luise, während sein Vater im Spirituosenhandelshaus seiner Arbeit nachging. Abends dann, wenn er Feierabend hatte, war Ludwig stets erst nach Hause gefahren, um zu sehen, wie es Martha ging und ob es anzuraten war, dass er mit Eduard nach Hause kam. Dies war jedoch an keinem Tag der Fall gewesen. Martha führte sich nach Ludwigs Worten auf wie eine Wilde. Sie warf Geschirr an die Wände, schlug auf Einrichtungsgegenstände ein, hatte sogar die Stühle aus dem Schlafzimmerfenster auf die Terrasse geworfen. Immer wieder, so hatte Ottokar ihm berichtet, hatte sie den Kutscher angewiesen, loszufahren und Alkohol für sie zu besorgen. Jedes Mal hatte er sich geweigert, wie es ihm von seinem Dienstherrn befohlen worden war, was ihm zweimal eine schallende Ohrfeige von der gnädigen Frau eingebracht hatte. Ludwig hatte sich dafür entschuldigt, stand ansonsten jedoch dem Verhalten seiner Ehefrau hilflos gegenüber.

Als Luise heute Morgen selbst dorthin gefahren war, hatte sie Eduard in Elsas Obhut gegeben. Zwar hatte sie überlegt, ihn mitzunehmen, schon damit er seine Mutter einmal sah. Doch sie wusste nicht, wie es Martha inzwischen ging und ob sie sich noch immer so unberechenbar benahm, wie Ludwig es geschildert hatte. Tatsächlich hatte Luise feststellen müssen, dass Eduard bei ihr zu Hause besser aufgehoben war, denn Martha war kaum wiederzuerkennen. Sie hatte im Nachthemd im Bett gelegen, obwohl es bereits fast zehn Uhr gewesen war. Hilde, die Haushälterin der Ahrendsens, sagte Luise bei deren Eintreffen, dass sie heute Morgen nach dem Arzt geschickt habe, da sie inzwischen um das Leben der gnädigen Frau fürchte. Der Arzt hatte Martha offenbar etwas zur Beruhigung gegeben – oder womöglich auch etwas anderes –, denn sie war kaum in der Lage gewesen, zu sprechen.

Martha hatte auf der Seite gelegen, zusammengekrümmt wie ein Säugling, mit offenen Augen vor sich hin starrend. Als Luise sich an ihr Bett setzte und sie ansprach, trat ein schwaches Lächeln auf ihre Lippen. Die Schwester schob sich ein Stück nach vorn, um ihren Kopf auf Luises Schoß zu legen. In diesem Moment erinnerte sie Luise an ein kleines Kind, das die Nähe der Mutter suchte. Zärtlich strich sie ihr über den Kopf und sprach ruhig und sanft mit ihr. Sie versicherte der Schwester, dass sie sich keine Sorgen machen müsse. Eduard sei gut versorgt, und auch ihr würde es bald wieder besser gehen. Martha antwortete nicht, wirkte nahezu apathisch auf Luise.

Bestimmt eine halbe Stunde hatten sie so verbracht, und Luise hatte wegen der verkrümmten Haltung, in der sie dasaß, bereits Schmerzen in den Beinen. Plötzlich hatte Martha gefragt, ob sie nicht ein kleines Glas Cognac bekommen könnte. Nur ein ganz kleines, das ihr helfen sollte, den Tag durchzustehen. Luise hatte die Frage einen Stich versetzt. Kein Gedanke an Eduard. Nichts anderes interessierte sie. Martha schien gefangen in diesem Teufelskreis, in dem sich alles nur um den Alkohol drehte. Doch tat ihr ihre Schwester in diesem Zustand auch schrecklich leid. Als Luise ihr dann mit sanfter Stimme sagte, dass sie ihr nichts geben könne, hatte Martha sich von ihr zurückgezogen, sich auf die andere Seite gedreht und ihr den Rücken zugewandt.

Luise hatte es traurig gemacht, doch sie ahnte, dass Martha sich zum jetzigen Zeitpunkt einfach nicht anders verhalten konnte. Sie bedauerte ihre Schwester unendlich. Andererseits war ihr durchaus bewusst, dass sie selbst und die anderen konsequent sein mussten, um diese schwierige Zeit als Familie gemeinsam durchzustehen, auch wenn Martha nun Luise und alle anderen dafür hasste, dass man sie zu diesem Schritt zwang.

Schließlich war Luise aufgestanden und zur Villa der Hansens zurückgefahren und hatte Ludwig von dem Besuch erzählt. Auch wenn es seiner und Luises Einschätzung nach nichts nützte, fuhr er kurz darauf ebenfalls zur Villa, um nach Martha zu sehen, und sprach auch mit dem Personal. Es herrschte allseits Einigkeit darüber, dass es für Eduard besser sei, während dieser Tage nicht im Haus zu sein. Ludwig packte noch weitere Kleidung für seinen Sohn und für sich und fuhr wieder zu den Hansens zurück, um dem kleinen Eduard durch seine Anwesenheit zumindest ein wenig das Gefühl von Zuhause zu geben und ihm zu vermitteln, dass alles in Ordnung war.

»Ach, das tut mir leid«, holte Therese Luise aus ihren Gedanken zurück. »Was hat sie denn?«

»Es wird schon wieder«, sagte Ludwig ausweichend, weil er die Alkoholsucht seiner Ehefrau, auch wenn die meisten am Tisch Bescheid wussten, keinesfalls in dieser großen Runde zur Sprache bringen wollte.

»Und nun erzähl uns mal von Wien«, wechselte Robert das Thema. »Wie sieht es denn im Kontor aus? Geht Georg in seiner Aufgabe auf?«

»Ich denke schon«, sagte Therese mit einem Lächeln. »Ich glaube nur, er scheut die Wiener noch ein wenig.«

»Weshalb denn das?«

»Ach, ich war gerade vor ein paar Tagen bei ihm und fand ihn im Lager vor. Er tat die harte Arbeit, während Felix im Verkaufsraum war und dort die Kunden bediente, obwohl es ja eigentlich anders herum sein sollte. Doch Georg erklärte mir, dass er den Wienern weiterhin das vertraute Gesicht von Felix bieten wollte, das sie noch immer mit Karl und dem Kontor verbinden.«

»Das ist ein kluger Gedanke«, fand Robert. »Ich kann ihn gut verstehen. Die Wiener kannten Felix schon zu den Zeiten, als Karl das Kontor noch gehörte. Sie haben ihn als seinen Angestellten schätzen gelernt. Ich glaube, Georg macht es ganz richtig so.«

»Ja, das kann gut sein«, stimmte Therese zu. »Und so sorgfältig Karl und Felix auch immer bei der Arbeit waren, so habe ich doch den Eindruck, das Lager war noch nie so perfekt organisiert wie jetzt. Selbst die Säcke liegen so ordentlich gestapelt, dass man meinen könnte, er hätte sie mit einem Maßband aufgereiht.«

Robert lachte auf. »Ja, das klingt ganz nach Georg. Er war schon immer der Ordentlichste von uns. Schon als wir noch Kinder waren. Seine Schrift war immer die gleichmäßigste, seine Bücher stets tadellos sortiert. Glaubt nur nicht, dass seine Socken wie bei Karl und mir in der Schublade durcheinanderliegen durften. Nein, nicht bei Georg. Alles hübsch in Reih und Glied, nur dann ging es ihm gut. Lass ihn einfach machen, Therese. So fühlt er sich am wohlsten.« Robert trank aus seinem Bierglas.

»Ach, ich habe nichts dagegen«, gab Therese zurück. »Er ist eben ganz anders als Karl. Aber das ist ja auch gut so.«

»Und Frederike? Hat sie sich eingelebt?«, wollte Luise wissen.

»Ja, das hat sie. Hierzu muss ich euch allen noch etwas erzählen, das ihr noch nicht wissen könnt. Frederike wohnt jetzt bei mir.«

»Sie wohnt bei dir?«, echote Richard und betonte das letzte Wort. »Warum nicht mehr bei unseren Eltern?«

»Es hat wohl Streit gegeben, das war vor drei Tagen. Frederike war zuvor kurz vorbeigekommen, musste dann aber los, weil sie Vera noch bei irgendetwas helfen sollte. Nicht lange danach stand sie dann wieder vor der Tür, diesmal mit ihrem Koffer in der Hand. Georg hat sie begleitet.« Therese sah Richard an. »Deine Schwester hat wohl für sich erkannt, dass sie selbstständiger sein und ihr eigenes Leben führen möchte.«

»Und Vater hat es erlaubt?«, hakte Richard nach.

»Wie gesagt, er hat ihr sogar den Koffer getragen. Ich glaube, Georg kennt Frederike gut genug, um zu wissen, dass er es ohnehin nicht hätte ändern können. Sie wäre gegangen, so oder so. Doch auf diese Weise sind zumindest Georg und Frederike im Frieden miteinander.«

»Und Tante Vera?«, fragte Luise.

»Sie hat es wohl nicht so gut aufgenommen«, sagte Therese. »Frederike und sie hatten einen fürchterlichen Streit. Eigentlich weiß ich bis jetzt noch nicht, worum es ging.« Sie sah Sophia an. »Du warst doch dabei. Was war jetzt eigentlich der Grund?«

Sophia zuckte mit den Schultern. »So genau hat Frederike das nicht gesagt. Es ging wohl um die Forderung der Mutter, wie Frederike zu sein habe. Und auch darum, dass Frau Vera selbst so unzufrieden mit ihrem Leben ist.«

»Ja, richtig«, stimmte Therese zu. »Vera fühlt sich zu Hause offenbar am wohlsten und geht nicht viel aus. Oder besser gesagt, sie geht so gut wie nie vor die Tür.«

»Das hat sie hier auch schon nicht gemacht«, brachte sich Elsa ein. »Und so wurde sie von Tag zu Tag verbitterter.« Sie sah ihren Mann an. »Entschuldige, ich möchte nicht schlecht über deine Mutter sprechen. Doch so war es tatsächlich.«

»Ja, ich weiß«, bestätigte Richard. »Deshalb hatten wir auch vor einigen Monaten eigentlich vor, aus der Villa auszuziehen. Elsa konnte es kaum mehr ertragen, die ganze Zeit hier mit ihr zu verbringen.«

»Ja, das ist auch mein Eindruck von Vera in Wien. Ich habe mehrmals versucht, sie zu einem Spaziergang zu bewegen, und ihr auch immer wieder angeboten, mich im Kaffeehaus zu besuchen oder bei uns zu Hause vorbeizuschauen. Nur einmal habe ich sie überreden können, da sind wir zusammen in die Markthalle gegangen und haben uns die Waren angesehen. Aber sie fühlte sich dort einfach nicht wohl und wollte so rasch wie möglich wieder nach Hause zurück.« Therese zuckte mit den Schultern. »Ich gebe zu, dass ich es dann auch nicht mehr versucht und sie einfach in Ruhe gelassen habe.«

»Es mag herzlos klingen, doch für Frederike freut es mich, dass sie sich von ihrer Mutter frei gemacht hat«, befand Luise. »Trifft sie sich denn noch immer mit Anton Messinger?«

»Ja«, bestätigte Therese. »Die beiden scheinen sehr verliebt zu sein. Und Frederike selbst hat sich auch verändert in den letzten Monaten.«

»Ach ja?« Luise sah sie interessiert an.

»Ja, sie ist unabhängiger geworden. Sie hat bei jedem Besuch mehr von ihrer Arbeit erzählt, und es wurde deutlich, dass sie die Gespräche und das Zusammensein mit den Kolleginnen im Schreibbüro genießt. Ihr war anzumerken, dass die Arbeit ihr guttut.«

»Ich glaube ja, eine Aufgabe tut immer gut«, urteilte Luise.

»Wem sagst du das?«, meinte Elsa. »Wenn Marie ein bisschen älter ist, würde ich auch gern herausfinden, welche beruflichen Möglichkeiten ich habe.«

»Wie bitte? Was sind denn das für Töne?«, hakte Richard ein. »Davon hast du mir noch nie etwas gesagt.«

»Nun ja, ich wollte, solange ich denken kann, auch einen richtigen Beruf ausüben. Und wäre unser kleiner Schatz nicht dazwischengekommen, hätte ich gewiss schon etwas erreicht. Ich habe nicht vor, mein Leben lang nur dazusitzen und zu warten, bis du von der Arbeit kommst.«

Richard sah seine Ehefrau an. Seinem Mienenspiel war nicht zu entnehmen, was er von Elsas Worten hielt.

»Ich finde es genau richtig«, meldete sich Hans erstmals zu Wort. »Für mich wäre eine Frau nichts, die keine eigenen Ziele verfolgt. Wir im Deutschen Reich sind hier ohnehin sehr rückständig.«

»Was meinst du mit *rückständig*?«, hakte Robert nach.

»Sagt euch der Name Kate Sheppard etwas?«, fragte Hans in die Runde, was allgemeines Kopfschütteln hervorrief.

»Nun«, erklärte Hans, »durch ihren vehementen Einsatz wurde im letzten Jahr das Frauenwahlrecht in Neuseeland eingeführt.«

»Frauen dürfen dort wählen?«, echote Luise erstaunt.

»Allerdings, mein Schatz. Und ich finde es vollkommen richtig so. Dieses Denken, dass die Männer klüger sind als die Frauen, gehört doch nun wirklich der Vergangenheit an. Auch in England und Amerika gibt es bereits politische Proteste, um das Wahlrecht für Frauen dort durchzusetzen. Glaubt mir, das wird kommen, es ist nur eine Frage der Zeit.« Er sah von Luise zu Therese, zu Sophia und dann zu Elsa. »Ihr, wie ihr da sitzt, repräsentiert die Frauen der Zukunft. Therese führt ihr eigenes Kaffeehaus, Sophia könnte noch immer bei ihren Eltern leben und sich dort versorgen lassen, hat es aber vorgezogen, bei Therese einer Arbeit nachzugehen. Elsa hat studiert und kümmert sich zurzeit hingebungsvoll um die kleine Marie. Doch auch du sagst, dass du dir eine Anstellung suchen willst, sobald Marie größer ist. Und meine Luise war in führender Position im Kontor tätig, bevor unsere Viktoria kam, und wird es später gewiss wieder sein, wenn es passt.«

»Nur dass sie dort keine Aufgabe mehr hat«, stichelte Richard.

Hans warf ihm einen warnenden Blick zu und wollte gerade etwas erwidern, als Luise ihn am Arm fasste, um ihm zu bedeuten, dass sie selbst darauf antworten wolle. »Ach, weißt du, Richard, da mir eines Tages das Kontor allein gehören wird, weil Martha wohl kaum Interesse daran hat, werde ich mir dann überlegen, welche Aufgabe ich übernehmen möchte und welche nicht. Und ich werde mir meine Mitarbeiter genau auswählen. Du musst dir also um mich überhaupt keine Sorgen machen.« Sie hob den Kopf und warf ihm einen vernichtenden Blick zu.

»Bitte hört doch auf damit! Wir wollen zusammen in Ruhe speisen und uns freuen, dass Therese und …«, schaltete sich Robert ein.

Weiter kam er nicht, da Richard in diesem Moment aufsprang und seine Serviette auf den vollen Teller warf. »Vielen

Dank, liebe Cousine, für diese Zurechtweisung. Dann weiß ich ja jetzt, wo ich stehe.«

»Gut«, entgegnete Luise. »Dann müssen wir darüber auch nicht mehr sprechen.«

Richard sah Luise an, als wollte er ihr jeden Moment an den Hals gehen. »Entschuldigt bitte. Therese, Sophia.« Er nickte beiden zu. »Wie ihr seht, ist es auch in unserer Familie nicht so harmonisch, wie es im ersten Moment scheinen mag.«

»Ach bitte, Richard, setz dich doch wieder«, bat Therese.

»Nein«, beharrte Richard. »Ein andermal gern. Ich werde jetzt wieder ins Kontor fahren und meine Lakaienarbeit erledigen, damit Luise ein sorgloses Leben führen kann.« Damit stürmte er hinaus.

Robert seufzte. »War das unbedingt nötig, Luise?«

»Du hast doch gehört, was er gesagt hat«, erwiderte Luise entrüstet.

»Ja, das habe ich. Richard ist eben Richard. Er meint es nicht so, wenn er solche Bemerkungen von sich gibt. Doch du solltest besonnener sein und nicht auf alles sofort reagieren.«

»Entschuldige, Vater«, sagte Luise kleinlaut, wohl wissend, dass sie den Cousin mit ihren Worten einfach nur hatte verletzen wollen.

Einen Moment lang herrschte betretenes Schweigen. Dann durchbrach Ludwig die peinliche Stille, indem er Sophia bat, ihm die Sauciere zu reichen, und anschließend unterhielten sie sich über allgemeine Dinge. Doch Luise spürte, dass sie sich bei Richard entschuldigen musste. Denn wenn sie sich so verhielt, war sie nicht besser als er.

12. Kapitel

Hamburg, Mittwoch, 28. November 1894

Therese konnte sich nicht erinnern, wann sie zuletzt so glücklich gewesen war. Die Zeit mit Robert verging wie im Flug, und sie hatte jeden einzelnen Moment der vergangenen Tage genossen. Zusammen mit Sophia, Luise, Elsa und den Kindern waren sie an der Alster flaniert, hatten das Rathaus, den Hamburger Michel, besichtigt, die Hallen am Fischmarkt besucht und waren heute sogar auf dem Hamburger Dom gewesen, einem Volksfest, das seinen Ursprung bereits im 11. Jahrhundert hatte. Damals war es noch im Hamburger Mariendom abgehalten worden, doch über die Jahrhunderte war das Fest dann immer wieder umgezogen, zuerst zum Gänsemarkt, dann zum Pferdemarkt, zum Zeughausmarkt, zum Großneumarkt und schließlich im vergangenen Jahr zum Heiligengeistfeld, wo es künftig bleiben sollte.

Heute Abend nun hatte Robert seine Schwägerin in ein schönes Speiselokal direkt am Alsterufer eingeladen. Nur sie beide – die Kinder und Sophia würden in der Villa essen.

Bisher hatten Therese und Robert keine Gelegenheit gehabt, auch nur ein einziges vertrauliches Gespräch zu führen, da immer auch andere dabei gewesen waren. Und während Helene eher staunend zur Kenntnis genommen hatte, was um sie herum geschah, hatte Franz Fragen über Fragen gestellt und alles begeistert mitgemacht, um dann am Abend, kaum dass er lag, auf der Stelle einzuschlafen.

»Es ist einfach herrlich«, schwärmte Therese über den Ausblick, den sie vom Fenster des Lokals aus auf das im schwachen Tageslicht noch glitzernde Wasser der Alster hatte. »Ich danke dir sehr, Robert, tausend Dank für alles. Du hast uns wirklich ins Leben zurückgeholt.«

Robert lächelte die Schwägerin an. »Du siehst heute Abend einfach hinreißend aus, Therese. Ich hoffe, es klingt nicht anzüglich, wenn dein Schwager dir das sagt?«

»Durchaus nicht«, antwortete sie. »Danke schön.«

Tatsächlich hatte sie sich große Mühe gegeben, sich so hübsch wie nur irgend möglich zurechtzumachen. Statt wie so oft eine Bluse und einen bodenlangen Rock zu tragen, hatte sie von Luise ein Kleid geliehen, weil beide Frauen fanden, dass Therese zwar gute alltagstaugliche Kleidung, jedoch nichts wirklich Schönes für ein Abendessen in einem gehobenen Lokal nach Hamburg mitgebracht hatte. Dafür wäre aber in den Koffern ohnehin kein Platz gewesen. So trug sie nun ein hellgrünes Kleid mit einem weißen Spitzenkragen und hatte, wie fast immer, ihre Haare locker zurückgesteckt und mit einem Band geschmückt.

»Du siehst aber auch fabelhaft aus, lieber Schwager. Ich mag es, wenn du dreiteilige Anzüge mit Westen trägst.«

»Ach ja? Im Alltag finde ich sie manchmal etwas hinderlich.«

»Nun, aber sie sehen gut aus. Weshalb sollen immer nur wir Frauen uns in enge Kleidung zwängen, um den Männern zu gefallen? Wie sagte dein Schwiegersohn Hans so schön: Wir sind Frauen unserer Zeit, nicht wahr? Dann finde ich es nur gerecht, wenn ihr Männer euch ebenfalls bemühen müsst.«

»Hört, hört!«, sagte Robert und hob sein Weinglas, um mit Therese anzustoßen. »Darauf trinke ich. Zum Wohl!«

»Zum Wohl, Robert.« Therese trank einen kleinen Schluck und stellte das Glas dann wieder ab. »Ich muss vorsichtig sein, denn offen gesagt, vertrage ich so gut wie keinen Alkohol. Ein Glas ist wunderbar, und alles ist in Ordnung, ein zweites … und du willst mich nicht erleben«, sagte sie lachend.

»Warum?«, fragte Robert neugierig. »Was passiert nach dem zweiten Glas?«

»Das verrate ich lieber nicht.« Therese kicherte verlegen. »Glaub mir, es ist schlimm. Ich lache ja sowieso immer viel, zumindest habe ich das in der Zeit getan, als in meinem Leben noch alles in Ordnung war. Aber wenn ich auch noch mehr als ein Glas Wein trinke, dann finde ich mich selbst unerträglich albern. Ehrlich, Robert, ich übertreibe nicht. Mir braucht dann nur jemand einen guten Tag zu wünschen, und ich finde es wahnsinnig lustig.«

»Klingt doch sehr amüsant«, fand Robert und hob abermals das Glas, um mit ihr anzustoßen.

Therese tat es ihm gleich, nippte aber nur. »Amüsant mag es sein, vor allem für die anderen. Ich schäme mich jedoch in Grund und Boden. Doch selbst das nützt nichts, ich muss einfach weiterlachen.«

»Ich finde es herrlich, dass du dein Lachen wiedergefunden hast«, sagte Robert nun ernst. »Ich weiß, wie sehr Karl es geliebt hat. Er hat es mir selbst gesagt. Und ich kann ihn gut verstehen. Wenn du lachst, geht einem die Sonne im Herzen auf.«

»Es ist lieb, dass du das so empfindest. Ja, Karl hat mir auch öfter gesagt, dass es vor allem mein Lachen ist, das er liebt. Und tatsächlich hat es mir selbst gefehlt. Die letzten Monate waren schwer für mich. Und für die Kinder natürlich auch. Vor allem Franz leidet sehr unter dem Verlust seines Vaters.«

»Franz ist ein großartiger Junge. Du kannst sehr stolz auf ihn sein.«

»Das bin ich auch. Ich habe nur oft ein schlechtes Gewissen, weil er ohne Vater aufwachsen muss.«

»Ein schlechtes Gewissen? Du kannst doch nichts dafür, dass Karl ums Leben gekommen ist.« Robert hatte sich im letzten Moment zurückgenommen, um nicht von Selbstmord zu sprechen.

»Und doch fühle ich mich schuldig. Immer wieder habe ich mich gefragt, ob ich es irgendwie hätte verhindern können.«

Robert schüttelte langsam den Kopf. »Wir kennen beide nicht den Grund, weshalb Karl so entschieden hat. Aber eines weiß ich ganz genau: Du hättest gar nichts tun können, Therese. Mein Bruder war glücklich mit dir, wahrscheinlich glücklicher, als er es sich je erträumt hat. Und wie sehr er Franz und Helene geliebt hat, brauche ich dir nicht zu sagen. Nein, Therese, was immer ihn dazu veranlasst hat zu tun, was er getan hat – es hatte nichts mit dir zu tun.«

»Aber was war der Grund?«

»Ich weiß es nicht«, antwortete Robert und zuckte mit den Achseln.

»Wirklich nicht?«

»Was meinst du denn?«

»Weißt du, mir geht ein Satz nicht mehr aus dem Kopf.«

»Welcher Satz?«

»In seinem Abschiedsbrief an dich hatte er etwas geschrieben wie: Er wolle dir nicht zu viele Denkanstöße liefern, was der Grund sein könnte. Und auch wenn du etwas ahntest, solltest du es für dich behalten.«

»Mag sein, dass er so etwas Ähnliches geschrieben hat«, wich Robert einer konkreten Antwort aus. Dabei wusste er sehr genau, welche Textstelle Therese meinte. Und tatsächlich hatte sie diese fast wörtlich wiedergegeben.

»Was meint er damit, dass du etwas ahnen könntest?«

»Das weiß ich wirklich nicht, Therese.«

»Bitte, Robert, ich sehe es dir doch an. Sag es mir bitte. Mich quält dieser Gedanke seit Monaten.«

»Ach, Therese.« Robert seufzte laut und vernehmlich. »Ich versichere dir, es wirklich nicht zu wissen.«

»Aber du hast einen Verdacht.«

»Nein, den habe ich nicht. Glaub mir, wenn ich geahnt hätte, was er vorhat, hätte ich dich vorher kontaktiert, nicht erst, als es zu spät war.«

»Aber diese Andeutung, dieses Wort *Denkanstöße* … das muss doch etwas zu bedeuten haben.«

»Ja, vermutlich hat es das. Doch bedenke bitte: Karl allein wusste, wovon er sprach. Vermutlich erinnerte er sich konkret an eine Begebenheit in unserer Kindheit oder aber an jemanden, dem wir einmal gemeinsam begegnet sind, oder auch an etwas, das wir zusammen erlebt haben und das er mit seinem Vorhaben in Verbindung brachte. Doch ich sehe diesen Zusammenhang, der ihm so klar vor Augen stand, offenbar überhaupt nicht oder womöglich in einem ganz anderen Licht. Oder aber Karl glaubte, dass ich etwas wahrgenommen hätte, was aber tatsächlich gar nicht der Fall war. Ich habe ja nicht einmal einen Anhaltspunkt, wovon da in seinem Abschiedsbrief die Rede war.«

»Also werden wir es nie erfahren«, sagte Therese niedergeschlagen.

»Nein, das werden wir wohl nicht. Wir müssen einfach lernen, damit zu leben. Es bleibt uns gar keine andere Wahl.«

»Und denkst du, das können wir eines Tages?« Therese presste die Lippen zusammen.

»Ja, Therese.« Robert legte seine Hand offen auf den Tisch, so als fordere er sie auf, ihre hineinzulegen.

Therese zögerte einen kleinen Moment, dann nahm sie seine Hand.

»Wir müssen und wir können damit leben. Und zwar nicht irgendwann in der Zukunft, sondern heute. Du musst aufhören, dich zu fragen, was der Grund für Karls Entscheidung war, denn du wirst niemals eine Antwort finden. Du musst loslassen, Therese! Lass Karl los und erinnere dich nur noch mit einem Lächeln und einem Glücksgefühl an ihn und die gemeinsame Zeit, die ihr hattet. Lass die Dankbarkeit für die Jahre, die euch geschenkt wurden, siegen und nicht den Schmerz über den Verlust.«

Therese schluckte. »Es ist so schwer.« Sie senkte den Blick. Als sie Robert wieder ansah, hatte sie Tränen in den Augen.

»Ja, ich weiß, Therese. Doch das Gute wird die Oberhand behalten, wenn du bereit bist, es zuzulassen.«

»Ich will ja.« Ein Hauch Verzweiflung schwang in ihrer Stimme mit. »Ich will wirklich. Ich weiß nur nicht, ob ich es kann.«

Hastig zog Therese ihre Hand weg und legte sie in ihren Schoß, als der Kellner an ihren Tisch kam und fragte: »Haben die Herrschaften bereits etwas gewählt?«

Weder Therese noch Robert hatten auch nur einen Blick in die Speisekarte geworfen.

»Was können Sie besonders empfehlen?«, fragte Robert.

»Nun, da wäre unsere Fischplatte mit Wintergemüse und Butterkartoffeln. Und vorab würde ein Hummerschaumsüppchen gut passen.«

Robert sah Therese fragend an, die daraufhin nickte. »Zweimal, bitte.« Robert reichte dem Kellner die ungeöffneten Speisekarten. »Danke sehr.«

»Sehr gern. Darf ich schon Wein nachschenken?«

Roberts Glas war fast leer, während Thereses kaum anzusehen war, dass sie überhaupt etwas getrunken hatte.

»Ich erledige das selbst. Danke«, sagte Robert, worauf der Kellner eine Verbeugung andeutete und sich vom Tisch entfernte.

Robert hob sein Weinglas und wartete, bis Therese es ihm gleichtat. »Wir schließen jetzt einen Pakt«, erklärte Robert.

»Karl hat uns zu Verbündeten gemacht, und dafür wird er seine Gründe gehabt haben. Was immer ihn zu seiner finalen Entscheidung bewogen hat, wir akzeptieren es. Wir nehmen hin, dass er es so wollte und wir niemals den Grund erfahren werden. Wir zollen Karl den Respekt, den er verdient hat, und werden nicht mehr zagen und zaudern und seinen Entschluss hinterfragen. So falsch die Entscheidung in unseren Augen gewesen sein mag, sie lag bei Karl, nicht bei uns. Wir werden ab heute nur noch nach vorn blicken, und wenn wir uns erinnern, dann nur an die guten Zeiten. Heute beginnt dein und mein neues Leben, Therese. Und alle Fragen, warum es so gekommen ist, gehören der Vergangenheit an. Wir haben Karl geliebt und werden ihn immer lieben, bis zum letzten Atemzug. Doch er ist tot, und wir leben. Und ab heute, von diesem Augenblick an, werden wir so intensiv leben, wie wir nur können. Das ist der Pakt. Bist du einverstanden?«

Therese lächelte. »Einverstanden!«

Sie ließen die Gläser klingen, und während Robert nach dem Zuprosten den kleinen Rest trank, der sich noch in seinem Glas befand, nahm Therese gleich mehrere große Schlucke hintereinander und leerte ihr Glas fast vollständig. »Donnerwetter!«, entfuhr es Robert. »Darf ich nachschenken, oder willst du lieber kein zweites Glas riskieren?«

Therese zögerte, dann umspielte ein Lächeln ihre Lippen. »Schenk nach«, entschied sie. »Und sobald es leer ist, schenk wieder nach. Ab heute werden wir leben – leben und sonst gar nichts!«

Robert griff zur Flasche und füllte die Gläser auf. Wieder und wieder stießen sie miteinander an, bestellten sogar noch eine zweite Flasche Wein. Sie aßen, lachten, erzählten sich Geschichten von längst vergangenen Ereignissen. Und auch über Karl sprachen sie. Jedoch endlich einmal nicht über die Hintergründe seines Todes, sondern wie er zu Lebzeiten gewesen war und über die heiteren Erlebnisse, die Therese und Robert mit ihm gehabt hatten.

Für beide war der Abend wie eine Befreiung. Es war, als verbannten sie ein für alle Mal die Trauer aus ihrem Leben. Karls Name war nicht mehr mit dem Schreckgespenst des Todes verknüpft, sondern mit der Erinnerung an einen Menschen, den sie beide über alles geliebt hatten.

Es war bereits nach zweiundzwanzig Uhr, als Robert auf die Uhr sah. Kurz blickte er sich im Lokal um. Ohne dass Therese oder er es bemerkt hätten, waren bereits alle anderen Gäste gegangen, und der Kellner, der an der Tür zur Küche stand, wartete offenbar nur darauf, dass auch sie ein Ende fänden.

»Wir sind die Letzten«, flüsterte Robert Therese zu, als gäbe er ein Geheimnis preis.

Therese sah sich um. »Wo sind denn alle hin?«, fragte sie deutlich beschwipst. »Eben waren sie doch noch da.« Sie lachte auf.

Robert hob die Hand. »Die Rechnung, bitte.«

Dem Kellner war die Erleichterung deutlich anzusehen. Sofort kam er mit einem Block und einem Stift an den Tisch und notierte alles, was verzehrt worden war.

»Donnerwetter«, entfuhr es Robert, dem der Alkohol ebenfalls deutlich zu Kopf gestiegen war, »da haben wir aber gut gelebt!«

Therese kicherte los und presste sich die Serviette vor den Mund, um sich einigermaßen zu beruhigen.

»Hier, guter Mann.« Robert zählte die Geldscheine vor ihm ab. »Das haben Sie sich redlich verdient.«

Der Kellner nahm erfreut zur Kenntnis, dass Robert den Betrag um ein großzügiges Trinkgeld aufgestockt hatte. »Vielen Dank, die Herrschaften. Bitte beehren Sie uns bald wieder«, sagte er und half Therese dann in den Mantel.

Robert hingegen lehnte seine Hilfe ab. »Danke, doch mir ist zu warm«, sagte er, nahm seinen Mantel und hängte ihn sich über die Schultern.

»Aber wir haben doch November«, entgegnete der Kellner verdutzt.

»November, November, und dennoch lodert die Glut.« Robert hob den Zeigefinger. »Das war sehr poetisch, mein Freund.«

Der Kellner bemühte sich um eine ernste Miene, konnte sich aber ein Schmunzeln nicht verkneifen, als seine sichtlich beschwipsten Gäste das Lokal verließen.

»Einen schönen Abend gehabt, die Herrschaften?«, fragte Hugo ein wenig verdrossen, der eine Zeit lang in einer Kneipe ganz in der Nähe gesessen und gewartet hatte. Vor gut eineinhalb Stunden jedoch war er wieder zur Kutsche zurückgekehrt, um dort auf seinen Dienstherrn und dessen Schwägerin zu warten und sogleich zur Abfahrt bereit zu sein. Weit verfrüht, wie er spätestens in der letzten Stunde erkannt hatte. Früher hatte ihm die Kälte weniger zu schaffen gemacht. Doch inzwischen merkte er einen Wetterwechsel bereits Tage vorher in den Gelenken und fragte sich, wie lange er diese Arbeit noch machen konnte und wollte.

Er war bereits über sechzig und stand schon seit mehr als fünfunddreißig Jahren im Dienst der Familie Hansen. Früher noch bei Peter Hansen, Roberts Vater, und seit dessen Tod dann bei den Söhnen und deren Familien. Er hatte geschäftliche Krisen miterlebt und Blütezeiten, Streitigkeiten zwischen Eheleuten, Zurechtweisungen der Kinder und so manches Mal auch vertrauliche Gespräche oder geschäftliche Entscheidungen, über die während der Kutschfahrt gesprochen worden war. Und immer hatte er dafür gesorgt, dass jeder aus der Familie sicher und pünktlich sein Ziel erreichte. Und solange er auf dem Kutschbock saß, würde sich das auch nicht ändern. Doch an

Abenden wie diesem hatte er tatsächlich keine Lust mehr, ewig so weiterzumachen.

»Hast du etwa bei dieser Kälte die ganze Zeit hier draußen gewartet, Hugo?«, rief Therese erschrocken und schlug die Hand vor den Mund.

»Ich glaube, wir gehen zu Fuß«, lallte Robert, ohne dem Kutscher die Möglichkeit zu geben, auf Thereses Frage zu antworten.

»Es ist eiskalt. Wir gehen ganz sicher nicht zu Fuß«, widersprach Therese.

»Ist doch ein laues Lüftchen«, brummelte Robert, der seinen Mantel noch immer über den Schultern trug.

»Kommen Sie, Herr Hansen«, sagte Hugo und fasste Robert entschlossen unter. »Ich fahre Sie jetzt nach Hause.« Ohne eine Erwiderung abzuwarten, öffnete er den Schlag und bugsierte Robert hinein. Dann reichte er Therese die Hand, damit auch sie einsteigen konnte, schwang sich schließlich auf den Kutschbock und trieb das Pferd an.

»Häng dir wenigstens deinen Mantel über, wenn du ihn schon nicht anziehen willst«, sagte Therese fürsorglich und versuchte, Robert den Mantel wie eine Decke überzulegen.

»Ich bin ein Norddeutscher. Wir sind die Kälte gewohnt.«

Therese lachte auf. »Und ich bin eine Wienerin. Wir sind Sturköpfe gewohnt.« Sie zog den Mantel über Robert und wollte die Ärmel hinter seine Schultern schieben. Dabei war sie ganz nah vor seinem Gesicht, und ihre Blicke trafen sich. Roberts Miene veränderte sich. Langsam, geradezu zaghaft beugte er sich ein kleines Stück vor. Therese sah ihn an, dann tat sie es ihm gleich, und ihre Lippen legten sich sanft aufeinander. Es war eine zärtliche Berührung voller Zweifel. Dann lösten ihre Lippen sich wieder, und sie sahen sich erneut an. Robert hob die linke Hand, legte sie an Thereses Hinterkopf und zog sie so zu sich heran. Wieder küssten sie sich, nun länger, inniger. Robert schloss die Augen, die letzten Zweifel machten der Gewissheit Platz, dass es sich richtig anfühlte und wunderschön.

Erst als die Kutsche vor der Villa zum Stehen kam, lösten sie ihre Lippen voneinander. Eilig setzte Therese sich gerade hin, und schon wurde der Wagenschlag von Hugo geöffnet, der ihr die Hand reichte, damit sie sicher aussteigen konnte.

Robert verließ nach ihr die Kutsche, sie wünschten Hugo eine gute Nacht und gingen dann gemeinsam und ohne ein Wort die Stufen zur Villa hinauf. Die Tür war bereits abgeschlossen, anders als am Tag, wo man auch ohne Schlüssel das Gebäude betreten konnte. Robert sperrte auf und ließ Therese eintreten. Im Innern war es völlig still. Offenbar waren schon alle schlafen gegangen.

Robert nahm Therese den Mantel ab und hängte seinen ebenfalls an die Garderobe. »Wollen wir im Wohnzimmer noch etwas trinken?«, fragte er im Flüsterton.

Therese schüttelte den Kopf. »Nein«, gab sie ebenso leise zurück. »Ich möchte lieber gleich hochgehen.«

Roberts Küsse hatten sie heftig durcheinandergebracht. Auch wenn sich das, was geschehen war, richtig angefühlt hatte, war da doch ein leiser Zweifel oder vielmehr das Aufblitzen von schlechtem Gewissen Karl gegenüber.

Robert nickte. Gemeinsam schlichen sie die Stufen hinauf, um nur ja niemanden zu wecken. Oben angekommen, blieb Robert vor dem Schlafzimmer stehen, in dem Therese untergebracht war. Er beugte sich vor, küsste sie noch einmal zärtlich. »Ich habe den Abend mit dir unglaublich genossen. Gute Nacht.«

Therese sah ihn einen Moment lang an und sagte dann: »Unser Pakt. Ab heute zählt nur noch das Leben.« Sie gab ihm erst ebenfalls einen kurzen Kuss auf die Lippen, drängte sich dann aber näher an ihn und küsste ihn voller Leidenschaft. Sie war außer Atem, als sie sich wieder von ihm löste. »Schlaf schön«, sagte sie, berührte in einer kleinen, zärtlichen Geste seine Wange, griff dann nach der Klinke der Schlafzimmertür und ging hinein.

Sie lehnte sich von innen gegen die Tür und schloss die Augen. Ihr Atem ging heftig, und einen kurzen Moment lang war sie in Versuchung, die Tür wieder zu öffnen und Robert zu bitten, die Nacht bei ihr zu verbringen. Allein der Gedanke trieb ihr die Röte ins Gesicht. Sie dachte an Karl, ihren geliebten toten Ehemann. Dann sah sie Roberts Gesicht vor sich, spürte noch immer seine Küsse auf ihren Lippen. Sie war vollkommen konfus. Der ganze Raum schien sich um sie zu drehen. Sie atmete noch einmal tief durch, stieß sich dann von der Tür ab und ging mit vorsichtigen Schritten zum Bett hinüber, unsicher, ob ihre Beine sie tragen würden. Sie setzte sich auf die Kante und ließ sich schließlich rücklings aufs Bett niedersinken.

Noch immer schlug ihr Herz heftig. Doch nun ließ sie das Gefühl zu, genoss es mit jeder Faser. Ja, sie hatten einen Pakt geschlossen. Sie wollten leben. Nur wusste sie nicht, wohin die Reise mit Robert gehen sollte. Würde es einen weiteren Abend wie den heutigen geben? War es überhaupt denkbar, dass Robert und sie sich noch näher kamen? Und wollte sie das? Das Gefühl, das als Antwort auf diese Fragen in ihr aufstieg, nahm sie als eindeutiges Ja wahr. Doch konnte das überhaupt möglich sein?

Stunden später lag sie noch so da, voll bekleidet und aufgewühlt, ohne zu wissen, wie sie mit alldem umgehen sollte. Schließlich zog sie sich irgendwann aus und schlüpfte unter die Decke. Doch selbst dann wollte der Schlaf noch nicht zu ihr kommen.

13. Kapitel

Kamerun, Montag, 3. Dezember 1894

Die Sonne war noch nicht aufgegangen, als Hamza die Augen aufschlug. Wie jeden Morgen konnte er sich nicht dagegen wehren, dass sein erster Gedanke nach dem Aufwachen Luise galt. Doch heute war ein besonderer Tag, denn er wusste, dass heute Luises einundzwanzigster Geburtstag war. Er hatte sich dieses Datum gemerkt, weil die Deutschen auf so etwas Wert legten, wie er mitbekommen hatte. In Kamerun war das vollkommen anders. Oftmals erinnerten sich die Eltern gerade noch, in welcher Jahreszeit das Kind geboren worden war. Doch aufgrund des beständigen Klimas war auch das nicht immer der Fall. Wozu jedoch der Tag der Geburt mit einer Zahl verknüpft werden musste, würde man gewiss keinem Kameruner plausibel machen können. Auch Hamza fand es überflüssig, doch da er versucht hatte, sich so gut es ging den Gepflogenheiten der Deutschen anzupassen, hatte er sich Luises Geburtstag gemerkt.

Er fragte sich, wie es ihr wohl ging. Anders als sonst, wo er sich rasch jeden weiteren Gedanken an Luise verbot, beschloss er aufzustehen, zu ihrem Baumstamm zu gehen und sich zu gestatten, Luises und ihrer gemeinsamen Zeit zu gedenken. Nur heute, weil es ihr Geburtstag war und es bei dieser einen Ausnahme bleiben sollte.

Er schwang seine Beine aus dem Bett, zog sich Hose und Hemd über und machte sich barfuß auf den Weg. Auch wenn er sie inzwischen tagsüber immer trug, hatte Hamza sich an die Schuhe der Weißen noch immer nicht wirklich gewöhnen können. Andererseits fand er, wenn er Hose und Hemd trug, musste er, was die Schuhe anging, konsequent sein, auch wenn es ihm schwerfiel. Nun jedoch, da noch alle schliefen und niemand ihn sehen würde, war er erleichtert, dass er die Schuhe einfach im Zimmer stehen lassen konnte.

So leise es ihm möglich war, verließ er sein Zimmer, schlich die Stufen hinunter und ging hinaus. Gemächlich schritt er zu dem Baumstamm, der ein Stück weit von dem Farmhaus entfernt war und von dort nicht gesehen werden konnte, und setzte sich. Der Himmel war in ein zartes Rosa getaucht, das allmählich kräftiger wurde. Nicht mehr lange, dann würde die Farbe zu einem hellen Orange wechseln, und nur der Bereich um den Kamerunberg herum würde sich in einem lichten Grauton absetzen. So war es immer, wenn die Sonne aufging und die Nacht verdrängte. So war es auch gewesen, wenn er mit Luise hier gesessen hatte.

Er schloss die Augen und stellte sich vor, ihre Schritte herankommen zu hören, leise, ganz leise, damit niemand mitbekäme, dass sie sich hier trafen. Dann würde sie sich neben ihn setzen und ihre Hand auf seinem Oberschenkel ablegen, wie sie es schon so oft getan hatte. Oder sie würde einfach nur schweigend seine Hand nehmen, ganz still und vertraut, und sie hätten das Gefühl, es gäbe nur sie beide auf dieser Welt. Alle anderen schliefen, niemand war da, um sie zu stören. Sie könnten wieder diese Vertrautheit spüren, diese enge Verbundenheit, die es zwischen ihnen gegeben hatte. Hier, an diesem Ort und zu dieser Zeit so früh am Tag war immer alles gut gewesen, alles hatte sich richtig angefühlt, was mit dem Aufsteigen der Sonne in Geheimniskrämerei und Lügen untergegangen war. Nein, sie hatten niemals eine echte Chance gehabt, auch wenn sie es sich noch so sehr eingeredet hatten.

Hamza streckte die Beine aus, reckte sein Gesicht der aufgehenden Sonne entgegen und genoss die Wärme, die die Nachtluft immer mehr durchdrang. Ob Luise wohl auch noch manchmal an ihn dachte? Ob sie sich womöglich auch nach ihm sehnte? Seine Wut und Enttäuschung waren in den letzten Tagen schwächer geworden. Zwar konnte er noch immer nicht verstehen, weshalb sie sich nicht einmal von ihm verabschiedet hatte. Andererseits hatte er sich daran erinnert, wie die beiden seinerzeit, als Luise in Kamerun gelebt hatte, ihre gemeinsame Flucht geplant hatten und an ebendiesem Baumstamm verabredet gewesen waren. Damals war er derjenige gewesen, der nicht gekommen war. Er erinnerte sich noch gut daran.

Es war die Nacht gewesen, in der seine Schwester Nila gestorben war. Sie hatte einen Ochsenkarren geführt, der vom Pfad abkam. Nila hatte noch versucht, ihn zu stützen, doch das Tier fand am Rand des matschigen Weges keinen Halt mehr und hatte den Karren einige Meter mit sich in die Tiefe gerissen. Nila wurde darunter begraben. Als Hamza und einige Stammesbrüder Nila fanden, hatte sie noch gelebt. Und fast war es ihnen sogar schon gelungen, den Karren wieder aufzurichten, als dieser erneut kippte und schwer auf Nila herunterkrachte. Hamza hatte versucht, es zu verhindern, und sich dabei das Bein gebrochen. Noch in der gleichen Nacht war Nila in den Armen ihres Bruders gestorben. Hamza atmete geräuschvoll aus. Die Erinnerung an diese Nacht setzte ihm auch heute noch zu.

Er verlagerte sein Gewicht nach vorn, stützte die Ellbogen auf die Knie. War es möglich, dass Luise ebenfalls etwas geschehen war, das sie daran gehindert hatte, vor seiner Abreise zu ihm zu kommen? Er hatte keine Ahnung, wie es bei den Weißen ablief, wenn eine Frau ein Kind bekam. Durfte sie dann womöglich das Haus für eine Weile nicht verlassen?

Er richtete sich auf. Es war das erste Mal, dass ihm der Gedanke kam, Luise hätte womöglich gar keine Gelegenheit gehabt, ihn noch einmal aufzusuchen. Was, wenn er ihr unrecht tat – so wie auch sie damals geglaubt hatte, er hätte es sich einfach anders überlegt, als er nicht zum Treffpunkt am Baumstamm gekommen war? Was, wenn sie ebenso verzweifelt war wie er über die schreckliche Art und Weise, wie sie hatten auseinandergehen müssen?

Hamza schloss die Augen, sah Luises Gesicht vor sich. Fast glaubte er, ihre Berührungen spüren zu können. Luise, seine große Liebe, die Frau, für die er bereit gewesen war, alles aufzugeben, seine Familie zu verlassen, seinem Stamm den Rücken zu kehren und mit ihr gemeinsam fortzugehen in die englischen Kolonien, wo sie zwar auch nicht geachtet gewesen wären, aber doch zumindest geduldet, und wo sie gemeinsam hätten leben können.

Raimund Leffers, der Sohn von Felicitas und Sigmund Leffers, hatte es damals tatsächlich gemacht. Zusammen mit Suna, einer Duala, in die er sich verliebt hatte, war er fortgelaufen, um sich bis zu den englischen Kolonien durchzuschlagen. Hamza hätte zu gern gewusst, was Sigmund zu der Flucht seines Sohnes gesagt hatte. Immerhin machte Raimunds Vater keinen Hehl aus der Verachtung, die er den Einheimischen gegenüber empfand. Er war ein vollkommen anderer Mensch als beispielsweise Luises Vater. Robert Hansen hatte ihn stets gut und mit Respekt behandelt, was man nur von den wenigsten Deutschen in Kamerun sagen konnte.

Je mehr er über Luise und Robert nachdachte, desto unwahrscheinlicher kam es ihm vor, dass das, was er noch vor ein paar Tagen geglaubt hatte, wirklich wahr sein könnte. Ebenso wie es dumme Deutsche gab, gab es auch dumme Duala, Bakwiri und Bakoko. Hatte er sich womöglich getäuscht und unterlag einem furchtbaren Irrtum, der ihn verbitterte und seine Seele finster werden ließ? Doch was war mit Heinrich Begemann? Er hatte genau gehört, wie Leffers ihn für seine List gelobt hatte, Hamza zu befördern, um so dafür zu sorgen, dass dieser den Mund hielte. Hamza seufzte laut. Irgendwie hatte er das Gefühl, gar nichts mehr sicher zu wissen.

Ob er Luise schreiben und versuchen sollte, etwas über ihre Gründe zu erfahren? Mit dem Schreiben tat er sich zwar noch schwer, aber das Lesen ging ganz gut. Doch was, wenn womöglich ein anderer als Luise den Brief in die Finger bekäme und seine Schlüsse daraus zöge? Würde er damit nicht sie beide verraten, wo doch nun gar keine Gefahr mehr bestand? Aber wie sollte er weiterleben mit all den Fragen, die ihn plagten und ihm so schwer auf der Seele lagen?

Der Himmel war inzwischen kräftig orange. Nicht mehr lange, dann würden alle erwachen, und das Leben auf der Plantage würde seinen Lauf nehmen. Hamza erhob sich und blickte noch einmal zum Kamerunberg. Fast sah es aus, als stiege Rauch von dort auf. Konnte das sein? Wenn ja, dann war es ein gewaltiges Feuer, das dort loderte und bis hierher zu sehen war.

Er wandte den Blick ab und ging zurück zum Haus. Vielleicht sollte er doch noch einmal das Gespräch mit Heinrich Begemann suchen. Mehr, als dessen Ansichten über ihn bestätigt zu bekommen, riskierte er schließlich nicht. Und dann wäre er auch nicht enttäuschter als ohnehin schon. Doch wenn dabei herauskäme, dass er womöglich etwas falsch verstanden hatte und Begemann doch der Mensch war, für den Hamza ihn immer gehalten hatte, dann könnte zumindest seine Seele wieder ein wenig Frieden finden. Der kleine Hoffnungsschimmer gab ihm neuen Mut.

Einen Tag nachdem Hamza zu so früher Stunde den Rauch in der Nähe des Kamerunbergs hatte aufsteigen sehen, erreichte die Plantage der Familie Hansen die Nachricht, was die Beobachtung wirklich zu bedeuten gehabt hatte. Die Deutschen hatten die Kämpfer vom Stamm der Bakwiri aufgebracht und vernichtend geschlagen. Dschagga, der Stammesführer, war tot, ebenso wie fast drei Viertel seiner Männer. Die Überlebenden mussten sich nun darum kümmern, dass Frauen und Kinder versorgt waren. Einige wenige jedoch, so hieß es, hatten den Deutschen blutige Rache für den Tod des Stammesführers geschworen und sich in den Urwald geschlagen, wo sie gegenüber den Deutschen klar im Vorteil waren.

Hamza hatte einen Teil der Informationen von Heinrich Begemann bekommen, anderes wiederum von seinen eigenen Stammesbrüdern gehört. Die hatten die Befürchtung, dass von den wenigen Männern, die Rache geschworen hatten, eine nicht zu unterschätzende Gefahr ausging und es gut möglich war, dass es Überfälle auf Deutsche geben würde, sodass diese sich vor allem bei den sonntäglichen Kirchgängen vorsehen müssten sowie anlässlich anderer Zusammenkünfte, bei denen die Deutschen sich austauschten.

»Ist alles in Ordnung, Hamza?«, fragte Heinrich Begemann, als er vom Haus herüberkam, um auf der Plantage nach dem Rechten zu sehen.

»Die Männer sind ein bisschen unruhig«, erklärte Hamza. »Es gibt Gerüchte, wonach einige Bakwiri Rache geschworen haben.«

»Und man kann es ihnen nicht mal verdenken«, gab Begemann seine Ansicht preis.

»Den Bakwiri?«, fragte Hamza nach. Er wollte sich vergewissern, ihn richtig verstanden zu haben.

Begemann nickte. »Ich würde es zwar nicht vor einem deutschen Militärkommando wiederholen, doch ich kann von der Sache her verstehen, was die Bakwiri umtreibt. Sie haben nur versucht, sich gegen die Landnahme durch die Deutschen zu verteidigen, und daraus ist dann ein Blutbad geworden.« Er seufzte und schüttelte ratlos den Kopf. »Ich weiß nicht, Hamza, ob das, was die Deutschen hier in eurem Land machen, wirklich richtig ist. Und nicht nur die Deutschen – die anderen Europäer sind nicht besser. Mir kommen immer größere Zweifel.«

Hamza sah ihn abwartend an. Er war noch immer vorsichtig Heinrich Begemann gegenüber und wusste nicht, ob er ihm trauen konnte. Spielte der Verwalter ihm womöglich nur vor, dieser Ansicht zu sein, um sicher sein zu können, die Duala nicht eines Tages gegen sich zu haben? Schließlich wusste Begemann sehr genau, dass für den Fall, dass die Duala ihre Arbeit auf der Plantage einstellten, diese nicht mehr länger zu betreiben wäre. Und bis er genug neue Arbeiter fände, wäre zumindest ein Teil der Ernte verdorben, was einen riesigen Verlust für die Hansens bedeuten würde.

»Einmal angenommen«, fuhr Begemann fort, »du hättest – beispielsweise als Stammesführer – die Möglichkeit gehabt, mit den Deutschen zu sprechen … Sie wären also gekommen und hätten gesagt, dass du und dein Stamm das Land verlassen müsst, auf dem dein Volk schon immer gelebt hat. Das hätte dir doch sicher nicht gefallen.«

»Nein, gewiss nicht«, musste Hamza eingestehen.

»Und wie hättest du die Lage bereinigt?«

Hamza überlegte eine kleine Weile und antwortete dann: »Ich denke, ich hätte versucht herauszufinden, warum die Deutschen genau dieses Stück Land begehren.«

»Ein sehr kluger Ansatz«, sagte Begemann anerkennend. »Nun, nehmen wir einmal an, weil die Pflanzen dort besser wachsen und die Anbindung an die Wasserwege günstiger ist als anderswo.«

»Dann könnte ich verstehen, weshalb sie dieses Stück Land haben wollen.«

»Und würdest du es ihnen einfach überlassen?«

Hamza wiegte den Kopf. »Mir wäre von Anfang an bewusst, dass ich ihnen das Land am Ende ja doch geben müsste. Also würde ich versuchen, das Bestmögliche für mein Volk dabei herauszuholen, und mir beispielsweise einen kleinen Anteil an den Erträgen für meine Leute sichern, sodass es auch für uns lohnend wäre.«

»Und warum sollten die Deutschen darauf eingehen?«

»Weil auf diese Weise Verzögerungen durch kriegerische Auseinandersetzungen vermieden werden und sie darüber hinaus zuverlässige Arbeiter gewinnen könnten, mit einem eigenen Interesse daran, einen möglichst hohen Gewinn auf der neu entstandenen Plantage zu erzielen. So gäbe es am Ende niemanden, der sich beschweren könnte.«

»Und alle wären zufrieden. Tja, da sieht man mal wieder, wie einfach verfahrene Situationen durch kluge Überlegungen bereinigt werden könnten«, stellte Begemann abschließend resigniert fest. Er legte in einer freundschaftlichen Geste die Hand auf Hamzas Schulter. »Hoffen wir nur, dass nicht noch mehr geschieht!« Dann deutete er hinüber zum Lager. »Ich habe gesehen, dass schon alles für morgen bereitliegt.«

»Ja, es ist die gesamte restliche Ernte. Die Hansens können zufrieden sein.«

»Das werden sie, ganz gewiss. Ich weiß, wie hoch sie all das einschätzen, was wir, und damit meine ich jeden deiner Stammesbrüder genauso wie uns beide, hier leisten.«

»Es ist sehr freundlich, dass Sie das sagen. Darf ich Sie noch etwas fragen?«

»Aber natürlich, Hamza, immer raus damit!«

»Ich möchte gern wissen, aus welchem Grund Sie mich befördert haben. Weshalb haben Sie mich zum Vorarbeiter auf der Plantage gemacht?«

Begemann wollte gerade antworten, als plötzlich wie aus dem Nichts ein halbes Dutzend Reiter mit brennenden Fackeln aus dem Urwald herausbrachen und auf das Lager zustürmten.

»Bakwiri!«, brüllte Hamza und rannte zum Lager hinüber, genau wie die anderen Duala, die durch den lauten Schrei aufmerksam geworden waren.

Sofort riefen viele Stimmen durcheinander, die Duala versuchten die Bakwiri von ihren Pferden zu stürzen, da wurde bereits die erste Fackel auf die aufgestapelten Kakaobohnensäcke geworfen. Der Stoff fing augenblicklich Feuer. Schon flog die nächste Fackel, die ihr Ziel ebenfalls nicht verfehlte, bevor Hamza den Werfer erreichte, ihn vom Pferd ziehen und zu Boden ringen konnte. Begemann sprang ihm zur Seite und hielt den Mann fest, während die anderen Duala versuchten, auch die weiteren Reiter herunterzuziehen. Noch drei Bakwiri konnten kurz hintereinander von ihren Pferden gezogen werden, sodass sich am Ende nur noch zwei von ihnen Fackeln schwingend auf ihren Reittieren hielten.

Einer von ihnen wendete sein Pferd und hielt nun genau auf Hamza und Begemann mit dem sich am Boden windenden Bakwiri zu. Hamza sah es und stieß Begemann mit einer raschen Bewegung beiseite. Der Reiter schwang die Fackel und schlug sie Hamza mit aller Kraft gegen die Schulter. Sofort entzündete sich Hamzas Hemd, doch er schlug eilig die Glut aus und konnte so ein Aufflammen verhindern.

Noch mehr Duala eilten herbei, hielten diejenigen, die bereits von den Pferden gestürzt waren, fest und versuchten, die zwei letzten Reiter zu fassen. Der eine warf seine Fackel nun ebenfalls auf die aufgestapelten Säcke, und das Feuer im Lager schwoll weiter an. Gleich darauf wurde auch er vom Pferd gerissen.

»Hamza, die Bohnen!«, schrie Begemann und rappelte sich auf.

Die ersten Duala rannten los, um Wasser zu holen, während andere versuchten, die brennenden Säcke von den noch unversehrten herunterzustoßen. Ein Duala geriet dabei selbst in Brand, zwei andere warfen ihn zu Boden und erstickten die Flammen mit ihren eigenen Körpern.

Begemann zerrte die noch unversehrten Säcke zur Seite. Der letzte noch verbliebene Reiter hielt genau auf ihn zu.

»Achtung!«, brüllte Hamza noch, da hatte der Bakwiri den Verwalter bereits erreicht und hieb ihm die brennende Fackel auf den Kopf.

Begemann brach zusammen, Kleidung und Haare fingen sofort Feuer.

»Wasser! Holt mehr Wasser!« Hamza sprintete los, doch der Bakwiri sprang von seinem Pferd, zückte ein Messer, hastete zu Begemann und rammte ihm die Klinge direkt ins Herz.

In diesem Moment erreichte Hamza ihn und riss ihn von Begemann herunter. Die Kleidung des Bakwiri hatte ebenfalls Feuer gefangen.

Hamza stieß ihn beiseite, versuchte verzweifelt, die Flammen am Körper Begemanns zu ersticken. Zwei Duala rannten mit Eimern herbei und leerten sie über dem Verwalter aus. Die Flammen erloschen, doch Begemann rührte sich nicht mehr. Sein Haar war fast vollständig verschmort, die Haut des Gesichts zum Teil geschmolzen. Sein Hemd war an der Brust mit Blut durchtränkt. Hamza legte eine Hand auf Begemanns Brust, um zu fühlen, ob er noch atmete. Es gab keine Bewegung mehr, keine Atmung. Begemann war tot.

Stunden später saßen der Stammesführer der Duala, Hamza, Malambuku und insgesamt zwanzig junge Duala auf dem Absatz der Veranda der Hansen-Farm und warteten auf die Ankunft der Deutschen, die mittlerweile durch einen von Hamza losgeschickten Reiter über die Geschehnisse informiert worden waren. Einer der Bakwiri war seinen Brandverletzungen erlegen. Die anderen fünf saßen gefesselt und von Duala bewacht auf der Erde und sahen ihrem Schicksal entgegen, das sich entscheiden würde, sobald die Deutschen einträfen.

Der nächstgelegene Posten war nicht mehr als etwa zwei Stunden Ritt entfernt. Es würde also nicht mehr allzu lange dauern, bis die Deutschen kommen und die Angelegenheit regeln würden.

Weder Hamza noch Malambuku wussten, wie es jetzt weitergehen sollte. Der Verwalter der Plantage war tot, die Ernte bis auf drei verbliebene Säcke verloren, weil es ihnen nicht gelungen war, das Feuer zu löschen, bevor die Flammen übersprangen. Was dies für jeden Einzelnen von ihnen bedeutete, konnte Hamza nicht einmal erahnen.

Als die Deutschen schließlich eintrafen, waren sie in Begleitung von Sigmund Leffers, was Hamzas Hoffnung schwinden ließ, dass die Angelegenheit auch nur einigermaßen vernünftig geregelt würde. Hamza schilderte, so ruhig es ging, was geschehen war. Keinesfalls wollte er riskieren, dass man den Duala eine Mitschuld am Tod des Deutschen Heinrich Begemann vorwerfen konnte.

Es überraschte ihn, dass Leffers seinen Worten vorbehaltlos Glauben schenkte. Er hätte mit allem gerechnet, dass sie beispielsweise abgeführt, ausgepeitscht oder auch gleich erschossen würden. Doch so war es nicht. Leffers sagte Hamza, dass er wisse, wie Begemann über ihn gedacht und dass er ihm vertraut hatte. Und solange er nicht das Gegenteil annehmen musste, würde auch Leffers selbst es so halten. Er sagte Hamza zu, Robert Hansen telegrafisch mitzuteilen, was sich ereignet hatte. Bis von diesem eine Antwort eintreffen würde, sollten Hamza und Malambuku versuchen, die Plantage auch ohne Verwalter weiterzuführen, und zusehen, ob womöglich nicht doch noch ein Teil der verbrannten Kakaobohnen zu gebrauchen wäre.

Hamza sicherte es zu, dann nahmen Leffers und die anderen Deutschen die Bakwiri mit. Was diesen bevorstand, konnte Hamza sich nur allzu gut vorstellen. Er fand es richtig. Sein Hass auf die Bakwiri hätte zu diesem Zeitpunkt größer nicht sein können.

Als er schließlich ins Haus ging und an Begemanns Zimmer vorbeikam, warf er einen Blick durch die geöffnete Tür.

Es würde ein Begräbnis für den Deutschen geben, das hatte Leffers ihm gesagt. Bis dahin sollte der Leichnam auf der Plantage verbleiben, fest in Baumwolltücher eingewickelt, damit sich keine Tiere oder Insekten daran gütlich tun konnten.

Hamza sah sich um. Noch vor wenigen Stunden war Begemann hier gewesen. Er hatte dort am Tisch gesessen und etwas geschrieben. Und nun würde er nie mehr zurückkommen. Hamza dachte an die letzten Momente, die er im Gespräch mit dem Deutschen verbracht hatte. Er hatte Begemann gerade gefragt, weshalb dieser ihn befördert hatte, um für sich herauszufinden, ob er sich womöglich in seiner ersten Wut getäuscht und dem Verwalter unrecht getan hatte. Nun würde er es nie mehr erfahren.

Hamza trat an den Schreibtisch, auf dem ein Brief lag, den Begemann offenbar kurz vor seinem Tod geschrieben hatte. Er steckte noch nicht in dem Kuvert, das danebenlag. Hamza setzte sich auf den Stuhl, nahm den Briefbogen und begann zu lesen.

Kamerun, 4. Dezember 1894

Lieber Robert,
diese Ladung Kakaobohnen, die Du hier erhältst, ist nun der Rest der letzten, wieder hervorragenden Ernte. Unsere Pflanzen sind so kräftig und gesund, wie wir es uns besser nicht vorstellen könnten.

Doch so gut diese Nachrichten auch sind, so beunruhigend ist das, was ich Dir außerdem zu berichten habe. Denn leider scheint es, als könnten die Deutschen und die Einheimischen nicht in Frieden miteinander leben. Denn die Unruhen, die nach dem Dahomey-Aufstand eigentlich beigelegt waren, sind nun durch die Bakwiri wieder aufgeflackert. Der Stamm der Bakwiri, der nicht weit von unserer Plantage lebt, hat sich geweigert, das Gebiet um den Kamerunberg von den Deutschen bepflanzen zu lassen und dort den Bau von Faktoreien zuzulassen. Es hat vielfache kämpferische Handlungen gegeben mit großen Verlusten auf beiden Seiten.

Um ein für alle Mal den deutschen Willen durchzusetzen, hat nun vor wenigen Tagen Oberleutnant von Stetten in Begleitung von Dr. Preuß und Leutnant Hans Dominik eine Strafexpedition angeführt, in deren Verlauf der Stammesführer der Bakwiri namens Dschagga getötet wurde.

Es hat wohl so kommen müssen. Allerdings empfinde ich das, was den Einheimischen angetan wird, immer mehr als schreckliche Ungerechtigkeit – Verträge hin oder her. Versteh mich bitte nicht falsch; ich weiß sehr genau, dass es bei der Aufteilung des Schwarzen Kontinents mit rechten Dingen zugegangen ist. Auch sehe ich es positiv, dass sie nicht nur die Möglichkeit haben, durch ihre Arbeit auf den Plantagen ihre Familien zu ernähren, sondern darüber hinaus, wie wir am Beispiel von Hamza sehen, die Gelegenheit erhalten, sich größeres Wissen und ganz neue Fertigkeiten anzueignen und dadurch Ziele zu verwirklichen, die es für die Eingeborenen vor der Ankunft der Europäer nicht gegeben hat. Doch sosehr mir dies alles auch bewusst ist, so falsch empfinde ich dennoch, wie mit den Menschen umgegangen wird.

Als Beispiel möchte ich dir von einem Gespräch erzählen, das ich mit Sigmund Leffers führte. An jenem Tag hatte ich, Deinem Wunsch folgend, den Du in Deinem letzten Brief geäußert hast, Hamza den Posten des Vorarbeiters auf der Plantage angeboten. Wie von Dir ebenfalls gewünscht, habe ich ihm nicht gesagt, dass dies auf Deine Veranlassung hin geschah. Wir hatten zuvor eine Unterhaltung über die unterschiedlichen Arbeitsbedingungen in Hamburg und hier in Kamerun, bei der sich wieder einmal zeigte, dass Hamza ein überaus kluger junger Mann ist, der sich viele Gedanken um seine Mitmenschen macht. Es ging darum, dass er mir – durchaus nicht unfreundlich, aber doch ziemlich direkt – vorhielt, dass wir die Frauen der Männer, die auf unserer Plantage arbeiten, nicht gesondert bezahlen, obwohl die Frauen in Hamburg immer Geld für ihre Arbeit bekommen, ob deren Ehemänner nun ebenfalls dort arbeiten oder nicht. Er brachte das Argument vor, dass ja – wenn die Männer, die hier arbeiten, keine Frauen hätten, die ihnen helfen könnten – weitere Männer eingestellt werden müssten, die dann allerdings vollen Lohn erhalten würden. Du merkst sicher, worauf seine Argumentation hinausläuft. Natürlich konnte ich ihm nicht eingestehen, dass ich seine Denkweise vollkommen richtig finde. Die anderen Deutschen hier würden mich lynchen, käme ich auf die Idee, für die Arbeit der Frauen zusätzlich zu bezahlen. Also habe ich die Diskussion über das Thema abgebrochen.

Doch es zeigte mir einmal mehr, wie schlau Hamza ist und dass er einer der wenigen sein könnte, die in der Lage sind, eine führende Position als Sprecher der Kameruner einzunehmen. Jemand, der seinem Volk helfen kann, sich mit Worten und gewaltfreiem Widerstand gegen die aufzulehnen, die dies nicht zulassen wollen. Er begreift Zusammenhänge, denkt über sein eigenes Wohl und auch über das Wohl der Duala hinaus und könnte wirklich etwas bewegen. Du glaubst nicht, wie sehr ich mich darauf freue, seine Entwicklung miterleben zu dürfen. – Ich kann mir bildlich vorstellen, wie Du lächelst, wenn Du diese Zeilen liest, findest Du doch darin Deine Meinung über Hamza bestätigt: dass er ein ganz besonderer junger Mann ist, der mit der richtigen Förderung Großes erreichen kann.

An dieser Stelle möchte ich aber noch einmal auf den Abend zurückkommen, als Felicitas und Sigmund Leffers zu Besuch waren.

Du kennst ja Sigmund Leffers und seine menschenverachtenden Ansichten über die Einheimischen. Natürlich kam das Gespräch sofort auf die Situation im Land und darauf, wie man Frieden herstellen könnte. Leffers hatte hierzu einen eindeutigen Standpunkt: Härte, Gewalt und Strafen. Als ich ihm nun sagte, dass ich es genau anders sähe, dass man nämlich durch einen respektvollen Umgang und Lob wesentlich mehr erreichen könne, erzählte ich in diesem Zusammenhang auch von Hamzas Gedanken über die Bezahlung von Frauen. Glaub mir, Leffers schnappte buchstäblich nach Luft und schlug sogleich eine Bestrafung Hamzas vor, worauf ich gar nicht erst einging. Vielmehr sagte ich ihm, dass ich diesen guten Mann und Arbeiter mit der Beförderung belohnt und ihm damit den Respekt, den er verdiente, entgegengebracht hätte. Dadurch sei aus einem möglicherweise unzufriedenen jungen Mann ein glücklicher mit besserer Stellung geworden, der alles daransetzen werde, das ihm entgegengebrachte Vertrauen zu rechtfertigen.

Wenn Du von Sigmund Leffers' Reaktion auf meine Worte liest, dann wird das auch bei Dir, mein lieber Robert, ein Kopfschütteln hervorrufen. Denn Leffers lobte mich als einen gerissenen Fuchs, der den Neger, *wie er Hamza nennt, damit ausgetrickst habe. Kannst Du Dir das vorstellen? Er hat nicht einmal ansatzweise verstanden, dass mein Respekt gegenüber Hamza und das Vertrauen in ihn aufrichtig sind und ich große Hoffnungen in seine Fähigkeiten setze.*

Was ich damit sagen will, ist Folgendes: Ich glaube, es braucht hier viel mehr Männer, die Deine und meine Einstellung teilen, und viel weniger vom Schlag eines Leffers, eines Leist, eines von Stetten und wie sie sonst noch alle heißen, die einfach nicht verstehen, was Achtung bei anderen Menschen bewirken kann.

So, mein lieber Robert, es tat gut, mir meinen Unmut von der Seele zu schreiben. Nun bleibt mir nur zu hoffen, dass auch bei Euch in Hamburg alle wohlauf, gesund und glücklich sind. Ich selbst werde diese Lieferung bis zum Schiff begleiten und mein Gewehr zur Hand haben, da es in letzter Zeit immer öfter zu Überfällen gekommen ist – wobei gerade von den letzten Bakwiri, die ohne ihren Stammesführer zusehen müssen, wie sie künftig ihre Familien ernähren, keine geringe Gefahr ausgeht. Bei der Gelegenheit werde ich mir auch endlich einmal den Fortschritt beim Bau des Anlegers ansehen und Dir in meinem nächsten Brief davon berichten.

In treuer Verbundenheit
Dein Verwalter Heinrich Begemann

Hamza ließ den Brief sinken und musste die Tränen zurückdrängen. Nun wusste er, wie Begemann von ihm gedacht hatte. Doch es war zu spät.

14. Kapitel

Hamburg, Mittwoch, 5. Dezember 1894

Seit jenem Abend vor einer Woche, als Therese und Robert beim Essen gewesen waren, hatte sich für die beiden keine Gelegenheit ergeben, über ihre Küsse und Zärtlichkeiten zu sprechen. Dabei hätte Therese zu gern gewusst, was Robert fühlte und ob ihr Näherkommen nur einer momentanen Laune geschuldet gewesen war. Doch wie hätte sie ihn das fragen sollen? Schließlich waren immer mehrere Familienmitglieder um sie herum, und Therese befürchtete, dass Robert die Küsse vielleicht sogar bereute und es darum womöglich vermied, mit ihr allein zu sein.

»Was wollen wir heute unternehmen?«, fragte Robert beim Frühstück.

»Wir können dich unmöglich schon wieder mit Beschlag belegen«, sagte Therese. »Du bist ja, seit wir hier sind, kaum zum Arbeiten gekommen.«

»Bis zum Mittag muss ich ins Kontor. Doch danach gehöre ich wieder ganz euch.« Er breitete die Arme aus, als mache er sich selbst zum Geschenk.

Luise lachte. Sie fand es herrlich, ihren Vater so glücklich zu erleben. Seit Therese da war, war er wie verwandelt. Es war zwar eigentlich Therese gewesen, die einen Tapetenwechsel gebraucht hatte und Wien entfliehen wollte, wo sie alles an ihren verstorbenen Ehemann erinnerte, doch kam ihr Besuch am Ende vor allem Robert zugute, der förmlich aufblühte. Galten sonst fast alle seine Gedanken dem Kontor und dem Abschluss immer größerer und lukrativerer Geschäfte, so schien es Luise nun, als wäre dies mit einem Mal zweitrangig für ihn. Ja, er hatte durch den Besuch Thereses und der Kinder entdeckt, dass es viel mehr als das Kontor in diesem Leben gab. Und dafür war Luise aufrichtig dankbar. Allerdings fragte sie sich, wie es wohl für ihn sein würde, wenn Therese irgendwann nach Hause zurückkehrte und wieder aus ihrer aller Leben verschwände. Würde es ihrem Vater den Ruck versetzen, den er brauchte, um sich endlich wieder ein eigenes Leben aufzubauen?

»Hättest du vielleicht Lust, mich heute zu Martha zu begleiten?«, fragte sie, an Therese gewandt. »Es geht ihr inzwischen viel besser, und ich bin sicher, sie wird sich sehr freuen, wenn du sie besuchst. Es wäre nur heute Vormittag. Wenn Vater wieder da ist und ihr etwas unternehmen wollt, wärst du zurück.«

»Von Herzen gern«, sagte Therese begeistert. »Ich gebe zu, ich habe mich nicht getraut, danach zu fragen.« Die Familie hatte Therese erzählt, in welchem Zustand Martha sich seit einiger Zeit befand und wie die Situation ausgerechnet kurz vor Thereses Eintreffen in Hamburg eskaliert war.

»Seit drei Tagen ist eine merkliche Besserung zu erkennen«, sagte nun auch Ludwig. »Ich habe vor, spätestens am Wochenende wieder mit Eduard nach Hause zurückzukehren.«

Luise legte fast bedauernd ihre Hand auf die Brust. »Ach nein, er wird mir schrecklich fehlen«, sagte sie. »Aber ich bin froh, dass dann alles wieder so ist, wie es sein soll.«

»Ich hoffe sehr, dass es auch so bleibt«, sagte Ludwig. »Ich werde wohl immer wachsam sein müssen, das ist mir klar. Doch ich werde alles in meiner Macht Stehende tun, um ihr zu helfen.«

»Eine solche Haltung würde nicht jeder an den Tag legen«, sagte Richard anerkennend. »Martha kann froh sein, dass sie dich hat.«

»Da gebe ich Richard völlig recht«, meinte Luise, die noch immer keine Aussprache mit Richard geführt hatte, aber versuchte, freundlich zu ihm zu sein, sodass sie sich wieder etwas annähern konnten. Andererseits fand sie, dass ihm diese deutliche Zurechtweisung neulich auch ganz gutgetan hatte, da sein Verhalten seitdem erheblich milder war. Aber es war selbstverständlich keine Art und Weise, miteinander umzugehen, und ihr Vater hatte schon recht gehabt: Wenn sie sich auf sein Niveau begab, war sie nicht besser als Richard.

»Robert, wenn du in den nächsten Tagen einmal Zeit hast, würde ich sehr gern etwas mit dir besprechen«, sagte Hans.

»Sicher, worum geht's?«

»Geschäfte«, antwortete Hans ausweichend und warf Luise einen Blick zu.

Schon vor Viktorias Geburt hatten die beiden über eine verrückte Idee gesprochen, die besonders Luise nun immer häufiger durch den Kopf ging. Es war die Idee von einem Warenhaus, einem riesigen Kontor, das jedoch nicht auf eine Handvoll Artikel spezialisiert wäre, sondern Waren von überallher einkaufte und fast alles zu bieten hätte, was die Menschen sich wünschten. Es sollte ein Welthandelshaus sein, so hatten sie es genannt, das Einkäufer zu den entlegensten Orten entsandte, um die Spezialitäten des jeweiligen Landes direkt nach Hamburg zu bringen. Luise überlegte immer intensiver, ob nicht in diesem gemeinsam mit ihrem Ehemann zu gründenden Kontor ihre Zukunft lag und es womöglich doch eines Tages an

Richard sein könnte, die Firma Hansen zu übernehmen. Nach dem, was er in letzter Zeit vorzuweisen hatte, hätte er es fast verdient, und Luise hätte die Möglichkeit, noch einmal ganz von vorn anzufangen – und zwar gemeinsam mit ihrem Ehemann. Auch dies war ein Gedanke, den sie überaus reizvoll fand.

Es war schon eigenartig. Noch vor einigen Wochen, bevor Viktoria das Licht der Welt erblickt hatte, war Luise bereit gewesen, ihrer Familie und vor allem Hans den Rücken zu kehren und mit Hamza ein neues Leben zu beginnen. Das war für sie jetzt nicht mehr vorstellbar. Nein, vielmehr *wollte* sie die Gedanken an Hamza hinter sich lassen, wenngleich er für sie stets der Eine bleiben würde, den sie aufrichtig geliebt hatte. Sie liebte auch Hans, natürlich, doch es war anders. Vermutlich wäre es niemals gut gegangen, hätte sie ihre Welt gegen seine eingetauscht. Es war, als hätte eine höhere Macht ihr Schicksal gewendet und ihr gezeigt, wo entlang ihr Lebensweg lief. Luise war dafür aufrichtig dankbar.

»Nun gut, wir werden schon die Gelegenheit für ein Gespräch finden«, sagte Robert nun. »Ich muss los, damit ich heute Mittag nicht allzu spät aus dem Kontor komme.« Er wandte sich an Therese. »Und ich habe mir die Freiheit genommen, für Freitagabend erneut einen Tisch für uns zwei in dem Lokal zu reservieren, in dem wir letzte Woche waren. Ich hoffe sehr, das ist auch in deinem Sinn?«

Thereses Herz machte einen Sprung. Er wollte also doch Zeit mit ihr allein verbringen! »Von Herzen gern«, gab sie mit einem strahlenden Lächeln zurück.

»Gut«, meinte Robert und warf ihr einen langen Blick zu. »Ich freue mich sehr darauf.«

»Warte«, sagte Richard und stürzte seinen Kaffee hinunter. »Ich komme direkt mit ins Kontor.«

»Jetzt schon?«, fragte Robert.

»Ja, ich habe noch so viel auf dem Tisch.«

»Danke, dass du das alles für uns machst«, sagte Luise rasch zu Richard, was dieser aber nur mit einem Blick quittierte, den sie nicht deuten konnte.

Richard gab Elsa noch einen Kuss auf die Wange, seine Tochter Marie küsste er auf die Stirn, und dann verließ er das Esszimmer.

Robert erhob sich ebenfalls. »Dann wünsche ich allen einen angenehmen Vormittag, und grüßt bitte Martha sehr herzlich von mir.« Er ließ seinen Blick noch einmal auf Therese ruhen.

»Das machen wir«, sagte Therese, die Roberts vielsagenden Blick erwiderte. Zu gern hätte sie ihn in diesem Moment geküsst, einfach aus Vorfreude auf den kommenden Freitagabend.

»Also bis später«, sagte Robert rasch, als hätte er den gleichen Gedanken, den er zu vertreiben versuchte. Dann verließ auch er das Esszimmer.

»Bis später«, riefen ihm die Familienmitglieder noch nach. Kurz darauf hörte man Schritte und das Zuschlagen der Haustür. Richard und Robert hatten die Villa verlassen.

»Sollen wir Eduard nachher hierlassen oder ihn mit zu Martha nehmen?«, fragte Luise, an Ludwig gewandt. »Was wäre dir lieber?«

Er zögerte. »Du hast ja auch erlebt, wie sie sich gemacht hat. Wie schätzt du die Situation denn ein?«

»Vom Gefühl her würde ich sagen, wir nehmen ihn mit. Vielleicht gibt sein Anblick Martha ja zusätzlich Ansporn, sich wieder in den Griff zu bekommen«, überlegte Luise laut.

»Oder aber sie fühlt sich unter Druck gesetzt«, hielt Ludwig dagegen. »Offen gesagt, können wir es so oder so, richtig oder auch falsch machen. Ich weiß es wirklich nicht.«

»Wir nehmen ihn mit«, entschied Luise.

»Gut«, stimmte Ludwig zu. »Richte Martha aus, dass ich auf jeden Fall heute Abend nach der Arbeit wieder vorbeikomme.«

»Das werde ich.«

Viktoria, die im Stubenwagen lag, den Luise am Fenster abgestellt hatte, begann unruhig zu werden. »Da möchte jemand sein Frühstück haben«, sagte Luise und stand auf. Vorsichtig nahm sie Viktoria heraus und gab ihr einen Kuss auf die Stirn. Sie verabschiedete sich vom Rest der Familie und zog sich dann nach oben in ihr Schlafzimmer zurück, um Viktoria in aller Ruhe zu stillen. Immer wieder hörte sie jemanden über den Flur gehen. Offenbar hatte sich die Frühstücksrunde inzwischen aufgelöst, dabei war es gerade einmal acht Uhr durch.

Als Luise mit dem Stillen fast fertig war, betrat Hans das Schlafzimmer, um sich von seiner Frau zu verabschieden. Die Kutsche war zurück, sodass sich Ludwig und Hans diese nun teilen und sich von Hugo zu ihren jeweiligen Firmen bringen lassen würden. Luise liebte es, wie die Familie stets morgens bei Tisch zusammensaß, um dann irgendwann aufzubrechen und in alle möglichen Richtungen fortzueilen, um am Abend wieder zusammenzukommen und einander von den Erlebnissen des Tages zu erzählen. Sie hatte bisher noch keinen Gedanken darauf verwendet, doch jetzt fragte sie sich, ob Viktoria ein Einzelkind bleiben sollte. Mit Hans konnte sie es sich gut vorstellen, noch weitere Kinder zu haben, ja, mit ihm konnte sie sich tatsächlich alles vorstellen, in beruflicher wie privater Hinsicht.

Es war gegen halb zehn, als Luise, Therese und Eduard in die Kutsche stiegen und sich auf den Weg zur Villa der Ahrendsens machten. Franz hatte protestiert, als seine Mutter ihm sagte, er könne nicht mitkommen und solle stattdessen bei Sophia, Helene und Elsa bleiben. Er fand es ungerecht, dass Eduard, obwohl er viel jünger war, mitfahren durfte und er nicht. Das Argument, dass Eduard immerhin Marthas Sohn sei und daher einen guten Grund habe, seine Mutter zu besuchen, zählte für Franz nicht. Er schmollte, verschränkte die Arme vor dem

Körper und weigerte sich, seiner Mutter einen Kuss zu geben, als die sich von ihm verabschiedete. Sophia wies ihn zurecht und sprach leise mit ihm.

Als Therese dann ging, rannte er ihr hinterher und umarmte sie eilig, drückte ihr einen Kuss auf die Wange und lief wieder zurück. Therese nahm sich vor, Sophia später unbedingt noch zu fragen, welche Zauberworte sie Franz da eingeflüstert hatte. Denn so rasch hatte es sogar Therese noch nie vermocht, den Dickkopf des kleinen Mannes zu knacken.

»Guten Tag, Hilde. Du kennst doch Therese Hansen, die Ehefrau von Onkel Karl?«

»Aber gewiss.« Die Haushälterin knickste. »Guten Tag, Frau Hansen. Ich hatte ja noch gar keine Gelegenheit … aber nun, da Sie hier stehen, möchte ich Ihnen sagen, wie leid mir das alles tut. Wirklich furchtbar leid.«

»Vielen Dank.« Therese nickte ihr zu.

»Da ist ja mein kleiner Eduard«, sagte die Haushälterin mit Begeisterung in der Stimme und beugte sich zu ihm herab, um ihn zu herzen, was Eduard vorbehaltlos geschehen ließ. Es war schon erstaunlich, wie die früher so griesgrämig dreinblickende Frau sich verändert hatte. Vermutlich lag es einfach an dem herzigen Wesen Eduards, das ihr Herz erreicht hatte und sie so liebevoll mit dem Jungen umgehen ließ.

»Könntest du ihn für eine kurze Weile nehmen, Hilde? Ich möchte gern, dass wir erst einmal allein mit meiner Schwester sprechen.«

»Aber gewiss doch, Frau Petersen.« Sie hob Eduard auf den Arm. »Nicht wahr, mein Schatz, wir beide freuen uns, endlich einmal wieder zusammen zu sein?«

»Ist meine Schwester oben?«, fragte Luise.

»Nein, sie ist im Garten.«

»Im Garten? Bei diesen Temperaturen?«

»Keine Sorge. Sie hat eine dicke Decke übergelegt, und wir haben eine Matratze auf der Liege, sodass es rundherum warm ist. Und solange die Dezembersonne noch etwas Wärme gibt, ist es tatsächlich sehr angenehm. Erst am Nachmittag wird es zu kühl, aber so lange wird sie gewiss nicht draußen bleiben.« Hilde trat etwas näher an die beiden heran. »Sie sieht wirklich viel, viel besser aus. Wir sind alle ganz glücklich.«

»Ach, das ist ja wunderbar«, freute sich Luise. »Bitte lass uns zwei Stühle bringen, damit wir uns eine Weile zu ihr setzen können.«

»Ich werde mich gleich darum kümmern«, erwiderte die Haushälterin und verschwand sogleich zu den Räumen der Angestellten.

Luise und Therese gingen durchs Wohnzimmer, wo eine der Doppeltüren zur Terrasse hinaus geöffnet war. Es war kühl im Raum. Bestimmt würde Hilde den Ofen später ordentlich anfeuern müssen, um es wieder wohlig warm zu bekommen.

Luise klopfte beim Hinaustreten zweimal gegen den Türrahmen und sagte: »Klopf, klopf.«

Martha drehte sich um. »Nein«, entfuhr es ihr überrascht. »Therese!«

»Allerdings.« Die Wienerin machte einige rasche Schritte und beugte sich zu der ruhenden Martha hinab. »Martha, wie schön es ist, dich zu sehen.« Therese betrachtete sie. »Du siehst gut aus.«

Martha senkte den Blick. »Vermutlich überrascht dich das.« Sie warf Luise einen Blick zu. »Ich nehme an, Therese weiß, was geschehen ist?«

»Du meinst, dass du Schwierigkeiten hattest und dich ihnen gestellt hast?«, sagte Therese an ihrer Stelle. »Ja, allerdings weiß ich davon. Und ich bin hier, um dir zu sagen, wie stolz du auf dich sein kannst, dafür, dass du bereit warst, dich zu ändern.«

Das Hausmädchen brachte zwei Stühle, die sie rechts und links von Marthas Liege aufstellte. Dann verschwand sie sofort wieder. Therese und Luise nahmen Platz.

»Es ist sehr nett von dir, dass du es so ausdrückst«, sagte Martha, an Therese gewandt. »Doch ich muss euch sagen, ich schäme mich in Grund und Boden. Ich glaube, ich werde nie mehr aufhören können, mich zu schämen.«

»Möchtest du mit uns darüber sprechen?«, fragte Therese.

Martha zuckte mit den Schultern. »Ehrlich gesagt habe ich nicht die geringste Ahnung, wie es überhaupt so weit kommen konnte. Ich habe es lange gar nicht bemerkt. Am Anfang habe ich es genossen, mal ein Glas Wein mit Ludwig zu trinken.« Wieder senkte sie den Blick. »Ich kann doch ganz offen mit euch sein? Ihr werdet ihm doch nicht weitersagen, was ich euch anvertraue?«

»Selbstverständlich nicht«, entgegnete Luise empört. »Du weißt, dass ich das nie tun würde.« Sie deutete auf Therese. »Keine von uns.«

»Ludwig und ich verstehen uns nicht besonders«, begann Martha zu erzählen. »Und wenn ich etwas getrunken hatte, dann wurde ich irgendwie besser damit fertig.«

»Wo liegen denn eure Schwierigkeiten miteinander?«

Martha presste die Lippen zusammen, Tränen traten in ihre Augen. »Nun, einfach gesagt ist es so, dass er mich nicht liebt.«

»So ein Unsinn!«, sagte Therese sofort, doch Luise enthielt sich eines Kommentars. Zwar hatte er es nicht so deutlich gesagt, doch auch Luise meinte herausgehört zu haben, dass Ludwig haderte, weil er seinerzeit die Beziehung zu Frederike auf Druck seines Vaters hatte beenden müssen.

»Er war schon einmal kurz davor, sich zu verloben«, sagte Martha tonlos zu Therese. »Luise weiß davon. Die Frau war nicht mehr standesgemäß, aber ich glaube, er trauert ihr immer noch nach.«

Luise schluckte schwer. Es war also genau das, was sie bereits vermutet hatte: Martha spürte, dass Ludwig mit dem Herzen noch immer bei Frederike war.

»Das ist Unsinn«, brachte Luise nun mit entschlossener Stimme hervor. »Ludwig liebt dich, und zwar von ganzem Herzen. Wir wissen beide, dass er dich hätte verlassen können, so wie du dich aufgeführt hast. Und auch dass du deine Pflichten gegenüber Eduard vernachlässigt hast, wäre Grund genug gewesen.« Sie hob den Kopf. »Ich glaube, ich an seiner Stelle hätte all das vor den Richter gebracht und die Scheidung gefordert.«

Martha traten Tränen in die Augen. »Wer weiß, ob er das nicht noch tut …«

»Er tut es nicht. Denn er liebt dich, das hat er mir selbst gesagt«, log Luise.

»Ist das wahr?« Martha war aufrichtig erstaunt.

»Die Frage ist wohl eher, liebst du Ludwig? Verzeih mir, aber ich hatte bisher nicht wirklich den Eindruck, dass du dich nach ihm verzehrst.«

»Ich weiß es nicht«, gestand Martha, und diese klare und ehrliche Antwort überraschte Luise ebenso wie Therese.

»Gibt es einen anderen?«, fragte Therese.

Martha schüttelte den Kopf. »Nein, das ist es nicht. So etwas würde ich nie tun. Doch ich fürchte, ich habe Ludwig aus den völlig falschen Gründen geheiratet, und bekomme nun die Quittung dafür.«

»Aus welchen Gründen hast du ihn denn geheiratet?«, fragte Luise.

»Na, aus dem Grund, warum es auch alle anderen tun: Ich wollte versorgt sein und eine gute Partie machen.«

»Sprich nur für dich«, mahnte Therese. »Ich nämlich habe Karl nur aus einem einzigen Grund geheiratet: aus Liebe.« Sie sah Luise an. »Und du? Aus welchem Grund hast du Hans geheiratet?«

»Nicht aus Liebe. Bei mir war es wie bei Martha«, gab sie unumwunden zu. »Aber dann ist etwas Eigenartiges geschehen: Ich habe mich in meinen eigenen Mann verliebt.«

Therese lachte hell auf. »Wirklich?«

»Ja, es stimmt. Ich gebe Martha da schon recht. Es war bei uns wie bei den meisten anderen höhergestellten Familien auch: Die Heirat musste lohnend sein, im besten Fall für die eine wie für die andere Seite.«

»Hm«, machte Therese. »Zwar kann ich nicht für alle Frauen in Wien sprechen, doch tatsächlich gibt es ein solches Verhalten bei uns eher in den Königshäusern. Wir normalen Menschen dürfen uns die aussuchen, die uns gefallen.«

»Nun ja, niemand hat mich gezwungen, Hans zu heiraten«, räumte Luise ein. »Doch mein Vater hat deutlich gemacht, dass er die Verbindung begrüßen würde.«

»Siehst du? Wenn ich das wenigstens auch von mir behaupten könnte. Ich habe mir Ludwig selbst ausgesucht. Nicht, weil ich mir keinen Besseren hätte vorstellen können. Es war der Wunsch seines Vaters und, nun ja, ich war nicht abgeneigt. Doch aus Liebe habe ich ihn bestimmt nicht genommen. Ich habe mich an das erinnert, was unsere Mutter uns früh schon beigebracht hat: Ein Mann muss eine gute Partie und dazu bereit sein, alles für seine Frau zu tun und ihr alles zu schenken, was sie sich nur wünscht.« Martha hob den Finger. »Und natürlich sollte das gesellschaftliche Ansehen groß sein, und die anderen feinen Damen müssen neidisch sein auf den Fang, den man da gemacht hat.«

Therese verdrehte die Augen. »Herr im Himmel«, sie legte die Hände aneinander wie zum Gebet, »das ist ja fürchterlich!« Sie lachte herzlich. »Ich glaube, einen solchen Unsinn hätte sich nicht einmal meine Mutter einfallen lassen, und sie hatte wahrlich so manchen eigenartigen Gedanken.«

Eine kurze Pause entstand, dann lachten die drei Frauen gleichzeitig los, ohne genau zu wissen, weshalb. Irgendwie war die Anspannung fort, nun da alle so unbekümmert miteinander über derart heikle Themen plaudern konnten.

»Doch zurück zum Problem«, sagte Luise schließlich, immer noch schmunzelnd. »Wie soll es nun weitergehen?«

»Ich weiß es nicht«, sagte Martha. »Ich glaube, ich habe das erste Mal seit Jahren – vielleicht sogar überhaupt – ehrlich über mich nachgedacht. Und ich muss zugeben, dass mir das Bild, das sich mir bot, ganz und gar nicht gefiel.«

»Ich hätte nie gedacht, solche Worte einmal aus deinem Mund zu hören«, sagte Luise. »Und glaub mir, das ist jetzt wirklich nicht böse gemeint.«

»Das weiß ich«, sagte Martha. »Doch glaubt ihr denn, dass ich überhaupt noch eine Wahl habe? Ich meine, ich rechne fast täglich damit, dass Ludwig mir die Scheidungspapiere zustellen lässt.« Wieder sah sie von Therese zu Luise und wieder zurück. »So etwas wie das, was ich mir geleistet habe, lässt sich doch kein Ehemann bieten.«

»Offen gesagt, finde ich es gut, dass du endlich mal ein bisschen Demut zeigst«, fand Luise. »Doch du solltest dich nicht selbst zu schlecht machen. Ja, du hast einen Fehler gemacht, sogar einen großen. Aber Therese sagte es doch vorhin schon: Das Wichtigste ist, dass du deinen Fehler eingesehen und etwas unternommen hast. Du hast dem Alkohol abgeschworen. Das war der erste Schritt. Alles andere muss nach und nach kommen.«

Martha seufzte schwer. »Und was ist mit Eduard? Glaubt ihr, dass ich ihm noch eine gute Mutter sein kann?«

»Willst du es denn sein?«, fragte Therese. »Ich sage es dir ganz aufrichtig: Als ich hörte, dass du ihn in seinem Zimmer sich selbst überlassen hast, war ich fürchterlich wütend auf dich.«

»Ja«, sagte Martha, »dafür gibt es keine Entschuldigung.«

»Das stimmt«, bekräftigte Luise. »Doch es bleibt Thereses Frage: Möchtest du Eduard eine gute Mutter sein?«

»Ich würde alles dafür geben. Und ich würde alles besser machen, das schwöre ich.«

Therese und Luise tauschten einen Blick und lächelten sich zu. »Dann«, sagte Luise und stand auf, »habe ich eine Überraschung für dich.«

Sie ging durch die Terrassentür ins Haus und rief nach Hilde, die sogleich mit Eduard an der Hand aus der Küche kam. Luise beugte sich herunter und nahm Eduard auf den Arm. »Wir gehen jetzt zu deiner Mama.«

»Mama«, wiederholte Eduard.

»Ja, mein Schatz, zu deiner Mama.«

Martha drehte sich um, als Luise wieder auf die Terrasse trat und sie ihre Schritte hörte.

»Eduard!« Martha schlug mit Schwung die Decke beiseite und sprang auf. »Eduard, mein Gott, du bist es wirklich!«

»Mama«, sagte er, und Luise stellte ihn auf die Füße.

Martha eilte zu ihm, ließ sich auf die Knie fallen und umarmte ihren Sohn. »Eduard.« Sie küsste ihn auf die Wangen. »Mein kleiner Liebling. Es tut mir so leid. Es tut mir alles so furchtbar leid.«

Der Kleine sah etwas hilflos zu Luise.

»Du machst ihm Angst, Martha.«

Sofort ließ sie ihn los. »Das wollte ich nicht. Bitte verzeih.« Sie strich ihm über die Arme. »Es ist nur so schön, ihn zu sehen.«

»Komm«, sagte Luise, »leg dich wieder hin. Eduard können wir zu dir unter die Decke setzen.«

So blieben sie noch eine ganze Weile beisammen, bis es ihnen zu kühl wurde. Außerdem war es bereits fast halb zwölf und damit Zeit, Viktoria zu stillen.

»Wir müssen jetzt los, Martha. Aber ich soll dir von Ludwig ausrichten, dass er heute Abend wieder heimkommt, um nach dir zu sehen. Wie wäre es, wenn du dein schönstes Kleid anziehst, dich für ihn etwas zurechtmachst und mit ihm offen sprichst?«, schlug Luise vor.

»Sei ehrlich zu ihm, aber nicht zu ehrlich«, riet Therese. »Ich glaube nicht, dass es gut wäre, wenn du sagst, dass du nicht weißt, ob du ihn liebst. Besser wäre es, du prüfst nicht, ob du ihn liebst, sondern suchst Gründe, es zu tun. Nur du kannst entscheiden, wie du deinen Mann siehst und über ihn denkst. Du allein. Vergiss das nicht!«

»Es war schön, dass ihr hier wart«, sagte Martha. »Ich danke euch.« Sie drückte Eduard noch einmal an sich. »Vor allem, dass ihr mir meinen Schatz mitgebracht habt.«

»Sag: Auf Wiedersehen, Mama! Ich komme bald wieder.« Luise machte Eduard vor, wie er winken solle, als sie ihn auf den Arm nahm. »Auf Wiedersehen«, wiederholte Luise noch mal, und Eduard plapperte es nach und winkte.

Martha und Therese verabschiedeten sich ebenfalls, und Martha hatte Tränen in den Augen, als die drei gingen.

Luise fühlte sich wie befreit. Die Frau, mit der sie sich soeben unterhalten hatten, hatte nichts mehr von der egoistischen und selbstzerstörerischen Frau an sich, die Martha noch bis vor Kurzem gewesen war. Vor allem die Einsicht in ihre Fehler und die offensichtliche Liebe, die sie für Eduard empfand, überraschten Luise. Sie hoffte aufrichtig, dass dies die Wende bringen und es den Ahrendsens von nun an vergönnt sein würde, ein gutes Leben miteinander zu führen.

Als sie nach Hause kamen, waren sie bester Laune – was sich jedoch schlagartig änderte, als sie die Villa betraten und dort helle Aufregung herrschte. Aus dem Esszimmer war Roberts erregte Stimme zu hören, ebenso die von Hans und Richard.

»Wir sind wieder da«, rief Luise, als sie und Therese mit Eduard das Esszimmer betraten. »Ist etwas geschehen?«

Robert nickte und trat auf sie zu. »Ich habe Hans direkt

Bescheid gegeben und auch Richard gebeten, mit mir nach Hause zu kommen. Ein Telegramm hat das Kontor erreicht: Es hat einen Überfall auf die Plantage gegeben, und unsere gesamte Ernte wurde vernichtet.«

Luise riss die Augen auf und schlug sich erschrocken die Hand vor den Mund.

»Und«, Robert musste sich räuspern, »Heinrich Begemann ist tot. Er ist bei dem Überfall ums Leben gekommen.«

15. Kapitel

Es fühlte sich unwirklich an und vollkommen falsch. Heinrich Begemann war tot. Keiner von ihnen konnte es fassen, niemand konnte etwas sagen oder auch nur seine Gedanken so weit ordnen, dass das alles irgendeinen Sinn ergab.

Robert hatte das Telegramm Luise gegeben, die wie gebannt auf die wenigen Worte starrte:

> *Überfall auf Hansen-Plantage +++ Gesamte Ernte zerstört +++ Verwalter Begemann ermordet +++ Erbitte Bestätigung für Empfang des Telegramms +++ gez. Sigmund Leffers*

Die wenigen Informationen, die die Hansens mit diesem Telegramm erhalten hatten, warfen für sie mehr Fragen auf, als dass sie Antworten gaben.

Was genau war geschehen?

Neben dem menschlichen Verlust durch den Tod Heinrich Begemanns bedeutete er für die Familie Hansen außerdem, dass die Plantage in Kamerun nun ohne Führung war. Was war mit Hamza, mit Malambuku? Wer hatte den Überfall begangen? Waren die Duala noch dort und hielten vorerst die Stellung, auch wenn sie nicht wissen konnten, wann und ob überhaupt jemand von der Familie käme, um die Angelegenheiten vor Ort zu regeln und damit auch ihre Löhne weiterzuzahlen? Oder war bereits alles Hab und Gut geplündert worden? Und was war mit den Pflanzen? War nur die bereits in Säcke verpackte Ernte verloren, was bereits einen immensen Verlust für das Kontor bedeutete, oder waren auch die Pflanzen zerstört, sodass es Jahre dauern würde, alles wieder aufzubauen? Luise konnte keinen klaren Gedanken fassen.

Vor allem aber war da die Angst, besser gesagt: die blanke Panik, auch Hamza könnte bei dem Überfall getötet worden sein, was jedoch einen Mann wie Sigmund Leffers nicht dazu bewegen konnte, dafür mehr Telegrammzeichen als nötig zu verwenden.

»Ich muss das nächste Schiff nach Kamerun nehmen«, erklärte Robert in die Stille hinein, da alle Familienmitglieder nur am Tisch saßen und vor sich hin starrten.

»Ich werde dich begleiten«, sagte Luise sofort.

»Du wirst *was*?«, fragte Hans, der glaubte, sich verhört zu haben. »Du bist wohl nicht bei Trost!«

»Selbstverständlich fahre ich!«, begehrte Luise auf. »Ich habe eine ganze Weile in Kamerun gelebt, und ich kenne die Menschen dort. Mir wird gewiss nichts geschehen.«

»Euer Verwalter hat auch eine ganze Weile in Kamerun gelebt. Und jetzt wurde er überfallen und ermordet. Auch wenn ich nie gedacht hätte, das einmal sagen zu müssen: Ich verbiete es dir, Luise, hörst du?« Hans schlug mit der flachen Hand auf den Tisch.

Luise funkelte ihren Ehemann wütend an.

»Hans hat recht, Luise«, urteilte Robert und sah seine Tochter an. »Wir können überhaupt nicht einschätzen, wie die Situation in Kamerun derzeit ist.« Luise setzte zu einer Erwiderung an, doch Robert hob die Hand und brachte sie so zum Schweigen. »Auch du nicht, Luise.«

»Wie sollte das außerdem gehen mit Viktoria? Sollen wir eine Amme beschäftigen, bis du aus Afrika zurückkehrst?« Hans' Gesicht war rot vor Wut.

»Sie haben recht«, sagte nun Therese und legte ihre Hand auf Luises Arm. »Es ist nicht nur zu gefährlich, sondern mit einem Säugling geradezu unmöglich. Du würdest das Leben deiner Tochter gefährden, wenn du sie mitnimmst. Und ich glaube kaum, dass du dich für zehn bis zwölf Wochen – im besten Fall, sofern alles rasch geregelt werden könnte – von deiner Tochter trennen möchtest.«

Gegen dieses Argument war Luise machtlos. »Es war dumm von mir und nur eine spontane Eingebung. Bitte verzeih, Hans. Ich habe nicht nachgedacht.«

Die Einsicht seiner Ehefrau erleichterte Hans ganz offensichtlich. Er atmete geräuschvoll aus. »Du hast mir einen ganz schönen Schrecken eingejagt.«

»Wann willst du fahren?«, fragte Therese, an Robert gewandt.

»Ich werde das nächste Schiff nehmen, und das läuft bereits übermorgen aus. Es tut mir aufrichtig leid, Therese.«

Therese ahnte, dass Robert damit auch auf ihren geplanten gemeinsamen Abend anspielte, der den beiden die Gelegenheit zu einer Aussprache hätte bieten sollen. »Mir tut es leid, sowohl um euren Verwalter als auch die Situation insgesamt«, gab sie zurück.

»Verdammt!« Robert ballte die Hand zur Faust. »Es ist einiges liegen geblieben in letzter Zeit.« Er warf Therese einen entschuldigenden Blick zu. »Ich habe so viel zu erledigen und kann hier kaum weg.«

»Ich kann die Angelegenheiten im Kontor regeln«, sagte Luise, noch bevor Richard es vorschlagen konnte. Kurz warf sie dem Cousin einen Blick zu, der jedoch gar keine Anstalten machte, dasselbe Angebot auszusprechen.

»Tatsächlich würde es mich beruhigen, wenn ich wüsste, dass du die Dinge während meiner Abwesenheit regelst.« Er wandte sich an seinen Neffen. »Das ist nicht gegen dich gerichtet, Richard, doch Luise und ich haben bereits so lange zusammengearbeitet und fast alle Kontakte geknüpft. Jeder unserer Geschäftspartner kennt sie und wird mein Fehlen entschuldigen, wenn sie erfahren, was geschehen ist.«

»Nur zu«, gab Richard scheinbar gleichmütig zurück. »Ich habe mit meinen Aufgaben schon genug zu tun.«

»Danke für dein Verständnis.« Robert nickte ihm zu, was Richard lediglich mit einem Schulterzucken quittierte.

»Wenn ich auch irgendwie helfen kann, sagt es bitte«, bot Hans an.

»Womöglich werde ich darauf zurückkommen müssen.«

Therese sah zu Sophia hinüber, die die ganze Zeit schweigend dagesessen hatte. »Es wird das Beste sein, wenn wir so bald wie möglich nach Wien zurückfahren.«

»Nein, bitte …«, begann Robert, merkte dann aber selbst, wie sinnlos es wäre, wenn Therese in Hamburg bliebe, obwohl nicht einmal klar war, wann er selbst hierher zurückkehren würde. Doch der Gedanke, Therese nun wieder fortgehen lassen zu müssen, ohne wenigstens noch einmal in trauter Zweisamkeit mit ihr sprechen zu können, zerriss ihm fast das Herz. Alles war ungeklärt, nichts wirklich zu Ende gesprochen. Auch wenn von Anfang an klar gewesen war, dass Therese und Sophia mit den Kindern nur zu Besuch waren und sie früher oder später nach Wien zurückmussten, brachte ihn dieser abrupte Abschied an den Rand der Verzweiflung. Er war in ihrer Anwesenheit so glücklich, wie er nie zuvor in seinem Leben gewesen war. Er wollte, nein, er *durfte* sie nicht wieder verlieren. Gerade erst waren sie dabei, sich einander anzunähern. Was, wenn ihnen durch die erzwungene Trennung die Möglichkeit genommen wurde, ihre gerade erst aufkeimenden Gefühle füreinander zu vertiefen, und das, was noch ein zartes, fragiles Band war, dadurch riss?

Kurz war er in Versuchung, ihre Hand zu nehmen und ihr vor versammelter Familie zu sagen, dass er sie nicht wieder verlieren wolle. Ja, dass er mit ihr leben und für immer mit ihr zusammen sein wollte, mit ihr und den Kindern, die er liebte, als wären es seine eigenen, und denen er den Vater ersetzen wollte, den sie so früh verloren hatten. Er sah Therese an, und als ob sie ahnte, dass gleich etwas aus ihm herausbrechen würde, schüttelte sie fast unmerklich den Kopf. Robert sprang von seinem Stuhl auf. Er raufte sich die Haare, ging zum Fenster hinüber und schlug mit der flachen Hand gegen den Rahmen.

»Elsa, wollen wir nicht mit den Kindern ein wenig nach oben zum Spielen gehen?«, schlug Sophia vor.

»Ja, das sollten wir wohl.« Elsa stand auf, half Marie von ihrem Kinderstühlchen herunter und hielt ihre andere Hand Eduard hin, während Sophia Franz und Helene hinausführte.

»Alles dahin«, sagte Robert und blickte aus dem Fenster.

»Wir wissen nicht, ob die Pflanzen auch betroffen sind, Vater. Wir müssen jetzt das Beste hoffen.«

Therese glaubte, dass es nicht das war, was Robert mit seiner Bemerkung gemeint hatte. Aber natürlich schwieg sie. Auch ihr lag der so plötzlich nahende Abschied wie ein schwerer Stein im Magen, und sie hatte Mühe, die Tatsache zu verkraften, dass sie Robert für eine lange Zeit oder womöglich gar nicht wiedersehen würde. Schon wieder ein Mann, den sie liebte und den sie verlor. Die Erkenntnis, dass sie sich genau in diesem Moment über ihre Gefühle für den Schwager klar wurde, nahm ihr fast den Atem.

»Darf ich das Telefon benutzen?«, fragte Therese und stand eilig auf.

»Gewiss. Es steht im Flur«, antwortete Luise.

»Wen willst du denn anrufen?«, fragte Robert, ohne sich umzudrehen.

»Ich möchte mich nach der nächsten Zugverbindung nach Wien erkundigen.«

»Ihr könntet doch trotz allem bleiben«, bot Luise etwas zögerlich an.

»Nein, lieber nicht«, erwiderte Therese. »Es liegen große Aufgaben vor euch, und da würde unsere weitere Anwesenheit nur eine Belastung bedeuten.« Sie lächelte Luise an. »Bestimmt kommen wir eines Tages zurück, wenn alles wieder in Ordnung ist, und dann werden wir noch einmal so eine wunderbare Zeit miteinander verleben.« Therese hoffte, dass Robert verstanden hatte, dass ihre Worte vor allem ihm gegolten hatten.

»Es tut mir leid, dass es so gekommen ist«, sagte Robert, drehte sich nun langsam vom Fenster weg und wandte sich wieder den anderen im Raum zu. »Es soll wohl nicht sein.«

»Ihr werdet diese Krise überstehen«, sagte Therese und sah Robert dabei fest in die Augen. »Und auch alles andere wird sich finden.« Ihr kamen die Tränen. »Und nun entschuldigt mich bitte. Ich möchte telefonieren.«

Luise fragte sich, was Therese so aus der Fassung gebracht hatte. Sie kannte Heinrich Begemann nicht, sodass ihr Mitgefühl wohl vor allem darauf beruhte, dass sie mit der Familie litt. Doch es schien Luise, dass da noch etwas anderes war, etwas, das sie soeben das erste Mal wahrgenommen hatte. Aber genau deuten konnte sie das Gefühl eigenartigerweise nicht.

Kaum hatte Therese den Raum verlassen, hörte man eilige Schritte über den Flur kommen, und im nächsten Moment wurde die Tür zum Esszimmer geöffnet.

»Was ist geschehen? Ist etwas mit Martha? Fräulein Schreiber hat mich angerufen und Bescheid gegeben, dass ich schnellstmöglich hierherkommen soll«, sagte Ludwig vollkommen außer Atem.

Luise stand auf und reichte ihm wortlos das Telegramm, das Ludwig sogleich las.

»Oh mein Gott!«, brachte er fassungslos hervor.

»Ja, das trifft es leider«, befand Luise. Sie wandte sich Hans zu. »Könntest du eine Weile auf Viktoria achten? Ich fühle mich nicht besonders und möchte mich einen Augenblick hinlegen. Bring sie mir hoch, wenn sie gestillt werden will, ja?«

»Ja, das mache ich«, versicherte Hans.

»Ach, Ludwig«, sie legte kurz ihre Hand auf die Schulter des Schwagers. »Wir waren vorhin bei Martha. Es geht ihr gut. Fahr zu ihr, sobald du kannst, und sprich dich mit ihr aus. Und sag ihr vor allem, dass du sie liebst.« Sie deutete in den Raum. »Hier kannst du sowieso nichts ändern.«

Damit verließ sie das Zimmer und schleppte sich die Stufen hinauf. Das Telefon im Flur wurde nicht benutzt. Therese hatte offenbar rasch die Auskunft erhalten, die sie brauchte. Luise strauchelte und musste sich am Treppengeländer festhalten, um nicht das Gleichgewicht zu verlieren. Das Blut pulsierte in ihren Ohren, so sehr hatte sie sich erschreckt, weil sie befürchtete, die Treppe hinunterzustürzen. Kurz erwog sie, sich einfach auf die Stufen zu setzen und abzuwarten, bis der Schwindel ganz verginge, entschied sich dann aber dagegen. Sie nahm mühsam die letzten Stufen und war erleichtert, als sie den oberen Flur erreichte. Alle Kraft schien aus ihrem Körper verschwunden.

Sie drückte die Klinke herunter, betrat ihr Schlafzimmer und schloss die Tür hinter sich. Dann ging sie zum Bett und ließ sich, wie sie war, fallen. Immer deutlicher bahnte sich ein Gedanke den Weg an die Oberfläche, den sie einfach nicht zulassen wollte. Was war mit Hamza? War er noch am Leben? Ging es ihm gut? Und wenn er nun tot war und sie beide nie mehr die Gelegenheit hätten, über all das, was geschehen war, zu sprechen?

Sie drehte sich auf die Seite und weinte bitterlich. Nachdem sie eine Weile so gelegen hatte, hörte sie, wie die Tür geöffnet wurde, und dann das leise Glucksen, das Viktoria von sich gab, wenn sie wach war. Luise wischte die Tränen von den Wangen und richtete sich auf.

Hans kam zum Bett herüber und setzte sich auf die Kante. Nachdem er Luise das Kind übergeben hatte, hob er die Hand und wischte ihr die Tränen, die noch immer nicht trocknen wollten, von den Wangen. »Du hast euren Verwalter sehr gemocht, nicht wahr?«

»Ja«, sagte Luise, dankbar dafür, dass Hans nicht den geringsten Zweifel hatte, dass ihre Trauer sich auf Begemann bezog. »Ja, das habe ich wirklich.«

»Ich hoffe, du bist nicht wütend auf mich, weil ich vorhin so barsch reagiert habe. Ich war nur so in Sorge, dass du tatsächlich erwägen könntest …«

Luise legte ihm den Zeigefinger auf die Lippen und brachte ihn so zum Schweigen. »Ich liebe dich, Hans. Was auch immer geschieht, ich liebe dich aufrichtig.«

»Aber ich liebe dich doch auch, Luise. Deshalb habe ich ja so heftig reagiert.«

»Ich weiß.« Luise nickte. »Und glaub mir, ich bin dir nicht böse. Ich bin nur schrecklich traurig über das Geschehene. Noch vor wenigen Stunden waren alle glücklich. Selbst Martha geht es viel besser, und es war rührend zu sehen, wie sehr sie Eduard vermisst hat. Und als wir nach Hause kamen und dann diese Nachricht erhielten … das war wie ein Schlag ins Gesicht.«

»Das verstehe ich sehr gut.«

Luise hob die Decke etwas an, weil es ihr unangenehm war, wenn Hans ihr beim Stillen so direkt auf die Brust sehen konnte. Auch wenn er ihren Körper kannte, spürte sie hier eine gewisse Hemmschwelle. Hans bemerkte es und drehte sich zur Seite. Als Luise sich und die Kleine zurechtgelegt hatte, sagte sie: »Kann ich dich bitten, mich zu unterstützen, damit ich Vaters Arbeit im Kontor weiterführen kann?«

»Ja, das ist doch selbstverständlich. Sag mir, was ich tun kann, und ich werde an deiner Seite sein.«

»Du bist ein wunderbarer Mann, weißt du das?«

Hans lächelte sie an. »Gibt es sonst noch etwas, Luise?«

»Was meinst du?«

»Ich weiß nicht. Es ist … wie soll ich sagen … nur so ein Gefühl.«

»Nein, Hans, da ist weiter nichts. Es sind nur die Umstände.« Luise fühlte sich ertappt. Wie hätte ihr Ehemann ahnen können, dass sie mit ihren Gedanken bei einem anderen Mann gewesen war?

»Nun gut, dann lasse ich euch beide jetzt allein, damit ihr ein wenig Ruhe findet. Ich werde heute nicht mehr zur Arbeit fahren, sondern unten auf dich warten.«

»Das ist lieb von dir. Danke schön.«

Hans stand auf, beugte sich zu ihr herunter und gab ihr noch einen Kuss. Dann verließ er das Schlafzimmer.

Luise sah ihm nachdenklich hinterher. Konnte es sein, dass es einen Zeitpunkt gab, von dem an ihr die Nähe zu ihrem Mann zum Verhängnis würde, weil er sie schon zu gut kannte? Sie versuchte, den Gedanken aus ihrem Kopf zu vertreiben, doch ein kleiner Zweifel blieb.

Es war am Mittag des nächsten Tages, als Robert die Koffer in den Bahnhof trug, um dort die Frau in den Zug nach Wien zu setzen, die er am liebsten nie wieder gehen lassen wollte. Bei jedem Schritt brach sein Herz ein Stück mehr, und die Verzweiflung über die unausweichliche Trennung drohte in ihm die Oberhand zu gewinnen.

Als sie den Waggon mit der Nummer 6 erreichten, blieb Sophia, die Helene auf dem Arm trug, stehen und drehte sich zu Robert um, der ihr Seite an Seite mit Therese und Franz gefolgt war. »Auf Wiedersehen, Robert«, Sophia streckte ihm die Hand entgegen, »und tausend Dank für die wunderbare Zeit.«

»Von Herzen gern geschehen, Sophia.« Robert schüttelte ihr die Rechte und bemühte sich um ein Lächeln. Robert gab Helene einen Kuss auf die Wange. »Auf Wiedersehen, kleine Prinzessin. Du wirst mir fehlen.«

Sophia nahm Helenes Händchen und tat, als winkte sie ihm. »Auf Wiedersehen«, sagte Sophia leise und hoffte, dass die Kleine die Worte wiederholen würde, was sie jedoch nicht tat.

Robert ging in die Knie. »Pass gut auf deine Mutter und Sophia auf, mein Großer. Tust du das für mich?«

Franz nickte und musste gegen die Tränen kämpfen. Dann fiel er Robert schluchzend um den Hals. »Ich will nicht weg aus Hamburg. Ich will, dass wir bei dir bleiben.«

Robert zog den Jungen fest in seine Arme. »Oh, Franz, es gibt nichts, was ich mir mehr wünschte als das«, raunte er, drückte seinen Neffen abermals an sich und gab ihm dann einen Kuss auf das Haar. »Wir werden uns wiedersehen, das verspreche ich dir.«

Franz nickte, konnte aber die Tränen nicht länger zurückhalten, die ihm nun über die Wangen kullerten.

Als Robert sich von Therese verabschieden wollte, sagte Sophia schnell: »Ach bitte, Robert, könntest du die Koffer schon in den Zug stellen und Franz hineinhelfen? Ich möchte mit den Kindern gleich unsere Plätze einnehmen.«

Robert sah das Kindermädchen an und begriff in diesem Augenblick, dass sie es wusste. Sie wusste über Therese und ihn Bescheid und wollte ihnen daher die Gelegenheit geben, sich unter vier Augen voneinander zu verabschieden. »Ja, sicher, das mache ich«, brachte er heraus und hob die Koffer an. Therese blieb einfach stehen, überrascht, ja fast überrumpelt von dem, was ihr Kindermädchen soeben gesagt hatte.

»Komm, Franz«, sagte nun Robert und ging mit ihm direkt bis vor den Einstieg, wo er die Koffer an die Seite stellte, Sophia beim Einsteigen half, dann Franz und danach die beiden Koffer in den Zug stellte und etwas weiter hineinschob, sodass nicht gleich jemand darüber stolperte, der vorbeiwollte. »Auf Wiedersehen«, sagte er noch einmal und winkte Franz, der bittere Tränen weinte und nun von Sophia an die Hand genommen wurde.

Dann drehte Robert sich um und sah Therese an, die mit Tränen in den Augen dastand. Die Verzweiflung über die Trennung war ihr ins Gesicht geschrieben, und es war schrecklich für Robert zu sehen, wie sehr sie litt. Robert ging auf sie zu und schloss sie in seine Arme, was endgültig alle Dämme zum Einsturz brachte. Thereses Schultern zuckten heftig, und auch Robert musste all seine Kraft zusammennehmen, um nicht mitten auf dem belebten Hamburger Bahnhof in Tränen auszubrechen.

»Wir werden uns wiedersehen, Therese. Wir werden einen Weg finden.«

Therese nickte, wischte sich die Tränen von den Wangen, auf die jedoch sofort wieder neue folgten, und sah ihn an. »Ja, doch wir werden wohl nie ganz zusammen sein können.«

»Es gibt einen Weg für uns, das weiß ich. Und bis wir uns wiedersehen, werde ich immerzu an dich denken und mich nach dir verzehren. Auch wenn wir uns in verschiedenen Städten, ja sogar schon bald auf verschiedenen Kontinenten befinden, so wird mein Herz doch immer bei deinem sein. Ich liebe dich, Therese.« Er blickte zu Boden. »Das wollte ich dir eigentlich bei unserem Abendessen sagen und nicht hier auf dem Bahnsteig.« Er zuckte die Schultern. »Ich weiß, wir haben uns nur geküsst. Aber ich weiß dennoch ganz genau, was ich fühle. Ich liebe dich, Therese.«

»Ich liebe dich auch, Robert. Und ich habe keine Scheu, es zu sagen. Ich weiß, dein Bruder war mein Mann, und wahrscheinlich würde man sich den Mund über uns zerreißen. Doch ich liebe dich, und es fühlt sich genau richtig für mich an.«

»Weil es auch genau das ist.« Robert legte seinen Zeigefinger unter ihr Kinn und hob ihren Kopf an. Dann küsste er sie. Er küsste sie so lange und so leidenschaftlich, bis sie das Kommando des Zugführers hörten, dass die Türen geschlossen werden sollten. Noch ein inniger Kuss, dann machte Therese die letzten paar Schritte und sprang in den Zug. Der Schaffner auf dem Bahnsteig schloss augenblicklich die Tür, sodass Therese Robert nur noch durch das Fenster sehen konnte. Sie hob die Hand und er die seine, dann ertönte der Pfiff, und der Zug fuhr an. Therese hielt sich die andere Hand vor den Mund, als wollte sie das Weinen unterdrücken. Robert ging neben dem Zug her, der anrollte und dann schneller und immer schneller wurde. Schließlich rannte Robert, noch immer den Blick auf Therese gerichtet, bis ans Ende des Bahnsteigs, wo eine Absperrung ihn am Weiterlaufen hinderte. Robert blieb direkt davor stehen und starrte dem Zug hinterher, der nun in eine Kurve fuhr und wenige Augenblicke später aus seinem Blickfeld verschwunden war.

Therese war fort. Wieder herausgerissen aus seinem Leben, in das sie gerade erst getreten war. War es richtig gewesen, sie gehen zu lassen? Oder hätte er einfach alles hinwerfen und das, was von der Plantage noch übrig war, von Leffers verkaufen lassen sollen? Wofür Kakaobohnen und Kontor, wenn er deswegen von der Frau getrennt war, die er liebte? Ja, er liebte Therese. Er liebte sie, wie er nie zuvor eine Frau geliebt hatte. Und er hatte nicht einen Augenblick lang ein schlechtes Gewissen wegen seines verstorbenen Bruders.

Warum hatte er es seiner Familie nicht gesagt, als Therese da war? Wozu die Geheimniskrämerei? Er war das Familienoberhaupt, und seine Angehörigen·hatten, verdammt noch mal, zu akzeptieren, welche Entscheidung auch immer er traf. Niemand hatte das Recht, Therese und ihn für ihre Gefühle zu verurteilen. Er stieß geräuschvoll den Atem aus.

Doch hätte seine Familie ihn überhaupt verurteilt? Hätten sie Einwände gehabt? Und wenn ja, welche? Dass Therese ihren toten Mann mit ihm betrog? Was aber, wenn sie gar keine Einwände gehabt hätten? Was, wenn sie die Beziehung akzeptiert und sich möglicherweise sogar für Therese und ihn gefreut hätten? Wäre das wirklich so abwegig?

Doch wie wäre es weitergegangen? Würde Therese für ihn ihr geliebtes Kaffeehaus in Wien aufgeben? Oder würde sie erwarten, dass er dem Kontor in Hamburg den Rücken kehrte? Sie hatten nicht darüber gesprochen.

Robert sah noch einmal in die Richtung, in der der Zug soeben verschwunden war. Auch wenn sein Verstand ihm sagte, dass er gar keine andere Wahl hatte, als sich auf den Weg nach Kamerun zu machen und Therese nach Wien zurückkehren zu lassen, hatte er doch das Gefühl, einen fürchterlichen Fehler gemacht zu haben. Er konnte nur inständig hoffen, dass es nicht so war – und wenn doch, dass er die Gelegenheit bekäme, den Fehler wiedergutzumachen.

Denn eines wusste er: Diese Frau war die Liebe seines Lebens.

16. Kapitel

Wien, Freitag, 7. Dezember 1894

»Da seid ihr ja wieder!«, freute sich Frederike. »Wie war es denn? Hattet ihr eine schöne Zeit?« Sie nahm Franz sogleich auf den Arm. »Du bist aber schwer geworden. Und so groß!« Frederike drückte ihm einen Kuss auf die Wange.

»Guten Abend, Frederike«, sagte Sophia und setzte Helene erschöpft ab. »Ach, es war wirklich eine wunderbare Zeit. Doch es ist auch gut, wieder hier zu sein. Die Zugfahrt zog sich am Ende doch schrecklich lange hin.«

Frederike herzte Helene und zog ihr das Jäckchen aus. Dann ging sie auf Therese zu und umarmte sie. »Es ist so schön, dass ihr zurück seid. So hübsch dein Haus auch ist – ist man ganz allein, kommt es einem doch sehr groß vor.«

»Es ist gut, wieder zurück zu sein«, sagte Therese. »Ist denn alles in Ordnung?«

»Hier bei dir? Ja, hier hat sich nichts ereignet. Zumindest nicht, soweit ich weiß. Ich habe alles sauber und ordentlich gehalten.«

»Männerbesuche?«, fragte Therese in gespielt strengem Tonfall und hängte ihren Mantel an die Garderobe.

»Nun ja, Anton war einige Male hier … Ich dachte nicht, dass dich das stören würde.«

»Um Himmels willen, Frederike, das war ein Scherz!«, entgegnete Therese liebevoll und lachte. »Ich finde wirklich, dass du alt genug bist, auch mal einen Herrenbesuch zu haben. Und ich halte dich für klug und gut erzogen genug, um zu wissen, wo dabei die Grenze ist.« Therese stellte die Koffer in den hinteren Flurbereich, weil sie die komplette Kleidung darin zu waschen hatte, was sie gleich morgen erledigen wollte. Dann ging sie wieder zu Frederike. »Und bleib mir bloß weg mit der Doppelmoral irgendwelcher Leute. Wenn du das Gefühl hast, dass Anton gut für dich ist, dann ist er auch gut für dich. Verschwende bloß keine Lebenszeit darauf, dich so zu verhalten, wie andere es vermeintlich richtig finden.« Therese hob den Zeigefinger. »Denn der Witz daran ist – sie finden es sowieso nicht richtig, ganz gleich, was du tust. Es wird immer nur zwei Sorten von Menschen geben, die dir in deinem Leben begegnen: die, die gut finden, was du tust, und die, die es nicht leiden können. Ach ja, es gibt noch eine dritte Gruppe, das sind die Gleichgültigen. Doch die bemerken gar nicht, dass es dich überhaupt gibt, und deshalb können sie dir egal sein.« Therese redete sich in Rage. »Und ich kann dir eines sagen, versuch gar nicht erst, es allen recht machen zu wollen. Denn so oder so wirst du immer jemanden um dich haben, dem das dann auch wieder nicht passt. Also hast du überhaupt nur eine einzige Wahl: Du tust, was du für richtig hältst, und die Leute sollen es mögen oder auch nicht. So!«

»Was bist du denn so leidenschaftlich, Therese?«, fragte Frederike verdutzt.

»Ach, bin ich gar nicht«, wiegelte Therese ab.

»Wir haben uns auf der Zugfahrt lange unterhalten, und offenbar ist Therese dabei klar geworden, dass sie womöglich einen Fehler gemacht hat, indem sie etwas, das ihr wichtig gewesen wäre und das sie hätte sagen sollen, eben nicht gesagt hat«, versuchte Sophia zu erklären. Sie hatte die Veränderung, die während der Zugfahrt mit Therese vorgegangen war, ganz genau beobachten können.

»Offen gestanden, verstehe ich kein Wort«, gab Frederike zu.

»Das macht nichts«, erwiderte Sophia. »Wenn Therese eines Tages …«

»Ich bin verliebt«, entfuhr es Therese. »So, jetzt ist es raus! Ich bin verliebt und nicht bereit, mich dafür zu schämen.«

»Was heißt verliebt?«, verlangte Franz zu erfahren.

»Verliebt ist, wenn man jemanden am liebsten immerzu drücken will, so wie du deinen kleinen Hund«, erklärte Sophia.

Franz überlegte kurz. Die Erklärung schien ihm einleuchtend.

»So, und nun kommt mal mit, ihr zwei.« Sophia hob Helene auf den Arm und nahm Franz an die Hand. »Wir gehen euch waschen, und dann ab ins Bett.«

»Aber wir haben noch nicht zu Abend gegessen!«, protestierte Franz.

»Du hast sehr reichlich im Zug gegessen, junger Mann«, hielt sie dagegen.

»Aber ich möchte noch etwas essen. Bekomme ich ein Schnitzel?«

»Ganz gewiss nicht«, stellte Sophia in entschiedenem Tonfall klar, was Franz zeigte, dass er die Geduld des Kindermädchens besser nicht weiter strapazieren sollte.

»Gute Nacht, mein Schatz, und schlaf schön«, sagte Therese, beugte sich zu Franz herab und gab ihm und dann auch Helene einen Kuss. Sie blickte ihnen noch nach, als sie die Stufen hinaufgingen und schließlich aus ihrem Sichtfeld verschwanden.

»Du bist verliebt?«, nahm Frederike nun den Faden wieder auf. »In wen denn?«

Therese bereute, durch ihren kleinen Wutanfall viel zu viel verraten zu haben. »Das bleibt mein Geheimnis«, erwiderte sie fast trotzig.

»Wie, dein Geheimnis? Erst hältst du mir eine feurige Ansprache darüber, dass man sich keine Gedanken darum zu machen habe, was die anderen von einem halten und so weiter, und nun heißt es, *das ist ein Geheimnis?* Also wirklich, Therese, was ist denn nur in Hamburg mit dir geschehen? So kenne ich dich überhaupt nicht.«

Therese schlug die Hände vors Gesicht. »Können wir bitte ein anderes Mal weiterreden? Ich bin todmüde.«

»Auf gar keinen Fall. Erst will ich den Namen wissen. Oder warte, kennst du den Namen womöglich gar nicht? Ist es ein Fremder gewesen, dem du im Zug begegnet bist und den du womöglich nie wiedersiehst, weil ihr keine Gelegenheit hattet, eure Namen und Adressen auszutauschen? Mein Gott, wie romantisch! Wie sah er denn aus? Hast du …«

»Es ist Robert. So. Fang mit dieser Auskunft an, was du willst.«

»Robert? Mein Onkel Robert?«

»Ja, dein Onkel Robert. Er ist ein ganz wundervoller Mensch. Bist du nun zufrieden?«

»Weiß es die Familie in Hamburg?«

»Nein, niemand weiß es. Doch, Moment – Sophia weiß es. Allerdings hat sie es von allein herausgefunden, und wir haben die gesamte Fahrt darüber gesprochen.« Therese fasste mit den Händen an ihren Kopf, als wollte sie verhindern, dass er zerspringt. »Ich kann überhaupt keinen klaren Gedanken mehr fassen.«

»Onkel Robert also, das ist ja was! Und weiß er es?«

»Frederike, ich will nicht weiter darüber reden. Ich habe sowieso schon zu viel gesagt.«

»Warum? Warum hast du zu viel gesagt? Weil ich es jetzt weiß und du fürchtest, dass ich es ausplaudern könnte? Du scheinst ja nicht gerade viel Vertrauen zu mir zu haben.«

»Ach, Frederike, so war das doch nicht gemeint. Ich wollte dir nur nicht ein Geheimnis aufbürden, das ich dich zunächst noch bitte, für dich zu behalten. Ich kann mir vorstellen, dass es auf deine Seele drücken würde, es beispielsweise deinem Vater nicht sagen zu können.«

Frederike spürte Enttäuschung in sich aufsteigen. »Wenn du wüsstest, wie gut ich Geheimnisse für mich behalten kann, wärst du schockiert, Therese. Das kannst du mir glauben.« Sie verschränkte die Arme vor dem Körper.

Therese sah Frederike fragend an. »Was genau willst du damit sagen?«

»Ach, gar nichts.« Frederike schluckte. Verdammt noch mal, wie hatte ihr das nur herausrutschen können?

»Los jetzt, Frederike, raus mit der Sprache!«

Frederike spürte, dass sie kurz davor gewesen war, im Zorn und aus der Enttäuschung heraus, dass Therese ein Geheimnis bei ihr nicht gut aufgehoben sah, alles auszuplaudern, was sie damals beobachtet hatte. Dabei hätte sie alles zerstört, woran Therese geglaubt hatte. Vor allem auch das gute Verhältnis zu ihrem Bruder wäre ein für alle Mal zerstört, ganz abgesehen von dem Idealbild, das sie von ihrem verstorbenen Mann in sich trug.

»Na gut«, entschied Frederike. »Dann sage ich es dir eben: Die Reinigungsfrau, die einmal in der Woche herkommt, berechnet dir mehr Stunden, als sie tatsächlich arbeitet.«

Es war das Erste gewesen, was Frederike eingefallen war. Und zumindest war es keine Lüge, denn sie hatte öfter schon beobachtet, dass die Frau mehr oder weniger ihre Zeit absaß, wenn sie glaubte, allein im Haus zu sein.

Therese sah sie einen Moment lang an, dann lachte sie lauthals los. Sie lachte und lachte und konnte sich gar nicht mehr beruhigen. »Und ich dachte schon, Wunder was für ein Geheimnis du vor mir verbirgst.«

Frederike stimmte in das Lachen ein. Aber ein schaler Nachgeschmack und die Gewissheit, es nie wieder so weit kommen lassen zu dürfen, damit nicht am Ende doch noch alles ans Tageslicht kam, blieben zurück.

Als Therese an diesem Abend ins Bett ging, musste sie noch lange an Robert denken. Ihr Herz war in dem Moment gebrochen, als sie sich am Zug von ihm hatte verabschieden müssen. Und ihm war es genauso ergangen, das hatte sie deutlich gesehen. Jetzt befand er sich bereits auf einem Schiff der Woermann-Linie in Richtung Kamerun und war damit noch viele Kilometer weiter von ihr entfernt als zuvor.

Es war eigenartig. Wie konnte es sein, dass sie Robert nie zuvor als den Mann wahrgenommen hatte, der er war? Sie hatte ihn immer gemocht, das schon. Doch er war eben der Bruder ihres Mannes gewesen, sodass sie keinen einzigen Gedanken darauf verwendet hatte, den Mann in ihm zu sehen.

Im Grunde fand Therese es gut so, doch sie musste sich selbst die Frage stellen, ob sie sich nur deshalb in Robert verliebt hatte, weil er und Karl Brüder gewesen waren und für sie damit ein Teil ihres Mannes noch weiterlebte. Sie starrte an die Decke ihres Schlafzimmers. Viele Jahre hatte sie hier mit Karl an ihrer Seite gelegen. Sie hatten sich geliebt oder über die Kinder gesprochen, über das Kontor und das Kaffeehaus. Sie waren Partner gewesen in jeder Lebenslage und hatten einander unterstützt. Hatte sie sich womöglich nur deshalb auf Robert eingelassen, um dieses Gefühl der Zusammengehörigkeit wiederzuerlangen? Konnte es sein, dass sie sich selbst etwas vormachte?

Sie setzte sich auf und trank einen Schluck aus dem Wasserglas, das neben ihrem Bett stand. Dann legte sie sich wieder hin und starrte weiter an die Decke. Sie war todmüde, doch Ruhe finden konnte sie nicht. Zu viele Gedanken kreisten in ihrem Kopf, die wie in einer Endlosschleife immer wieder von vorn begannen.

Es war bereits nach halb drei, als sie den Entschluss fasste, dieses Gedankenkarussell ein für alle Mal abzuschalten. Sie hatte einen Pakt mit Robert geschlossen, und an den würde sie sich halten. Bei der Erinnerung daran musste sie lächeln. Ja, sie hatten einen Pakt miteinander. Keine Zweifel mehr, keine schlechten Erinnerungen. Es würde nur noch das Leben im Hier und Jetzt geben, und sie würden es genießen. Sie würden einen Weg finden, irgendeinen, der es möglich machte, dass sie zusammen sein konnten. Es durfte gar nicht anders sein.

Mit dieser Gewissheit fand Therese endlich in den Schlaf und spürte das Glücksgefühl noch am nächsten Morgen, als sie wieder erwachte.

Franz drückte die Klinke herunter und stürmte als Erster ins Kontor. »Wir sind wieder da!«, verkündete er fröhlich.

Georg, der heute selbst hinter dem Verkaufstresen stand, klappte sogleich das Brett hoch und trat nach vorn. »Franz, mein großer Junge, lass dich ansehen! Na, wie hat dir Hamburg gefallen?« Georg bückte sich und stützte seine Hände auf die Knie, sodass er seinem kleinen Neffen in die Augen sehen konnte.

»Hamburg war fabelhaft! Da war ein ganz hohes Haus, ich glaube, es war eine Kirche, und wir waren am Wasser und haben die Enten gefüttert. Und dann war da so ein Dom, also die nannten es Dom, und da hatten sie Bonbons, und ich bin auf einem Karussellpferd geritten.«

»Was? So viel hast du erlebt? Das ist ja unglaublich.« Georg wuschelte seinem Neffen durchs Haar. Dann richtete er sich auf, um Therese zu begrüßen, die Helene auf dem Arm trug.

»Du hörst es ja, wir haben unheimlich viel erlebt«, sagte Therese und reichte Georg die Wange zum Kuss. »Guten Tag, Georg.«

»Guten Tag, Therese. Es ist so schön, dass ihr wieder da seid. Wollen wir uns setzen?«

»Ja, bitte.«

»Einen Kaffee?«

»Gern.«

»Und du möchtest vielleicht eine Schokolade trinken?«, fragte er Franz.

»Ja, danke, Onkel Georg.«

»Aber gern.« Georg deutete auf Helene.

»Für sie bitte nicht«, antwortete Therese. »Sie kann einen kleinen Schluck von ihrem Bruder bekommen, das reicht.«

»Nehmt Platz und wartet bitte einen Moment. Ich sage Felix rasch Bescheid.« Georg ging nach hinten, und Therese sagte Franz, dass er sich setzen solle. Sie selbst nahm Platz und behielt Helene auf dem Schoß, was dieser jedoch offenbar missfiel, sodass Therese sie auf dem Boden absetzte und einfach gewähren ließ. Die Eingangstür war geschlossen, und die Kleine kam höchstens bis zum Tresen, bevor Therese sie zurückholen würde. Es konnte also nichts geschehen.

Therese strich in einer nachdenklichen Geste über die Tischplatte. Das dunkle Holz zeigte einige Riefen, die noch aus dem Kaffeehaus stammten. Den Tisch hatten sie damals dort abgezweigt, als Therese das Kaffeehaus neu eingerichtet hatte und dieser Tisch übrig geblieben war. Karl hatte ihn eigenhändig vom Kaffeehaus hierhergetragen, damit die Kunden, die ihn besuchten, sich setzen und verschiedene Kaffeebohnen, die er ihnen aufbrühte, probieren konnten.

Georg kam zurück und fing Helene ab, die soeben im Begriff war, hinter den Tresen zu gehen. »So, junge Dame, du kommst am besten wieder mit«, sagte er und schwang sie hoch, was sie offenbar als lustiges Spiel empfand. »Felix bereitet alles vor und kommt dann gleich.«

»Danke schön«, sagte Therese. »Und? Wie ist es dir hier ergangen?«

Georg zögerte. »Nein«, sagte er dann, »erst einmal müsst ihr erzählen, wie euch Hamburg gefallen hat.«

Therese legte die Hand auf die Brust und lächelte. »Hamburg war unvergleichlich. Die Stadt ist so schön, die Bauten sind einfach herrlich. Und das Zusammensein mit der Familie hat mir so gutgetan.«

»Also hast du die Ablenkung gefunden, die du brauchtest?«

»Ja«, sagte Therese, »und wie! Wirklich, Georg, ich bin ein ganz neuer Mensch. Ich bin«, sie zögerte, »ja, ich bin einfach wieder glücklich.«

»Du glaubst nicht, wie sehr es mich freut, das zu hören. Hat sich Robert denn ein bisschen Zeit für dich genommen, oder war er die ganze Zeit nur im Kontor?«

»Oh, er hat sich viel Zeit genommen für uns«, versicherte Therese und fürchtete zu erröten. »Und Luise war auch oft dabei«, fügte sie hinzu. Dann veränderte sich ihre Miene und wurde ernst. »Doch ich muss dir etwas Trauriges berichten. Die Ereignisse haben sich förmlich überschlagen, sodass Robert mich bat, dir persönlich davon zu erzählen.«

»Ach ja? Was ist denn geschehen?«

»Es hat einen Überfall auf eure Plantage in Kamerun gegeben. Fast die gesamte Ernte wurde vernichtet, und ...«, sie schluckte, »und euer Verwalter Begemann wurde dabei getötet.«

»Was?« Georg machte große Augen.

Therese nickte. »Es kam ein Telegramm von einem der Deutschen dort, ich habe seinen Namen vergessen. Robert ist bereits auf dem Weg nach Kamerun.«

Georg versuchte gerade, seine Gedanken zu ordnen, als in diesem Moment Felix mit einem Tablett eintrat und es auf dem Tisch abstellte. »Willkommen zu Hause, Frau Hansen.«

»Guten Tag, Felix. Vielen Dank. Es ist schön, wieder hier zu sein.«

Felix lachte Franz an. »Servus, Franz.«

»Servus, Felix«, gab Franz vergnügt zurück und hob bereits die Hände, um nach seiner Tasse mit der Schokolade zu greifen.

»Obacht, die ist noch heiß«, warnte Felix und stellte dann eine Tasse nach der anderen vom Tablett auf den Tisch. »Darf ich fragen, ob Sie eine angenehme Zeit in Hamburg hatten, Frau Hansen?« Felix stand nun mit dem leeren Tablett in der Hand vor ihnen.

»Sehr schön war es, wirklich ganz unvergesslich, Felix.«

»Ach, das freut mich aber sehr. Dann noch einen guten Tag, und lassen Sie sich den Kaffee schmecken. Ich bin gleich dort hinten, wenn Sie noch etwas haben möchten.«

»Danke schön, Felix.«

Der Angestellte verschwand wieder im Lager, und kurz wartete Georg noch, bevor er seinen Gedanken wieder aufnahm. »Du sagtest, Robert ist schon nach Kamerun abgereist?«

»Mit dem ersten Schiff, das auslief, ja.« Therese schüttelte den Kopf. »Es ist einfach schrecklich. Er hat so hart dafür gearbeitet, also«, korrigierte sie, »ihr alle habt so hart dafür gearbeitet. Und nun das. Ich hoffe nur, dass sich alles noch regeln lässt, und vor allem, dass Robert nicht selbst in Gefahr gerät.«

»Mach dir keine Sorgen um ihn, er kann sehr gut auf sich aufpassen. Wenn irgendjemand die Situation dort klären kann, dann er.«

Therese schluckte schwer. »Euer Verwalter wurde getötet. Wer weiß, in welche Gefahr Robert sich begibt, wenn er nun dorthin reist.«

Georg lächelte. »Therese, du kennst meinen kleinen Bruder nicht. Auch wenn es nicht so scheint, er ist ein echter Raufbold.«

»Ein Raufbold?« Therese musste schmunzeln. »Robert?«

»Hast du eine Ahnung! Er wirkt nur so gut erzogen. Doch in Wahrheit hat er einige Prügeleien hinter sich.« Georg trank einen Schluck Kaffee. »Ich erinnere mich gut daran, als wir noch jung waren. Es gab da eine Familie, die ebenfalls drei Jungs hatte. Einfache Leute, deren Namen ich nicht mehr weiß. Ich muss damals ungefähr fünfzehn oder sechzehn gewesen sein und

Robert gerade mal zehn oder elf. Karl war noch gar nicht dabei. Er war noch zu klein und blieb daheim bei unserer Mutter. Na, auf jeden Fall war es so, dass ein Freund von mir mit dabei war, Alfred Drägeler. Wir fanden es gar nicht gut, dass meine Mutter von mir verlangt hatte, Robert zum Ententeich mitzunehmen, wo sich damals immer einige Jugendliche in meinem Alter getroffen haben. Du kannst es dir vorstellen: Man macht nur wenig Eindruck auf Mädchen, wenn man seinen kleinen Bruder im Schlepptau hat.«

Therese schmunzelte.

»Wegen irgendetwas, ich weiß überhaupt nicht mehr, was es war, gerieten Alfred und ich mit den drei Brüdern in Streit. Ach ja, richtig – Stiesing hießen sie. Jetzt fällt es mir wieder ein. Der Älteste von denen war ein oder zwei Jahre älter als ich, die Zwillingsjungs genauso alt wie Alfred und ich. Na, jedenfalls wollte ich Alfred beistehen und mischte mich ein, was mir sofort eine Ohrfeige von dem älteren Bruder einbrachte. Ich gab nicht gleich klein bei, sodass der Ohrfeige prompt ein Fausthieb folgte.«

Therese verzog mitfühlend das Gesicht. »Aua.«

»Allerdings.« Georg rieb sich den Kiefer. »Er hat mich genau hier erwischt, und ich ging zu Boden.«

»Und dann?«

»Tja, Alfred hatte es zwar gesehen, aber so gut wie gar nicht reagiert. Doch ganz plötzlich und wie aus dem Nichts sprang Robert dem älteren Bruder auf den Rücken und biss ihm mit voller Kraft ins Ohr. Der hat vielleicht geblutet! Als seine Brüder ihm helfen wollten, stieß sich Robert ab und trat einem der Zwillinge mit voller Wucht in die Kniekehle, sodass der einknickte wie ein gefällter Baum. Den habe ich mir dann geschnappt und ihm ordentlich Hiebe versetzt. Der andere Zwilling versuchte noch, sich Robert zu greifen, doch der war viel zu flink und ist ihm immer wieder durch die Finger geschlüpft. Der Kerl war wie wild hinter Robert her, doch als der wieder einen Haken geschlagen hat, hatte der andere viel zu viel Schwung, um sich noch abzufangen, und ist mit voller Montur in den Ententeich geplatscht. Du kannst dir vorstellen, wie groß das Gelächter der anderen Jugendlichen war.«

»Und dann? Haben sie Robert noch erwischt?«, fragte Therese fast ängstlich, wie die Sache wohl ausgegangen sein mochte.

Georg schüttelte den Kopf. »Als der Kerl sich endlich aus dem Ententeich herausgekämpft hatte und auf Robert losgehen wollte, haben sich einige andere Jugendliche eingemischt und ihm und seinen Brüdern gesagt, dass sie gefälligst verschwinden sollten. Vor allem die Mädchen haben kräftig geschimpft, dass sie den Kleinen in Ruhe lassen sollten.«

Therese lachte hell auf. »Er war also schon damals ein Frauenschwarm, was?«

»Es war wohl eher der Beschützerinstinkt, der bei den anderen geweckt wurde. Ein Frauenschwarm war er eigentlich nie.«

»Ach nein? War das eher deine Rolle?«

»Wieder falsch. Das war Karl.«

»Karl? Mein Karl?«

»Oh ja. Der hätte wirklich jede haben können. Ja, Karl hatte ein Händchen für die Frauen, das musste man ihm lassen.«

»So hätte ich ihn wirklich nie eingeschätzt«, gab Therese zu.

Georg hob abwehrend die Hände. »Versteh mich nicht falsch. Er hätte sie zwar haben können, doch es machte den Eindruck, als wäre er überhaupt nicht interessiert. Wir haben ihn zu Hause sogar schon damit aufgezogen, dass er nie mit einem Mädchen ausging, obwohl alle ganz verrückt nach ihm waren. Er hatte so eine feine Art an sich, die alle unweigerlich dahinschmelzen ließ.«

»Ja, das hatte er wirklich.« Therese lächelte bei dieser liebevollen Erinnerung an ihren Ehemann.

»Ich war immer der Besonnene, Robert der Raufbold und Karl der Feingeist. Tja, so hatte eben jeder seine Rolle. Und deshalb, liebe Schwägerin, solltest du dir keine Sorgen um Roberts Sicherheit machen. Eher müssen die Leute sich vor ihm in Acht nehmen als er sich vor ihnen.«

»Es tut gut, dass du das sagst.« Therese trank den letzten Schluck aus ihrer Tasse, sah nach, ob auch Franz ausgetrunken hatte. Dann stand sie auf. »So«, sagte sie. »Wir haben deine Zeit lange genug in Anspruch genommen und wollen jetzt noch zum Kaffeehaus, um dort nach dem Rechten zu sehen.«

Georg erhob sich ebenfalls. »Dann habt einen schönen Tag und kommt bitte gern mal wieder her. Ich habe mich sehr über euren Besuch gefreut.«

Sie verabschiedeten sich herzlich voneinander, dann verließ Therese mit den Kindern das Kontor. Sie fühlte sich besser. Auch wenn es nur Kindheitsgeschichten waren, so glaubte sie doch, dass diese Roberts Charakter zutreffend widerspiegelten. Nein, ihm würde nichts geschehen! Und sobald er aus Kamerun zurück wäre, so nahm sie sich fest vor, würden sie sich wiedersehen. Womöglich auf halber Strecke zwischen Wien und Hamburg, ohne die Kinder oder den Rest der Familie. Vielleicht für ein Wochenende, das sie miteinander verbringen würden. Der Gedanke daran brachte sie zum Lächeln. Doch die Ungewissheit, ob es überhaupt je dazu käme, machte ihr das Herz schwer.

17. Kapitel

Hamburg, Samstag, 8. Dezember 1894

Zusammen mit Hans und Viktoria hatte sie ihren Vater zum Pier gebracht und ihm noch nachgewinkt, als das Schiff der Woermann-Linie aus dem Hamburger Hafen auslief. Es war kein gutes Gefühl für Luise gewesen. Neben der Ungewissheit, was Robert in Kamerun erwarten mochte, schwang in ihr die Sorge mit, ob er sich nicht womöglich selbst in Gefahr brachte. Und selbst zur Untätigkeit verurteilt zu sein und sich nicht mit eigenen Augen einen Überblick verschaffen zu können, widersprach schlicht ihrem Wesen. Sie hasste es, nichts tun zu können, als auf die Ankunft ihres Vaters und sein Telegramm zu warten, das er ihr fest zugesagt hatte, sobald er die ersten Eindrücke von der Situation gesammelt hatte.

»Komm«, sagte nun Hans und nahm die Hand seiner Frau, während er mit der anderen den Kinderwagen mit Viktoria sachte schaukelte.

»Sag bitte, hättest du etwas dagegen, wenn ich noch rasch im Kontor vorbeischaue? Nicht lange. Nur für einen kurzen Rundgang.«

»In Ordnung«, stimmte Hans zu, ließ Luise los und umfasste den Griff des Kinderwagens mit beiden Händen, um ihn besser wenden zu können.

Luise sagte Hugo Bescheid, der sie in der Kutsche hergefahren hatte, dass sie das kurze Stück bis zum Hansen'schen Kontor zu Fuß gehen wollten und er dorthin fahren und auf sie warten möge. Sie würden nicht lange dortbleiben.

Ruhig spazierten sie in Richtung Speicherstadt. Luise ließ den Blick schweifen. »Von hier aus sehen die Häuser gleich noch einmal anders aus, findest du nicht?«

»Das kommt dir nur so vor, weil du mehr dort drinnen warst, als sie von draußen zu betrachten.«

»Das stimmt überhaupt nicht.« Luise gab ihrem Mann einen zärtlichen Knuff gegen den Arm.

»Wie geht es dir denn bei dem Gedanken, dass dein Vater auf dem Weg nach Kamerun ist?«

»Ich weiß nicht recht«, antwortete Luise. »Ich bin unsicher. Das, was in dem Telegramm stand, passt so gar nicht zu den Erinnerungen, die ich an Land und Leute habe. Zu der Zeit, als ich in Kamerun lebte, war alles friedlich und das Land einfach nur wundervoll.«

»Es war auch damals nicht alles friedlich«, widersprach Hans. »Du hast nur viele der Unruhen schlicht nicht mitbekommen.« Hans hatte sich sehr genau mit der Kolonialisierung und deren Folgen für die Eingeborenen beschäftigt. Zwar glaubte er Luise, dass sie das Land und die Einheimischen als friedvoll empfunden hatte. Jedoch wusste er aus unterschiedlichen Quellen, was sich in Wahrheit abgespielt hatte und welche Gräueltaten begangen worden waren. Und zwar nicht nur von den Deutschen, sondern ebenso von den Franzosen, den Engländern und auch den Belgiern. Was aber seiner Ansicht nach ebenso wenig zu unterschätzen war, war der gewaltsame Widerstand der Einheimischen, der oftmals nicht weniger blutig verlaufen war. Hans maßte sich nicht an, darüber urteilen zu können, wer woran die Schuld trug. Doch dass der Schwarze Kontinent alles andere als Frieden ausstrahlte, dessen war er sich sicher.

Nachdem sie über eine weitere Brücke eines der Fleete – die schiffbaren Kanäle, die die Speicherstadt durchzogen – überquert hatten, erreichten sie das Kontorgebäude, an dem außen in goldenen Buchstaben *Peter Hansen & Söhne – Kaffeekontor seit 1850* stand. »Sieh mal«, sagte Luise. »Denkst du, wir sollten es endlich einmal ändern lassen?«

»Inwiefern?«

»Na, dem *Kaffee* den Zusatz *Kakao* hinzufügen«, schlug Luise vor.

»Glaubst du, dass irgendjemand darauf achtet?«

»Aber es wäre korrekt.«

»Wenn du es ganz korrekt haben willst, müsste dort *Peter Hansen & Söhne & Enkeltochter – Kaffee- und Kakaokontor seit 1850* stehen. Und wenn ihr das Sortiment erweitert, müsstest du die anderen Waren auch noch dazuschreiben.« Hans schüttelte den Kopf. »Nein, lass es lieber so. Es ist ein guter Name, dem die Menschen vertrauen. Ich würde nichts daran ändern.«

Luise zuckte mit den Schultern. Es war bereits weit nach Mittag, und das Kontor war samstags nur bis vierzehn Uhr geöffnet. Nicht mehr lange, dann würden die Angestellten Feierabend machen und ins Wochenende gehen. Sie war froh, gerade noch rechtzeitig gekommen zu sein, um den einen oder anderen kurz begrüßen zu können. Vor allem aber wollte sie, dass man sie sah. Irgendwie hatte sie das Gefühl, sich nach der Geburt und der damit verbundenen Pause wieder neu beweisen zu müssen. Womöglich lag es auch daran, dass es ihr noch immer einen kleinen Stich versetzte, wenn sie daran dachte, wie gut Richard sich im Kontor machte, und dass sie fürchtete, die Belegschaft würde ihn als Stellvertreter Roberts wahrnehmen und akzeptieren, solange dieser in Kamerun weilte, und nicht sie.

»Guten Tag«, rief Luise fröhlich ein paar Angestellten zu, die mit einer Karre einige Säcke ins Lager schafften.

»Guten Tag, Frau Petersen«, grüßten die Männer zurück und nickten ihr zu, während Luise bereits weiterging.

Es war jetzt kurz vor zwei, gleich würde die Glocke schrillen und das Zeichen geben, dass es Zeit war, ins Wochenende zu gehen.

Sie gingen zu dem mit schmiedeeisernen Ranken verzierten Aufzug, und Hans schob das Gitter beiseite, damit Luise mit dem Kinderwagen eintreten konnte. Dann stellte er sich neben sie, verschloss das Gitter, drückte den Knopf, und sie fuhren in die erste Etage. Gerade als sie oben angekommen waren, ertönte die Glocke.

Fräulein Schreiber saß noch an ihrem Schreibtisch und reckte den Hals, um zu sehen, wer soeben mit dem Fahrstuhl heraufgefahren war.

»Frau Petersen, Herr Petersen«, sagte sie freundlich, stand von ihrem Schreibtisch auf und kam auf sie zu. »Das ist ja eine Überraschung!« Sie beugte sich sofort über den Kinderwagen. »Und da ist ja auch die kleine Viktoria.«

Luise und Hans begrüßten die Sekretärin, dann sagte Luise: »Es ist Zeit, ins Wochenende zu gehen, Fräulein Schreiber.«

»Ach, ich dachte, ich mache die Sachen noch fertig, die Ihr Herr Vater mir hingelegt hat, damit das erledigt ist.«

»Aber das hat doch gewiss auch Zeit bis Montag.«

»Ja, das wohl, doch ich bin beruhigter, wenn alles fertig ist. Es ist wirklich eine Tragödie, die da in Kamerun geschehen ist. Schrecklich! Ich weiß, dass Ihr Herr Vater Herrn Begemann überaus geschätzt hat.«

»Ja, das stimmt. Es ist entsetzlich. Hoffen wir, dass mein Vater die Angelegenheiten dort bald klären kann.« Sie sah zum

Schreibtisch der Sekretärin hinüber, auf dem sich tatsächlich einige Unterlagen stapelten. »Aber machen Sie nicht mehr so lange. Sie haben sich Ihre freie Zeit verdient.«

»Danke schön, Frau Petersen.«

»Ich werde kurz im Büro meines Vaters nach dem Rechten sehen.«

»Ja, gut. Soll ich mitkommen, falls Sie etwas dort brauchen?«

»Nein, nein, ich finde schon alles. Wobei …«

»Ja?«

»Könnten Sie mir wohl die Ein- und Verkaufslisten der letzten acht Wochen bringen?«

»Ja, natürlich. Der Ordner steht bei Ihrem Cousin, in Ihrem alten Büro.«

»Ist Richard denn da?«

»Er war vorhin da, ist dann aber wieder gegangen. Er hat mir nicht gesagt, ob er noch einmal wiederkommt. Wie immer. Also, er muss es mir natürlich auch nicht sagen«, fügte Fräulein Schreiber eilig hinzu.

Ein gewisses Missfallen war ihren Worten durchaus zu entnehmen.

»Nun, dann holen Sie mir die Listen doch bitte. Mein Mann und ich gehen mit Viktoria in das Büro meines Vaters.«

»Sehr gern, Frau Petersen. Ich werde sie Ihnen gleich bringen.« Damit eilte sie in die andere Richtung davon, dorthin, wo Luises Büro lag.

Als Luise mit Hans das Büro ihres Vaters betrat, befiel sie ein eigenartiges Gefühl. Sie konnte sich nicht erinnern, jemals hier drin gewesen zu sein, ohne dass ihr Vater ebenfalls dabei gewesen war.

»Es ist komisch hier, so ganz ohne ihn«, sagte sie zu Hans.

»Es wird ja nicht für lange sein. Mach dir keine Sorgen. Ehe du dichs versiehst, ist er zurück, und ihr arbeitet wieder Seite an Seite.«

»Seite an Seite? Das wohl kaum. Dafür müsste Viktoria dann doch schon um einiges größer sein.«

»Das klang ein wenig bitter«, stellte Hans mit ernster Miene fest.

»Aber nein«, beeilte sie sich zu widersprechen, »so war es wirklich nicht gemeint. Du weißt, wie sehr ich unsere Kleine liebe. Ihretwegen halte ich mich gern noch eine Weile vom Kontor fern.«

Hans überlegte einen Augenblick. »Was hältst du davon, wenn wir ein Kindermädchen einstellen?«

»Ein Kindermädchen?«, echote Luise.

»Ja, wie Thereses Sophia. Eine Frau, der wir unsere Tochter anvertrauen können und die sich um sie kümmert, während du deine Arbeit im Kontor erledigst.«

»Aber dann wäre ich ja die ganze Zeit von Viktoria getrennt«, protestierte Luise.

»Nein, das muss nicht zwangsläufig so sein. Überleg doch mal. Ihr könntet morgens zusammen ins Kontor fahren, nachdem du Viktoria gestillt hast. Habt ihr hier nicht noch ein ruhiges Büro?«

»Ja, schon. Beispielsweise haben wir am Ende des Ganges noch ein leer stehendes Büro, in dem wir lediglich alte Kassenbücher und Akten aufbewahren.«

»Das passt doch wunderbar«, fand Hans. »Wenn wir es ein wenig wohnlich umgestalten und einen Wickeltisch hineinstellen, könnte sich das Kindermädchen da mit Viktoria aufhalten, während sie schläft, was ja im Moment ohnehin noch den größten Teil des Tages der Fall ist. Und wenn sie dann wach ist, bringt das Kindermädchen sie einfach zu dir, damit du dich ein bisschen um sie kümmern und sie stillen kannst. Und ob nun du ihren Kinderwagen schiebst, wenn sie an die frische Luft kommt, oder es ein Kindermädchen tut, das wird Viktoria doch herzlich egal sein, meinst du nicht?«

»Doch, ganz gewiss sogar.« Luise spürte ein Glücksgefühl in sich aufsteigen.

»Siehst du. Du könntest dich jeden Tag einige Stunden ums Kontor kümmern und müsstest gleichzeitig Viktoria nicht vernachlässigen, wie es viel eher der Fall wäre, wenn du sie zu Hause in der Villa von einer Kinderfrau beaufsichtigen ließest und sie nur morgens und abends zu Gesicht bekämst.«

»Hans, das ist eine ganz wunderbare Idee!«, gab Luise begeistert von sich. »Das könnte tatsächlich gehen. Und du hättest auch wirklich nichts dagegen?«

»Aber woher denn! Ich weiß doch, wie sehr dir die Arbeit im Kontor fehlt. Wir müssen einfach sehen, wie sich alles entwickelt, wenn sie größer wird. Doch das geschieht ja schließlich auch nicht von heute auf morgen.«

Luise strahlte Hans an und fiel ihm dann stürmisch um den Hals. »Du bist der allerbeste Ehemann der Welt, weißt du das?«

»Selbstverständlich weiß ich das«, scherzte er.

Luise gab ihm einen Kuss. »Ach, du bist fabelhaft.«

Es klopfte, obwohl die Tür offen stand, und Fräulein Schreiber betrat den Raum. Sie hatte vier der hochwertigen Ordner dabei, die Luise selbst als Sortierhilfe im Kontor eingeführt hatte. Waren die Unterlagen früher nur zusammengebunden und aufgestapelt worden, so konnte man diese Ordner in Reih und Glied in die Regale stellen und damit, wie der Name schon sagte, viel besser Ordnung halten. Mithilfe eines sogenannten Lochers, den der Erfinder der Ordner, ein gewisser Friedrich Soennecken aus Bonn, vor sechs Jahren dazu passend mitentwickelt hatte, stanzte man kleine Löcher an den dafür vorgesehenen Stellen ins Papier und konnte so sämtliche Unterlagen sauber abheften. Das machte es viel einfacher, den Überblick zu bewahren und die Papiere jederzeit wiederzufinden, die man gerade benötigte. Das Kontor Hansen, das in geschäftlichem Kontakt mit Soennecken stand, gehörte zu den ersten Unternehmen, denen er seine Erfindung vorgestellt hatte.

»Hier sind die gewünschten Listen«, sagte Fräulein Schreiber und händigte sie Luise aus.

»Danke sehr, Fräulein Schreiber.«

»Ach, Frau Petersen, dürfte ich Sie wohl um etwas bitten?«

»Aber natürlich, was gibt es denn?«

»Könnten Sie wohl die Ordner, wenn Sie damit fertig sind, wieder in das Büro Ihres Cousins bringen und dort wieder einstellen? Er hat mich schon einmal fürchterlich angeschrien, als ich es gewagt hatte, die Ordner zu nehmen, um die neuen Listen abzuheften.«

»Wie bitte?«

»Ja, aber das ist natürlich nicht schlimm. Und bei Ihnen würde er das ja auch nicht wagen, das weiß ich genau. Doch bei mir ... nun ja, er hat so eine Art an sich. Ich muss zugeben, manchmal macht er mir schon ein wenig Angst, wenn er so aufbrausend ist.«

Hans und Luise tauschten einen Blick.

»Moment mal«, brachte sich nun Hans ein. »Richard macht Ihnen Angst?«

Fräulein Schreiber sah rasch zur Tür, als fürchtete sie, dass sie womöglich belauscht werden und ihr dadurch Nachteile entstehen könnten.

Hans folgte ihrem Blick, ging zur Tür und schloss sie. »Bitte, Fräulein Schreiber, nehmen Sie doch einen Moment Platz.« Hans deutete auf die Sitzecke im hinteren Teil des großzügig geschnittenen Büros.

Viktoria gab einige Laute von sich, sodass Luise sie aus dem Kinderwagen nahm und dann zu Fräulein Schreiber und Hans, die bereits in den bequemen braunen Ledersesseln Platz genommen hatten, hinüberging und sich zu ihnen setzte.

Ein Lächeln huschte über das Gesicht der Sekretärin, als sie Viktoria sah.

»Bitte, Fräulein Schreiber, erzählen Sie uns ganz in Ruhe, was geschehen ist«, ermutigte Luise sie.

Die Sekretärin knetete nervös ihre Finger und sah zu Boden. Sie brauchte einen Moment, bevor sie zu sprechen begann. »Nun, womöglich nehme ich mir das auch alles viel zu sehr zu Herzen«, begann sie entschuldigend. »Doch Sie wissen ja, was für ein angenehmer und umgänglicher Mensch Ihr Herr Vater ist. Da bin ich es wohl einfach nicht gewohnt, auf so eine … wie soll ich sagen … nun, auf eine so grobe Art angesprochen zu werden.«

»Was genau meinen Sie denn mit *grob*, Fräulein Schreiber?«, hakte Hans nach.

»Nun, er scheint unter großer Anspannung zu stehen, würde ich sagen. Vielleicht ist es der Druck, dass er alles schaffen möchte, und«, sie sah Luise an, »ich glaube, dass er unbedingt beweisen möchte, es noch besser zu können als Sie.« Sie schüttelte den Kopf.

»Ich glaube, da könnten Sie den Nagel auf den Kopf getroffen haben, Fräulein Schreiber. Richard und ich haben uns noch nie besonders gut verstanden, und die derzeitige Situation macht es nicht besser.«

»Aber weshalb konkret sagen Sie, dass Sie manchmal Angst vor ihm haben?«, kam Hans auf den Ausgangspunkt zurück.

»Er ist manchmal so aufbrausend«, fand Fräulein Schreiber. »Wenn er etwas nicht gleich findet oder ich beispielsweise Unterlagen für Ihren Herrn Vater von ihm holen soll, dann verlangt er zu wissen, warum und weshalb.«

»Wenn *mein Vater* die Unterlagen haben möchte?«

»Ja, genau. Und auch wenn ich ihm etwas ins Büro bringen muss und er nicht damit rechnet, dass jemand kommt, dann macht er oft den Eindruck, als fühlte er sich überrumpelt, ja fast schon ertappt. Und in einem solchen Moment hat er mich dann angeschrien und aus seinem Büro geworfen, äh, ich meine natürlich, aus Ihrem Büro, Frau Petersen.«

»Was fällt ihm denn ein? Sie machen doch nur Ihre Arbeit.«

»Das ist es ja eben. Er verhält sich so, als wollte ich ihm etwas Schlechtes. Doch das stimmt wirklich nicht, auch wenn ich kein Geheimnis daraus machen will, dass ich erleichtert wäre, wenn wieder Sie dort im Büro sitzen würden und nicht mehr er.«

»Das ist nett von Ihnen, Fräulein Schreiber. Für die nächsten Monate werde ich auf jeden Fall erst einmal hier im Büro meines Vaters sitzen. Und es ist gut, dass Sie uns über Richards Verhalten informiert haben. Ich werde darauf achten und eingreifen, sollte ich etwas Derartiges mitbekommen. Und ansonsten bitte ich Sie, direkt zu mir zu kommen, sobald er sich noch einmal so unangemessen Ihnen gegenüber verhält.«

»Ganz wohl wäre mir aber dabei nicht«, gab Fräulein Schreiber zu bedenken.

»Das verstehe ich sehr gut. Doch es ist notwendig, um dieses Verhalten abzustellen.«

»Meine Frau hat recht«, stimmte Hans zu. »Sie verbringen die meiste Zeit Ihres Tages hier im Kontor, Fräulein Schreiber. Um Ihre Arbeit gut versehen zu können, ist es unabdingbar, dass Sie gern ins Büro kommen, um Ihre Aufgaben zu erfüllen. Mein Onkel hat da einen Leitsatz: Die zufriedensten Mitarbeiter sind gleichzeitig auch die besten. Ich denke, dass viel Wahrheit in diesem Satz steckt.«

»Die Aussage passt zu Ihrem Herrn Onkel«, fand Fräulein Schreiber. »Er ist ein sehr höflicher, ganz reizender Mensch.«

»Ja, das ist er. Und wissen Sie, die meisten seiner Mitarbeiterinnen und Mitarbeiter sind schon seit Jahrzehnten bei ihm beschäftigt. Und das aus gutem Grund. Mein Onkel schätzt seine Angestellten und sie ihn. Ich denke, so muss es sein.«

»Genau wie mein Vater Sie schätzt, Fräulein Schreiber. Deshalb würde er es keinesfalls dulden, dass Richard Sie so behandelt«, versicherte Luise.

»Ich möchte wirklich keinen Ärger haben«, beharrte Fräulein Schreiber.

»Das werden Sie auch nicht.« Luise sah sie an. »Es ist gut, dass Sie mit uns gesprochen haben.«

»Nun bin ich doch erleichtert.« Fräulein Schreiber erhob sich, und auch Luise und Hans standen auf.

»Dann werde ich jetzt noch meine Arbeit zu Ende bringen.«

»Oder«, schlug Luise vor, »Sie gehen jetzt ins Wochenende und erledigen das am Montag. Was meinen Sie?«

Fräulein Schreiber lächelte. »Ja, Frau Petersen, haben Sie vielen Dank. Ich werde nur die Unterlagen wegsperren und dann gehen.« Sie beugte sich zu Viktoria herüber und berührte kurz ihre Wange. »Eine wirklich zauberhafte Prinzessin ist die Kleine.« Sie sah von Luise zu Hans. »Sie haben so viel Glück mit ihr.«

»Das empfinden wir auch so«, stimmte Hans zu.

»Darf ich Ihnen beiden eine persönliche Frage stellen?«

»Aber natürlich«, antwortete Luise.

»Wie wollen Sie es denn schaffen, Ihren Vater während seiner Abwesenheit zu vertreten, wenn Sie sich doch um den kleinen Schatz kümmern müssen?«

»Wir haben gerade vorhin darüber gesprochen«, sagte Luise. »Hans hat vorgeschlagen, dass wir ein Kindermädchen einstellen, das sich mit Viktoria vormittags in das leer stehende Büro meines Onkels Georg zurückziehen kann. So wäre sie in meiner Nähe, und ich könnte sie zwischendurch nehmen, aber auch ungestört die Arbeit erledigen.«

»Das ist ja eine großartige Idee«, lobte Fräulein Schreiber. »Haben Sie schon jemanden für diese Aufgabe ins Auge gefasst?«

»Äh, nein. Der Gedanke kam uns gerade erst.«

»Wissen Sie, ich frage deshalb, weil meine Schwester nach genau so einer Anstellung Ausschau hält.«

»Ihre Schwester?«

»Ja. Sie ist Krankenschwester, doch schon eine Weile ohne Anstellung. Sie hat in einem Krankenhaus in Bergedorf gearbeitet, in dem aufgrund von Querelen mit dem Vorstand ein Teil des Personals entlassen wurde.«

»Und Sie denken, dass sie Interesse daran hätte, eine Stellung als einfaches Kindermädchen anzunehmen? Immerhin bleibt sie damit doch wohl hinter ihren Möglichkeiten zurück.«

»Wissen Sie, genau wie ich hat auch meine Schwester keine Kinder. Nur dass sie verheiratet ist. Aber der Herrgott hat ihr und ihrem Mann leider keine Kinder geschenkt. Dabei wäre sie bestimmt eine wunderbare Mutter geworden. Und es ist schon lange ihr Wunsch, eine Stellung anzunehmen, in der sie mit Kindern zu tun hat. Darum bin ich überzeugt, dass sie ein großer Gewinn für Sie sein könnte.«

Luise und Hans tauschten einen Blick. »Wann könnten wir Ihre Schwester denn einmal kennenlernen?«, fragte nun Hans.

Fräulein Schreibers Miene hellte sich auf. »Ich werde gleich bei ihr vorbeigehen und mit ihr sprechen. Sie wird sich so freuen, dass sie sich bei Ihnen vorstellen darf. Ginge es vielleicht heute am späten Nachmittag noch, sagen wir, gegen siebzehn Uhr?«

»Ja, das passt. Würden Sie sie bitten, zu uns in die Villa zu kommen?«

»Aber ja, selbstverständlich«, brachte Fräulein Schreiber begeistert hervor. »Ach, sie wird überglücklich über die Chance sein.« Die Freude stand ihr ins Gesicht geschrieben.

»Wunderbar. Wir freuen uns auf Ihre Schwester.« Hans begleitete Fräulein Schreiber noch zur Tür.

»Danke«, sagte sie lächelnd. »Vielen herzlichen Dank.«

Luise erwiderte ihr Lächeln. Zwar war noch längst nicht entschieden, dass Fräulein Schreibers Schwester die Anstellung auch bekommen würde, doch es fühlte sich gut an, dass sich schon einmal eine Möglichkeit aufgetan hatte.

Viktoria wurde auf ihrem Arm allmählich immer unruhiger, und Luise sagte zu Hans: »Lass uns die Ordner einfach mitnehmen, dann sehe ich sie mir übers Wochenende zu Hause an. Ich hätte hier jetzt nicht die Ruhe.«

Hans nickte, nahm die Ordner und wartete, bis seine Frau die Kleine in den Kinderwagen zurückgelegt hatte, woraufhin diese lautstark zu protestieren begann.

»Scht, scht«, machte Luise. »Ist ja gut, mein Schatz.«

Sie verließen Roberts Büro und verabschiedeten sich von Fräulein Schreiber, die noch eilig ihre Sachen zusammensuchte. Dann fuhren sie mit dem Fahrstuhl nach unten und stiegen zu Hugo in die Kutsche, der den Kinderwagen am rückwärtigen Gepäckträger befestigte und dann das Pferd antrieb, während Viktorias Weinen lauter und lauter wurde.

Als sie die Villa schließlich erreichten, war der Kutscher erleichtert, seine Fracht endlich abliefern zu können. Noch schlimmer, als in der Kälte zu frieren und seinen betrunkenen Dienstherrn zum Einsteigen überreden zu müssen, fand er schreiende Kinder.

Nein, er würde seinen Dienst nicht mehr ewig tun. Dieser Entschluss nahm für ihn immer deutlicher Gestalt an.

18. Kapitel

Hamburg, Sonntag, 9. Dezember 1894

Es war ein trüber Tag. Ihr Großvater hatte es immer Hamburger Schmuddelwetter genannt, wenn die Wolken wie heute tief hingen und in das Grau des Nebels übergingen, sodass man nicht wusste, wo der Nebel aufhörte und die Wolken anfingen.

Zwar war Luise gewiss kein wetterfühliger Mensch, doch mochte auch sie es lieber, wenn nicht alles grau in grau war und der Himmel ein bisschen aufklarte. Heute jedoch war er so verhangen, dass sie meinte, es käme selbst zum geöffneten Fenster kaum frische Luft herein. Mit einem Seufzer schloss sie das Fenster wieder. Das war auch etwas gewesen, was sie in Kamerun geliebt hatte. Der Himmel war so gut wie immer klar. Und selbst wenn mal ein paar Wolken zu sehen gewesen waren, konnte man immer noch weit blicken und über die unendlich scheinende Landschaft sehen.

Sie hatte Viktoria bereits gestillt, und Hans hatte die Tochter mit nach unten genommen, damit Luise in aller Ruhe ihre Morgentoilette erledigen konnte. Sie war müde und hätte gern noch länger geschlafen, wogegen Viktoria jedoch etwas einzuwenden gehabt hatte, sodass sie schließlich aufgestanden war, obwohl sie kaum Schlaf gefunden hatte.

Bis spät in die Nacht hatte sie die Ordner mit den Unterlagen aus dem Kontor durchgesehen. Heute nun wollte sie die Positionen, die ihr unklar erschienen, noch einmal genauer ansehen. Dafür brauchte sie jedoch Block und Füllfederhalter, um sie herausschreiben zu können. Sie wusste, dass Fräulein Schreiber jede der Listen, die aus dem Lager kamen und Angaben darüber enthielten, was eingekauft und wieder herausgegeben worden war, sorgfältig übertrug. Und tatsächlich war offensichtlich geworden, dass Richard größere Mengen eingekauft hatte, da die Bestell- und Verkaufslisten ebenfalls einen höheren Bedarf auswiesen. Hier war Luise aufgefallen, dass Richard offenbar drei neue Händler aufgetan hatte, mit denen das Kontor nie zuvor Geschäfte gemacht hatte. Sie konnte nicht einmal sagen, ob sie von diesen Firmen jemals gehört hatte, was aber nicht weiter ungewöhnlich war, da in den letzten Jahren immer wieder neue Firmen ihren Platz in der Geschäftswelt suchten und einige von ihnen sogar beachtliche Erfolge erzielten. Andere jedoch, und diese waren leider in der Überzahl, schlossen ihre Pforten schon bald wieder, und man musste achtgeben, nur ja sein Geld vorher dort abgerechnet und ausbezahlt bekommen zu haben.

Wenn Luise es richtig überschlagen hatte, musste das Lager bis auf den letzten Regalmeter gefüllt sein, da die Einkäufe, die auf den Bestellungen beruhten, in den letzten Wochen ganz erheblich gewesen waren. Was sie jedoch wunderte, war, dass zwar ein Anstieg der Abverkaufsmenge zu verzeichnen war, dieser aber nicht im richtigen Verhältnis zum Einkauf stand. Weshalb hortete Richard dermaßen riesige Warenmengen? Hatte er eine Großbestellung vorliegen, von der sie nichts wusste?

Irgendwann hatte Hans sie gebeten, das Licht zu löschen, sodass Luise die Ordner direkt neben ihr Bett gelegt und sich dann ebenfalls zum Schlafen auf die Seite gedreht hatte. Das mulmige Gefühl, dass Richard in seinem Übereifer womöglich zu große Mengen eingekauft hatte, ließ sie nur unruhig schlafen und bescherte ihr darüber hinaus die ganze Nacht Albträume.

Sie gähnte herzhaft und reckte sich, bevor sie ihr Nachthemd auszog und ihr Kleid anlegte. Wenn sie doch nur nicht immer so müde wäre! Schon heute freute sie sich darauf, wenn Viktoria erst einmal zuverlässig durchschlief, sodass Luise auch ihren eigenen Schlafrhythmus wiederfinden würde. Sie sah auf den Stapel Ordner neben ihrem Bett und beschloss, ihn später wegzuräumen. Dann ging sie nach unten und fand sich im Esszimmer ein, in dem bisher nur Hans mit Viktoria saß und seinen ersten Kaffee trank.

»Ah, da bist du ja«, begrüßte ihr Ehemann sie.

»Guten Morgen, Frau Petersen«, sagte Anna, die Haushälterin, die gerade den Tisch eindeckte.

»Guten Morgen, Anna.«

»Sie sind wirklich sehr früh auf an diesem Sonntag.«

»Du brauchst dich nicht zu beeilen, Anna. Viktoria wollte nur einfach nicht mehr schlafen, und so haben wir beschlossen, alle aufzustehen.«

»Ich werde gleich das Frühstück bringen«, verkündete die Haushälterin dienstbeflissen.

»Das hat keine Eile«, beschwichtigte Luise sie mit einer gewissen Gleichgültigkeit.

Hans und Luise plauderten ein wenig, bis etwa zwanzig Minuten später Elsa mit Marie auf dem Arm im Türrahmen erschien. »Guten Morgen.«

»Guten Morgen«, gaben Luise und Hans zurück. »Na, habt ihr gut geschlafen?«

»Es ging so. Richard hatte wohl gestern zu viel getrunken.«

»Ich habe gar nicht mitbekommen, wann er nach Hause gekommen ist«, bemerkte Luise.

»Es war spät, sehr spät«, sagte Elsa seufzend. »Er sagte, er hätte noch ein Bier trinken wollen, nachdem er den ganzen Tag im Kontor war. Und in der Kneipe hat er dann einige Freunde getroffen. Nun ja, es kam wohl eins zum anderen.«

Luise lag die Bemerkung auf den Lippen, dass Richard zumindest während der Zeit, als Hans und sie selbst im Kontor waren, nicht dort gewesen war. Aber sie ließ es bleiben. Elsa würde sich nur Sorgen machen, wenn sie sie darauf ansprächte. Es brachte also im Grunde gar nichts.

»Ich finde es schrecklich still, seit Therese, Sophia und die Kinder wieder abgereist sind. Geht es euch nicht genauso?«, fragte Elsa.

»Ja, hier war schon ordentlich Leben in der Bude«, stellte Hans grinsend fest. »Es war wirklich schön. Vor allem war es eine Freude zu beobachten, wie Robert aufblühte.«

»Also hast du es auch so empfunden?«, wandte sich Luise an ihren Ehemann. »Ich fand, dass Vater wie ausgewechselt war.«

Hans nickte. »Allerdings.« Er behielt für sich, dass er das Gefühl hatte, Robert hätte für seine Schwägerin mehr empfunden als nur familiäre Verbundenheit. Denn zum einen konnte es gut sein, dass er sich das nur einbildete. Zum anderen hatte er einfach kein Recht, sich in die Angelegenheiten seines Schwiegervaters zu mischen. Und da es offenbar seiner Frau und den anderen Familienmitgliedern nicht aufgefallen war, mochte er sich durchaus auch täuschen.

»Wie ist gestern eigentlich das Gespräch mit dem Kindermädchen ausgegangen?«, fragte nun Elsa. »Wir hatten danach gar keine Gelegenheit mehr, miteinander zu sprechen.«

»Hans und ich sind uns einig, dass sie ein wahrer Glücksfall ist.« Luise schmunzelte. »Übrigens sehen sie und ihre Schwester sich unglaublich ähnlich. Frau Regeners Gesicht ist ein wenig breiter, aber ansonsten gleichen sie und Fräulein Schreiber sich wie ein Ei dem anderen.«

»Womöglich hatten wir auch deshalb vom ersten Moment an Vertrauen zu ihr«, fügte Hans hinzu. »Vor allem aber, als sie Viktoria auf den Arm nahm, und wir sehen konnten, wie sie mit ihr umging, war Luise und mir vollkommen klar, gar keine Bessere für die Anstellung finden zu können. Sie fängt schon am Montag an.«

»Also morgen?«, fragte Elsa nach.

»Ja, genau.«

»Na, ihr verliert aber auch wirklich keine Zeit.« Elsa seufzte. »Fast bin ich ein wenig neidisch auf dich, Luise. Du fährst wieder in dein Kontor, und dennoch ist eure Viktoria versorgt. Zu gern würde ich hier auch endlich wieder mal rauskommen.«

»Warum fährst du nicht mit mir ins Kontor und hilfst mir ein bisschen?«, schlug Luise vor. »Du könntest Ablagearbeiten verrichten und hättest auch die Möglichkeit, in der Nähe deines Mannes zu sein. Und wenn Marie es so gar nicht zulassen will, dann hast du es wenigstens versucht.«

»Meinst du wirklich?«

»Aber ja. Du hast doch neulich selbst gesagt, dass du dir sehr gut vorstellen könntest, arbeiten zu gehen oder womöglich sogar dein Studium zu beenden, wenn Marie größer ist. Wozu also warten? Entweder es geht gut oder eben nicht. Du hast nichts zu verlieren.«

Elsa war verblüfft. »Du hast aber auch eine unvergleichliche Art, Probleme zu lösen«, sagte sie und lachte kurz auf.

»Wie hat Buddha einmal gesagt: Wenn du ein Problem hast, versuche es zu lösen. Wenn du es nicht lösen kannst, mache kein Problem daraus.« Luise hob die Tasse und prostete Elsa damit zu.

Elsa und Hans mussten lachen.

»Wo nimmst du solche Weisheiten nur immer her? Manchmal glaube ich, du denkst sie dir gerade erst in dem Moment aus, wenn du sie aussprichst.«

»Von meinem Großvater habe ich die«, sagte Luise. »Wirklich, er war wie ein wandelndes Lexikon, wenn es um solche Sprüche ging.«

»Aber irgendwie stimmt es schon«, fand Elsa. »Wie war das? Wenn du ein Problem hast, versuche es zu lösen – wenn du es nicht lösen kannst, mache kein Problem daraus, richtig?«

»Ganz genau«, bestätigte Luise.

»Na gut. Dann mache ich kein Problem daraus, sondern nehme deinen Vorschlag an und versuche es. Was soll schon passieren?«

»Genau«, stimmte nun auch Hans zu. »Was soll schon passieren?«

Luise brütete stundenlang über den Zahlen. Immer wieder ging sie die einzelnen Positionen durch und machte sich Notizen auf einem gesonderten Blatt Papier. Irgendwann ließ sie den Füllfederhalter sinken, legte ihn auf dem Papier ab und verließ das Schlafzimmer, wo sie an dem kleinen Tisch gesessen und gearbeitet hatte.

Sie ging nach unten in der Hoffnung, Richard dort anzutreffen, um die Unklarheiten mit ihm besprechen zu können.

»Er ist weg«, stellte Elsa fest, und Enttäuschung schwang in den wenigen Worten mit. »Er musste noch mal ins Kontor, hat er gesagt. Was ist denn dort los?«

Luise wiegte den Kopf. »Ich glaube, einer dieser neuen Lieferanten, die Richard aufgetan hat, dieser Jensen, gibt höhere Verkaufsmengen an, als er tatsächlich liefert. Anders kann ich es mir nicht erklären.«

»Aber bestimmt wird doch die Menge überprüft?«

»Ja, das ist ja so merkwürdig. Doch der Wareneinkauf und der Warenverkauf stimmen einfach nicht überein. Mit den meisten anderen Lieferanten arbeiten wir schon seit vielen Jahren zusammen. Für die lege ich meine Hand ins Feuer.

Doch dieser Jensen und noch ein weiterer Lieferant, Schöpke, sind neue Kontakte. Letzterer allerdings ist von den gelieferten Mengen her zu vernachlässigen. Aber Jensen scheint sich binnen weniger Wochen zu einem unserer Hauptlieferanten für Kaffeebohnen emporgearbeitet zu haben.« Luise dachte einen Moment nach. »Weißt du, wo Richard ihn aufgetan hat?«

»Nein.« Elsa schüttelte den Kopf. »Ich habe den Namen bis eben noch nie gehört.«

»Ich muss unbedingt mit Richard sprechen«, überlegte Luise laut. »Am liebsten wäre es mir, direkt zu ihm ins Kontor zu fahren. Dann können wir uns auch die protokollierten Zeiten der Arbeiter im Lager ansehen. Denn schließlich müssten sie bei diesen Mengen mehr Arbeit geleistet haben als bisher, was sich in der Stundenzahl niederschlagen müsste.«

»Offen gesagt, kann ich dir nicht mehr folgen«, gestand Elsa.

»Nicht so wichtig«, sagte Luise. »Ich bespreche das mit Richard.« Kurz überlegte sie. »Ach verdammt«, schimpfte sie dann. »Hans ist ja mit Viktoria zu seinem Onkel gefahren. Dann habe ich ja nicht einmal eine Kutsche.«

Elsa zuckte mit den Achseln. »Dann wirst du wohl oder übel warten müssen.«

Ein Lächeln spielte um Luises Lippen. »Oder aber ich ziehe mir meine alten Hosen aus Kamerun an und nehme mir das Fahrrad.«

»Luise, das kannst du doch nicht machen. Was ist, wenn dich jemand sieht?«

»Ich setze mir einen Hut auf, dann wird mich schon keiner erkennen.« Luise fand größten Gefallen an ihrem Vorhaben. »Aber die Ordner lasse ich dann hier und nehme mir nur meine Notizen mit. Die kann ich zusammenfalten und in die Hosentasche stecken.«

»Luise, Luise.« Elsa schüttelte gespielt empört den Kopf. »Eine feine Dame würde so was ganz bestimmt nicht machen.«

»Nein«, erwiderte Luise fröhlich. »Ganz sicher nicht. Ein Glück nur, dass ich keine feine Dame bin!«

Luise drehte sich vor dem Spiegel. Ja, sie war zufrieden damit, wie sie aussah. Das einzige Mal, dass sie hier in Hamburg eine Hose getragen hatte, war gewesen, als es damals galt, die Kerle zu überführen, die den Spirituosenhandel der Ahrendsens in den Ruin treiben wollten. Seither hatte Luise sich stets daran gehalten, feine Kleider zu tragen und sich so zu benehmen, wie man es von einer jungen Frau aus gutem Hause erwartete. Doch jetzt, wenn sie sich so ansah, in Hose und Bluse, die Haare hochgesteckt und unter einer Kappe verborgen, kam da dieses Gefühl von Abenteuerlust in ihr auf. Ja, es fühlte sich gut an und auch ein wenig verwegen. Warum hatte sie nur jemals damit aufgehört, zu rebellieren und sich gegen die Norm, in die sie gepresst werden sollte, aufzulehnen, wenn es sich doch so gut anfühlte?

Sie faltete ihre Notizen und steckte den Zettel in die Hosentasche. Dann griff sie sich den Kontorschlüssel und ging nach unten.

»Wie sehe ich aus?« Luise war mit einem Sprung ins Wohnzimmer gehüpft und präsentierte sich nun Elsa.

Diese prustete los. »Also, wenn du nicht erkannt werden willst, ist es perfekt.«

Luise verbeugte sich. »Man dankt, man dankt.«

»Und wenn du nachher nach Hause kommst und dein Mann dich so sieht?«

»Um es mit einem weiteren Zitat meines Großvaters zu beantworten: De Jung is Kummer gewohnt!« Luise lachte auf.

»Du bist so albern«, schalt Elsa, musste aber selbst mitlachen.

»Dann fahre ich jetzt los. Sag Hans bitte, dass ich im Kontor bin, ja? Ich werde mich beeilen.«

»Ist gut. Dann viel Spaß in deinen Männerhosen.« Elsa schüttelte grinsend den Kopf und widmete ihre Aufmerksamkeit dann wieder Marie.

Luise ging durch die Arbeitsräume der Angestellten nach hinten in den Hof und zum Stall, wo das Fahrrad abgestellt war. Sie hatte einen geradezu unbändigen Spaß, als sie aufstieg und in die Pedale trat. Die Winterluft schlug ihr kalt entgegen, und einzig die Jacke, die sie trug, war nicht besonders klug gewählt. Denn anders als ihr feiner Mantel, in den sie sich sonst stets hüllte, hielt der recht fadenscheinige Stoff kaum die Kälte ab. Doch darüber dachte sie nicht weiter nach. Sie genoss es, immer schneller und schneller zu treten, und es war das erste Mal seit einer gefühlten Ewigkeit, dass sie sich so frei fühlte. Alles schien von ihr abzufallen, und fast tat es ihr leid, als sie die Speicherstadt erreichte und schließlich das Fahrrad vor dem Hansen'schen Kontor abstellte. Sie drückte die Klinke herunter, doch das Tor war verschlossen. Bestimmt hatte Richard von innen abgesperrt, damit niemand die Möglichkeit hatte, das Kontor zu betreten, während er im oberen Stock saß, arbeitete und nichts davon mitbekam. Sie zog den Schlüssel hervor und konnte nur hoffen, dass Richard den seinen nicht von innen hatte stecken lassen. Doch das war nicht der Fall, denn sie konnte ihren Schlüssel drehen und betrat schließlich das Gebäude.

»Richard?«, rief sie laut nach oben und ging dann die Treppenstufen hinauf. »Richard! Ich bin es, Luise.« Sie erreichte den oberen Flur und ging sogleich auf ihr Büro zu, in dem sie Richard vermutete. »Richard?« Sie klopfte. »Ich bin es, Luise«, wiederholte sie nochmals und öffnete dann die Tür. Das Büro war leer.

»Hm«, machte Luise und sah sich um. »Richard?«, rief sie noch einmal und ging wieder auf den Flur. Sie lauschte, doch sie erhielt keine Antwort. Sie sah im Büro ihres Vaters nach, aber auch das war leer. Es war eigenartig, allein in dem riesigen Gebäude zu sein. So hatte sie das Kontor noch niemals erlebt. Sie durchquerte das Büro ihres Vaters und trat ans Fenster, ohne recht zu wissen, was sie dort draußen zu sehen hoffte. Auch hier sah jetzt alles anders aus als an normalen Arbeitstagen. Während dort draußen sonst die Menschen Waren hin und her bewegten und sich beeilten, ihre Aufträge auszuführen, waren nun die Gassen und der Hafen wie leer gefegt. Es war, als hätte jemand ein graues Tuch über alles gelegt, das das Leben unter sich gefangen hielt. Nur vereinzelt waren ein paar Menschen unterwegs, die offenbar trotz des schlechten Wetters einen kleinen Sonntagsspaziergang machen wollten. Luise beobachtete ein Paar, das eng aneinandergeschmiegt am Hafen entlangging. Die junge Frau legte ihren Kopf auf seine Schulter, und er erzählte ihr wohl gerade etwas. Luise lächelte. Es wirkte friedlich und vertraut auf sie. Das waren zwei, die weder Wind noch Wetter spürten und ausschließlich Augen für den anderen hatten.

Plötzlich hörte Luise ein Geräusch.

»Richard?« Sie ging zurück auf den Flur. War das Geräusch aus dem Lager gekommen? Zumindest kam es von unten, dessen war sie sicher. Vermutlich war Richard im Lager, um etwas zu kontrollieren. Der Gedanke erleichterte Luise, denn sie hatte sich schon gefragt, weshalb ihr Cousin seiner Frau sagte, im Kontor noch etwas erledigen zu müssen, um dann doch nicht vor Ort zu sein. Einen kurzen Moment hatte Luise den Verdacht, dass Richard seine Frau hinterging. Das würde auch sein oft so spätes Nachhausekommen erklären.

Sie lauschte wieder in das Treppenhaus hinein. »Richard?«, rief sie abermals, erntete jedoch nur Stille. Aber da war ein Geräusch gewesen, sie war sich ganz sicher.

Luise ging die Treppe hinunter und sah sich im Erdgeschoss um. Dann wandte sie sich in Richtung Lager, wo sie alle Kraft aufbringen musste, um die große Metalltür, die während des normalen Tagesgeschäfts immer weit offen stand, zu bewegen. »Richard?«, rief sie erneut, als sie in der Halle stand. Noch immer keine Antwort. Er war also tatsächlich nicht hier. Womöglich hatte sie sich das Geräusch vorhin nur eingebildet, oder aber es hatte sich wieder einmal eine Katze über das Wochenende versehentlich einsperren lassen, wie es schon einige Male der Fall gewesen war.

Luise war unschlüssig, was sie tun sollte. Da sie nun aber schon einmal hier unten war, beschloss sie, den Abgleich der gelieferten Mengen mit dem Bestand vorzunehmen. Vielleicht wurde sie dadurch schlauer.

Den Blick nach oben gerichtet, schritt sie den Mittelgang entlang. Sie musste den Kopf in den Nacken legen, um auch die Aufschrift auf den obersten Säcken erkennen zu können. Das Lagersystem war sehr einfach: Neue Ware wurde immer ganz nach oben geschafft, die Auslieferung erfolgte stets von unten, und dann wurde oben wieder aufgefüllt. So sollte verhindert werden, dass Säcke versehentlich zu lange liegen blieben und Bohnen unbemerkt verdarben.

Luise schritt weiter die Gänge entlang, entzifferte die Aufdrucke der Lieferanten. Alle Namen sagten ihr etwas. Nun galt es, die Säcke dieser Firma Jensen ausfindig zu machen und die Bestände mit den Zahlen abzugleichen, die sie notiert hatte. Sie ging weiter und weiter und hatte bereits das Ende der Lagerhalle erreicht, jedoch noch nicht einen einzigen Sack mit der Aufschrift dieser Firma entdeckt. Doch das konnte nicht sein. Die Ware war eingegangen, und dies war auch von dem jeweils zuständigen Lageristen mit seinem Handzeichen bestätigt worden. Und da diese Aufgabe stets verschiedenen Personen zufiel, weil sie in wechselnden Schichten arbeiteten, war es ausgeschlossen, dass alle, die damit zu tun gehabt hatten, sich irrten.

Oder waren diese Säcke bereits verkauft? Das ergab aber keinen Sinn, da Luise andere Säcke kontrolliert hatte, die weit früher geliefert worden waren und insofern auch vor den anderen hätten abverkauft werden müssen.

Luise beschloss, noch einmal alles genau durchzugehen, wenngleich sie der Gedanke ein wenig unruhig machte, dass Hans mit Viktoria möglicherweise bereits wieder in der Villa war und ihre Tochter gestillt werden wollte, während Luise die Gänge auf und ab schritt und nach irgendwelchen Kaffeesäcken suchte.

Sie versuchte, sich besser zu konzentrieren, und prüfte Gang für Gang erneut. Dann schließlich wurde sie fündig. Sie hatte den Fehler gemacht, nach einem Aufdruck mit dem Namen Jensen zu suchen. Tatsächlich aber sparte diese Firma es sich wohl, die Waren mit ihrem Namen bedrucken zu lassen, denn die Säcke waren frei von jedem Namenszug. Luise legte den Kopf in den Nacken. Ja, das mussten sie sein. Die Anzahl müsste hinkommen. Doch warum waren diese Säcke so gestapelt, als wären sie nur abgelegt worden und nicht etwa dafür vorgesehen, mit in den Verkauf zu gelangen? Fast wirkte es, als sollte man sie nicht gleich als Verkaufsware wahrnehmen.

Luise dachte nach. Auf den ersten Blick schienen die Säcke in Ordnung, doch irgendetwas – sie wusste nicht, was es war – störte sie an dem Bild. Entschlossen ging sie zum Ende der Lagerhalle, wo die Leitern lagen, mit deren Hilfe die Ware nach oben geschafft wurde, nahm eine davon und ging zurück. Sie lehnte die Leiter an und kletterte geschwind hinauf. Es mochten gut drei Meter über dem Boden sein.

Luise befühlte den untersten Sack im Regal. Jetzt sah sie, was sie von unten so gestört hatte. Während die anderen Säcke mit den Kaffee- und auch Kakaobohnen ungleichmäßig waren und die Bohnen darin sich deutlich abzeichneten, waren diese Säcke hier gerade, ja richtiggehend glatt in ihrer Struktur. Luise glitt mit den Fingerspitzen darüber. Es stimmte. Hier war keine typische Bohnenform zu spüren.

Eilig löste sie den Knoten des Bandes, mit dem der Sack verschlossen war. Kaum hatte sie es gelockert, rieselte schon Sand aus dem Sack heraus. Luise gefror das Blut in den Adern. Sie kletterte noch eine Stufe höher, öffnete den nächsten Sack. Auch hierin befand sich nur Sand. Luise wollte gerade nach dem nächsten Band greifen, da versetzte jemand der Leiter, auf der sie stand, einen kräftigen Stoß, und sie schrie auf. Luise hatte keine Möglichkeit mehr, sich noch irgendwie festzuhalten oder abzufangen, und schlug hart auf dem Boden auf. Einen Augenblick blieb sie reglos liegen, dann bewegte sie langsam, ganz langsam ihr Bein. Sie versuchte ihren Kopf zu heben. In diesem Moment sah sie aus dem Augenwinkel, wie von oben Säcke auf sie herunterfielen. Es war das Letzte, was sie sah, bevor sie das Bewusstsein verlor.

Sie spürte eine Berührung an ihrer rechten Hand. Es fühlte sich an, als streichelte jemand darüber. Langsam öffnete sie die Augen. Sie brauchte einen Moment, bis die Konturen schärfer wurden und sie schließlich Hans erkannte, der in gekrümmter Haltung auf einem Stuhl neben ihrem Bett saß und sie streichelte. Sie versuchte die Hand anzuheben, doch es gelang ihr nicht.

Luise schluckte mehrere Male schwer, schloss abermals die Augen. Ihr ganzer Körper fühlte sich an, als wäre er mit Gewichten beschwert. Noch einmal schluckte sie. »Hans«, brachte sie flüsternd hervor.

Sofort richtete er sich auf. »Luise!« Er rückte näher heran. »Gott sei Dank, Luise, du bist aufgewacht!« Tränen liefen ihm über die Wangen.

»Was ist geschehen?« Die wenigen Worte verlangten ihr alle Kraft ab. Sie musste husten, doch schon der Versuch ließ sie vor Schmerzen zusammenzucken.

»Du hattest einen Unfall im Kontor. Eines der Regale ist umgekippt, und die Säcke sind auf dich gefallen. Der Arzt sagt, es grenzt an ein Wunder, dass du noch lebst.«

Luise versuchte, ihre Gedanken zu ordnen. Ein Unfall? Nein, sie erinnerte sich nicht. Auch nicht daran, dass sie im Kontor gewesen war.

Sie atmete schwer und versuchte zu schlucken. Ihre Kehle war so trocken, dass es ihr kaum möglich war. Wieder versuchte sie es, doch ihr Hals brannte nur immer mehr.

»Warte.« Hans füllte ein wenig Wasser aus einem Krug in einen Becher, der auf Luises Nachttisch stand. Dann stützte er ihren Kopf und ließ ihr kleine Schlucke in den Mund laufen.

Die Anstrengung, die damit verbunden war, ließ Luise fast wieder das Bewusstsein verlieren.

Sanft ließ Hans sie wieder in die Kissen sinken. »Ist es jetzt besser?«

Luise bemühte sich zu nicken. Als ihr dies misslang, blinzelte sie einmal mit den Augen.

»Du warst vier Tage lang ohne Bewusstsein«, klärte Hans sie auf. »Der Arzt sagt, dass du eine Kopfverletzung hast, die dir wahrscheinlich eine Weile zu schaffen machen wird.« Hans behielt für sich, dass dem Arzt zufolge ihr Kopf so schwer verletzt worden war, dass man nicht mit Sicherheit sagen konnte, ob sie überhaupt jemals wieder aufwachen würde. Und wenn, so konnte es durchaus sein, dass sie die Fähigkeit zu sprechen oder zu gehen eingebüßt hatte. Letzteres hätte sie aber derzeit mit ihrem mehrfach gebrochenen rechten Bein ohnehin nicht gekonnt. Der Arzt hatte zu Hans gesagt, dass er es sich wie eine gewaltige Schwellung im Kopf vorstellen müsse, die zum Schutz des Gehirns eine Weile alle Funktionen lahmlegte. Was danach käme, wisse Gott allein.

Luise sah Hans an. In seinem Blick lag so viel Sorge, Angst, Kummer und Verzweiflung. Sie wollte sich aufrichten, um ihn zu umarmen und ihm zu sagen, dass alles schon bald wieder gut würde. Auch wenn sie sich jetzt noch nicht danach fühlte, bräuchte er ihr gewiss nur einen, vielleicht zwei Tage Zeit zu geben, und alles wäre wieder beim Alten. Ja, zwei Tage, mehr nicht. Sie wollte sich nur noch ein wenig ausruhen. Das war ihr letzter Gedanke, bevor sie die Augen schloss. Nur ein wenig ausruhen.

19. Kapitel

Wien, Montag, 24. Dezember 1894

Therese presste das Taschentuch vor den Mund, damit die Kinder nebenan, die das Christkind am Heiligen Abend erwarteten, ihr Schluchzen nicht hörten.

Gerade hatte Therese mit Elsa telefoniert. Seit zwei Tagen war nun endlich eine Besserung von Luises Zustand zu erkennen, und Therese konnte ihre Tränen einfach nicht mehr zurückhalten. Es war alles so furchtbar gewesen. Wie genau der Unfall geschehen war, wusste wohl niemand zu sagen. Luise hatte im Lager des Kontors etwas kontrollieren wollen und war einige Meter tief von der Leiter gestürzt, wodurch offenbar auch noch einige Säcke ins Rutschen geraten und auf sie gefallen waren. Tagelang hatte die Familie um Luises Leben bangen müssen. Die wenigen Momente, in denen sie bei Bewusstsein war, hatten nur wenig Grund zur Hoffnung gegeben. Nun jedoch hatte sie das erste Mal wieder etwas gegessen, ja sogar selbst den Löffel gehalten, während sie in der Zeit davor ausschließlich mit Suppe ernährt worden war, die ihr die Krankenschwester, die sich Tag und Nacht um Luise kümmerte, eingeflößt hatte.

Elsa hatte weiter berichtet, dass Luise inzwischen auch wieder sprach, wenngleich ihr das immer noch schwerfiel. Zum Glück jedoch nur deshalb, weil sie, wie sie sagte, das Gefühl habe, als läge noch immer einer der schweren Säcke auf ihrer Brust.

Auch die Brüche verheilten gut, sodass Luise in ein oder zwei Wochen den Versuch unternehmen durfte, das Bett zu verlassen, wenn sie denn noch die Fähigkeit besaß zu laufen. Denn dies war durchaus nicht gewährleistet. Die Krankenschwester machte zwar mehrmals täglich krankengymnastische Übungen mit ihr, jedoch dienten diese fast ausschließlich dazu, die Muskulatur nicht vollständig verkümmern zu lassen. Den Impuls, ihre Beine selbstständig zu heben und zu senken, hatte Luise bisher nicht gezeigt.

Elsa und Therese verabredeten, in den kommenden Tagen erneut miteinander zu telefonieren, und wünschten sich trotz der traurigen Umstände frohe Festtage. Dann beendeten sie das Gespräch.

Es klopfte an ihrer Schlafzimmertür. »Ja, bitte?«

Sophia steckte den Kopf herein. »Die Kinder sind dann jetzt so weit, und ich würde mich gern auf den Weg machen, wenn es dir recht ist.«

Therese zwang sich zu einem Lächeln und ging auf Sophia zu. »Aber ja. Ich wünsche dir und deiner Familie ganz wunderbare Festtage.« Sie umarmten sich.

»Danke schön. Das wünsche ich dir auch. Wir sehen uns dann tatsächlich erst im neuen Jahr wieder.« Fast kam es Sophia unwirklich vor, war sie doch die letzten Monate bis auf wenige Ausnahmen am Sonntag jeden einzelnen Tag mit Therese zusammen gewesen. Sie und die Kinder waren für Sophia inzwischen mehr Familie als ihre eigenen Eltern.

»Nun geh aber, sonst kommst du zu spät.«

»Ja.« Sophia drehte sich um, wandte sich dann aber doch noch einmal Therese zu. »Therese, es war ein schreckliches Jahr, und deine Familie hat mehr ertragen müssen, als eigentlich zu ertragen möglich ist. Das neue Jahr wird besser werden, ja, es wird ganz fantastisch werden. Das weiß ich genau.«

»Ach, Sophia, das wird es ganz bestimmt. Und nun fort mit dir, oder soll ich dich hinaustragen?«

»Ich gehe schon. Bis bald!« Sophia ließ die Tür angelehnt, vermutlich damit Therese die Kinder hörte, sollten sie nebenan laut werden.

Therese strich ihr Haar zurück und richtete das Samtband. Dann ging sie nach drüben. »Kinder, es ist gleich so weit, und wir fahren los.«

Franz ließ einen Jubelschrei los, und auch Helene schien sich zu freuen. Von der Haustür drang ein lautes Klopfen nach oben.

»Es ist offen«, rief Therese hinunter.

»Bin schon drin!«, hörte sie die Stimme ihres Bruders antworten.

»Onkel Tino!«, rief Franz begeistert und rannte los.

»Obacht auf der Treppe, Franz!«, mahnte Therese, reichte Helene die Hand und ging langsam mit ihr hinter ihrem Bruder her.

Als sie unten ankamen, redete Franz bereits aufgeregt auf Florentinus ein. Gerade hörte Therese, dass ihr Sohn von ihrem Bruder wissen wollte, ob es wohl wieder die gleiche Nachspeise gab wie im letzten Jahr, als sie gemeinsam bei Margarete und Friedrich Loising, seinen Großeltern, zu Gast gewesen waren.

Therese schämte sich ein wenig, machte ihr die Frage doch deutlich, dass sie ihren Eltern viel zu wenig die Möglichkeit gab, Helene und Franz aufwachsen zu sehen. Ein gemeinsames Essen wie heute fand ausschließlich an besonderen Festtagen statt, Besuche dazwischen waren rar. Ihr Bruder Florentinus hatte weit mehr Kontakt mit den Eltern, was aber vor allem daran lag, dass er die Leitung der väterlichen Fabrik übernommen hatte, während Friedrich Loising nach einem schweren Schlaganfall im letzten Jahr nur noch sehr sporadisch arbeitete. Aus diesem Grunde aß Florentinus regelmäßig bei den Eltern, um den Vater über das, was in der Fabrik vor sich ging, auf dem Laufenden zu halten.

Therese jedoch hatte mit ihrem Kaffeehaus und den Kindern ohnehin schon so viel zu tun, dass sie sich zwar immer wieder vornahm, ihre Eltern zu besuchen, es jedoch nur leidlich in ihren Tagesablauf zu integrieren wusste. Und die vielen Einladungen, die sie selbst ausgesprochen hatte, dass ihre Eltern sie doch einmal im Kaffeehaus besuchen sollten, um dann später gemeinsam im Hause der Hansens zu essen, hatten Margarete und Friedrich Loising allesamt ausgeschlagen.

»Guten Tag, Tino.« Therese beugte sich vor, um ihrem Bruder einen Kuss auf die Wange zu geben.

Dann hob Florentinus die kleine Helene auf den Arm. »Na, seid ihr aufgeregt?«

»Hoffentlich hält Mutter sich dieses Jahr mit ihren Vorhaltungen ein wenig zurück«, seufzte Therese. »Ganz gleich, wie gut die Kinder sich benehmen, es kommt doch immer noch mindestens ein- oder zweimal eine Bemerkung, was ich ihnen dringend noch beibringen muss, wenn sie einmal eine gehobene Stellung in der Gesellschaft einnehmen wollen.« Therese verdrehte die Augen.

»Warum hörst du da überhaupt hin? Du weißt doch, wie sie ist.« Florentinus stellte Helene wieder auf die Füße. »Und glaub mir, ihre Vorhaltungen mich betreffend sind deutlich zahlreicher. Doch wenn sie anfängt, auf eine bestimmte Art mit mir zu reden, dann schalten meine Ohren auf Durchzug, und es kommt nichts mehr bei mir an.« Er berührte seine Schwester kurz am Oberarm. »Na, komm schon. Das ist alles halb so wild.«

Therese verkniff sich die Bemerkung, dass sie das deutlich anders sah.

»Bleibt es dabei, dass Frederike mitkommt?«, fragte Florentinus nun.

»Ja. Sie müsste jeden Augenblick kommen. Sie war vorhin noch mit Anton verabredet, hat sich aber über die Einladung, am Familienessen teilzunehmen, aufrichtig gefreut. Ich glaube, sie war dankbar dafür, den Abend nicht mit ihren Eltern verbringen zu müssen.«

»Ist es zwischen ihnen immer noch nicht wieder besser?« Florentinus hatte Frederike das letzte Mal an dem Abend gesehen, als sie nach seinem überraschenden Eintreffen hastig das Weite gesucht hatte, um nur kurze Zeit später mit einem Koffer in der Hand und in Begleitung ihres Vaters Georg wiederzukommen und dann doch mit ihnen zusammen zu essen. Zwar hatte sie während der Mahlzeit nicht übermäßig viel mit ihm gesprochen, aber zumindest benahm sie sich so, dass niemandem sofort auffiel, welch tiefe Abneigung sie ganz offensichtlich gegen ihn hegte. Er war gespannt, wie sie sich nun heute verhalten würde, da sie als Gast zu seinen Eltern mitkam und sich damit bewusst der Unausweichlichkeit stellte, den Abend auch mit ihm verbringen zu müssen. Noch immer hoffte er darauf, sich eines Tages mit ihr aussprechen zu können. Doch für den Moment reichte es ihm schon, wenn sie ihn nicht mehr wie giftigen Efeu behandelte.

»Vera ist eben Vera«, antwortete Therese auf seine vorherige Frage und holte ihn so aus seinen Gedanken. »Ich glaube, Georg kann ihr einfach nichts recht machen. Sie ist so verbittert, dass nur schwer oder sogar gar nicht an sie heranzukommen ist.« Therese seufzte. »Sie scheint sich nur noch für sich selbst und ihre eigene kleine Welt zu interessieren«, fuhr Therese fort. »Selbst als ich sie nach Luises Unfall besuchte, um mit ihr darüber zu sprechen, war sie im Grunde gar nicht daran interessiert. Trotz der schweren Verletzungen, die Luise erlitten hatte, tat Vera es einfach ab.«

Florentinus schüttelte den Kopf. »Wirklich unverständlich, so etwas. Hast du denn schon wieder etwas aus Hamburg gehört?«

»Ja, gerade vorhin habe ich mit Elsa telefoniert, wie des Öfteren in letzter Zeit. Luise hat das erste Mal wieder selbstständig etwas essen können. Die Familie – vor allem Hans natürlich – ist unglaublich erleichtert.«

»Konnte sie schon wieder aufstehen?«

Therese schüttelte den Kopf. »Noch nicht. Wir müssen wohl einfach Geduld haben. Die Krankenschwester, die Hans und Luise eigentlich als Kindermädchen für die kleine Viktoria eingestellt hatten, kümmert sich rund um die Uhr um Luise. Sie ist in den besten Händen. Doch ob sie je wieder ganz gesund wird, das wird sich erst noch zeigen.«

An der Eingangstür wurde ein Schlüssel herumgedreht, und Therese sah hinüber. »Es ist offen«, sagte sie in dem Moment, als Frederike bereits eintrat.

»Guten Tag«, grüßte diese fröhlich, drückte Franz und Helene und umarmte kurz Therese. Florentinus nickte sie nur zu.

»Du strahlst aber«, bemerkte Therese, die sich fragte, ob die guten Nachrichten über Luise bereits zu Frederike durchgedrungen waren, wenngleich sie sich wunderte, da Elsa sie ausdrücklich am Telefon darum gebeten hatte, dies persönlich zu tun.

Frederike nickte stumm und mit einem breiten Lächeln. »Anton hat um meine Hand angehalten. Wir werden heiraten.«

»Wirklich?« Therese schloss Frederike in die Arme. »Das ist ja wundervoll! Ich freue mich so für dich.«

»Meinen herzlichen Glückwunsch, Frederike«, sagte Florentinus förmlich.

»Werdet ihr dann ganz viele Kinder bekommen?«, wollte Franz sofort wissen.

Frederike ging in die Hocke und nahm ihn bei den Händen. »Ja, das kann schon sein.«

»Dann kann ich mit ihnen spielen«, jubelte Franz.

»Ja, mein Schatz, das kannst du.« Frederike zog ihn heran und gab ihm einen Kuss auf die Wange, worauf er die Nase rümpfte und sich spielerisch wehrte.

»Können wir dann gehen?«, fragte Therese, die keinesfalls zu spät kommen wollte, um ihrer Mutter nicht noch zusätzliche Munition für weitere Kritikattacken zu liefern.

»Ja«, sagte Florentinus. »Der Fiaker steht draußen bereit.«

Während der fast einstündigen Fahrt zum Anwesen der Loisings berichtete Therese nun auch Frederike von dem erfreulichen Telefonat, das sie mit Elsa geführt hatte. Frederike atmete erleichtert auf, denn Luise war für sie eher eine Schwester als eine Cousine, und sie hatte jeden Abend für sie gebetet, seit sie von dem schrecklichen Unfall erfahren hatte. Wie gern hätte sie die Cousine angerufen, um ihr von der wunderbaren Neuigkeit, dass Anton um ihre Hand angehalten hatte, zu erzählen! Sie wusste, dass Luise sich von Herzen für sie freuen würde.

»Fräulein Frederike, wie wunderbar, dass Sie unserer Einladung gefolgt sind! Es ist schade, dass Ihre Eltern verhindert sind.« Margarete Loising reichte Frederike die Hand.

»Ich freue mich wirklich sehr, hier sein zu dürfen.«

»Bitte, Mutter, sag doch einfach Frederike, ja? Wir sind immerhin eine Familie.« Schon in diesen ersten Momenten spürte Therese, wie das Verhalten ihrer Mutter an ihren Nerven nagte.

»Aber gewiss, ja, wie töricht von mir. Frederike – selbstverständlich.«

Zwar fand Therese es gut, dass ihre Mutter gleich darauf eingegangen war. Doch verspürte sie offenbar nicht den Wunsch, ihrerseits auch Frederike das Du anzubieten, sodass sich nicht viel an der Situation geändert hatte.

»Guten Tag, Frederike.« Thereses Vater trat auf sie zu. »Und mich nennst du bitte Friedrich. Auch wenn wir uns noch nicht so oft gesehen haben, finde ich es schöner so.«

»Friedrich, ja?« Frederike lächelte ihn freundlich an. »Sehr gern.«

Therese und Florentinus begrüßten nun ebenfalls ihre Eltern, dann folgten Franz und Helene.

»Gibt es die gleiche Nachspeise wie im letzten Jahr?«, fragte Franz, was ihm sogleich einen strengen Blick seiner Mutter eintrug.

»Ach du liebe Güte, was fragst du mich denn da? Ich weiß wirklich nicht mehr, was wir im letzten Jahr als Nachspeise hatten.« Margarete Loising sah ihn überrascht an, weil er offenbar noch eine sehr genaue Erinnerung daran hatte.

»Es war ein Kuchen mit Rosinen und einer Creme mit Butter«, berichtete er.

»Nein«, sagte Thereses Mutter, »den gibt es heute nicht.«

»Ach, schade«, maulte Franz, dem anzusehen war, dass für ihn damit der Sinn ihres Besuchs entschieden infrage gestellt wurde.

»Komm«, sagte nun Friedrich, »gehen wir erst einmal ins Esszimmer. Ich bin ganz sicher, dass wir jede Menge Essen im Haus haben, das dir schmeckt, Franz.«

»Aber der Kuchen war das Beste«, hielt dieser dagegen.

»Es ist unhöflich, sich über das Essen zu beschweren, vor allem, weil du ja noch gar nicht weißt, was wir anzubieten haben«, empörte sich Margarete.

»Er ist vier Jahre alt, Mutter«, sagte Florentinus beschwichtigend.

»Wenn man nicht von Anfang an eine klare Linie in der Erziehung hat, weiß das Kind nicht, woran es sich orientieren soll«, konterte Margarete.

Therese schüttelte nur den Kopf, sagte aber nichts. Sie tauschte einen Blick mit Frederike, dann folgten sie den anderen ins Esszimmer.

Ihre Mutter hatte mit der ersten Zurechtweisung nicht einmal gewartet, bis sie am Tisch Platz genommen hatten. Das war selbst für Margarete Loising ein neuer Rekord.

20. Kapitel

Kamerun, Freitag, 4. Januar 1895

Robert Hansen hatte sich das Jackett ausgezogen und reichte es zusammen mit seinem Koffer dem jungen Kameruner, der wie weitere Einheimische mit seinem Boot an das Schiff herangefahren war, um die Passagiere und die Ladung sicher an Land zu bringen, bevor er selbst einstieg und auf dem schmalen Sitzbrett Platz nahm. Es war lange her, seit er zuletzt hier gewesen war, doch alles war fast unverändert und noch so, wie er es in Erinnerung hatte. Einzig der Anleger, der gerade gebaut wurde, war neu.

An Land angekommen, ließ er sich ein Pferd geben, für das er bezahlte, obwohl ihm eine Trage angeboten wurde. Doch er wollte lieber so rasch wie möglich zur Plantage. Zwei Einheimische begleiteten ihn zu Fuß, von denen einer seinen Koffer trug. Mit einer erstaunlichen Gleichmäßigkeit liefen sie neben seinem Pferd her, ohne das Tempo verlangsamen zu müssen oder zwischendurch um eine kleine Verschnaufpause zu bitten. Es war, als machte ihnen das Laufen nicht das Geringste aus.

Nach einer knappen Stunde wurde der Pfad breiter, und Robert erblickte das weiße Steinhaus mit den roten Dachziegeln und den drei strohgedeckten Erkern, über dem die Hitze flirrte. Er zügelte das Pferd und näherte sich dann in langsamem Tempo dem Farmgebäude.

Er wusste nicht genau, womit er gerechnet hatte. Vielleicht dass es verfallen aussah, schlimmstenfalls geplündert oder gar niedergebrannt war. Doch es sah genauso aus, wie er es in Erinnerung hatte, und fast erwartete er, jeden Moment Heinrich Begemann vor die Tür treten zu sehen, der ihn herzlich begrüßte. Er stieg vom Pferd und ließ sich seinen Koffer reichen. Dann drückte er jedem der beiden Männer, die ihn begleitet hatten, eine Münze in die Hand, übergab ihnen das Pferd und hob zum Abschied die Hand.

»Malambuku?«, rief er. »Hamza?«

Erst tat sich nichts, dann war im Haus Bewegung wahrzunehmen.

Malambuku hatte ein Trockentuch in der Hand und öffnete zögernd den Gitterschutz, als könne er nicht glauben, wen er da vor sich hatte. »Sango!«, entfuhr es ihm, und Robert stellte seinen Koffer ab und ging auf ihn zu. Kräftig schüttelte er Malambuku die Hand, dann zog er ihn an sich und umarmte ihn.

»Malambuku, dir ist nichts geschehen, dem Herrn sei Dank!«

»Malambuku so freuen, Sango hier.«

»Ja, ich bin auch froh. Wie geht es Hamza?« Robert versuchte im Blick seines Gegenübers zu lesen, welche Nachricht er wohl erhalten würde.

»Hamza gut. Er auf Plantage bei Pflanzen.«

Robert atmete erleichtert aus. Zwar tat es ihm auch um jede andere Seele leid, die der Herrgott zu sich rief. Doch Malambuku und Hamza waren so etwas wie seine Familie in

Kamerun geworden und hatten daher noch einen deutlich höheren Stellenwert für ihn.

»Sango sitzen. Malambuku holen Trinken.«

»Danke. Ja, etwas zu trinken wäre jetzt gut.« Robert ging zu den Rattanstühlen hinüber und setzte sich. Tief atmete er die afrikanische Luft ein. Die Reise hatte ihn nicht sonderlich angestrengt. Einzig die Sorge, was ihn hier erwarten mochte, hatte Robert die gesamte Fahrt über in Anspannung gehalten, die nun, da er zumindest wusste, dass Malambuku und Hamza außer Gefahr waren, von ihm abfiel.

Malambuku kam mit einem Tablett, einer Karaffe mit Limonade und drei Gläsern zurück. »Ich Duala geschickt, Hamza holen.« Malambuku schenkte die Limonade ein.

»Komm, setz dich und erzähle mir, was geschehen ist.«

»Sango Begemann tot«, sagte Malambuku. »Alle Duala traurig.«

»Ja, Malambuku, wir waren auch furchtbar schockiert, als wir davon erfahren haben.«

»Sango immer gut zu Duala. Nie geschlagen.«

»Ich weiß. Das hätte Heinrich nie getan.«

Schnelle Schritte waren zu hören, dann kam Hamza um die Hausecke. »Herr Hansen, Gott sei Dank sind Sie da!«

»Hamza!« Robert stand auf und schüttelte dem jungen Mann die Hand. »Ich bin so froh, dass wenigstens euch nichts geschehen ist. Komm, setz dich zu uns.«

Hamza zog sich einen Stuhl heran und nahm Platz.

»Kannst du mir sagen, was geschehen ist?«

Hamza nickte. »Ich war dabei, als es geschah. Es waren ein halbes Dutzend Bakwiri.«

»Bakwiri? Weshalb haben sie das getan?«

Hamza berichtete Robert, was sich am Tag vor der Tat am Kamerunberg im Dorf der Bakwiri abgespielt hatte, und erzählte auch vom Tod Dschaggas, des Stammesführers.

»Herr Begemann hat es Ihnen auch geschrieben, doch der Brief sollte zusammen mit der letzten Ernte verschickt werden, die aber dann verbrannte.« Hamza erzählte genau, wie sich der Überfall zugetragen hatte, und endete mit den Worten: »Er hat versucht, die brennenden Säcke von den anderen herunterzuziehen, als die Fackel ihn traf und niederstreckte. Der Bakwiri war sofort über ihm und rammte ihm das Messer ins Herz. Wir konnten nichts mehr tun.« Tränen traten in Hamzas Augen. »Wir wollten ihn retten, doch es war zu spät«, wiederholte er.

Robert beugte sich vor und legte seine Hand auf Hamzas Arm. »Das weiß ich, Hamza.« Er setzte sich wieder aufrecht hin. »Und was ist seitdem hier auf der Farm und der Plantage geschehen?«

»Wir wussten nicht recht, was wir tun sollten«, antwortete Hamza und sah seinen Vater an. »Also haben wir einfach so weitergemacht wie vorher.« Er zuckte die Achseln.

»Ja, natürlich, sehr pflichtbewusst seid ihr. Ich bin euch zu tiefem Dank verpflichtet.«

»Nur getan, was richtig«, erklärte Malambuku.

»Darf ich Sie fragen, wie es jetzt weitergehen soll, Herr Hansen?« Hamza trank nun erstmals einen Schluck von der Limonade, die sein Vater eingeschenkt hatte. So oft hatte er hier mit Heinrich Begemann gesessen und mit ihm gesprochen. Meistens war es dabei um irgendwelche Arbeiten gegangen oder welcher Teil der Plantage ausgedünnt werden musste, damit die anderen Pflanzen kräftiger wachsen konnten. Und nun saß er hier mit Robert Hansen und musste klären, wie es nach dem Tod Begemanns weitergehen sollte. Für Hamza fühlte es sich rundum falsch an.

»Wie viel ist von der Ernte noch übrig?«

»Nicht mehr als drei Säcke. Alles andere ist verbrannt und unbrauchbar.«

»Drei Säcke«, wiederholte Robert und überlegte. »Ich muss mit Leffers sprechen. Vielleicht kann er mir helfen, von den anderen Plantagen so viele Bohnen wie möglich einzukaufen, um meinen Lieferverpflichtungen nachkommen zu können.«

»Ich kann Boten aussenden, die auf den Plantagen nachfragen«, bot Hamza an. »Wenn wir von jeder Plantage, die nicht mehr als drei Tagesritte entfernt liegt, auch nur zehn Säcke kaufen, könnten wir den Verlust auffangen.«

»Würdest du das tun?« Robert gefiel es, wie praktisch Hamza die Dinge anging. Vor allem aber hatte er immer eine Idee. Ausweglose Situationen schien es für ihn überhaupt nicht zu geben.

»Ja, Herr Hansen. Ich kümmere mich gleich darum.«

»Danke.«

»Doch wie soll es dann weitergehen?«, fragte Hamza nochmals nach.

»Offen gesagt, kann ich das zum jetzigen Zeitpunkt nicht beantworten. Ich muss einen Verwalter finden, der sich hier um alles kümmert.«

»Wissen Sie schon, wen Sie fragen wollen?«

»Nein. Ich wüsste nicht einmal jemanden, der auch nur geeignet wäre. Fällt euch jemand ein?«

Sowohl Malambuku als auch Hamza schüttelte den Kopf.

»Sango Begemann nur manchmal hatte Besuch von Sigmund Leffers. Sonst keine Deutschen auf Farm«, sagte Malambuku.

Robert winkte ab. »Leffers hat mit seinem eigenen Anwesen genug zu tun. Außerdem teile ich die meisten seiner Ansichten nicht. Er würde die Plantage nicht in meinem Sinn führen, und das will ich nicht.«

Hamza wollte sich die Erleichterung darüber, dass Robert Sigmund Leffers nicht einmal in Erwägung zog, nicht allzu deutlich anmerken lassen.

»Sein Sohn Raimund wäre eher passend«, überlegte Robert weiter. »Aber von ihm habe ich schon sehr lange nichts mehr gehört. Es ist sogar möglich, dass er zwischenzeitlich ins Deutsche Reich zurückgekehrt ist.«

»Nein, das ist er nicht«, stellte Hamza richtig. »Er hat sich in eine Duala verliebt und ist zusammen mit ihr weggelaufen.«

»Eine Duala? Na, dann hatte er bei einem Vater wie Sigmund wahrlich allen Grund, sich davonzumachen!« Robert konnte sich ein Schmunzeln nicht verkneifen. »Woher weißt du davon?«

»Ich kannte sie«, gab Hamza knapp Auskunft. Dass Luise und er das Gleiche vorgehabt hatten und der Plan gewesen war, gemeinsam mit Raimund und Suna zu fliehen, behielt er freilich für sich.

Sie redeten noch eine Weile, doch ein geeigneter Kandidat für den Verwalterposten fiel ihnen beim besten Willen nicht ein. Abschließend kündigte Robert an, dass er am Sonntag den Gottesdienst besuchen werde, um danach mit den Deutschen zu sprechen und so womöglich auf jemanden zu stoßen, der bereit und fähig wäre, die Anstellung zu übernehmen. Bis dahin wolle er sich einen Überblick verschaffen und die Dinge, die nach Begemanns Tod liegen geblieben waren, aufarbeiten.

»Ich habe noch etwas für Sie«, sagte Hamza zu Robert, bevor sich die Runde endgültig auflöste. Er stand auf und ging ins Haus. Als er wiederkam, hielt er Begemanns letzten Brief in den Händen. »Den wollte er Ihnen zusammen mit den Kakaobohnen schicken.«

»Danke.« Robert nahm das Schriftstück entgegen und blieb auf der Veranda sitzen, während Malambuku und Hamza wieder an die Arbeit gingen. Als er den Brief gelesen hatte, ließ er ihn sinken und rieb sich die Augen. Die Tränen zurückzuhalten, fiel ihm unendlich schwer.

21. Kapitel

Sonntag, 6. Januar 1895

Es waren mehr unbekannte als vertraute Gesichter um Robert herum, als er sich nach dem Gottesdienst mit den anderen Deutschen unter dem Unterstand ein Stück abseits der Kirche unterhielt. Zuvor war er zu dem kleinen Friedhof gegangen, auf dem der Leichnam Heinrich Begemanns beigesetzt worden war.

»Es sind und bleiben Wilde«, äußerte Sigmund Leffers unverhohlen. »Man zähmt auch einen Tiger nicht, indem man ihn streichelt. Die Peitsche ist das Einzige, was so ein Vieh versteht.«

Robert musste schwer an sich halten, um Leffers nicht vor versammelter Mannschaft deutlich die Meinung zu sagen. »Es waren die Bakwiri, die meine Plantage überfallen haben. Und dies geschah aus Rache, weil Deutsche ihren Stammesführer ermordet hatten.«

»Bakwiri, Bakoko, Duala – Neger bleibt Neger. Man darf ihnen nicht trauen. Sonst landet man da, wo Heinrich jetzt liegt.«

»Ich brauche einen Verwalter«, gab Robert dem Gespräch endlich eine andere Richtung. »Wisst ihr womöglich jemanden, der eine solche Stelle sucht?«

Allgemeines Gemurmel entstand, dann sagte ein Mann, den Robert als etwa gleichaltrig einschätzte: »Ich hätte vielleicht Interesse.«

Robert trat auf ihn zu und streckte ihm die Rechte entgegen. »Robert Hansen.«

»Maximilian Kraft. Freut mich.« Sie schüttelten sich die Hand. »Ich lebe hier auf der Farm meines Bruders, wollte mir aber etwas Eigenes aufbauen.«

»Wie lange bist du schon in Kamerun?« Wie Robert seinerzeit von Meyerdierks, dem Vorbesitzer der Hansen-Plantage, gelernt hatte, war es Sitte unter den Deutschen in Kamerun, dass alle sich duzten.

»Fast zwei Jahre. Meinem Bruder gehört eine Plantage einen halben Tagesritt westlich von hier. Sie ist nicht besonders groß, wirft aber einen guten Ertrag ab.«

»Ertrag haben wir hier alle reichlich«, gab Leffers seinen Senf dazu und lachte.

Robert ignorierte ihn. »Hast du eine Frau? Und Kinder?«

Maximilian nickte. »Eine Frau und eine kleine Tochter. Sie wird nächsten Monat zehn Jahre alt.«

Robert fasste Maximilian am Arm, um ihn ein Stück von den anderen wegzuziehen, damit sie sich vertraulich weiter unterhalten konnten. »Wie ist deine Einstellung zu den Einheimischen?«

»Wie soll die schon sein?«

»Ich frage dich, weil ich wissen will, womit meine Leute zu rechnen haben, wenn wir uns einig werden. Bist du schnell mit der Peitsche?«

»Ich wäre es, wenn es sein müsste. Aber auf der Farm meines Bruders war das noch nie nötig.«

»Ich lehne Bestrafungen dieser Art vollkommen ab«, machte Robert deutlich. »Und ich würde es nicht dulden, wenn der Verwalter, den ich beschäftige, dies auch nur in Erwägung zöge.«

»Mit der Ansicht stehst du hier aber ziemlich allein da.«

»Mag sein. Aber wenn das nicht von vornherein klar ist, muss ich eben weiter nach einem Verwalter suchen.«

»Die Auswahl ist nicht eben üppig«, hielt Maximilian dagegen.

»Es gibt genug Deutsche, die meiner Meinung sind, glaub mir. Und ich habe keine Eile. Solange ich niemanden habe, bleibe ich eben hier in Kamerun und kümmere mich wieder selbst um alles.«

Maximilian zögerte. »Es gibt mir nichts, auf irgendwen einzuprügeln. Soll ich mir die Plantage also mal ansehen?«

»Ja, damit vergeben wir uns nichts. Heute Nachmittag? Oder willst du gleich jetzt mitkommen? Dann hast du keinen doppelten Weg.«

»In Ordnung«, stimmte Maximilian zu, und schon kurze Zeit später stiegen sie auf ihre Pferde und ritten los.

Auf dem Weg zur Hansen-Plantage plauderten sie über alles Mögliche. Vor allem versuchte Robert während des Gesprächs herauszufinden, mit was für einem Menschen er es hier zu tun hatte. Zwischen ihm und Heinrich Begemann hatte seinerzeit die Chemie vom ersten Augenblick an gestimmt. Sie vertraten die gleichen Ansichten und Überzeugungen im Umgang mit Menschen. Und Heinrich war nicht nur der Verwalter seiner Plantage gewesen – er war für ihn ein echter Freund gewesen.

»Das hier ist es also«, sagte Robert, als sie von den Pferden abgestiegen waren und die ersten Schritte zusammen gingen.

Maximilian pfiff durch die Zähne. »Ganz beachtlich«, urteilte er.

»Es ist ein wunderschönes Fleckchen Erde. Und die Duala sind fleißige, zuverlässige Arbeiter. Komm, ich möchte dir jemanden vorstellen.« Robert hob den Arm, um auf sich aufmerksam zu machen. »Hamza«, rief er. »Hamza, komm kurz herüber.«

Hamza hatte es bemerkt, nickte und ging dann auf die beiden zu.

»Hamza, das ist Maximilian Kraft. Wenn wir uns einig werden, könnte er der neue Verwalter der Plantage werden. Maximilian, das ist Hamza. Er hat in unserem Kontor in Hamburg eine Lehre gemacht.«

»In Hamburg? Alle Achtung! So etwas habe ich noch nie gehört.«

»Hamza hatte es sich mehr als verdient. Seine Leistungen hier auf der Plantage und sein Wissen, die Kakaopflanzen betreffend, sind außergewöhnlich.«

»Na dann«, sagte Maximilian, »ist es mir ein Vergnügen, dich kennenzulernen.«

Hamza nahm die ihm gereichte Rechte und nickte Maximilian zu.

»Danke, Hamza«, sagte Robert. »Ich wollte euch nur miteinander bekannt machen. Ich werde Maximilian noch ein wenig herumführen, damit er einen Eindruck gewinnt. Du kannst wieder an deine Arbeit gehen.«

Erneut war Hamzas Antwort nur ein Nicken. Dann drehte er sich um und ging dorthin zurück, wo er zuvor gearbeitet hatte.

»Hat er uns verstanden?«

»Oh ja! Und er spricht fließend Deutsch. Man muss ihn nur erst richtig kennenlernen, damit er auftaut.«

Robert führte Maximilian eine Weile herum, dann tranken sie etwas auf der Veranda, und Robert stellte ihm Malambuku vor. Drei Stunden verbrachten sie so miteinander, und als

Robert Maximilian zu seinem Pferd begleitete, sicherte er ihm zu, sich in den nächsten Tagen bei ihm zu melden und ihm seine Entscheidung mitzuteilen. Maximilian selbst hatte signalisiert, die Stelle gern antreten zu wollen, und erklärte sich mit dem von Robert angebotenen Gehalt einverstanden, ohne lange darüber zu verhandeln. Dann stieg er auf sein Pferd und ritt davon.

»Und? Welchen Eindruck hast du von ihm?«, fragte Robert, der Hamza gebeten hatte, ihm beim Abendessen Gesellschaft zu leisten.

»Von wem?«

»Hamza, also bitte! Von Maximilian Kraft natürlich.«

»Ich weiß nicht. Ich kenne ihn nicht.«

»Deshalb frage ich ja auch nur nach deinem Eindruck.« Robert suchte seinen Blick. »Magst du ihn nicht?«

»Ich weiß nicht«, sagte Hamza abermals.

»Hamza, sei ganz offen zu mir.«

»Wirklich, ich habe nichts gegen ihn. Vielleicht liegt es daran, dass ich Herrn Begemann so sehr mochte. Ich habe mich noch nie leicht an andere Menschen gewöhnt. Aber ich muss mich damit abfinden.«

»Es ist für uns alle nicht leicht. Aber du weißt, dass ich eine Lösung finden muss. Und Maximilian Kraft könnte genau das für mich sein.«

»Ich verstehe.«

Robert ging an diesem Abend früh zu Bett. Eine Weile wälzte er sich noch hin und her. Er dachte an Therese und daran, wie sehr er sich nach ihr sehnte. Und er musste an seine Familie zu Hause in Hamburg denken. Ob wohl alles in Ordnung war? Bestimmt, so beruhigte er sich selbst, denn er wusste doch, dass er sich auf Luise immer verlassen konnte.

Bisher hatte er noch keine Nachricht von den Boten erhalten, die Hamza ausgeschickt hatte, um die Reste an Kakaobohnen von den anderen Plantagen einzukaufen. Robert brauchte die Ware dringend, um wenigstens einen Teil davon an das Kontor in Hamburg senden zu können, damit die vereinbarte Belieferung der Kunden sichergestellt war.

Immer wieder dachte er über Maximilian Kraft nach. Irgendwann, es war bereits nach Mitternacht, fasste Robert den Entschluss, ihm die Stelle zu geben. Kurz darauf schlief er ein.

Am nächsten Morgen machte er sich in aller Frühe auf den Weg zur Kraft-Plantage, von der er nur ungefähr wusste, wo sie lag. Aus diesem Grunde ließ er sich von vier Duala begleiten, die sich in der Gegend auskannten, und nicht zuletzt deshalb, weil die Gefahr für einen Deutschen in Kamerun für ihn derzeit nicht abschätzbar war.

Es war bereits nach Mittag, als sie eine Weggabelung erreichten und in der Ferne das Anwesen erkennen konnten, von dem die Duala sagten, das sei die gesuchte Farm. Sie saßen ab, und Robert trug den Duala auf, die Pferde unter dem großen Baum, der ein Stück von der Farm entfernt stand und allen Schatten spenden würde, grasen zu lassen und sich ebenfalls etwas auszuruhen.

Robert selbst ging das letzte Stück zu Fuß. »Hallo?«, rief er und stieg die beiden Stufen zur Veranda hinauf. Er klopfte an den Türrahmen. »Hallo? Ist jemand da?«

Als er keine Antwort erhielt, trat er wieder von der Veranda herunter, sah sich um und ging dann nach rechts und hinter dem Haus entlang, weil er meinte, von dort Geräusche gehört zu haben. Kurz blieb er stehen und horchte. Ja, jetzt konnte er deutlich Stimmen vernehmen, die aus der Scheune kamen. Robert ging weiter darauf zu. Die eine Stimme klang wie die Maximilians, die andere war dieser ganz ähnlich.

Robert öffnete die Seitentür der Scheune und taumelte sogleich einige Schritte rückwärts, so sehr stieß ihn der Anblick ab, der sich ihm bot: Maximilian Kraft und ein weiterer Mann, der dem Aussehen nach dessen Bruder sein konnte, standen vor einer jungen schwarzen, splitternackten Frau, die am Boden kniete und deren Arme mit langen Seilen rechts und links an die Pfosten der Scheune gefesselt waren. Der Mann, den Robert für Maximilians Bruder hielt, war ebenfalls nackt und hielt der Frau sein Geschlechtsteil direkt vors Gesicht, während Maximilian eine Peitsche in der Hand hielt, mit der er die junge Frau offenbar bereits mehrfach geschlagen hatte, denn an etlichen Stellen ihres Körpers hatte die Peitsche blutige Striemen hinterlassen.

»He, was willst du hier?«, pöbelte der nackte Mann in Roberts Richtung. »Verschwinde! Du hast hier auf der Farm nichts zu suchen.«

Maximilians und Roberts Blicke trafen sich.

»Na, dann hat sich das mit der Anstellung wohl erledigt«, sagte Maximilian mit einem schiefen Grinsen.

Robert war fassungslos.

»Und jetzt hau ab, Hansen! Das hier geht dich nichts an«, fügte Maximilian dann hinzu und spuckte auf den Boden.

Robert schüttelte den Kopf, machte einen Schritt rückwärts und stieß schon die Tür wieder auf, als er sich besann. »Macht sie sofort los!«

»Was willst du?«, fragte der Nackte. »Sie arbeitet für uns, und wir machen mit ihr, was wir wollen.«

»Sie mag für euch arbeiten, doch sie ist nicht eure Sklavin.«

»Sieh zu, dass du Land gewinnst! Sonst bist *du* es nämlich, der die Peitsche zu spüren kriegt.«

Robert blieb ganz ruhig. Er öffnete die Knöpfe am linken Ärmel seines Hemdes und krempelte ihn dann mehrere Male um. Das Gleiche tat er auf der anderen Seite.

»Was willst du? Prügel?«

»Ich mache euch ein Angebot. Wie viel Lohn zahlt ihr dem Mädchen? Sieben Mark oder acht? Neun? Gut. Ich gebe euch zehn Mark und nehme sie mit zu mir.«

»Die geht nirgendwohin.«

»Ihr verstoßt gegen das Gesetz«, sagte Robert, der immer größere Mühe hatte, sich zu beherrschen. »Nehmt die zehn Mark. Es ist besser für euch. Wenn ich euch melde, wird das Militär hier anrücken und euch die Hölle heißmachen. Die Lage ist ohnehin schon angespannt genug, und es sind Schweine wie ihr, die die Auseinandersetzungen noch schüren.«

»Das Militär?« Wieder spuckte Maximilian aus. »Wir scheißen auf das Militär.«

»Nun gut«, sagte Robert und ging zu dem linken Pfosten, an den das Mädchen mit einem Arm gefesselt war. Er zog sein Messer hervor und schnitt das Seil durch. Sofort sank ihr Arm kraftlos herab.

»Du verdammter Hurensohn!« Maximilian stürmte, die Peitsche schwingend, auf ihn zu und traf Robert zweimal im Gesicht. Als er das dritte Mal ausholte, bekam Robert die Peitsche zu fassen und hielt sie fest. Nach einem kräftigen Ruck fiel Maximilian zu Boden.

Sein Bruder stürzte mit einem Schrei auf Robert los, der ihn nun seinerseits mit der Peitsche in Schach hielt. Er zielte direkt auf dessen Geschlechtsteil, und der Schrei, den der Nackte von sich gab, als die Peitsche ihn zischend traf, hatte nichts Menschliches mehr. Maximilian rappelte sich auf und bekam die Peitsche von Robert übergezogen. Wieder und wieder schlug Robert auf ihn ein, dann noch ein paarmal auf den Bruder. Dann machte er einen raschen Schritt auf Maximilian zu und schlug ihn mit einem Kinnhaken zu Boden. Robert packte den sich vor Schmerzen windenden Bruder und schlug ihm mehrfach gegen den Kopf, bis auch er das Bewusstsein verlor.

Schließlich durchschnitt er die Fessel am anderen Arm der jungen Frau, hob sie auf und lief mit ihr, so rasch er konnte, aus der Scheune und zu den Duala, die ihn begleitet hatten. Zwei von ihnen wurden auf ihn aufmerksam und eilten ihm entgegen.

Robert legte die junge Frau auf den Boden, zog sein Hemd aus und verhüllte ihren nackten Körper. »Adisa«, sprach er einen der Duala an. »Du musst so schnell es geht zum deutschen Militärposten reiten, hast du gehört? Sie sollen mit mindestens vier Männern kommen. Auf dieser Farm wird das Gesetz gebrochen, sag ihnen das. Sag ihnen auch, dass ich dich geschickt habe und hier auf die Soldaten warten werde.«

»Ja, Sango.«

»Gut. Und nun beeil dich.« Er blickte zu der jungen Frau hinunter, die nun die Augen aufgeschlagen hatte und ihn ängstlich ansah. »Keine Angst, ich werde dir nichts tun.« Robert hob beschwichtigend die Hände. »Ich werde dir nichts tun«, wiederholte er nochmals und befahl dann einem Duala: »Sag ihr, dass sie in Sicherheit ist, und bring sie dort rüber in den Schatten.«

»Ja, Sango.« Der Duala sprach leise mit ihr. Sie zitterte am ganzen Körper.

»Und ihr beide kommt mit mir«, befahl Robert nun und führte sie zurück zur Scheune. Die beiden Deutschen lagen noch immer am Boden, kamen aber langsam wieder zu sich.

»Wir fesseln sie, bis das Militär hier ist«, entschied Robert, was Maximilian aufblicken ließ. Er wollte sich gerade aufrichten, da hatte einer der Duala ihn schon wieder zu Boden gedrückt.

»Fass mich nicht an, du dreckiger Neger!«

Robert nahm das Seil, das die beiden verwendet hatten, um die junge Frau zu fesseln, und schnitt es durch, sodass es für beide reichte. So banden sie ihnen die Hände auf dem Rücken zusammen und zerrten sie dann hoch. Sie stießen sie vor sich her, als sie zum Haus hinübergingen, wo sie die beiden zwangen, sich auf die Veranda zu setzen.

»Ihr wartet schön hier.«

»Du verdammte Drecksau! Mach uns sofort los!«

»Gib mir lieber keinen Grund mehr, sonst schlage ich dich windelweich. Glaub mir: Nichts würde mir im Moment mehr Freude bereiten.«

Die Drohung zeigte Wirkung, denn beide waren auf der Stelle ruhig. Robert ging ins Haus und kam mit einer Karaffe Wasser und einem Glas wieder heraus.

Maximilian schluckte und setzte sich aufrecht, um besser trinken zu können.

Robert sah ihn nur an, stieg dann von der Veranda herunter und ging zum Baum, wo die junge Frau saß und von dem Duala bewacht wurde. »Hier, für dich«, sagte Robert und reichte ihr das Glas.

Er hörte, wie Maximilian etwas herüberbrüllte, konnte aber nicht verstehen, was es war. Es war ihm auch einerlei.

Es war bereits früher Abend, als die deutsche Truppe unter dem Kommando von Oberleutnant Heemsen auf der Farm eintraf.

Robert schilderte genau, was geschehen war, und der Oberleutnant hörte ihm aufmerksam zu.

»Holt dem da eine Hose«, befahl Heemsen seinen Männern. »Und dann prüft, ob die Fesseln fest genug sitzen.« Er ging vor Maximilian in die Hocke. »Ich habe es dir beim letzten Mal schon gesagt, Kraft. Noch ein einziger Verstoß, und wir werden den Menschen hier zeigen, was wir mit einem wie dir machen.«

»Es war ein Versehen. Wir wollten sie nicht so hart rannehmen«, versuchte Kraft sich herauszureden. »Dieses Mal haben wir es verstanden. Es wird nicht wieder vorkommen, das verspreche ich. Das versprechen wir beide.«

»Halt dein dreckiges Maul. Ich beschlagnahme die Kraft-Plantage im Namen des Deutschen Reiches.« Dann deutete Heemsen zu der jungen Frau. »Was ist mit ihr?«

»Ich werde mich um sie kümmern«, erwiderte Robert und ging mit ihm gemeinsam zu ihr hinüber. »Mein Name ist Robert Hansen. Meine Plantage liegt in der Nähe des Kamerunbergs«, sprach er sie an. »Du kannst bei mir leben und arbeiten, wenn du willst.« Er sah Adisa an. »Übersetz es ihr.«

Der Duala wollte soeben beginnen, als die junge Frau mit leiser Stimme sagte: »Ich komme mit dir, Sango.«

Robert und Heemsen tauschten einen Blick.

»Dann wäre das geklärt«, befand Heemsen.

»Was geschieht nun mit den beiden?«, fragte Robert und deutete zu den Kraft-Brüdern hinüber.

»Ihnen wird der Prozess gemacht. Sie werden das ihnen zugewiesene Land verlieren und zurück ins Deutsche Reich geschickt. Die Zeiten, in denen die Weißen hier machen konnten, was sie wollen, sind vorbei.« Damit ließ er seine Leute die Brüder auf die Pferde hieven und aufsitzen. Kurz verabschiedete er sich, dann ritten sie in die Nacht hinein.

Es war das erste Mal in seinem Leben, dass Robert zwei Menschen den Tod wünschte.

22. Kapitel

Hamburg, Sonntag, 20. Januar 1895

»Gut so. Ganz vorsichtig.«

Luise saß auf der Bettkante, ihre Füße standen genau parallel zueinander, und sie presste die Lippen zusammen.

»Bereit?«, fragte dann Hans, der vor ihr stand und ihre Hände hielt.

Luise nickte. »Bereit«, sagte sie leise, doch die Angst, dass die Beine ihr womöglich nicht gehorchen würden, schien die Oberhand zu gewinnen.

»Auf drei. Eins, zwei, drei«, zählte Hans und zog sie ein wenig hoch. Der Rest musste von ihr selbst kommen.

Luise stemmte sich nach oben, doch rasch verließ sie die Kraft, und sie sackte wieder auf das Bett zurück. Tränen stiegen in ihr auf, aber sie kämpfte dagegen an. Sie brauchte einen Moment, um sich zu sammeln.

Es musste einfach gehen!

»Noch mal«, sagte sie dann, diesmal mit viel kräftigerer Stimme. »Eins, zwei, drei.« Sie fasste nach, als ob sie fürchtete, Hans könnte sie loslassen. Zittrig kam sie auf die Füße. Einen

Moment verharrte sie, dann traf ihr Blick den ihres Mannes. »Und jetzt ein paar Schritte.«

»Übernimm dich nicht!«, mahnte Hans. »Der Arzt sagt, wenn du erst einmal stehst, wirst du auch wieder gehen können. Es braucht nur …«

»Hilf mir oder lass es«, fiel sie ihm ins Wort, »aber hör auf, es mir ausreden zu wollen!«

Hans lag eine Erwiderung auf der Zunge, doch er schluckte sie hinunter.

Ganz vorsichtig hob Luise den linken Fuß. Sie hatte Mühe, ihn so weit hochzubekommen, dass ihre Zehen nicht über den Teppich schleiften. Sie setzte ihn ab und hob dann ihren rechten Fuß. Obwohl dieses Bein mehrfach gebrochen gewesen war, fiel es ihr leichter, diesen Fuß anzuheben als den linken.

Es bedurfte ihrer ganzen Konzentration, in winzig kleinen Schritten voranzukommen, und es dauerte eine halbe Ewigkeit, bis sie mit Hans an ihrer Seite den Sessel erreichte, in den sie sich erleichtert sinken ließ. »Ich bin gelaufen, Hans, hast du das gesehen? Ich bin gelaufen!«

Hans sank vor ihr auf die Knie und umarmte sie. »Alles wird wieder gut, Luise. Du bist so stark. Du wirst es schaffen, das weiß ich genau.«

Sie sah ihm tief in die Augen. »Ja«, sagte sie mit Zuversicht in der Stimme. »Ich auch. Ich werde wieder ganz gesund. Für unsere kleine Viktoria und auch für dich.«

Hans küsste sie zärtlich.

»Hilf mir«, forderte sie ihn dann auf.

»Willst du dir nicht noch eine längere Pause gönnen?«

Der Blick, den seine Frau ihm zuwarf, genügte Hans, um zu wissen, dass er jetzt lieber den Mund halten sollte. Also richtete er sich wieder auf und streckte ihr die Hände entgegen, die sie ergriff, um gleich wieder aufzustehen. Sie musste ein wenig

Schwung holen, kam aber schon besser in den Stand als bei ihrem ersten Versuch.

Schritt für Schritt ließ sie sich von ihm durch das Zimmer führen und hatte das Gefühl, dass es immer besser ging. Zwar würde sie die Treppe noch nicht schaffen, doch auch das würde sie hinbekommen, sie brauchte nur noch etwas Zeit.

Am Abend, nachdem sie viele Stunden mit Viktoria verbracht hatte, ließ sie sich von Hans zu dem Stuhl helfen, der vor dem kleinen Sekretär in ihrem Schlafzimmer stand.

Am 10. Januar war ein Telegramm von ihrem Vater angekommen, in dem er mitgeteilt hatte, dass Hamza und auch Malambuku am Leben waren und er noch einige Zeit benötigen würde, um alle Angelegenheiten zu regeln, bevor er heimkommen könne. Einige Tage später hatte dann ein weiteres Telegramm die Familie Hansen erreicht, in dem Robert mitgeteilt hatte, er habe den Entschluss gefasst, noch eine Weile in Kamerun zu bleiben. Weshalb, hatte er nicht gesagt. Hans hatte in beiden Fällen die Ankunft des jeweiligen Telegramms bestätigt und herzliche Grüße gesandt. Was Luise geschehen war, hatte er mit keinem Wort erwähnt.

Nun nahm sie Füllfederhalter und Papier zur Hand und überlegte, was sie ihrem Vater schreiben sollte.

Hamburg, 20. Januar 1895

Geliebter Vater,
ich hoffe, dass es Dir gut geht. Deine Telegramme haben uns erreicht, und wir alle waren erleichtert zu erfahren, dass dem sinnlosen Tod Heinrich Begemanns nicht noch weitere folgten.

Hier hat sich in der Zwischenzeit ebenfalls einiges zugetragen, wovon ich Dir berichten muss. Da ich Dir diese Zeilen schreiben kann, hast Du jedoch sogleich die Gewissheit, dass nun alles wieder gut wird.

Es hat einen Unfall im Lager des Kontors gegeben, bei dem ich einige Meter tief von einer Leiter gestürzt bin. Anschließend fielen noch etliche Säcke auf mich herunter, sodass ich einige Tage lang bewusstlos war und mir auch danach die Kraft fehlte, mich vom Bett zu erheben. Nun jedoch, und das ist die Botschaft, die ich Dir senden möchte, bin ich auf dem Weg der Besserung, kann mein Bett wieder verlassen und auch wieder laufen. Alles kommt also wieder in Ordnung, sodass Du keinen Moment in Sorge leben musst.

Der Grund, weshalb ich überhaupt im Kontor und im Lager war, als es geschah, war folgender: Es hat einen Diebstahl bei uns gegeben. Einer unserer Mitarbeiter, Gerhard Dietke, hatte Waren einer Firma Jensen angenommen und die Bohnen offenbar auf eigene Rechnung weiterverkauft. Die Säcke, die er in die Regale gestapelt hat, waren alle mit Sand gefüllt. Irgendwie musste er ja vortäuschen, dass die Bohnen noch da waren. Richard hat ihn nach meinem Sturz überführt. Zwar schwört Dietke Stein und Bein, dass er es nicht war und dass die Säcke, als er sie in die Regale gelegt hat, mit Bohnen gefüllt waren, aber offenbar waren die Beweise, die Richard gegen ihn zusammengetragen hat, erdrückend. Wir haben Anzeige gegen ihn erstattet, doch das Geld haben wir damit nicht wiederbekommen. Und der Schaden, so mussten wir leider feststellen, ist immens.

Auch wegen der ausgefallenen Ernte nach dem Überfall auf die Plantage fürchte ich, dass uns harte Zeiten erwarten. Doch ich bin zuversichtlich, dass wir auch diese meistern werden, und darüber hinaus Richard aufrichtig dankbar, dass er während meiner Genesung das Kontor allein am Laufen gehalten hat.

Wie geht es nun Dir, lieber Vater? Hast du inzwischen einen geeigneten Verwalter gefunden? Aus Deinem letzten Telegramm erfuhren wir nur, dass sich Dein Aufenthalt in Kamerun noch eine Weile hinziehen wird. Ich hoffe und bete, dass sich alsbald eine Lösung ergibt und wir dich wieder in Hamburg in unsere Arme schließen können.

Bevor ich ende, muss ich Dir noch die betrübliche Mitteilung machen, dass Martha an Weihnachten einen Rückfall erlitten hat. Ich weiß es nur aus Erzählungen der Familienmitglieder, da ich selbst noch ans Bett gefesselt war. Es soll wohl so gewesen sein, dass sie anlässlich einer Gesellschaft der Hamburger Kaufleute, zu der Ludwig sie mitgenommen hatte, um ihr eine Freude zu bereiten, sofort wieder Wein getrunken hat und erneut maßlos wurde. Und stell Dir vor: Sie hat es in der Folgezeit doch tatsächlich geschafft, einen Laufburschen dafür zu bezahlen, dass er ihr heimlich Spirituosen nach Hause brachte. Ludwig ist nur durch Zufall dahintergekommen. Er hat dann herausgefunden, dass Martha eine Ausflugsfahrt mit der Kutsche unternommen hat und Ottokar warten ließ. Wie von Ludwig gefordert, hätte Ottokar niemals zugelassen, dass sie irgendwelche Spirituosen kauft und mitnimmt. Also hat sie einen Burschen am Hafen angesprochen und ihm Geld gegeben, damit er ihr das Gewünschte besorgte und an einer bestimmten Stelle beim Anwesen der Ahrendsens ablegte. So ging das dann wohl einige Tage, bis Ludwig es herausfand. Seither reden die beiden kein Wort mehr miteinander, und es bleibt abzuwarten, welche weiteren Schritte hier nötig sein werden.

Im Übrigen sind jedoch alle wohlauf. Viktoria wächst so rasch, dass man glaubt, ihr dabei zusehen zu können. Und Elsa verbringt nun zweimal in der Woche ein paar Stunden im Kontor, um Fräulein Schreiber zur Hand zu gehen. Ich glaube, Elsa ist sehr glücklich über diese neue Aufgabe.

So, lieber Vater, nun schließe ich. Hans bat mich, Dir herzliche Grüße auszurichten, und auch ich umarme Dich. Gib gut auf Dich acht!

Deine Dich liebende Tochter
Luise

Sie steckte den Brief in ein Kuvert und würde ihn gleich morgen Hans mitgeben, damit er ihn beim Postamt einliefern konnte.

Sie zögerte, ob sie ihren Ehemann rufen sollte, damit er ihr half, wieder zurück ins Bett zu kommen, entschied sich dann aber dagegen. So fest sie konnte, drückte sie sich hoch, und wartete dann einen Moment, um sicher sein zu können, dass ihre Beine nicht nachgaben. Dann tastete sie sich Stück für Stück voran, stützte sich erst auf den Tisch, dann auf den Stuhl, und schließlich musste sie einige Schritte ohne weitere Stütze laufen.

Fast war sie mit ihrer Kraft am Ende, da erreichte sie das Bett und ließ sich fallen. Ein Glücksgefühl durchströmte sie, es tatsächlich geschafft zu haben. Es würde alles gut werden, das spürte sie genau.

23. Kapitel

Wien, Freitag, 15. Februar 1895

Sie trug den Brief, der aus dem fernen Kamerun kam, bereits seit Stunden mit sich herum. Immer wieder versuchte sie, einen Moment zum Lesen zu erübrigen, doch das übervolle Kaffeehaus ließ ihr keine ruhige Minute.

Nun war die Tür abgesperrt, die Mitarbeiterinnen waren gegangen, und Therese wollte den Brief unbedingt noch lesen, bevor sie zu den Kindern nach Hause ging und dort womöglich abermals keine Gelegenheit fand.

Sie atmete tief durch, als sie das Kuvert öffnete und den Bogen Papier hervorzog.

Kamerun, 18. Januar 1895

Meine geliebte Therese,
ja, schon in der Anrede mache ich deutlich, wie viel ich über uns nachgedacht habe.

Es hat einen fürchterlichen Zwischenfall gegeben, bei dem sich zwei deutsche Männer einer Einheimischen gegenüber – sie wird *noch jünger als Luise gewesen sein – wie wilde Tiere benommen haben. Es war mir vergönnt, einschreiten zu können, doch hat mir der Vorfall gezeigt, dass es hier vor allem aufrechte Männer und Frauen braucht, die den Menschen mit Respekt begegnen und so gemeinsam etwas aufzubauen vermögen. Aus diesem Grunde, meine liebe Therese, habe ich mich entschlossen, vorerst keinen neuen Verwalter zu suchen, sondern hier in Kamerun zu bleiben.*

Ich kann mir vorstellen, dass Dich diese Botschaft schockiert, womöglich auch verärgert, doch ich kann es nicht mit meinem Gewissen vereinbaren, meine Duala, die mir so treu dienen und zur Seite stehen, womöglich einem Menschen anzuvertrauen, der ihnen Schaden zufügt.

Kannst Du mich verstehen?

Oh, ich hoffe es inständig!

Jedoch bringt diese Entscheidung die Seelenqual mit sich, dass ich dann Dich, meine geliebte Therese, womöglich Jahre nicht mehr wiedersehe. Und das, glaube ich, könnte ich nicht ertragen.

Jedoch hatte ich hier viel Zeit, so abseits des normalen Alltags, mir um Dich, um uns und um Franz und Helene meine Gedanken zu machen. Und weißt Du, dabei ist mir eines bewusst geworden: Die Zerrissenheit, die wir fühlten, gründete vor allem auf der Tatsache, dass ich meine festen Verpflichtungen in Hamburg hatte und Du in Wien.

Doch nun frage ich Dich: Weshalb lassen wir nicht beide alles hinter uns und leben zusammen hier in Kamerun? Nur Du und ich, Franz und Helene, die mir so lieb sind, als wären es nicht Neffe und Nichte, sondern meine eigenen Kinder. Sag mir, Therese, bin ich womöglich nicht mehr bei Verstand? Was könnte ich übersehen, dass sich mir diese Lösung so klar offenbart, als hätten wir beide nur darauf gewartet?

Therese – wir könnten ein wunderbares Leben hier führen, Du und ich und die Kinder. Sie könnten, wenn sie groß genug sind, in die deutsche Schule gehen. Wir hätten Zeit für die beiden und müssten sie nicht durch die Gegend zerren, immer in der Angst, die Termine nicht rechtzeitig und zur Zufriedenheit aller anderen zu erledigen. Es wäre herrlich, davon bin ich fest überzeugt.

Ich nehme daher nun all meinen Mut zusammen und stelle Dir die eine Frage, die mir schon lange auf der Seele brennt: Willst Du meine Frau werden, Therese?

Ich will keine weiteren Worte verlieren, denn von dem Moment an, da dieser Brief seinen Weg über das Meer zu Dir findet, werde ich vor Aufregung, wie Deine Antwort lauten mag, vermutlich kein Auge mehr zutun.

Bitte, Therese, schreibe mir. Du musst Dich nicht erklären, wenn Du ablehnst. Es braucht keine Entschuldigung, doch möchte ich gern Klarheit haben, ob auch Du Dir ein solches Leben mit mir vorstellen könntest.

In sehnsüchtiger Erwartung –
Dein Dich innig liebender Robert

Epilog

Ganz tief atmete sie die reine Luft ein. Es war gerade einmal Anfang März, doch die Sonne gewann Tag für Tag an Kraft.

»Hast du das gesehen? Die Frau dort hat zwei Hunde dabei!«

»Bleib aber bitte hier, Franz. Womöglich mögen die Tiere es nicht, gestreichelt zu werden.«

»Darf ich die Besitzerin fragen? Bitte!«

Therese seufzte. »Nun gut, warte. Dann gehen wir zusammen hin.« Therese führte Helene langsam an der Hand neben sich her, während Franz vorauslief, wieder zurückkam und noch einmal vorauslief. »Guten Tag. Sie haben da zwei ganz reizende Hunde. Was für eine Rasse ist das?«

»*Cavalier King Charles Spaniel.* Diese Hunde stammen ursprünglich aus England.« Die Frau blickte stolz auf ihre Hunde hinab. »Ich bin auch ganz vernarrt in die beiden und nehme sie überallhin mit.«

»Darf ich sie streicheln?«, nahm Franz seiner Mutter die Frage aus dem Mund.

»Aber ja. Sie sind ganz verrückt nach Kindern und beißen ganz bestimmt nicht. Du musst nur aufpassen: Wenn sie dich mögen, haben sie eine flinke Zunge, mit der sie dir blitzschnell das ganze Gesicht ablecken.«

Die Warnung der Hundebesitzerin kam zu spät, da Franz bereits innig von den Hunden abgeleckt wurde und selig lauthals lachte.

Therese verzog das Gesicht. »Ach, Franz, das muss doch nicht sein.«

Nun fühlte sich auch die kleine Helene bemüßigt, sich den Hunden zu nähern, die darauf mit der gleichen Begeisterung reagierten und ihr mit den Zungen übers Gesicht fuhren. Helene konnte sich gar nicht mehr fassen vor Lachen, was so ansteckend war, dass auch Therese und die Hundebesitzerin mit einfielen.

»Mein Name ist Therese Hansen«, stellte sie sich nun der Fremden vor.

»Lieselotte Heemsen.« Die Frauen reichten sich die Hand.

»Darf ich fragen, was Sie nach Kamerun verschlägt, Frau Heemsen?«

»Nun, ich wohne dort. Mein Ehemann ist Oberleutnant beim Militär und für die Sicherheit zuständig. Ich war lediglich zu Besuch bei meiner Schwester in der Heimat. Doch nun sehne ich nichts mehr herbei, als wieder nach Hause zu kommen.«

»Sie nennen Kamerun wirklich Ihr Zuhause?«

»Das beste, das ich mir nur vorstellen kann, ja.«

»Das klingt wunderbar«, fand Therese.

»Und Sie?«

»Wir wollen dort leben.«

»Einfach so?«

»Nein. Mein Schwager hat dort eine Farm.«

»Ihr Schwager?«

»Ja, der Bruder meines verstorbenen Mannes.«

»Ach, das tut mir leid.«

»Danke.«

»Und soll es nur ein Besuch sein, oder wollen Sie dauerhaft dort leben?«

»Dauerhaft.«

»Bei Ihrem Schwager?«

Ein Lächeln umspielte Thereses Mund, und sie errötete. »Ja.«

»Oh«, gab Lieselotte einen spitzen Laut von sich, »das ist ja fabelhaft!«

Therese nickte glücklich. »Er hat mir einen Brief geschrieben und mich eingeladen. Und um eine Antwort auf eine ganz bestimmte Frage gebeten. Die wird er gleich nach meiner Ankunft erhalten.« Therese kramte in ihrer Manteltasche und zog ein gefaltetes Blatt Papier hervor. »Ich dachte, wir überbringen ihm den Brief am besten persönlich.« Sie hielt ihn Lieselotte hin.

»Soll ich ihn wirklich lesen?«

Therese nickte auffordernd und lächelte ihr zu.

Lieselotte entfaltete den Brief und brauchte nur einen einzigen Blick darauf zu werfen.

Ja!

Das stand dort geschrieben. Mehr nicht. Die Frauen lachten, und Lieselotte gab Therese den Brief zurück. »Ich wäre zu gern dabei, wenn er ihn liest, um sein Gesicht zu sehen.«

»Ja«, sagte Therese glücklich, »genau darauf freue ich mich auch.«

Nachwort

Liebe Leserinnen und Leser,

ich hoffe, Ihnen haben die weiteren, zum Teil wirklich sehr dramatischen Entwicklungen um meine Familie Hansen gefallen und sie haben Sie gefesselt! Und ich muss Ihnen gestehen, dass ich zu Beginn noch nicht wusste, was meinen Protagonisten so alles widerfahren und wie dieser Roman enden würde. Anders ausgedrückt bin ich wieder einmal selbst sehr erstaunt, wie sich die Geschichte in Hamburg, Wien und Kamerun entwickelt hat. Vieles habe ich erfunden und einiges an tatsächlichen geschichtlichen Ereignissen eingebaut. So haben sich die in diesem Roman geschilderten Strafexpeditionen der deutschen Schutztruppe in Kamerun unter der Führung ihres Kommandeurs von Stetten und seiner Begleiter Dr. Preuß und Leutnant Dominik, die Niederschlagung der Bakwiri und die Tötung ihres Anführers tatsächlich 1894 in Kamerun zugetragen. Die genannten Personen sind historisch ebenso belegt wie die Tatsache, dass das Volk der Bakwiri am Kamerunberg blutig von der deutschen Kolonialmacht bekämpft, viele Bakwiri erschossen, ihr Hauptort zerstört und ihr Land enteignet wurde. Dies hat sich – wie so viele kriegerische Übergriffe der Kolonialherren – tief in das Bewusstsein der Bakwiri eingeprägt. Nach der gewaltsamen

Landnahme am Kamerunberg war der Weg frei für Pflanzungen im großen Stil. Später (1901) wurde dort der Regierungssitz der deutschen Kolonie errichtet – Buea.

Die wirtschaftlichen Interessen des Deutschen Reichs standen also absolut im Vordergrund. So empathisch wie Heinrich Begemann oder Robert Hansen in meinen Romanen sind tatsächlich jedoch nur wenige Kolonialherren mit den Afrikanern umgegangen. Im Gegenteil: Was schon dem Dahomey-Aufstand unmittelbar vorausging, nämlich brutale Ausbrüche und Übergriffe der Weißen, war an der Tagesordnung. Dies ist meines Erachtens absolut nicht zu akzeptieren – und zwar weder damals, als Weltanschauung und Verständnis der weißen »Herrenrasse« noch völlig anders geartet war, noch heute! Ich persönlich hätte mir ein friedliches Zusammenleben »auf Augenhöhe« zwischen den europäischen Einwanderern und den afrikanischen Einwohnern gewünscht. Aber so war es eben damals leider nicht, als der schwarze Kontinent im Rahmen der Kongo-Konferenz unter den europäischen Staaten aufgeteilt, Grenzen am Reißbrett gezogen und die Afrikaner sich untertan gemacht wurden. Und selbst heute werden immer noch wirtschaftliche Interessen über diejenigen von Menschen gestellt.

Ich denke aber, dass unsere koloniale Vergangenheit uns nachdenklich machen sollte. Außerdem sollten wir die damals begangenen Fehler einräumen und uns insbesondere für die brutalen Übergriffe unserer Vorgenerationen entschuldigen. Vielleicht wäre dies dann ein Anfang – der Beginn einer besseren Zusammenarbeit zwischen Europäern und Afrikanern – im Sinne der Helden meiner Hansen-Saga.

Herzlichst
Ihre Ellin Carsta

Quellenverzeichnis

Literatur

Manfred Berger, Historische Bahnhofsbauten, Band II: Braunschweig, Hannover, Preußen, Bremen, Hamburg, Oldenburg und Schleswig-Holstein, Transpress, Berlin 1987

Aissatou Bouba, Kinder des Augenblicks. Die Ethnien Deutsch-Nordkameruns in deutschsprachigen Reiseberichten (1850–1919), Edition Lumière, Bremen 2008

Peter Csendes/Ferdinand Öpil (Hrsg.), Wien – Geschichte einer Stadt, Bd. 3., Von 1790 bis zur Gegenwart, Böhlau, Wien/Köln/Weimar 2006

Deutsches Kolonial-Lexikon, hrsg. von Heinrich Schnee, Quelle & Meyer, Leipzig 1920 (online noch unvollständig abrufbar unter: http://www.ub.bildarchiv-dkg.uni-frankfurt.de/Bildprojekt/Lexikon/lexikon.htm)

Dictionnaire Duala–Français, Suivi d'un Lexique Français–Duala, Editions Klincksieck, Paris 1972

Hans Dominik, Kamerun, Stilke, 2. Aufl. Berlin 1911

Andreas Eckert, Die Duala und die Kolonialmächte. Eine Untersuchung zu Widerstand, Protest und Protonationalismus in Kamerun vor dem Zweiten Weltkrieg, Lit, Münster 1992

Andreas Eckert, Grundbesitz, Landkonflikte und Kolonialer Wandel, Douala 1880 bis 1960, in: Beiträge zur Kolonial- und Überseegeschichte, Band 70, Steiner, Stuttgart 1999

Alexander Emmerich, Die Geschichte der Deutschen in Afrika – Von 1600 bis in die Gegenwart, Fackelträger, Köln 2013

Werner Gartung, Kamerun, Rump, Bielefeld 2015

Franz Giesebrecht (Hrsg.), Die Behandlung der Eingeborenen in den deutschen Kolonien, o. O. 1889

Horst Gründer, Geschichte der deutschen Kolonien, 6., überarbeitete und erweiterte Auflage, Schöningh, Paderborn 2012

Karin Hausen, Deutsche Kolonialherrschaft in Afrika, Wirtschaftsinteressen und Kolonialverwaltung in Kamerun vor 1914, in: Beiträge zur Kolonial- und Überseegeschichte, Band 6, Atlantis, Zürich u. a. 1970

Barbara Johanna Heuermann, Der schizophrene Schiffsschnabel: Biographie eines kolonialen Objektes und Diskurs um seine Rückforderung im postkolonialen München, Studien aus dem Münchner Institut für Ethnologie, Band 17, München 2015

Werner Jochmann/Hans-Dieter Loose (Hrsg.), Hamburg, Geschichte der Stadt, Teil 2, Vom Kaiserreich bis zur Gegenwart, Hoffmann & Campe, Hamburg 1986

Alexandre Kum'a N'dumbe, Das Deutsche Kaiserreich in Kamerun: Wie Deutschland in Kamerun seine Kolonialmacht aufbauen konnte, 1840–1910, Exchange & Dialogue, Berlin 2009

Heiko Möhle, Eine endlose Geschichte – Nachwirkungen des Deutschen Kolonialismus in Kamerun, in: http://www.freiburg-postkolonial.de/Seiten/Moehle-Kamerun276.htm

Fritz-Ferdinand Müller, Kolonien unter der Peitsche, Rütten & Loening, Berlin 1962

Jesko von Puttkamer, Gouverneursjahre in Kamerun, Stilke, Berlin 1912

Johannes Sachslehner, Wien: eine Geschichte der Stadt, Pichler, Wien/Graz/Klagenfurt 2006

Manfred Schläfcke, Als Kaufmann nach Kamerun – Viktoria (Limbe) und Kribi 1900–1907, Books on Demand, Norderstedt 2014

August Seidel: Die Duala-Sprache in Kamerun. Systematisches Wörterverzeichnis und Einführung in die Grammatik, Groos, Heidelberg 1904

Unser Kamerun – Deutschlands älteste Kolonie, Poetzsch, Magdeburg 1899 (Reprint, Melchior, Wolfenbüttel 2012)

Gotthilf Walz, Die Entwicklung der Strafrechtspflege in Kamerun unter deutscher Kolonialherrschaft 1884–1914, in: Beiträge zur Soziologie Afrikas, Band 2, zugl. Diss., Freiburg 1981

Manfred Wehdorn/Ute Georgeacopol-Winischhofer, Baudenkmäler der Technik und Industrie in Österreich, Band 1, Böhlau, Graz/Wien 1964

Walter M. Weiss, Wien, 5., aktualisierte Auflage, DuMont Reiseverlag, Ostfildern 2016

Benno Wiesmüller/Dierk Lawrenz, Die Hamburger Rangier- und Güterbahnhöfe, EK-Verlag, Freiburg 2009

Albert Wirz, Vom Sklavenhandel zum kolonialen Handel, Wirtschaftsräume und Wirtschaftsformen vor 1914, in: Beiträge zur Kolonial- und Überseegeschichte, Band 10, Atlantis, Zürich u. a. 1972

Clemens Wischermann, Wohnen in Hamburg vor dem Ersten Weltkrieg, Coppenrath, Münster 1983

INTERNET

http://alex.onb.ac.at/cgi-content/alex?apm=0&aid=rgb&datum=18520000&page=189

http://www.bpb.de/gesellschaft/migration/afrikanische-diaspora/59376/chronologie

http://www.ddl.ish-lyon.cnrs.fr/projets/clhass/PageWeb/
ressources/duala.pdf

https://www.deutsche-schutzgebiete.de/kamerun.html

https://www.dhm.de/lemo/kapitel/kaiserreich/aussenpolitik/
die-deutsche-kolonie-kamerun.html

https://www.ethnologue.com/map/CM_s

http://www.freiburg-postkolonial.de/index.htm

https://geschichtsbuch.hamburg.de/epochen/
industrialisierung/gaengeviertel-und-elendsquartiere/

http://geschichtsverein-koengen.de/WilhelmZwei.htm

http://www.goruma.de/Laender/Afrika/Kamerun/
Wissenswertes/Feiertage_Veranstaltungen_und_
Landessitten.html

https://www.hamburg.de/hamburg-historische-bilder/239460/
bilder-hamburger-strassen-und-stadttore-19-jahrhundert/

http://www.hamburger-bahnhoefe.de/venloerbf.html

https://www.hamburgmuseum.de/uploads/hamburg_museum/
documents/6895/original/Wohnen_im_19._Jahrhundert.
pdf?1505725487

http://www.kopfwelten.org/kp/

http://kunstmuseum-hamburg.de/deutschlands-kolonien-
in-farbe-kamerun/

http://staatsbuergerschaft.gv.at/index.php?id=34

http://www.theobroma-cacao.de/wissen/herstellung/
verarbeitung-der-kakaofrucht/

http://www.theobroma-cacao.de/wissen/rezepte-und-technik/
kakaobohnen-verarbeiten/

http://www.ub.bildarchiv-dkg.uni-frankfurt.de/Bildprojekt/
Lexikon/lexikon.htm

https://web.archive.org/web/20071002230426/http://inwent.
org/v-ez/lis/kamerun/index.htm [URL inaktiv]

https://web.archive.org/web/20100209053003/http://users.
elite.net/runner/jennifers/hello.htm#D

https://www.wien.gv.at/kultur/archiv/geschichte/ueberblick/
 stadtwachstum.htm

http://www.wien-konkret.at/kulturgeschichte/wien-
 19jahrhundert/

Made in the USA
Monee, IL
16 January 2021